故事会

2006·17

(总第374-377期)

合订本

STORIES

故事会文化传媒有限公司　出品

(00035)

图书在版编目(CIP)数据

《故事会》合订本.17/ 上海锦绣文章出版社编著.
上海：上海锦绣文章出版社，2007

Ⅰ.故… Ⅱ.故… Ⅲ.故事-作品集-中国-当代 Ⅳ.Ⅰ247.8

中国版本图书馆 CIP 数据核字（2006）第 147708 号

责任编辑：朱 虹
封面设计：李宝强

故事会 2006 年合订本 17
(总第 374-377 期)
《故事会》编辑部 编
上海锦绣文章出版社出版、发行
地址：上海绍兴路 74 号
网址：www.storychina.cn
中国图书进出口上海公司发行
地址：上海市广中路88号
电话：36357888
字数 280,000
ISBN 978-7-80685-687-1/G · 008

374

9月

欢迎登录本刊主办的“故事中国网”（www.storychina.cn）

2006年9月

上半月·红版

主　编：何承伟

常务副主编：吴　伦

副主编：姚自豪（上半月·红版）

副主编：夏一鸣（下半月·绿版）

本期责任编辑：吕　佳

发稿编辑：

姚自豪　周　吟　郑继文　邢　悦

夏一鸣　鲍　放　王雅静　朱　虹

美术编辑：李宝强

电脑制作：郭瑾玮

通　联：归依玲

本社办公室电话：021-64375030

上半月刊编辑部电话：021-64332325

下半月刊编辑部电话：021-64336469

（上海市绍兴路74号　邮编：200020）

主管、主办：上海文艺出版总社

制作、发行总监：张　凯

电话：021-64313938

广告总代理：上海文艺广告传播中心

（上海市绍兴路74号　邮编：200020）

广告业务：021-34010383

广告投诉：021-64333738

广告经营许可证

沪工商广字3100320050022号

发行：中国图书进出口上海公司

本刊各栏目欢迎来稿。来稿寄上海市绍兴路74号《故事会》杂志社，邮编：200020。

本期责任编辑E-mail地址：lujia411@yahoo.com.cn

(本栏插图：王　俭)

婚姻的感觉

单身汉汤姆问刚结婚的朋友杰瑞，新婚感觉如何。

杰瑞说："结婚之后就像坐飞机上天一样。"

汤姆感兴趣地问："就像飞上天一样兴奋吗？"

杰瑞撇撇嘴，说："什么啊，你坐过飞机吗？飞机在天上，你透过窗户看到其他飞机飞过，想换机才发现那是不可能的。"

(邹　康)

比你更糟

有一人心急火燎地跑向公共厕所，厕所前排着长队，他只好站在最后一个。好容易等到前面只剩下一个人了，他实在憋不住了，就对前面的人说："我快憋不住了，能不能让我先进去？"前面的人紧握着拳头，从牙缝儿里挤出一句："你至少还能说话！"

(范　瑾)

最起码

有个落魄的男子，每隔两三天就要到教堂祈祷。

第一次到教堂时，他跪在圣坛前，诚恳地说："上帝呀，念在我多年敬畏您的份上，就让我中彩票大奖吧！"几天后，他又来重复同样的话和动作，就这样反反复复一共二十余次。这天，那名男子又来到教堂："我的上帝，您怎么不倾听我的祈祷？就让我中一次吧……"

就在这时，圣坛上空发出了一个哀伤的声音："我一直在听你的祷告。可是——最起码你也该先去买张彩票啊！"

(常文城)

老机长

某国有一位老机长的视力非常差，但每年检查视力时他都能过关，原来他早把视力检查表背熟了。这年，医生换了一个新的检查表，结果查出老机长竟然是深度近视。

医生忍不住好奇，问这些年来他是如何飞的。老机长回答：“很简单，起飞都听塔台的指示，起飞之后更简单，换成自动驾驶就好了。”

医生问：“那降落呢？这就不容易了吧！”老机长说：“当然也是听塔台的指示，不过在快要触地时，我会更仔细地听……当我听到副机长开始大叫‘妈啊！’的时候，我就知道该把机头拉起来了。那样我们就会降落得很顺利，很漂亮。”

（宁　玲）

多谢你

古时候，有一些人专门以到县衙替别人挨打为生。张三知道后，认为自己也可以从事这个职业。正巧，他的邻居阿丁因为犯罪而要受到刑罚——杖责一百。张三说：“我替你去吧。”阿丁听后十分高兴，当即以纹银十两为谢。张三来到县衙，县令吩咐马上行刑。

刚打到十下，张三就疼得叫出声来，到了二十下，他实在受不了了，赶忙偷偷把十两银子拿出来献给行刑的衙役，衙役这才轻轻地打。回家后，张三对阿丁说：“多谢你的十两银子，要不，今天我就要被打死了。”

（徐　勇）

多退少补

体育课上，老师让同学们先跑上五圈作“热身”。跑到第三圈时，大家已是气喘吁吁，有胆大者向老师请示：“报告老师，我们已经跑了八圈了，怎么还不让停啊？”

“是吗？”老师故作吃惊状，“那怎么办？怎好让你们吃亏呢？”老师严肃起来，大声说：“全体向后转，再跑三圈！这叫多退少补！”

（欧阳卉）

·笑话·

遗　传

两个秃顶男人在一起聊天，一个说:“我的秃顶是因为遗传,我父亲就秃顶。你呢，也是遗传吗？”

另一个男人想了想,说“我秃顶是因为我妻子的遗传。”

前一个男人不解道:“什么？妻子的遗传？”

“是啊！我岳母也喜欢一生气就揪她丈夫的头发。”

（黄桂华）

统计学家

有个统计学家，平时他妻子包下了所有家务。周末妻子要外出买东西,他勉强答应照看一下四个年幼好动的孩子。晚上,等妻子回家后,统计学家交给她一张纸条,上面写着:

擦眼泪11次，系鞋带15次,给每个孩子吹气球各5次,每个气球的平均寿命10秒钟,警告孩子不要横穿马路26次,孩子坚持要穿过马路27次,我还想再过这样的周末0次。

（格永泉）

彼此彼此

丈夫:“你太可恶了！为什么不跟我商量，就把头发剪短了？像什么话！”

妻子:“你不是也没有和我商量，就把头顶秃了吗？”

（李志栋）

理直气壮

女儿向父亲要钱买运动衣，父亲问:“为什么一定要买运动衣，你穿别的衣服晨跑不是一样吗？”

“怎么能一样呢？穿其他衣服别人不认为我在跑步锻炼，还以为我要迟到了呢！”

（格永泉）

一场雨淋湿了整个季节，叶子摇曳了时间的更迭，我的思念仿佛是这个季节的长藤，丝丝缕缕，缠绕着和你昨日的过往，挥不去，抹不掉。广西 段宜斌（1902）

安慰

有位护士在一家眼科诊所工作，任务之一是让病人放松心情。一次，一个来做激光矫正视力手术的病人太害怕了，手术还未开始，她就不停地发抖，无论护士说什么都不能使她镇定下来。好不容易，医生完成了她左眼的矫正手术，正准备做右眼时，护士想让病人知道手术进行得很顺利，于是拍拍她的手，安慰道：“好啦，现在只剩下一只眼睛了。”

病人闻听，当场晕了过去。

（行丽霞）

怎么认识的

这天晚上，爸爸正在陪5岁的女儿下五子棋，电话铃响了。爸爸抓起话筒一听，是好朋友老侯打来的，于是问候了一声“侯哥你好！”就和他热火朝天地聊了起来。

这时，女儿从沙发上一蹦而起，像阵旋风似地跑过来，站在爸爸的对面，用充满崇敬的目光盯着他，一言不发。十多分钟后，爸爸和老侯聊完，放下电话问女儿：“你怎么了？为什么这样看着我？”

女儿非常神秘地四下看看，然后小声问：“爸爸，能不能告诉我，你和孙悟空是怎么认识的？”

（杨　松）

别急

律师办完案回到家里，太太对他说：“咱们的房子和家具样式太陈旧了，该重新装修一下了。”

律师说“你先别急，我刚接手了一件离婚案，男方是个有钱的大亨。等我拆散了他们家，就来装修咱们家。”

（蒋宁贤）

批发划算

一个乞丐哀求路人说：“先生，给我一百块钱买方便面吃吧。”路人闻听大怒：“你蒙小孩子呢，买一袋方便面要花一百块钱？”乞丐答道：“不是啊，我是想买批发的，划算啊！”

（蒋宁贤）

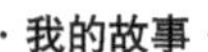

刻骨铭心的回报

□徐　涛

从没听过的好故事

上世纪七十年代初，我正在县城小学读书。那年秋天，学校组织我们到一个边远山区的生产队参加秋收。这个生产队是县里的“样板队”，除了我们这些学生娃外，还有从各地抽调来的民工，晚上，我们就和民工们同睡在一座老祠堂的木楼上。

第一天晚上，我刚要进入梦乡，却听到民工铺上有两个人爬了起来，他们踩着“吱呀”作响的楼板走到一个人的床前，用手揉着那个人的头，轻声叫道：“杨家林，讲个故事呀，不讲你就别想睡！”揉了好一会儿，那个叫“杨家林”的终于开了口：“好吧！我就讲个‘阿里巴巴和四十大盗’吧。从前啊，有两兄弟……”

随着他抑扬顿挫的讲述，我的睡意不知跑到哪儿去了，脑海里浮现出一幅幅奇异的画面：驮着椰油篓子的马队在密林里行走，山洞深处的珠宝堆得像小山一样……那一声神秘的咒语“芝麻开门”，似乎也在我的心灵里打开了一扇大门，门外是一个从未见过的奇妙世界！我正听得如痴如醉，突然传来一阵脚步声，一道手电筒的亮光扫了过来，接着有人大声喝问：“谁还在讲话？”这是巡夜的民兵。顿时，紧张奇异的故事世界像突然关闭的电影，消失在死一般的沉寂之中。这一夜，我再也没有睡着，一直在猜想阿里巴巴一家后来的命运。

第二天吃早饭的时候，我怀着崇敬的心情，在民工中找寻那个叫杨家林的人，终于我看到了他，他是一个二十多岁的青年，面容俊秀，神色憔悴却掩不住一股书卷气。我凑到他身边，说："你昨天讲的故事真好听！今晚能接着讲吗？"刚说到这里，上工的哨子响了。

他知道是谁点的火

今天收工较早，老师告诉我们，要去祠堂参加一个大会。来到祠堂，里面已经挤满了人。我突然看见，杨家林正在前方的台上站着，双臂垂得笔直。一个天真的想法冒了出来：莫非今天是专门请他给大家讲故事？我越想越兴奋，这时，会台上一个人高举起手喊起了口号："打倒剥削阶级的孝子贤孙杨家林！"接着，喊口号的人用激愤的声音揭露说，杨家林出身剥削阶级家庭，至今不思悔改，还利用讲故事放毒！台下轻微地骚动起来，喊口号的人把杨家林的头使劲往下一摁，杨家林低垂的脸一下子变得煞白煞白。一股怒火在我心中燃烧起来，我再也坐不住了，跑进祠堂一侧的大厨房里，一口气"咕咚咕咚"喝下一大瓢冷水。

这时，台下骚动声更大了，突然一个土块砸到杨家林的身上！我想起大人们讲过的一件事：前不久，有一个人在挨斗时被失去理智的人们活活打死了！我心里一紧，一眼瞥见灶台上放着一包火柴，不知是什么力量的驱使，我拿起那包火柴，偷偷从后门溜了出去。

离祠堂不远的地方就是生产队的养猪场，说是"养猪场"，里面也只有三四头瘦得只剩一层皮的猪，紧挨猪场堆着一垛干玉米秸。我绕到玉米秸后面蹲下，划着了火柴，顿时，一股火焰升起。我提着裤子装着刚撒完尿的样子回到会场。

几分钟后，有人高喊起来："不好了，猪场失火了！"所有的人都跑了过去，有人扑火，有人撒开腿四处去撵猪，会场乱成了一团。我趁机溜到杨家林身边，对他眨眨眼，悄声说："你还站在这里干吗？快走吧。"杨家林吃惊地看了我一眼，似乎明白了什么。但他没有马上离开，而是加入了救火的人群，我看见他的头发都被火苗燎得枯卷起来。

好在这把火没造成什么损失，事情后来就不了了之了。不过，杨家林后来再也没有讲过故事，"阿里巴巴"的结局，成了搁在我心中的一个谜。

很快，我们要返回学校了，上路时，我看见有一个人孤零零地站在路边送我们，是杨家林！我从他身边走过的一刹那，他对我投来一种让人刻骨铭心的目光，那是充满感激的目光！我心头一震：他知道是谁点的那把火！

紧紧捂住胸口的手

回校几个月了，这天，凛冽的寒风中飘着零星的雪花，我们正在上早自习，一个衣衫单薄的年轻人来到学校门口，他就是杨家林。学校门卫走出来，问：“你找谁？”杨家林冷得直打哆嗦，说：“我想找徐小涛，请问他在吗？”门卫没有回答，一双眼睛紧盯着他捂着胸部的右手，他那只手在胸前不自然地抖动着。

门卫警觉地问：“怀里揣的是什么？”杨家林支吾着说不出话，眼中流露出一丝惊慌的神色，不知为什么，捂在胸前的手抖动得更厉害了。

门卫厉声喝道：“揣的是什么？拿出来！”话音刚落地，杨家林转身就跑，门卫大叫一声“有情况！”紧接着吹起了哨子，两个“造反派”跑了出来，尾随在门卫后面奋力追赶。他们和杨家林的距离越拉越近了，这时，一道大排水沟横在了慌不择路的杨家林面前。

这是一道用大石块和水泥砌成的沟，杨家林没有多想，抬起脚就想跨过去——但他太疲惫了，他是从距县城八十多里的家乡步行来找我的，走了整整一夜的山路。他只获准了一天假，当天还得赶回去，到现在连早饭也没有吃。他的前脚一踏空，额头重重地撞在石沟锐利的沟沿上，他像棉花一样软绵绵地瘫倒在沟里，鲜血从额头汩汩流出，失去知觉的手依然紧紧地捂在胸口！

门卫和两个“造反派”停下脚步，门卫一挥手，示意“有危险，我先上！”但两个“造反派”并不贪生怕死，勇敢地和他一起走过去。他们小心翼翼地掰开杨家林捂在胸前的手，一点一点地揭开他那件又旧又薄的褂子，只见一件东西贴在杨家林胸口——那是一本“文革”前出版的，后来成为禁书的连环画，书名是《阿里巴巴和四十大盗》，只是封面上阿里巴巴的画像已经模糊不清了，因为那上面沾满了殷红的血迹……

（**题图、插图**：安玉民）

昨天，他为你愿做牛马；今天，他与人做比翼鸟。伤心，固然；失眠，当然；不甘，愤然；醒悟，自然。童话虽然不再美丽，地球还是一样公转。 1370***8481（1904）

亲兄弟，免算账

□ 李子胜

渤海边太平村口，住着兄弟两个，分别叫大牛、二牛，哥俩感情一直很好。大牛性格外向，头脑灵活，借着房子在村口的优势，开了家酒馆，生意挺不错；住在隔壁的二牛不爱言语，但有的是力气，就在自家地里弄了个猪圈养猪。二牛养猪与众不同，白天把猪放养到野地里，晚上才赶进猪窝，所以，二牛养的猪，味道特别鲜美。大牛的酒馆有一道特色菜——烤乳猪，用的全是二牛养的小猪崽。

说起烤乳猪，这可是满汉全席中的一道名菜。大牛把这道菜加以创新改良：烤熟的乳猪，通体颜色如琥珀，香气扑鼻，蘸些渤海边特产的海鲜酱，入口即化，肥而不腻。凭着这道菜，大牛的酒馆名声大噪，很多外地食客也慕名前来。烤乳猪这道菜的价格涨了好几次，可是，大牛向弟弟收购乳猪的价格却没有相应提高。二牛没说啥，二牛老婆却有些不乐意了，整天在二牛耳朵边唠叨个没完："要是没有咱们起早贪黑地喂猪，他哪里弄那么多小猪秧子啊！"二牛听了，也只是笑笑而已。

这天，二牛用车装着十只小猪崽给大牛送货。可是，回来的时候，二牛发现，大牛只给了九只猪崽的钱，他立即回去找大牛。大牛拉着二牛走到后院，指着那些猪崽，说："兄弟，当哥哥的咋会糊弄你呢，明明是九只啊，你自己数数。"

二牛翻来覆去数了几遍，的确是九只。他无话可说了，闷闷不乐地回到家，把事情和老婆一讲，老婆当时就跳起来，蹿到大牛的酒馆门口，破口大骂："还亲兄弟呢，明明十个猪崽非说是九个，也不怕昧心钱赚多了不得好死！"

当时正是饭口，很多食客围拢过来看热闹，二牛老婆来了精神，把陈谷子烂芝麻、有影没影的事情全广播出来了。

大牛气坏了，挤进人群，"啪"，伸手给了弟媳妇一个耳光。二牛老婆干脆坐在地上，抓把土抹在脸上，撒起泼来："来人啊，杀人了，活不了啦……"

闻声赶来的二牛看见老婆被大牛欺负，一下子怒火直撞脑门，捡起块破砖头，向酒馆的玻璃窗扔去。只听"哗啦"一声，两米高的大玻璃被打得粉碎。大牛老婆也冲了出来，几个人扭作一团，把很多食客都吓跑了。

这件事情后，大牛二牛两兄弟彻底断绝了来往。

大牛的酒馆因为收不到二牛的猪崽，烤乳猪的味道差了不少，食客渐渐地少了。二牛呢，养的猪需要自己找买主了，可是他为人木讷，没少上猪贩子的当，有一次被一个贩子白白骗走了二十头猪，分文都没拿到。

一天深夜，二牛忽然被大牛家传出的奇怪声音吵醒，他偷偷爬上院墙，眼前的场面把他吓坏了：只见几个蒙面人把大牛和大嫂绑在院子里的椿树上，还有几个影子在大牛的屋子里晃动——大牛家来了强盗！

二牛悄悄爬下来，想去村里喊人，他刚要开门，被老婆一把拽住了。老婆问清情况，推搡了二牛一把："活该，这是报应！你要开门，被强盗听见，不得连你一起杀了啊？"

二牛听了，一屁股坐在地上，不知所措了。他们竖着耳朵，一直听到隔壁院子没有动静，然后传来大嫂撕心裂肺的哭叫："我的钱啊——我的钱啊——"

转天，二牛打听到大牛家被强盗洗劫了两万元现金，还有一些首饰什么的。

大牛一脸愁容，二牛心里也很不是滋味，他好几次想走进大牛家安慰哥哥几句，却总是走到门口又退了回来。

初秋的一个夜晚，雷电交加，一个闪电过后，二牛家的屋顶突然冒出了火苗，火苗很快烧成了大团的火焰。二牛吓傻了，站在院子里发呆，这时，他看见大牛接好了一根水管，站在墙头上，把自来水喷向着火的屋顶。二牛回过神来，也提了水桶冲过去。兄弟俩齐心合力，终于把火势压了下去，一会儿，倾盆大雨直落下来，火被彻底扑灭了。

惊魂初定的二牛一下子跪在满身

我笑给你听（文：鲤鱼晓；图：包丰一）

1. 广场上有一尊弥勒佛像，游客只要向佛像肚脐眼里扔一枚硬币 弥勒佛就会发出哈哈的笑声。

2. 一位妇女乐此不疲地向弥勒佛的肚脐眼中扔硬币，听这佛像发出哈哈不断的笑声。

3. 这时，一直在边上看着的一个小男孩走到那妇女身边，把自己的口袋敞开了。

4. 男孩说：“阿姨，你向我口袋里扔吧，我笑给你听。”

是水的大牛面前：“哥，我对不起你啊！”兄弟俩抱头痛哭。

雨下了一整夜，第二天天亮，大牛家院子里积满了雨水，积水退得很慢，大概是大牛院子的下水道堵了。二牛就在院墙根刨了个通道，让积水从自家的下水道排走。很快，大牛家的积水排干净了。

当大牛和二牛一起打开大牛家的下水道井盖，想疏通下水道的时候，他们被眼前的情景吓了一跳：一只大肥猪被卡在下水道里！肥猪已经被雨水溺死，但是，猪的眼睛还睁着，呆愣愣地“看”着兄弟俩。

二牛忽然明白过来了——那只丢失的猪崽，原来是掉到了下水道里，这些日子来，它靠酒馆的泔水长得又肥又胖，身体把下水管给堵死啦！

猪崽之谜解开了。兄弟俩都很羞愧，唉，俗话说狗眼看人低，我们哥俩是猪眼看兄弟啊，真是惭愧、惭愧。

从此以后，大牛二牛继续合作，大牛酒馆的生意一天比一天好，二牛的养猪场也越来越壮大了。

（题图、插图：安玉民）

（本栏目欢迎来稿。来稿可从邮局寄发，也可从网上传递。如为电子邮件，请发以下信箱：lujia411@yahoo.com.cn）

最具人气短信推荐9月(上) 关键词：安慰失恋的朋友

● 分手快乐，祝你快乐，放下错的才能和对的相拥，握不住的沙，放了也罢，握不住的他，放下也罢。

辽宁 孙伟达 (1944)

● 失恋，哭吧哭吧不是罪，再坚强的人也有权利去流泪，她离开了你是她的不对，当她受伤时就会知道你是多么的美。 1356***8297 (1945)

● 曾经，他是你生命中月老错搭的红线，他是你旅途中迷茫误靠的双肩，他是你感情中偏离航道的站点。如今，红线已断，双肩已倦，站点已远，你也该微笑着去寻找你真正的另一半。 北京 孙彦博 (1946)

● 失恋是杯苦酒，浇不尽哀与愁 也曾执子之手，承诺永远相守；如今缘到尽头，往事不再依旧；人生数十载秋，失意之事常有；既然曾经拥有，何必天长地久？上海 何 芳 (1947)

● 人生能有几回真？爱过痛过只留痕，有缘相识无分聚，苍天偏欺惜情人；敢问苍天谁最真？真心爱过谁无痕，牛郎织女且难聚，何况世间有情人。 1317***5013 (1948)

● 你很想坐这班车，但这班车不能载你去目的地。你可以勉强挤上车，但也只能在中途下车。这不是你要的人生，那么，也只好在车站分手，望着这班车离开。

重庆 温 泉 (1949)

本期特别征集

发出邀请的短信。亲朋好友间，同事之间，商务伙伴间，经常会有相约吃饭、欢聚、出游的情形吧，那么你有让平淡的邀请变得更加诙谐有趣的精彩短信么？如果你的短信成功入选，并且成为下载量最大的一条，将有机会赢取3000元奖金哦！(详情见P47)

6月份短信王中王最终优胜者揭晓!

编号为1139的短信下载数最高，成为6月份的“短信王中王”，推荐者李琪(内蒙古)获得奖金3000元！（您可以下载此条短信，详情见P47）本刊下一期将公布7月份下载数前10名的“本月短信王”，敬请关注。

看短信，猜字谜！下面这条短信，每个数字与一个汉字谐音，连起来是一句话，你能猜到吗？（发送方式同推荐短信）

584，5182177778，12234，1798，76868，829475。(1950)

你是在错误的时间、错误的地点遇上他。为了改正错误，你要放弃他。然后在正确的时间、正确的地点找到真正的他。1396***5682 (1906)

百姓故事 (1) (2)

书中所列的百姓话题有三十个之多，诸如话说“当官的”、话说“发财”、话说“球迷”、话说“妻子”、话说“打工”等等，每一个话题都以一种朴实亲切的叙述方式，通过一则则情节性强、生动有趣的小故事揭示问题，形象地道出老百姓要说的心里话。都是老百姓自己讲述的故事，都是讲述老百姓自己的故事。

名作故事

汇集了经过精心修改包括美、英、法、德、日、俄等国名家大师的作品，其情节或紧张奇特，或真切动情，或谐趣幽默，或荒唐却耐人寻味，既简练明朗，又保持了原作之精华。

笑话故事

是从《故事会》十几年来的作品中遴选出来的笑话精品，共600余则，全方位地折射了社会、艺术和人生，作品趣味盎然，回味无穷。

谜案故事

收入的90则作品都是世界著名谜案故事，主人公除了名侦探福尔摩斯外，还有怪盗英雄、强悍警察、著名律师等等，他们八仙过海，各显神通，是一本谜案故事的精萃之作。

当代传奇故事

优秀的传奇故事能给人以悲喜、惊恐、神秘等强烈而多变的阅读快感。本书每则故事无不以“奇”作为情节的核心，让人读来欲罢不能。作为“故事会爱好者丛书”中的一种，本集子相当具有代表性，故事的特点，《故事会》的风格，从此书可窥一斑。

发财故事

发财，自古以来人皆往之，因此发财故事也就在民间绵延不绝。本集36则发财故事分六大类：因财起祸、生财之道、天落横财、发财恶梦、飘忽财运、钱难通神等。故事生动，通俗可读。

旅途故事

46则旅途故事，让人在应接不暇的情节、人物中体验生活、体验社会、体验人生，从而拥抱生活，拥抱明天。作品充分运用了故事艺术的诸种表现手法：悬念、对比、误会、包袱……情节跌宕起伏，引人入胜。

喝酒故事

酒这东西，自古以来人们就对它褒贬不一，毁誉参半。本集古今中外64则喝酒故事，或喜或悲，或辛或酸，或啼笑皆非，按内容分为“因酒生事、借酒陈言、醉酒出丑、酒水糊涂、酗酒丧身、荒唐赛酒”等六类。

说大事、小事,普通人的身边事
讲闲话、实话,老百姓的心里话

见证母爱

在一个城市里发生了这样一件事：

一个捡破烂的妇女，在卖掉了捡来的废品后，正骑着三轮车往回走，在一条小巷里突然遇到了一个持刀抢劫的歹徒，面对歹徒的威逼，那妇女死死地护住了放钱的袋子。后来，附近居民闻声赶来，合力逮住了歹徒。那妇女的手指差点被歹徒掰断，但人们惊异地发现那袋子里总共只有8块5毛钱，全是一毛和两毛的零钞；更让人们惊诧的是紧接着这妇女又来到了一个水果摊边，用8块5毛钱买了一个梨子、一个苹果、一个橘子、一个香蕉、一节甘蔗、一枚草莓，凡是摊上有的水果，她每种都挑一样，直到将那点钱花得一分不剩，然后，那妇女提了一袋子水果出了城。她来到一座新墓旁，伫立良久，脸上似乎有了欣慰的笑意，她喃喃自语："儿啊，妈妈对不起你，妈没本事，没办法治好你的病，竟让你刚满十三岁就早早地离开了人世。还记得吗？你临去的时候，妈问你最大的心愿是什么，你说你从来没吃过一个完好的苹果，很想吃一个……妈愧对你呀，竟连你最后的愿望都不能满足，为了给你治病，家里已经连买一个苹果的钱都没有了。可是，孩子，到昨天，妈终于将为你治病欠下的债都还清了，妈今天又挣了钱，可以为你买水果了，孩子，你看，有橘子、有梨、有苹果，还有香蕉，都是完好的，妈一个一个仔细挑过的，你尝尝吧……"

这就是母爱，大海一般汹涌澎湃，烈火一般炽热激扬，高山一般顶天立地，平川一般宽阔博大……今天的话题，就聊这个。

•第一个故事•

躺在儿子的怀抱里

陆兴涛可不是一般人物，他是市长，今天，他马上要去机场赶一班飞机。他收拾好行李，走到家门口，又突然停下脚步，回头默默看了一眼自己的家。他这次带团出国考察，和以往不同，这次走了，他就不会再回来了，因为前几天，那个给陆兴涛行贿的程老板东窗事发，陆兴涛现在已经坐在火山口上了，这次出国考察是他外逃的唯一机会，而在他要去的那个国家，有他的豪华别墅、巨额存款，还有一个比他年轻二十岁的漂亮女人。

陆兴涛的脚步跨到门口时却又停住了，他总觉得好像还有一桩事情没做，可一时又想不起是什么事，最后他一咬牙，拎起箱子，打开了门……

就在这时，客厅里的电话响了起来，接还是不接？电话铃声很刺耳，那个打电话的人好像知道他在家里似的，铃声响个不停。陆兴涛犹豫了一下，还是走回房内，拿起了电话。

电话是妹妹打来的，她有点惊慌地说："哥，妈快不行了，你快来！"

陆兴涛一下怔住了，他明白自己刚才为什么心神不宁了，原来是牵挂着母亲。半年前母亲得了肝癌，还是他请来上海专家给开的刀，最近母亲病情恶化，又住进了医院，但他这两天为出国忙得昏天黑地，把老母亲忘了个一干二净，想到自己这一走就永远看不见母亲了，陆兴涛决定在走前无论如何要去看一看母亲。他看了一下手表，现在是一点三刻，飞机下午五点十分起飞，扣除路上的时间，还

来得及。

陆兴涛赶到医院，病房里只有妹妹，妹妹正在低声哭着，母亲身上插了好几根管子，正昏睡着。陆兴涛扑到病床边，一把抓住母亲的手，那手冰凉冰凉，陆兴涛的心也跟着一下子冰凉冰凉，他忙喊道：“妈，你醒醒！”

母亲悠悠醒来，她吃力地睁开眼，见是儿子，眼睛立时亮了，她声音低微地说道：“我知道你会来的，我留着这口气呢……我冷，我好冷呀！”

陆兴涛忙要妹妹拿被子来，母亲说：“不，不要，我要你抱我，抱抱妈妈……”

陆兴涛马上小心翼翼地把母亲抱在怀里，从小到大，他一直很崇敬母亲，母亲是老革命，曾经是这个市的市委副书记。在陆兴涛眼中，母亲就像山一般高大，可现在他突然发现，抱在自己怀里的母亲竟然这么瘦小，身子很轻，像个十来岁的半大孩子。

陆兴涛就这样抱着母亲，时间在一分一秒地过去，飞机不等人哪，而程老板随时都有可能招供，也就在这时，办公室主任打来电话：“陆市长，我们已在机场，你在哪儿？”接到这个电话，陆兴涛如同抓到了一根救命稻草，他对母亲说：“妈，我要出国，再不走飞机要起飞了！”

母亲说：“你就一个妈，出国可以下次再去，我冷，你再抱紧点！”陆兴涛只好又用力抱紧了母亲，他的双手在颤抖，他的心也在颤抖：“完了，完了！”

母亲的精神似乎好了些，自从被儿子抱在怀里的那一刻起，她一直在用微弱的声音跟儿子说话，好几次她觉得自己不行了，说不动话了，但还是支撑着，提了一口气，又接着跟儿子说，她断断续续地说了三个多小时的话，才咽下了最后一口气。她死的时候脸上带着微笑，她留给儿子的最后一句话是：“死在你怀里真高兴……”

陆兴涛听后放声大哭，他哭母亲，也哭自己：他的飞机早已飞走了！

陆兴涛的眼泪还没干，病房门口突然出现了几个人，他们是省里的纪检干部，陆兴涛目瞪口呆，他想不到上级竟会这么快就掌握了自己的犯罪事实，他不禁长叹一声：“就差了这么一小时啊，难道这真是我的命吗？”

这时，妹妹哭着对陆兴涛说：“哥，你别存侥幸心理了，其实，那个电话是妈让我打的，是当着纪检同志的面打的。他们尊重妈是个老干部，在对你‘双规’之前给她通报一声……妈是忍着痛苦、跟死神拼斗了三个多小时才拖住你的啊，为的是减轻你的罪过啊！”

陆兴涛的心被震撼了，他抱着母亲，撕心裂肺地大喊一声：“妈……”

•第二个故事•

搀起轮椅上的儿子

小诚高考落榜了，他准备出远门南下打工，不料在前往车站的路上被一辆违章驾驶的车撞倒，经抢救，虽然保住了性命，但双腿却由于严重的粉碎性骨折残疾了，而且还被毁了容，医生说他这一辈子不可能再站起来了。

由于肇事司机逃逸，没有得到足够的治疗费，一家人陷入了困境中。小诚整日躺在床上，神情沮丧、委靡不振，做父母的看在眼里痛在心里，却又万般无奈。

有一天，小诚想到了死，他不想再连累父母，也不想再折磨自己了。他想来想去，想去镇上买安眠药，于是他要父亲给他做了一把轮椅，父亲以为儿子终于肯出去活动了，十分高兴。

第一次去镇上，小诚拒绝了父母，独自一人上路，他忍着肢体的疼痛，艰难地滚动着轮椅。到了镇上，找了几家药店，他说是患了失眠症，但由于没有处方，都被药店拒绝了。问了十几家，最后只有一家小药店愿意卖给他，但每次只能给两粒。小诚想两粒也好，多几次就凑够了。买了药回家后，他就悄悄把药藏到被褥下。

隔了两天，小诚又要到镇上去，又要艰难地滚动着轮椅走很多很多的路，到了那家小药店，他又买了两粒安眠药，回家后又藏在被褥下。

就这样，小诚一趟又一趟地去镇上，去的次数多了，一次又一次地滚动着轮椅，他的手竟然渐渐有了力气，而且不再感觉到双腿作痛了，轮椅也滚动得更快了。这一天，他终于凑了许多安眠药，到了晚上，他将这些药全吞到了肚里，然后，就迷迷糊糊地不省人事了。

第二天，一声鸡啼，小诚却醒了，奇怪，他竟然好好地活着，而且家里人也都不知道他昨晚吃了安眠药。

小诚估计这些药有问题，有可能

是假药，于是他去了镇上，到了那家小药店，他质问店里的大叔："你老实告诉我，你给我的是不是真的安眠药？"

大叔说："不是安眠药，是小孩吃的小糖丸。"小诚一听，十分气愤，他冲动了，想站起来，不料他竟然真的能从轮椅上站起来了，这时，大叔高兴地说："你终于能站起来了，你母亲的心思没有白费啊！"

原来，母亲在一次给小诚整理被子时发现了这些安眠药，她明白儿子想干什么，于是就偷偷用糖丸把这些药换了，她还找到了那个小药店，要店主把糖丸当作安眠药卖给小诚。

小诚顿时泪如泉涌，他告别了大叔，回家的路走得更快了，有一段路他甚至是没坐轮椅，推着轮椅走的呢……

•第三个故事•

哑女杀狗感天动地

有这么一个小村，村里有一个哑女人，儿子五岁，一生下来就傻乎乎的。有一天，这个傻小子被村主任家的大狼狗咬了，哑女人的丈夫找村主任理论，没说上三句话就被挡了回去，男人回到家里，哑女人一看丈夫那熊样，眼里顿时冒出了火，她抄起菜刀，直奔村主任家，进门后二话没说，直奔那条狗。那狗平时凶得很，它见了哑女人，狂叫着扑上去，一口咬住她的腿。哑女人趁势把狗按倒，"咔嚓"一声，就把狗脖子砍掉了一半，顿时鲜血四溅，在场的人无不惊骇；接着又是一刀，把狗脑袋切了下来，然后，她拎起血淋淋的狗头，闯进了村主任家的里屋，把狗头往炕头上一扔，手里紧紧地握着菜刀，怒视着村长。村主任顿时吓蔫了，他赶紧把哑女人的儿子带到镇卫生院，又打针又上药，还说了不少好话。

自此之后，哑女人像变了一个人似的，有了好杀的瘾，每逢过年过节，家里杀鸡宰鸭什么的，全是她操刀，村里人都说这女人有精神病，如果她杀了人，那也白杀了，于是再也没人敢招惹她的儿子……

哑女人家的傻儿子渐渐长大了，有一天，一户村民家来了个城里的亲戚，那人是县城一所什么"特殊儿童技术学校"的老师，他们学校的学生，全是聋哑的、弱智的，那老师听说村里有这么个傻孩子，出于好心，说是愿意帮助这孩子上学。哑女人也愿意让儿子读书，她还打着手语表示，只有读书，将来才能有出息，就这样，那个傻乎乎的儿子就上了那所学校，那老师就成了傻小子的班主任。

不料没上几天学，那班主任就怨气冲天了，最可气的是这傻小子动不动就用手在脖子上一比划，威胁别的

学生:“找我妈，磨快刀子杀了你！”慢慢地，这傻小子成了学校最难剃的刺头。那天，他又和同学打架，校长把他叫去训了一顿，谁知他不但不服，还一把将校长推在一边，用手在校长的脖子上比划着:“找我妈，磨快刀子杀了你！”说完，他背起书包，跑了回去。

这下可坏事了，这傻儿子可是哑女人的心头肉啊，万一她真的操着刀杀进学校怎办？校长和老师们都提心吊胆的。第二天，哑女人和她的男人真的风风火火进了学校，不过，哑女人不是来打架的，她是怕学校不要孩子，想请老师们下馆子吃一顿，原谅她儿子。

上一次饭店，少说也得三四百块钱，老师们不忍心糟蹋他们那点辛苦钱，可哑女人执意要请，于是班主任征得校长的同意，就让哑女人夫妻俩上菜场买点菜，在伙房做。

一会儿菜买来了，而且他俩还牵来了一条在菜场买的肉狗，哑女人的丈夫憨厚地一笑，对班主任说:“我老婆说你们当老师的平时吃不到狗肉，今天让你们尝个新鲜。”

狗买来了，可伙房的师傅杀狗还是头一回，他们把狗绑在校园的树上，堵住狗嘴，那条狗不停地哼哼着，嘴里冒着白沫，眼里淌出泪，看着这可怜的样，谁也下不了手，这时有人猛然想起什么，说:“找那个哑女人啊！”哑女人的丈夫迟疑了一下，找来了哑女人。

哑女人来到狗跟前，握着刀，颤着手，她咬了咬嘴唇，闭上眼睛，抡刀向狗脖子砍去，顷刻间鲜红的狗血四溅，狗惨叫几声，便一命呜呼了，这一幕让在场的人都心颤不已！

哑女人的脸色也变得煞白，她扔掉刀后双手还是直哆嗦，班主任觉得奇怪，他上一次在村里听说过哑女人

深情是我担不起的重担，情话只是偶然兑现的谎言。爱情使人忘记时间，时间也使人忘记爱情。重庆 张礼祥（1909）

杀狗的事，心想：一个嗜好杀生的人，今天怎么这样了？这时，哑女人的丈夫叹了口气，对班主任说："大兄弟，跟你实说了吧，在那次杀村长家的狗以前，她从没杀过任何小动物，那是她看到人家老欺负我们，逼的。从那以后，她一见到血就哆嗦，其实……其实我老婆有晕血的毛病……"

班主任惊讶地问："晕血？那她为什么还要自己动手杀鸡杀鸭啊？"

"她是做给别人看的，她不想让别人欺负我们爷俩，每次杀完回到屋里，她都会浑身发抖，有几次还晕了过去……"男人正说着，一旁的哑女人紧紧地拉住了班主任的手，眼里满是泪水，她"呜哩哇啦"地比划了一阵子，还使劲捶打着自己的脑袋，然后她就蹲在地上"呜呜"地痛哭起来。男人解释说，她是怪自己宠坏了儿子。

那顿饭，大伙都吃得很不是滋味。吃完饭后，班主任把哑女人的那个傻儿子找了来，当着哑女人的面，一把揪住了他的胸口，咬牙切齿地吼着："在这个学校，你妈再也不会护着你了，从今往后你再不学好，老子就要揍你！"班主任这么说，那傻小子感到很意外，他看看哑女人，哑女人却把头转向一边，好像没看见似的。傻小子不做声了，慢慢地低下了头。

几年后，那个傻小子考上了一所职业技校……

"躺在儿子的怀抱里"作者：若　风；"搀起轮椅上的儿子"作者：言无常；"哑女杀狗感天动地"作者：肖　冰。

下期话题：求婚三十六计　　（**题图、插图**：刘斌昆）

·本刊信息传真·

"优媒杯"《故事会》优秀作品月月评

每期3篇选1　最高奖金800元

为鼓励读者参与，《故事会》决定举办"'优媒杯'《故事会》优秀作品月月评"活动，参加方式如下：1. 每期由初评委推荐3篇故事为候选作品，读者可选择自己最喜欢的一篇，将其月月评短信代码（如AA171，没有短信代码的作品不参加评选）发送到911903（移动用户、联通用户）、02838168（广东移动）。每次限选一篇，可多次投票。2. 凡选对本期"最受欢迎的故事"的读者均有机会获得现金奖。每期设一等奖1名，奖金800元；二等奖10名，各获现金100元；所有参加评选的读者均有机会获得参与奖，每期200人，各获精美礼品一份。3. 本期活动截止期为：8月5日。得奖读者在评选结果揭晓后将得到短信通知。用户每投一票收费1元。

本期候选作品：1.《"狗乡长"的绝活》(p24)（短信代码：AA171）；2.《亲爱的傻叔叔》(p35)（短信代码：AA172）；3.《雪山冰川上的爱》(p48)（短信代码：AA173）

2006年7月（上）月月评揭晓启事及获奖名单详见"故事中国网"(www.storychina.cn)。

□徐正风

“狗乡长”的绝活

一技在手，狗肉不愁

有道是穿衣戴帽，各有所好。原阳乡乡长苟三，不嫖不赌，却独好狗肉，一日不吃就像丢了魂似的，吃啥都没滋味，人送外号“狗乡长”。可他哪里想到，正是这个嗜好差点要了他的命！

那天北风呼啸、寒冷刺骨，傍晚下班后，“狗乡长”缩着脖子正想去“胖子狗肉馆”饱餐一顿，忽见一辆小车急急驶进了乡政府。这么晚了，谁还会来？他正疑惑着，打车里钻出几个人，为首的是一位老板模样的男子。那男子走上前来问：“你是苟乡长吧？”“狗乡长”迷惑地点点头。

男子说明了来意，说他姓吴，是绿野公司的经理，特地为投资而来的。

一听是投资，“狗乡长” 高兴得差点跳起来。原来最近镇政府正想尽一切办法招商引资，还下了军令状：各乡凡完不成招商任务者，坚决摘掉乌纱帽！没想到今天从天上掉下个财神来，“狗乡长”一把拉住吴经理的手，激动地说：“吴经理，欢迎，欢迎啊！”

寒暄过后，“狗乡长”提出天色已晚，今天他作东，边吃边谈：“请大家尝尝风味乡土菜——狗肉！”

“好极了！”吴经理脱口而出，“狗肉滚三滚，神仙站不稳，既暖身又壮阳啊，鄙人正是冲它而来的！”

不谋而合，“狗乡长”喜不自禁，他招呼大家上车，一会儿，汽车来到了“胖子狗肉馆”。真是闻到狗肉香，神仙也跳墙，人未下车，一股奇异的香味扑鼻而来。店主阿胖的老婆阿玉眉开眼笑地迎了出来。

“狗乡长”下得车来，对阿玉说：“老板娘，快点弄一桌，红烧、清炖、油焖、五香狗肉不可少，再来一个狗杂煲。噢！对了，别忘了来盆‘太太乐’！”“太太乐？”阿玉迷惑不解地皱起了眉头。“狗乡长”进店坐下，诡秘地一笑，说：“‘太太乐’都不知道？就是红烧狗鞭！”一句话，逗得在座的人禁不住狂笑起来。

阿玉面露难色地说：“不瞒你说，冬至到，狗肉俏，今天狗肉刚卖完，我家胖子进城买狗肉，到现在还没回来呢！”

“狗乡长”一听，很是懊恼：好不容易引来一位财神，自己又怂恿人家吃狗肉，现在没了狗肉，如何是好？他让阿玉想想办法，阿玉为难地说：“办法么，除非你去压条狗……”

“压狗？”吴经理耳尖，好奇地盯着“狗乡长”，“你还有这么一手，今天我倒要见识见识！”

其实，压条狗对“狗乡长”来说是小菜一碟。因为他喜食狗肉，所以常用车压狗，久而久之，练得一手压狗的好本事。只要是在路上遇到的狗，都休想逃脱他的四只轮子，真是一技在手，狗肉不愁，凭他这一手“压技”，狗肉多得吃不了。

此刻“狗乡长”听吴经理这么一说，正求之不得：这样既可让吴经理开开眼界，又有狗肉吃，一举两得，何乐而不为呢？他当即一口答应，立刻发动小车，请吴经理一起上车，去看他表演压狗的绝活。

施展绝活，过足眼瘾

冬日夜长，刚过5点，天就黑得看不清人脸了。“狗乡长”驾车疾驰如飞，眨眼间冲出了原阳乡，直向东墩村方向而去。东墩村养狗的人家多，他曾在这条路上压过不少狗。

“狗乡长”两眼瞪得探照灯似的在路上扫视着，随时准备笊篱擦屁股——露一手，然而事与愿违，不知是否天气寒冷的缘故，他连狗毛也没见到一根。“狗乡长”急得抓耳挠腮：没有狗，怎么让吴经理品尝、开眼啊？

忽然吴经理叫了起来：“快看！”“狗乡长”凝神一看，眼珠子都快瞪出来了，只见一条膘肥体壮的黑狗，在前方不远处的路上觅食。

是施展绝活的时候了！“狗乡长”先减速停车，审视了那狗片刻，原来他压狗也有原则：两压两不压。成熟的狗压，身强体壮的狗压；怀孕的母狗不压，疯狗病狗不压。

“狗乡长”审视过后，油门一踩到

底，车子像匹烈马似的直朝黑狗冲去。黑狗被突如其来的车子吓坏了，只顾一个劲地朝前狂奔。“狗乡长”驾车紧咬着不放，狗腿哪跑得过汽车轮子？眼看就要撞上了，“狗乡长”却突然一个急刹车。吴经理看在眼里，疑在心头：他为啥不压？

待黑狗撒腿朝路边逃去，“狗乡长”又加大油门朝狗冲了过去。就在撞上狗的刹那间，“狗乡长”猛地踩下刹车，同时双手急扳方向盘，车头一偏，车尾横扫路面，只听一声凄惨的尖叫传来，“狗乡长”这才吁了口气，扭头问吴经理：“您猜，压着了吗？”

吴经理还沉浸在压狗的刺激氛围之中，他怔了一下，才说，狗好像跑了。“狗乡长”笑着让吴经理下车瞧瞧。一脸疑惑的吴经理随“狗乡长”下了车，借着车灯一看，那黑狗已倒在前轮边。

吴经理惊叹不已，禁不住问“狗乡长”，一开始为啥不压狗？“狗乡长”颇为得意地说：“这是我压狗的绝活之一——横碰，这样做的好处可大啦！”接着他眉飞色舞地讲起了故事：清朝光绪年间，有一个为皇家养鹿的鹿苑，每逢采茸季节，都要将养得膘肥体壮的鹿拴在苑内的树上，然后敲锣打鼓，将鹿惊得狂跳不止，使其全身血液涌到鹿茸上，再将鹿茸割下，这样的鹿茸药用价值特别高，而狗也是如此。而且，要是把狗压得血肉模糊，谁还敢吃？

一席话，听得吴经理连连点头，正要夸赞“狗乡长”几句，没想那黑狗忽然爬起来，撒腿蹿向路边的稻田，转眼便没了踪影。不用说，那黑狗刚才只是被撞晕了！

“狗乡长”呆了，他压狗多年，还从没遇到过这种事，他气得一拳砸在车上：“妈的！这狗都成精了！”吴经理却意犹未尽：“没关系，接着再压，我还没过足眼瘾呢！”“狗乡长”的头

点得如小鸡啄米，心里却没有底：天越来越黑了，过了这个村，不知道还有没有那个“狗”。

压狗心切，自食恶果

不出“狗乡长”所料，他调转车头往回开，开了很长一段路程仍不见狗影，正在他心急如焚时，忽然眼睛一亮，只见前方路边昏暗的路灯下，有一条肥硕的黄狗蹲在那里。

“狗乡长”生怕惊跑黄狗，立即减速，还“啪”地关了车灯。这次“狗乡长”决定不管那是什么狗，速战速决，采用压狗的另一大绝活——直撞！待车接近黄狗时，他猛地加大油门，车头照准黄狗“嗖”地撞了过去。说是迟，那时快，只听“卟卟”两声，那狗被撞在路灯柱上又反弹倒地，连哼都没哼就一命呜呼了。

“狗乡长”“嘎吱”刹住车，脸上露出了笑容，吴经理眨巴着眼睛问：“压着了？”“狗乡长”得意地点了点头。“真的？”吴经理狐疑地看着他，因为整个过程只有几秒钟，他根本没来得及看清。“狗乡长”望着吴经理疑惑的眼神，也没说话，很自信地下了车。他打开后备箱，正准备装狗时，突然传来一声喊：“哎——”

“狗乡长”扭头一看，只见远处有一个人影大叫着朝他奔来。“狗乡长”暗叫不妙，原来这里有的农民专门驯养一种能主动撞车的狗，借此敲诈过路司机，不赔足钱休想走人。“狗乡长”的第一反应就是奔过去捡狗，可当他弯腰抱起那条黄狗一看，顿时像被电击一般僵在了原地。

吴经理见“狗乡长”呆立不动，不知怎么回事。过了一会儿，只听“狗乡长”突然大叫一声“天哪”，“咚”的一声就栽倒在了地上。

吴经理很是奇怪，赶忙凑近去看，不看还好，这一看，顿时吓得大惊失色：“狗乡长”压死的哪里是狗，分明是一个身穿黄色狗皮大衣、烫着一头黄发的娇小女子！

这时，远处的人影也奔到了近前，他正是被撞女子的男朋友。原来刚才那女孩正与男友逛马路，没想逛着逛着鞋带散了，她便蹲在路灯下系鞋带，男友则不紧不慢地朝前走着。谁知昏暗的灯光下，“狗乡长”竟以为女孩是条黄狗，加上他关了车灯，黑灯瞎火的，又压狗心切，就这样把车径直向女孩撞了过去……

这下可闯大祸了。吴经理回过神来，才意识到事态的严重性，赶忙用瑟瑟发抖的手拨打了110和120。

这下，“狗乡长”的招商引资自然泡汤了，“乌纱帽”就更不用说了。不过他醒来后并没有被送进监狱，而是进了精神病院，因为他疯了……

（本篇月月评短信代码：AA171）

（题图、插图：魏忠善）

三个老头一把枪

□张东兴

摆了个射击摊

烈士陵园里苍松翠柏，环境幽雅，是市民们晨练休闲的好去处。有个小生意精李顺，偶然上这儿闲逛，发现了商机，回家就把床板拆下来，把儿子的两桶橡皮泥糊在上面，然后拴上十几个拳头大小的气球，拉到烈士陵园门口。干吗？当靶子，他摆了个射击摊儿。

那么多生意不做，为什么偏选射击摊呢？原来经李顺观察，到这儿来的人，多是些怀旧的老革命。这些人大都是离退休的老干部，工资不低，但是他们的钱特别不好挣，为了一斤便宜五分钱的萝卜，他们能多跑二里路。但是他们也有弱点，戎马半生，他们对枪炮有着特殊的感情。这人哪，他只要好这一口，再贵他都不嫌贵。所以李顺才摆了射击摊儿。

为了吸引顾客，李顺的汽枪是专门从一个老枪迷手上弄来的仿真三八大盖。尺寸上比真枪要略小一点，只能用弹簧动力发射橡胶弹。但是所有零件都是真材实料，标尺可以活动，

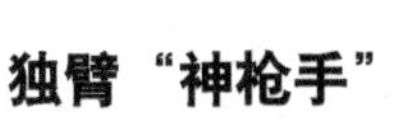

刺刀、弹匣可以装卸，这逼真程度还能不让老家伙们着迷吗？

这一招还真叫李顺想对了。他刚摆好摊子，就过来一老头，能有六十多岁吧。老头不摸枪先问价："打一枪多少钱？"

李顺说："打不中，您赏我两毛；打中了，不光不用给钱，我还有奖品呢：钥匙串、指甲刀、痒痒耙子挖耳勺，都是实用的小玩意儿，随便您挑。"

老头直摇头："不行，不行。"李顺说"您老一月工资一两千，还在乎这点钱吗？"

老头说"我倒不在乎，我怕你在乎。"说着他接过枪，"啪啪"，上刺刀拉枪栓，那个熟练劲就甭提了。李顺这才明白：敢情人家是怕我赔光了啊，但是开了自助餐，就不能怕大肚汉。李顺一笑，说："大爷，我这儿钥匙串管够，就怕您没那么多钥匙。"

老头说声："好！""啪"地就开了一枪。

枪声过后，李顺凑近靶子找了半天，只见那橡皮泥糊成的靶面平滑如镜，一个坑儿没有。

老头不服气，又一气开了八枪，只有两枪上了靶，气球更是一个没打着。李顺忍不住一咧嘴，老头脸一红，就有些挂不住了："你等着，我喊俺王二哥去，今儿不把你小子的裤子赢过来，不算完！"

独臂"神枪手"

过了一会儿，老头果然又领了一个人来。李顺一看，这位王二哥有七十多了，弓腰驼背，走路带喘，一只袖管还晃荡着，显然是缺了一只胳膊。李顺心想，我这三八大盖虽然是仿真的，可也有七斤多啊，你一个古稀老头，还病病歪歪的，我就不信你单手能打。

就听这王二哥说："我这兄弟是儿童团的水平，枪法不太好。我是他的俘虏，就更赶不上了。可是他让我来，我这俘虏不敢不来啊。来了可是来了，我这人比较害羞，我就背对着靶子开两枪吧。"

李顺一听，什么？背对着靶子？老头这牛可吹得够谦虚啊。李顺看看旁边围了不少看热闹的，他脑瓜精明，立刻意识到这是个难得的炒作机会，当即抽出了一张百元大钞："大爷，您要能背对着靶子打中气球，奖品就不是钥匙串了，是这个。"

老头笑笑："那你就先放我口袋里吧，人家说做买卖的要先收了订金心里才稳，我也试试这感觉。"

李顺心想，老头狂得可以啊，难道他真有这本事？想着，他亲了亲那张大钞，装出一副生离死别的样子放进了老头口袋，引得众人哄堂大笑。这一笑，人聚得越发多了。

就见老头把枪挎在右肩上，枪口

向后，胳膊夹住枪，用仅有的右手扣住扳机开了一枪。没打中！再开一枪，一样。

老头也真讲信用，说两枪就两枪，一枪都不多打。一看没打中，他摇摇头，把钱掏出来还给李顺：“小伙子，刚才不紧张吧？”李顺接过钱来，回了一句：“老爷子，现在不难堪吧？”

老头一听，受不了了：“你当我真不行啊？当年我还在国民党当兵时，上面实行“不抵抗政策”，见了日本兵就跑，我逃跑时边跑边向后开枪，撂鬼子那是一撂一个准儿！”

李顺“哧”地笑了：“那您现在怎么打不中呢？”

独臂老头耸耸肩：“这不怨我。我当年用的子弹是美国人给的，劲儿大走直线。你这枪不行，弹簧劲儿太小，子弹打出去走弯路。你还别笑，等着，我喊俺陈大哥去，今儿不把你裤子赢下来不能算完！”

要命的口红印

过了十分钟，老头回来了，推着一辆轮椅。轮椅上坐个人，须发皆白，嘴眼歪斜，半身不遂，看来是中风后遗症。

李顺简直不敢相信自己的眼睛，这位陈大哥都这样了，只怕吃饭都得人喂，他能打中气球？

王二哥把李顺的枪一把扯过，递给那位陈大哥：“大哥，这就是我给你说的那支三八大盖，你瞅瞅，还差不多吧？”

陈大哥接过枪，抖着手摩挲一遍，顿时他的眼神瞪得跟探照灯一样，握枪的手也不抖了。就见陈大哥单臂平举，稳如泰山，“啪”地开了一枪。

还是没沾边。

陈大哥咕哝了一句。他是中风后遗症，口齿不清，李顺没听懂。王二

拥有的时候，我们也许正在失去；而放弃的时候，我们也许又在重新获得。该珍惜的，永不怨悔；该舍弃的，永不牵挂。 上海 孙莹（1913）

哥却一拍脑门："差点忘了，你等会儿。"说完转身就走。

过了好一会儿，老头才满头大汗跑回来，手里举着一样东西"找了一大圈，没找着合适的，就用这个吧。"李顺一看，原来是一管口红！难道陈大哥还得化化妆才能打？

就见王二哥拿着口红向气球走去，给每一个气球上都涂了个红点儿。他那儿刚画完，往旁边一闪，就听陈大哥"啪！哗啦，啪！哗啦"，干什么呢？三八大盖是手动步枪，打一下得拉一下枪栓，拉一下枪栓打一下，一下就是一个气球。一会儿工夫，十几个气球全部报销。

围观的人一齐使劲鼓掌。王二哥对李顺说"小子，想想你输什么吧。"

李顺腆着脸说："您要什么我给什么，要裤子我就脱给您。但您得告诉我，您刚才画的那红点是什么意思？为什么不画就打不中，画了就一枪一个？"

王二哥说："我们陈大哥是八路军的神枪手。他瞄鬼子钢盔上的红膏药瞄惯了，没那个红点儿打不准。"

李顺一听恍然大悟，噢，原来是拿这红点当鬼子的膏药标记啊，可他又一想，不对呀，要瞄准那红点打，子弹不就打在钢盔上了吗？

王二哥说："那时候八路军的子弹是自己造的，没那么大劲儿，子弹飞出去一边往前走一边往下掉，瞄着红点打，子弹走到跟前正好揍鼻子上。你这枪弹簧劲儿太小，正好跟当年用的子弹一样。"说到这儿，王二哥话锋一转，"你问的我都告诉你了，现在我要收战利品了，把你这支枪输给我们陈大哥吧。"

李顺一愣，突然觉得背后有人扯他的衣服，李顺扭脸一看，是那个最早来的儿童团老头，他手里拿了叠钱晃了晃，那意思是买你的。

李顺刚才亲眼看到这支枪在陈大哥身上引起的"化学反应"，脑袋一热，生意人的精明也不知跑哪儿去了，他把老头递过来的钱一推"好男儿说话算话，这支枪就输给你们了！"说着把枪双手捧给陈大哥。

陈大哥接过来，又摩挲了好一会儿，还给了李顺，缓慢地说了一句话，这回李顺听清了："接着摆摊，让孩子们都来玩，账记我们头上。"

（题图、插图：魏忠善）

狼入虎口

□红 英

这是一个听起来有点荒谬的故事。花果镇风景优美，宛如世外桃源，自从开发成旅游区后，附近不少村民来到镇上开餐馆办店铺，可没过多久，这生意就做不下去了。原来，镇上有一个混混，叫戴二，戴二的哥哥是副镇长，戴二仗着哥哥的势力，成天领着一帮小混混跑到酒馆店铺白吃白喝、强拿硬要，店主们真是见到戴二的影子就怕！不少店主心灰意冷，索性关了店门，卷起铺盖回家种地。呼啦一下，这镇上的店铺就空了一大半。

这时候，却有一个叫朱贵的，张张扬扬地办起酒店来，而且那气派还不小呢！这朱贵也是本地的村民，几年来一直在南方打工，苦打苦拼，很攒了一点钱，却不知为啥要回来顶风开店？邻居们劝他："何必把钱往水里扔？"朱贵却说："外面打工也辛苦，回来看着办吧！"

"朱记酒店"热热闹闹开张了，刚放了一挂鞭，戴二就领着两个小混混进了门，开口说："听说你在外面发了财，回村来摆阔了？"朱贵说："托你的洪福，这几年在外面还混得不错！老弟是花果镇上的镇山虎，这次我回来开店，全靠老弟照应呢！"说着满斟了一杯酒，"我先敬老弟一杯！以后有什么困难开个口，多的不敢讲，万儿八千还能拿出来！"

这几句话一说，戴二的一张冷脸放了下来，端杯一饮而尽，朱贵连敬了三杯，伙计们穿梭般地上好酒好菜，不一会儿，戴二就喝得云天雾地，"咕咚"一声，从座上滚了下来，直挺挺倒在地上。

朱贵看了看，提高声音喊道："戴兄弟醉死了，快叫车送医院！"一个小混混说："他就是喝醉了，常有的事。"朱贵说："咋能这样说！戴兄弟金枝玉叶一般的人物，若有个三长两短，谁担当得起？你快叫他婆娘过来！"小混混只得挂了电话，戴二老婆慌慌张张赶了过来，朱贵叫了辆面的，飞也似地送往镇医院。

说起这镇医院，在花果镇也是大有名气，近来镇上悄悄流传两句民谣："一怕戴二进店，二怕有病入院"。一怕就不用说了，"二怕"的就是镇医院。镇医院新近调来一位女院长，来头可不小，男人在县政府，一个哥哥是县公安局长。打她上任以后，医药费一个劲往上翻，医生们拿脉就像是直接把手指搭在病人的钱包上，所以才有了这"两怕"的民谣。

闲话少叙，戴二被送进医院，医生抢上前来，把他像拖死狗似地拖进了急诊室。朱贵悄悄拿出一个封好的红纸包递给戴二老婆，说："如今看病都讲究送红包，你把这个送给主治医生，也算是咱的一点心意！"说完借口店里忙，就先走了。

戴二老婆趁没人的时候，把红包塞进了主治医生的白大褂，医生闭上眼睛装做没看见，过了一会偷偷打开，不看还好，一看肺都气炸了：红包里面装着一沓"冥通银行"的烧香纸！这不是咒医生死要钱吗？医生立刻来到院长办公室，报告说："好消息，今天来了个有钱的！"女院长赶紧指示："那就来个'瞎子打婆娘——抓住就莫放'！"

顿时全医院上下紧急行动起来，查血验尿，拍片照光，一圈折腾下来，光检查费就是五千八百元！结论还是病因不明，必须留院观察。接着就不由分说将戴二移进一等病房，天天弄两瓶吊针挂着，隔三两日又从头到脚复查一次。

戴二本来只是喝多了酒，酒醒后屁事也没有，见医生们这样慎重恭敬，还真以为自己是个头面人物，医院不敢怠慢，才享受这高规格待遇呢，压根儿就没想到还有掏钱二字！一等病房空调彩电应有尽有，那朱贵又不时送些瓜果点心来，嘱咐"安心疗养"，戴二还真把医院当成了福地洞天，有点乐不思蜀了。

过了一月有余，戴二老婆对戴二说："你老哥要过生日了，催你回家给他管事呢！"戴二这才说："那就走吧。"收拾了行李，就和老婆往外走，一个值班护士拦住他说："你还没结账呢，先去结账！"戴二奇怪地瞪着眼："结账？结什么账？"护士说："医疗费、住院费，一共是三万三千八百！"戴二一听两眼就红了："我这里有两角（脚），先给你！"抬脚就朝护士踢过去。护士吓得大哭大喊起来："不得了了，病人要赖账，还

行凶打人啦！”医院里顿时惊炸了，女院长闻讯带人赶来，她大喝一声：“给我拦住他，差一分钱就不准走人！”

戴二不认识女院长，更不知道她的来历，女院长一呵斥，他一言不发，猛地一拳狠狠打过去，女院长猝不及防，被打倒在地，顿时血流如注。

医院里顿时乱做一团，混乱中有人报了警，不一会，一阵急促的警笛声从门外响起，戴二才意识到有些不妙，抽身从医院后门逃了出去。

原来镇派出所接到医院报警，说女院长被戴二打得死活不知，所长几乎魂都吓掉了！所有人员立即全部出动。女院长的哥哥县公安局长更是震怒，调派了不少刑警火速赶过来增援。见戴二已经逃走，于是组织力量封锁了所有出镇的道路，电喇叭来回高喊，号召全镇百姓都投入围捕戴二的“人民战争”！镇上的人们早就盼着这一天了，纷纷抄起家伙出门。戴二刚躲进一户人家的茅厕，就被蜂拥而上的村民们拖了出来！当晚，县电视台以“警民联手除村霸，旅游胜地还太平”为题，报道了这一振奋人心的消息。

戴二被押走了，据说十年八年回不来了，平时敲诈勒索积蓄的家财被法院强制执行，抵了医院的医药费和损失费。不过，医院虽然大获全胜，却也是元气大伤，女院长想起那记拳头就心有余悸！从此还真收敛了许多。花果镇的“两怕”没有了，有人对朱贵跷起了大拇指，问他：“你是咋想到这一招的？”朱贵一笑，说：“出门打工，给咱换了一副脑！”

看来，可不能小看回乡的打工人啊！

（题图：谢　颖）

丢 弃

亲爱的傻叔叔

□郭 选

凌山有个公路超限检查站，周涛是站里的工作人员，他工作认真负责，为人也很热情，可过往的司机们对他的意见也最大。咋回事？问题就出在他的叔叔身上。周涛的叔叔是个傻子，酷爱抽烟，他常跑到超限检查站向司机们要烟抽。一来二去，他还抽出了水平，十元以下的烟不抽，要给就得给好的。

有的司机就编了个顺口溜："要想过凌山，得过两道关，一要交罚款，二要上好烟。"

周涛其实也很恼火，这个傻叔叔，并不是周涛的亲叔叔，是爸爸妈妈不知道从哪里领来的傻子。周涛小时候也曾问爸妈，傻叔叔是从哪里来的，为什么对他那么好，他们总是说，你还小，你不懂。

傻叔叔每次来检查站，周涛都要想法赶他走，可稍不注意，他就又跑回来了，弄得周涛也没了办法。

这天，检查站又拦住几辆超载的大货车，刚刚处理完，就见从路旁停着的一辆轿车上下来几个人，原来是省里派来的治理公路三乱的联合检查组。检查组组长瞅着周涛说道："听说这里还有个香烟检查站，我们观察了一会，果然不错……"

周涛的脸"刷"地就红了，刚才他也瞥见傻叔叔又在要烟，只是忙得

没顾上赶他走。

组长意味深长地说道：“我们的工作人员不但要管好自己，还要管好家属，哪怕他精神上有问题……否则，小事也会带来极大的消极影响。”

那一刻，周涛羞愧得恨不得挖个地洞钻下去，事情过后，周涛又受到了站长的严厉批评。站长说，再不管好傻叔叔，恐怕周涛就得考虑一下自己的工作问题了。

周涛从站长室出来，一怒之下把傻叔叔关进自己的办公室，直到下班时才打开门，对傻叔叔说：“来，坐我的摩托吧，我带你去一个好地方，那里有好多好多香烟。”傻叔叔一听有烟抽，喜滋滋地上了摩托车，周涛加大油门朝野外驰去。他已经暗暗下了决心，要把傻叔叔带到远处丢弃。

傻叔叔坐在摩托车上，高兴得呵呵直笑，周涛开得稍快一点，他就喊“涛涛，慢一点啊，别摔着了。”

顺着公路走了一段，周涛拐到一条土路上，在土路上颠簸了半小时后，太阳落山了，路的前方出现了一条铁轨。

“我要看火车，呜呜……”傻叔叔胡乱喊叫着。周涛把摩托停下，傻叔叔跳下车，跑过去，趴在那里，把耳朵贴在铁轨上，兴奋地喊“我听见铁轨响了，火车快来了……”

“呜——”远处传来火车的鸣声，周涛想起一个办法：先把傻叔叔带到铁轨另一侧去，等火车过完，自己也就骑着摩托走远了。于是他骗傻叔叔说，铁道那边看得更清楚，把他带了过去，周涛还递给傻叔叔一个手电筒，这是他出来前就准备好的，为的是让傻叔叔在夜间走路时不至于掉到沟里去。

铁轨嘎嘎作响，火车愈来愈近，周涛急忙往回走，铁轨在这里有个岔道，当周涛走到岔道的时候，一不小心，左脚死死地卡在了岔道里。

火车隆隆地奔驰

过来，再不把脚拔出来就危险了，可越是慌张，越是拔不出来。火车越来越近，周涛已经能看见那冒着白烟的车头了，他绝望地闭上了眼睛……突然，他听到一声怪叫，周涛睁开眼睛：是傻叔叔！只见他怪叫着迎着火车跑过去……

随着一阵刺耳的刹车声，火车终于在距离周涛几十米的地方停了下来，而火车头几乎快擦着了傻叔叔。周涛出了一身冷汗，他蹲下身来仔细一看，原来是鞋带缠在铁轨岔道里了，他赶忙一用力，把脚从鞋子里拔了出来。

走失

等周涛跑到火车跟前时，火车司机已经下来了，问道："出了什么事？"周涛忙跑上前去，只见傻叔叔手里的手电筒亮着，发出刺眼的红光，周涛接过来一看，上面湿漉漉的，竟然是血！原来傻叔叔把手指咬破，涂在手电筒上，制成了司机容易发现的"红灯"，拦下了火车。

一时间，周涛的眼睛有点湿润了，是傻叔叔救了自己的命！没想到他在关键时刻竟这么机警、勇敢……

"给我支烟抽！"突然，傻叔叔向火车司机伸出了手。司机一愣，不知道是咋回事，傻叔叔继续说道："我截住汽车，人家还给支好烟，你们的火车这么长，怎么也得给一盒吧！"

这时，司机已经看出他是个傻子，反问道："你截住火车就是为了要烟？"

"嘻嘻……不然我截火车干吗？"傻叔叔脖子一梗说道。

周涛一听，差点晕过去，原来还是为了要烟啊，唉，傻子到底是傻子。周涛顾不得听傻叔叔的胡话，急忙赔着笑向司机解释，说了一大堆好话，司机才余怒未消地上了火车。

目送着火车渐渐远去，周涛准备回去了，一回头，才发现傻叔叔不见了，他叫了几声，没有回音，又到旁边找了一圈，仍不见傻叔叔的影子。没想到他还真丢了，周涛说不清心里是啥滋味，想了想，决定先回家再说。

一听说傻叔叔不见了，爸妈立刻慌了神，当即和周涛一起连夜寻找。找了大半夜，没有找到。周涛有点泄气了，可爸妈都不肯放弃，妈妈想了一会，突然轻声问爸爸："你看，他会不会是回去了？"爸爸说："你是说，他回老家平家川了？"妈妈点点头："嗯，毕竟那里有一段他忘不了的记忆……"周涛注意到，妈妈说这话时脸有点红，可爸爸却像没看到似的，说："好，明天我们就回老家！"

第二天一早，三人就赶到了老家，他们从附近的村子打听到，今天早上，确实有人看见一个傻子朝平家川走去。一位老乡提醒妈妈："你仔细想想，你们以前经常在哪里见面，

会不会在那里？”妈妈想了想，恍然大悟，说：“我知道了，他一定在那里！”说着急步走去，一行人在后面紧紧跟上。翻过一道山梁，眼前出现一片树林，妈妈细细地查看着一棵棵树木，喃喃地说：“在这里，他真的在这里！”

树上到底有什么记号呢，周涛凑上去细瞧，终于发现，好几棵树上都有一朵用树枝刻上去的小花，花蕊指向树林深处，妈妈他们正朝花蕊所指的方向找去呢。走了没多远，大家都停住了脚步，周涛挤进去一看，地上坐着的果然是傻叔叔。两天不见，他显得更加难看，头发蓬乱，满脸污垢，但两只眼睛却出奇的明亮，此刻他定定地望着妈妈，流露出幸福的目光。

“蕊，你来了，我知道你一定会来的！”他嘿嘿笑着说。周涛听傻叔叔这样叫，吓了一跳：妈妈的名字叫谢蕊，但自己还从没听过有人这么温柔地叫她呢。

“我知道你在这里等我，我怎么能不来呢？”妈妈轻声说。

爸爸上前去搀扶叔叔，叔叔艰难地站起来，不知怎地，腿一软，差点没摔倒。爸爸俯身挽起他的裤脚，只见他的腿肿得老高。

周涛的脸“刷”地红了，这里距傻叔叔走失的地方足有一百多里，不知道他是怎样跑回来的。周涛想起口袋里还有一包烟，就掏出来递给叔叔，叔叔看到烟兴奋极了，抽出几支四面递着：“抽烟抽烟，我会抽烟，这可是好烟啊！”

趁这个机会，周涛对妈妈说“傻叔叔找到了，我看他在老家挺适应的，不如就让他在这里住下，你和爸爸有空还可以回来看看……”

话讲到一半，妈妈还没说什么，爸爸先不乐意了，他训斥道“你叔叔是为救你才走失的，你竟然还想把他一个人丢在这里，你这孩子怎么这样没良心！”

周涛受不了了，攒在肚里的不满也忍不住发泄出来：“他是为救我

吗？还不是为了要几根烟！一个傻子有什么好，值得你们天天供养他！你们不嫌丢人，我还嫌丢人呢！”

爸爸一听气得浑身颤抖，举起巴掌就要打，妈妈赶紧拦在他们中间，哭着对周涛说：“儿啊，你已经不是小孩子了，有些事应该让你知道……你说傻叔叔不是为救你？我就告诉你吧，这已经是他第二次救你了！”

周涛惊讶地瞪大了眼睛，妈妈长叹一声，说：“你的傻叔叔，很久以前就和妈妈认识了……”

妈妈说到这里，脸上泛出甜蜜的柔情，似乎又回到了过去的岁月。

恩 情

那时，妈妈和叔叔青梅竹马，关系一直很好，后来便常常在这林子里约会，叔叔为了让妈妈顺利找到他，总在树上刻上记号，如果不是爸爸的出现，也许他们会成为美满的一对。

那时候，爸爸在县城上班，那可是很光彩的事，他也相中了妈妈，每次回来的时候，口袋里总是装上几包好烟。外公好抽烟，爸爸见了他就恭敬地请他抽，慢慢地，外公就看不上叔叔了，不止一次对妈妈说：“你看他有什么好，连个烟也不会抽，酒也不会喝，这样的男人，一辈子也不会有出息的。”

说的次数多了，妈妈也动了心，渐渐冷淡了叔叔。就在爸妈结婚的时候，叔叔大哭一场，躺在床上三天三夜不吃不喝，起来后就有点神情呆滞……

听到这里，周涛有些发愣，他定了定神，问妈妈：“那您刚才说……第二次救我？”

妈妈擦了擦眼泪，在周涛疑惑的目光中，继续说了起来：

“我和你爸结婚一年后，一天夜里，突然下起了暴雨，山洪暴发，老家的地势低，很可能被洪水淹没。这时你爸爸不在家，我又怀着你，行动不便，就在千钧一发的时候，你叔叔冲了进来，抱起我就走，等他把我抱到安全的地方，再回去搬一些生活必需品时，房子倒塌了，一根房檩砸在他后脑壳上，当时就把他砸昏了。后来他被别人救了出来，但醒来后就变成了这个样子……”

周涛惊呆了，他万没有想到，傻叔叔竟是这样来到他家的……

“他是因为我们才变傻的，我们欠他的实在太多，这一辈子都还不清，还能对他不好，让他再受苦吗？”爸爸说着，扶着叔叔就要走。

周涛如梦初醒，赶忙上前说道：“叔叔，我的亲叔叔，让我背着你好吗？”他弯下腰，背起叔叔，一步一步，稳稳地朝树林外走去……

（本篇月月评短信代码：AA172）

（题图、插图：安玉民）

·东方夜谈·

根据理查德·马森的作品编译

魔鬼送来的盒子

□木　木　编译

神秘的包裹

诺玛结婚后，与丈夫一起住进了市区北郊的一幢廉租房内。这天傍晚，诺玛下班后，意外地在门前发现了一个包裹，包裹里是一个方方正正的盒子，外面用胶带封住了。诺玛把盒子捡起来，拿进了家。

诺玛将盒子打开，盒子里有一个小木盒，上面镶嵌着一个红色的按钮，一个圆形的玻璃罩盖住了按钮。诺玛试着揭开玻璃罩，但没能成功，它是锁住的。诺玛的好奇心被激发了，她将这盒子调了个方向，发现盒底上贴着一张纸条，上面还有一行字：斯坦德先生今晚8点将来拜访您。

诺玛想了想，便小心翼翼地将这个怪怪的东西放在沙发上，转身去了厨房。8点钟，门铃真的响了，诺玛立刻从厨房里走了出来。诺玛的丈夫亚瑟正坐在起居室，他扔下手中的报纸起身去开门，可诺玛飞快地赶在了他前面，亚瑟不由惊讶地看了她一眼。

门外站着一位身材矮小的男人，他那绿豆般的眼睛里发出蓝幽幽的深不可测的光芒。

“您好！”那人说道，“我就是那位斯坦德。”诺玛看了看斯坦德，他的样子看起来不过是一个上门推销货物的小贩。诺玛生硬地说：“有什么事？我很忙。”说着，她转身就想进门了。

斯坦德慢吞吞地说道：“您不想知道我下午送给您的是什么宝贝吗？

它很有价值。”听了这话，诺玛快速地转过身来问道：“值钱吗？”

斯坦德点点头，从衣袋里拿出一个信封递给诺玛，说道：“这里面有一把黄铜钥匙，可以打开那个玻璃罩。只要你一启动按钮，很快就会得到十万美元。当然，这样做是有代价的，你按动按钮的同时，世界上某一个地方的某个人会因此丧命。”

亚瑟从起居室里走了出来，恰好听到了这句话，他皱了皱眉，从诺玛手中拿起那个信封，朝斯坦德扔去，挥手让他马上离开。斯坦德冷冷地笑了笑，又拿出了一张名片递给诺玛，说：“当然，如果您以后需要钥匙，随时可以打电话给我。”说着，斯坦德捡起地上的信封，转身走了出去。

亚瑟一把将斯坦德的名片撕成两半，随手扔进了垃圾桶。诺玛却愣愣地坐在沙发上，过了一会，她问亚瑟“你怎么看这件事？”亚瑟看了看妻子：“别胡思乱想了，亲爱的。这可能是一个玩笑，或者是一个心理测试实验。不过，不管怎么说，他的这种说法总是罪恶的。”

吃过晚饭，两人上床睡觉了，亚瑟很快进入了梦乡。可诺玛怎么也睡不着，满脑子都是那十万美元。

魔鬼的诱惑

第二天一大早，亚瑟先去上班了。诺玛离开家之前，将垃圾桶里的那两块名片的碎片捡了起来，放进了自己的衣袋。在公司吃过午饭，诺玛找了个没人的地方，用胶水将名片重新粘好。她简直不敢想自己为什么要这么干。

快到下午五点的时候，诺玛终于还是拨通了斯坦德的电话：“我真的很好奇，斯坦德先生。”电话那头的斯坦德用一种极其悦耳的声音答道：“这是很自然的。”

听了这话，诺玛的脸腾地一下子红了，她恼怒地责怪道：“不过，你别以为我信了你的鬼话。我只是想知道，你说的，世界上某个地方，某一个人会因此丧命，那是什么意思？”

斯坦德轻轻地答道：“准确地说，那个人可能是任何一个人。我唯一能保证的就是，那个人是你所不认识，或者不了解的人。还有，你用不着亲身面对他的死亡。这样，你就可以获得十万美元了。你现在需要那把钥匙吗？”斯坦德的话里，有着一种特殊的魔力。

“胡说八道。”诺玛一下子挂断了电话。

下了班，诺玛发现那个信封就躺在她家门前。诺玛想：我是不会动它的，更不会把它拿进家中。她故意跨过信封，进了屋就开始动手做饭。可她发现自己的心思根本就不在做饭上，过了一会儿，诺玛终于再次打开门，将信封拿进屋内，并把它放在橱柜最下端的抽屉里。

等到亚瑟下班时，诺玛已换了无数个主意，最后她还是决定直截了当:“我想试一下按钮，亲爱的。”亚瑟吃惊地看了看妻子，说道:“你疯了，那是谋杀！”

诺玛静静地看了看丈夫，她的眼里充满了坚定:“我只是想试一下。那个人可能远在天边，与我们又有什么关系呢？要知道，有了十万美元，我们就用不着这么累了，可以做点小生意什么的。命运可能因此而改变。”

亚瑟不耐烦地打断了诺玛的话:“别说了。不管怎么说，那是谋杀。钱，我们会有的，只是时间早晚问题。”

时间早晚？诺玛微微地冷笑了，看来丈夫不会同意她的想法，她得另想主意。想到这儿，她伸过手去，拥抱了一下亚瑟，说“别生气，亲爱的，我也只是说说而已。”

又是一天清晨，亚瑟吃过饭后上班去了，诺玛却留在了家里。她一定要试试那个神奇的按钮。要是真的能起作用，还要去上什么班呢？如果起不了作用，大不了也只是迟到，被扣三美元的工资而已。

诺玛打开盒子，又取出信封中的钥匙，轻轻地插进了玻璃盖，盖子应声而开。她看了看那个平常无奇的按钮，慢慢地伸过手去。此时，她的脑中想到了亚瑟：我这样做，是为了我们两个人的将来，你用得着气势汹汹地冲我发火吗？想到这里，诺玛一把将按钮摁了下去。

邪恶的代价

毫无反应，什么神奇的事情也没有发生。诺玛伸手将按钮扔进了垃圾桶里，匆匆地换上衣服上班去了。

傍晚，诺玛回家后正在翻煎油锅里的猪排，电话铃猝然响了。

“是列维斯夫人吗？这里是纽约列诺可斯医院。是这样的，您的丈夫下班乘地铁时，被拥挤的人群给挤到了列车前面，那时，车还没有停稳……我们很抱歉，他被送来时已经太迟了……”

诺玛脑子里嗡的一声，她猛然想

飞机上的搞笑语录

◇ 飞机降落了，正在跑道上滑行，广播应该是："女士们，先生们，我们的飞机还在滑行，请您坐好……"结果一着急，播成了："女士们，先生们，我们的飞机滑得还行……"这时候，"叮咚"一声，内话响了，机长问："谁夸我呢？"

◇ 乘务长站在飞机入口处迎客，上来一位年轻小伙。乘务长热情道："欢迎您登机，请问您是什么座？"小伙答："我是天蝎座，您呢？"

◆ "我是巨蟹座……我是问您坐哪一个座位……"

◇ 乘务员正在供餐，来到一位旅客前问道"先生，我们有鸡肉和鱼肉，请问您吃哪种？"

◆ 旅客沉思道："我想吃排骨。"

◆ 乘务员沉着应答："我们有鸡排骨和鱼排骨，您吃哪种？"

◇ 乘务员："您好，请问喝点什么？"

◆ 旅客不好意思道："不喝，不喝。"

◆ 乘务员小声提示："是免费的。"

◆ 旅客"啊？免费的啊！我要一杯橙汁，一杯可乐，一杯咖啡，还要……"边说边从包里拿出一个瓶子说道，"再给我灌点豆浆在里面！"

◇ 乘务员送饮料时，广州乘客喜欢问："小姐，有没有奶茶？"海南乘客问有没有椰子汁，北方乘客要酒，小朋友要冰激凌，女孩要酸奶。

◆ 最令人无语的是，一次有一乘客问："小姐，有燕窝吗？"

（**推荐者**：金　珏）

到丈夫的公司为他购买的人身保险金是五万美元，赔率是二赔一，那不就是十万美元吗？这么说，是她亲手杀害了自己的丈夫！

诺玛疯了一样地从垃圾桶里找出了那个按钮，她死命地敲开嵌着按钮的木盒，就连手掌被划得血肉模糊，她也毫不在乎。可那个木盒里竟空空如也，没有电线，也没有传感器，什么也没有。难道亚瑟的死只是一个意外？

电话铃再一次令人惊悸地响起，是那个斯坦德："是列维斯太太吗？您的十万美元就要到手了。"

是自己杀了亚瑟！诺玛绝望地想道。她歇斯底里地对斯坦德吼道："你这个该死的，你不是说死的人是我不认识的，或是我不了解的吗？"

斯坦德沉默了一会儿，这才阴森森地说道："夫人，你和你丈夫是两种人，难道你自以为了解他那颗善良正直的心吗？邪恶，是要付出代价的。"

后来，诺玛搬离了这幢廉租房，再也没人见到过她。一周以后，新房客罗娜下班后在自家门口发现了一个怪怪的盒子。她看了看，就把那个怪怪的盒子拎进了屋……

（**题图、插图**：佐　夫）

孝猴

□袁晓华

山洞里蹦出个金戒指

清朝末年，有个外乡人流浪到四川巫山县大宁河镇，他在镇东柳林里搭个棚子，算作居室，靠苦力拉纤换一些吃喝。平时，他不和任何人来往，人们也不知道他的真名，因为他说话带外地口音，镇上的人都唤他为“外乡人”。

一天，外乡人独自顺着河道拉一艘小船，来到鹰子岩，只见一只鸟叼着什么从山上的一个石洞飞出，“铛”的一声，鸟嘴里掉下一个黄澄澄的东西，正落在外乡人面前。外乡人捡起来一看，原来是枚金戒指，他放在嘴里一咬，软的，是真金，就悄悄地放在怀里。

回到家里，外乡人翻来覆去睡不着。第二天，他就向镇上的一个老头打听，鹰子岩上的那个山洞是做什么用的。老头告诉外乡人，那洞是藏棺材的地方，又称悬棺。相传很久前，大宁河出过一个宰相，他死后，人们从山上开了条路，把棺材埋在洞里，为了防止有人盗墓，就把洞口修成鼻梁状，修完后又把道路炸了，这样，就是再高明的盗墓贼，也不能进入洞内。

原来洞里埋的是个宰相，怪不得会蹦出个金戒指，谁知道里面还藏有多少金银财宝，外乡人想到此，不禁心生盗墓的邪念。可蜀道难，难于上青天，看着剑鞘般的高山，外乡人一时也想不出什么好办法。

一天，外乡人正和一班人拉纤，发现山上有人扔石子打他们，抬头一瞧，原来是群泼猴。那群猴子在绝壁上打打闹闹，攀石附壁，行走如常。外乡人心里不禁一亮：可以利用这些猴子去山洞取宝。

于是外乡人在家里做了个木笼，安上机关和活动门，把笼子带上山。到了山上，没过多久，就发现了猴群，原来巫山一带，山大人稀，人们视野猴为精灵，很少捕杀。

外乡人在木笼周围洒上玉米，就径自下山。第二天上山时，木笼周围的玉米已经不见，外乡人就又洒上一些玉米。一连洒了十多天，外乡人才将玉米投进笼里，然后就蹲在一边守候。不久，只见一只母猴带着一只小猴抓着树枝荡过来了，外乡人仔细一瞧，在母猴的怀里还藏着一只几个月大的幼猴。母子三个蹲在树上，左右观察了一会儿，就跳入笼中，捡拾玉米大嚼起来，一不留神，小猴触动了机关，门自动关上了。母猴"哦哦"狂叫，外乡人忙走上前，用一块黑布罩住木笼。猴子怕黑，吓得没了声响，外乡人就拎着木笼回了家。

到了家，外乡人把布扯开，一不留神，被母猴抓伤了手。外乡人把母猴抓出来，手起刀落，一刀把母猴给杀了。看着母亲的鲜血，两只小猴屈服了，吓得闭上了眼睛，瑟瑟发抖地抱在一起。原来，大猴野性十足，不好驯养。外乡人杀了母猴，剥了猴皮，这时恰有一个过路客商经过，见外乡人有刚剥好的猴皮，就花了三个铜钱，将猴皮买下。

驯猴取宝

外乡人给小猴取名为"大宝"，幼猴取名为"二宝"，用铁链锁住，每天训练，如果不听命令，外乡人就会用鞭子抽它们。那些看热闹的乡邻见外乡人的鞭子上浸透了鲜血，纷纷骂他残忍狠毒。在外乡人的严厉调教下，两只小猴进步很快，已能接受外乡人的一些简单指令。

这天，外乡人正在家里驯猴，里正前来找他，里正身后还有顶轿子，从轿子上下来一个妇人，正是县令夫人。原来县令夫人听说外乡人家里有两只乖巧的猴子，就想来瞧瞧。见到县令夫人，"二宝"好像见到救星，一下就蹿进县令夫人的怀里。县令夫人爱怜地抚摸着"二宝"，对外乡人说："这只猴子很乖巧，把它卖给我吧。"说完，也不管外乡人愿不愿意，扔下二两银子，返回轿中。见"二宝"被带走，"大宝"并不难过，只是向弟弟长啼两声，算作告别。

一晃一年过去，"大宝"长成了一只成年公猴，在外乡人面前也愈发听话，外乡人给它的指令，它都能得心应手地完成。外乡人觉得时机已到，

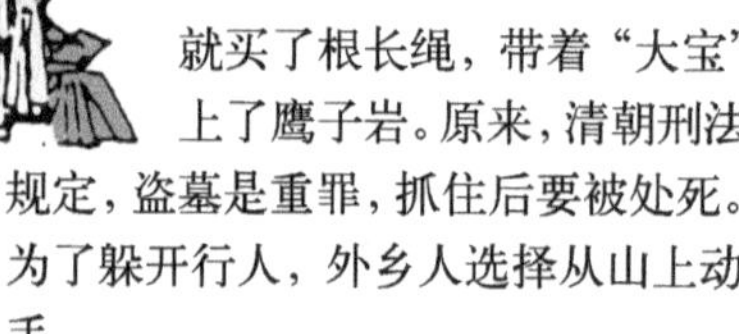

就买了根长绳，带着“大宝”上了鹰子岩。原来，清朝刑法规定，盗墓是重罪，抓住后要被处死。为了躲开行人，外乡人选择从山上动手。

外乡人用长绳拴住“大宝”的脖子，递给“大宝”一个口袋，指着藏棺山洞的方向，做了个装东西到袋子里的动作。“大宝”明白，拎了口袋就往山洞的方向跑去，外乡人在后面放绳子，但只放了二十多米，就放不动了，原来，山上多灌木，将绳子死死缠住，绳子不能松动，根本放不了多远，外乡人只好把“大宝”拉了回来。

外乡人心烦意乱，密谋了一年的计划，就这么泡汤，他不甘心。这时，“大宝”做了个动作，示意外乡人帮它把绳子解开，外乡人犹豫了。他知道，这“大宝”聪明异常，如果解开绳子，无异于放虎归山。想了半天，外乡人不愿一年的心血就此泡汤，决定赌一把，就解开了拴着“大宝”的绳子。

“大宝”得了外乡人的指令，向山洞爬去。等了半个时辰，外乡人以为“大宝”跑了，正在唉声叹气，“大宝”拎着一件东西回来了。外乡人一看，这东西长约一尺，晶晶亮亮，原来是块玉如意。外乡人高兴得蹦了起来，大叫“发财了”。

这天，“大宝”前前后后为外乡人拿回二十多件金银玉器，外乡人满载而归。回家后他买了酒肉，高兴得多喝了两盅，连给“大宝”上锁都忘了，昏昏沉沉地睡了过去。

灵猴献赃

不料到了半夜，几个捕快来到外乡人的家里，将睡得死沉死沉的外乡人绑缚起来，然后搜出他盗得的财宝，将他打入了死牢。

原来，“大

宝”趁外乡人睡熟，拿了一块玉笏板，来到县衙，找到弟弟“二宝”，让“二宝”将玉笏板送给县令夫人。县令夫人见猴子给她送礼，不由得大吃一惊，忙找来县令。县令见玉笏板正面写着“御赐”，反面写着“祝宰相公六十寿诞”，就知道是以前皇上御赐宰相的东西。县令是本地人，知道民间传说的“悬棺藏宝”的典故，问过夫人后，推断定是外乡人盗了悬棺，当下派捕快前去搜拿。

在证据面前，外乡人只好如实招供，原来，外乡人真名叫秦三，以前是个耍猴的，在家乡犯下命案，只好逃到四川，在偏僻的大宁河躲藏。县令当即上报刑部，刑部依据《大清律》，判秦三剐刑，秋后处决。

到了秋天，大宁河已是寒风瑟瑟，许多百姓都涌到刑场看杀人，熙熙攘攘，如同过节一般。

正要行刑时，有差人来报县令，说“大宝”和“二宝”死死地缠着一个看热闹的外地客商，把人家的外衣都撕烂了。县令早见过“大宝”和“二宝”的本事，知道这两只猴子颇有灵性，它们拦住那客商，一定有什么隐情，就让差人把客商带来。客商到时，县令见他的衣裳果然被猴子撕裂，露出里面的猴皮背心。

客商交代说，这正是一年多以前，他在外乡人手里买下的母猴皮。

县令听罢感慨良久，让他脱下猴皮背心，交还到“大宝”和“二宝”的手里。“大宝”和“二宝”捧着母猴皮，唏嘘良久，长啸一声，震耳欲聋。人们抬眼望去，只见两只猴影带着母猴皮，一前一后，消失在大宁河边的青山之中……

（题图、插图：黄全昌）

·历险故事·

雪山冰川上的爱

□范大宇

雪山上的情敌

在整个雄鹰登山队，拉姆尔是登山技术最好的。别人视为难点的高度，他不费吹灰之力就能登上，而且当其他人累得气喘吁吁时，拉姆尔却像是只爬了一个小土包。高兴时他还会吹起欢快的口哨，吹得约瑟芬钻出帐篷，扬起漂亮的脸蛋，支起可爱的耳朵认真倾听。

约瑟芬是登山队里唯一的女性，队员们有时想不通，这样一个漂亮妞怎么会选择登山这项男人的运动。但约瑟芬绝不是滥竽充数，她不仅没有拖全队的后腿，而且给队员们带来了青春活力。

约瑟芬不止一次公开声明：谁能第一个登上海拔8844米的珠穆朗玛峰，她就嫁给谁。这话与其说是公开声明，不如说是针对拉姆尔一人说的。

但是，自从队里来了那个叫黑木的小伙子后，情况起了变化。

黑木是当地的土著，长得黑黑瘦瘦，并不起眼。他原本是给登山队背送给养的，背60公斤东西送到海拔7700米的营地，可以得到10美元的报酬。那天，黑木对队长开玩笑说：“这座山峰没有什么了不起，很容易上去的。”队长笑着说：“黑木，你真是站着说话不腰痛。”

黑木不服，脖子一梗，说：“山鹰靠翅膀说话，山里人靠双腿说话，我们从不说谎。”结果第二天在冲击7950米的高度时，队长破例让黑木参加了。黑木呢，只用了一个小时就顺利到达了目的地，这让全队大跌眼镜。

为了增加登上珠穆朗玛峰顶的保险系数，队长经请示上级，把黑木特招为队员。可这样一来，对拉姆尔造成了极大的威胁。在海拔8150米建立了最后的营地后，拉姆尔明显地感到了约瑟芬对他的冷淡。也难怪，那黑木仿佛真是只山鹰，高高的雪山对他来说根本不在话下，他不怎么需要吸氧气，也没有高山反应，他的双手双脚就像壁虎似的，能牢牢地抓住溜滑的冰川，如果再借助冰镐，那就如行走在平原之上。

饭后，当拉姆尔吹起口哨时，约瑟芬不再钻出帐篷倾听；可当黑木哼哼起谁也听不懂的小曲时，约瑟芬却会开心地“咯咯”大笑，对黑木说“小山鹰，你的歌太迷人了。”听听，她竟说“迷人”。这时，黑木问：“你愿意当我的姐姐吗？”约瑟芬点点头，把黑木一把揽到怀里，亲热地叫道：“黑木小弟！”这场景对拉姆尔太刺激了，他打开一瓶烈性酒，张开嘴，“咚咚咚”一气灌下几大口，然后钻进睡袋，想了半宿，有了主意，他决定：采取特殊战术，搞垮黑木，将本属于自己的爱情夺回来！

第二天，拉姆尔找到黑木，关心地问他：“兄弟，想不想第一个登上珠穆朗玛峰？”

黑木忽闪忽闪大眼睛，说“当然想，队长说，谁能第一个登上山峰，就会得到一大笔奖金，有20万美元，天！那将会让我们全村的人不再受苦。”

于是，拉姆尔掏出一片药片，冲黑木扬了扬，说：“知道这是什么吗？”

黑木摇摇头。

“这是保证能登上珠穆朗玛峰的神药。你每天吃一片，到了冲顶峰的时候，你就会有足够的精力。”

黑木笑了，说：“我知道了，这是兴奋剂，不让吃的。”

拉姆尔心里一惊，直直地瞪着黑木，心想：这小子，看似老实，其实什么都明白。但他旋即笑了，故意轻松地说：“在体育界，这是公开的秘密，只要不被发现就是英雄。”

黑木拿过药片看了看，说：“这小小玩意儿，就这么管用？真好。”

“那——你？”

黑木坏坏地一笑，说“拉姆尔大哥，我吃！我要争取第一个登上山顶！”

拉姆尔没想到自己的计划出奇地顺利。他知道，只要黑木连续吃上几天兴奋剂，他的神经系统就会受到损害，在登顶的关键时刻就会撑不住……

5月16日，全队开始了对珠穆朗玛峰的最后冲击，他们从海拔8150米的营地出发，开始穿越世界上最最难走的一段路。

队长安排黑木、拉姆尔、佐尔明为第一梯队，黑木排在第一位置。约瑟芬在第二梯队。出发的时候，拉姆尔看到约瑟芬对黑木做了个V字型手势，他暗暗发笑，心说：一会儿，你们就知道我拉姆尔的实力了。

千万年造就的雪山冰川，让人处处无法立足，登山队员们一寸一寸地前进，每前进一寸都要付出巨大的艰辛。前方遇到了一块巨大的悬崖冰壁，有5米多高，挡住了登山队员们的去路。直立90度的冰墙让人感到大自然的力量。排在第一位置的黑木看了看，二话没说，就一下一下用冰镐开凿，他是要为后面的队友们开辟出可供攀登的立足点。冰墙十分坚硬，凿几十下才能敲出一个小坑。半个小时过去了，一个小时过去了，后面的登山队员也陆续汇集到了这里，而黑木还在不停地工作着。约瑟芬在后边高声喊：“黑木，你要是累了就歇歇。拉姆尔，你们就不能帮帮他吗？”

拉姆尔耸耸肩。这时，黑木已经开凿出了十几个支撑点，他冲拉姆尔笑笑，说：“大哥，来！”

拉姆尔和佐尔明上前，用双手托起黑木，黑木脚踩着他们的肩膀，挥动冰镐，用最快的速度在头顶部位开凿出一个点，然后一发力“嗨”地翻了上去。黑木坐在冰壁上面，气喘吁吁。拉姆尔知道，药物开始发挥负作用了，黑木的力气快用尽了。黑木在冰壁上往支撑点里插入钢钎，然后将绳索甩下来，把队友们一个个拉上去。

眼看着就到顶峰了，黑木加快了速度。可是因为第一梯队的三个人用安全绳互相连在一起，所以黑木得时不时地等着拉姆尔和佐尔明。拉姆尔感到了呼吸困难，他大口大口地吸着氧气。这一刻，他甚至想到了放弃。可一想到荣耀，想到巨额的奖金，想到约瑟芬，他就又来了精神。

永远的山鹰

突然，黑木大喊了一声：“啊——”拉姆尔抬头一看，天，黑木不见了，而他们的绳索则一下子绷紧了——黑木掉到冰缝里了。拉姆尔让佐尔明在后面站稳，自己紧走了十几步，赶到了冰缝边上往下探头一看，不由倒吸了一口凉气：这条冰缝宽不足一米，却深不可测，黑木悬在空中，正挥舞着双手挣扎。拉姆尔和佐尔明一下一下地拉动安全绳，想将黑木拉上来。但是，在有一定坡度的冰面上，他们每拉动一下绳索，自己就会被牵引着往下滑动。佐尔明说：“拉姆尔，我们必须固定好自己，先站稳了，否则我们都会掉下去的。”

拉姆尔立即用冰镐开凿支撑点，一边冲下面高声喊：“黑木，你自己抓着绳索往上爬呀！”

冰缝下面传来微弱的声音：“拉姆尔，我……没有力气了……”

拉姆尔浑身一震，一阵内疚袭上心头：如果不是那药，黑木一定能爬上来的……

拉姆尔狠狠地捶了一下自己的脑袋，他大声喊：“黑木，挺住！”说完，他发狠地挥动冰镐，他要救出黑木，他宁可得不到约瑟芬的爱，也不能眼睁睁看着一个鲜活的生命就此消逝。

这时，黑木喊道：“拉姆尔大哥，你们不要为我费力了，这样做很危险。我要告诉你一句话：约瑟芬姐姐是爱你的，你应该主动向她表白。山鹰捕获猎物时，是不会等待的……为了全队的胜利，拉姆尔大哥，永别了！”随着黑木的话音，拉姆尔感到绳索一松……黑木自己割断了生命之索，沉入了万丈冰川之中。

后面的队员赶上来，目睹了这一切。约瑟芬哭得像个泪人，可她的眼泪一出眼窝，就结成了冰。

时间不容许他们在这里再多停留，冲击顶峰开始了，拉姆尔将自己的氧气包解下来，递给了约瑟芬。

约瑟芬不解：“你这是干什么？”

拉姆尔摇摇头，说：“约瑟芬，你登顶吧。我……我不配！”

终于，队员们胜利登上了珠穆朗玛峰顶。拉姆尔是最后一个登顶的，站在这世界的顶峰，他突然想：明天的报纸就会登出我们胜利登顶的消息，但是几十年一百年后呢，谁还会想到我们？可是不论多少年，只要冰川不化，黑木兄弟就会永远保持他那年轻的笑容……

拉姆尔又吹起了口哨，不过吹的却是黑木哼过的曲调。一只山鹰盘旋在天空，那是不是黑木的灵魂呢？

（本篇月月评短信代码：AA173）

（题图、插图：佐　夫）

复印彩票

□刘　艺

五百万不翼而飞

小秀是一家大企业的会计，她有一个习惯，每期都买福利彩票，每次只买一注，每次的号码都相同，那就是他们一家三口的生日组合。她已经买了三年，一次也没中过，那些彩票用小夹子夹好，收放在书柜的抽屉里，已经有厚厚一摞了。

这天，小秀跟往常一样坐在电视机前看摇奖，突然她的眼睛亮了，心跳加速了，赶紧喊丈夫阿康："快，你再看看是不是真的？"核实之后，两个人都跳了起来：天呀！真的中了五百万！

意外的惊喜让小两口一直兴奋到深夜。阿康拿出小秀保存的厚厚一摞彩票，说要买一个最精致的盒子，将它们收藏起来，留作永久的纪念。小秀笑着逗他："这个永久的纪念还缺一张呀。"阿康立即明白了，还缺一张最重要的，就是中奖的这张。这可怎么办呢？这张彩票要拿去领奖，不可能留在自己手中了。于是两人商量：明天先将这张彩票复印一份，然后再拿去领奖。

第二天，小秀拿着彩票来到单位附近的复印社，这家复印社也代卖彩票。复印社的老板是个年轻的小伙子，当得知小秀要复印彩票时，他先是一愣，继而若无其事地完成了复印。

小秀拿到复印件，正低头看时，小老板将彩票的原件递还了给她。可小秀一接过“原件”就觉得有点不对劲：这张彩票太新了，而她中奖的那张，经过昨晚她和阿康的摸弄，已经变得软软的了。小秀赶紧再仔细一看，天哪！竟然连号码也不对了。

小秀立刻说：“老板，原件拿错了，这不是我的那张。”小老板眼睛一瞪：“大姐，这一大早，我只接待了你这么一个顾客，哪能有错呢？别是你自己弄错了吧？”小秀看看复印件，又看了看彩票，说：“老板，你还是仔细找找，这不是我拿来的那张。”说着，小秀将复印机盖掀开，里面却空空如也，小秀顿时就傻了眼：自己中奖的彩票哪去了呢？她开始围着复印机前后左右地找，继而在整个复印社里翻腾。

这时，复印社里的人越来越多了，人们用各种眼光看着这个四处翻找的女人。小老板在人们询问的眼神中，再也按捺不住了：“大姐，我还要做生意，您还是回家找找吧。”这时小秀的情绪也很激动：那可是五百万啊！怎么一眨眼工夫就没了呢？肯定是小老板搞的鬼，想霸占她的五百万头奖。

可是彩票不见了，跟谁说理去呀？这彩票是不记名不挂失的，想到这里，小秀不禁出了一身冷汗。但她很快又镇定下来：趁小老板还没将彩票转移，她必须把属于自己的彩票找回来。

据理力争

小秀走到复印社门口，深深地吸了一口气，开始仔细回忆从她进门到彩票丢失前的经过情形。突然，一个小小的细节跳了出来：小老板复印前，在复印机底座与地面连接处取了一张纸，还抖了抖上面的灰。这个动作有问题！因为小秀在翻找过程中发现复印机续纸板上有纸，她还将每张纸都检查过一遍呢。小老板肯定是在这个环节将彩票调包的。这时，其他的一些细节也都慢慢地跳了出来：听说小秀要复印彩票后，小老板的一只手一直放在裤袋里，而取纸、抖灰都是用另一只手来完成的，直到复印时才是两只手并用。对了，一定是小老板假装取纸，乘机将中奖的彩票藏在了复印机底座与地面交接的空隙里，在抖灰时，又将裤袋中的另一张彩票放进复印机里复印。

小秀想到这，兴奋不已，立刻返身走到复印机前，弯腰、伸手，果然一把抓到了一张彩票，拿出来一看号码，正是自己的那张！五百万失而复得！可小秀还没来得及庆贺，彩票就被小老板一把夺了过去：“你怎么到处乱翻人家东西，这是我的！”小秀大喊：“你这个无赖！这是你从我这儿偷去的！”围观的人群议论纷纷，说什么的都有，小秀的声音被淹没了。

这时，一辆警车呼啸着到了复印

社门口，原来小秀早就拨打了“110”报警电话。小秀赶紧拦住为首的警官，将事情经过讲述了一遍。看到警察，小老板有点沉不住气了，他红着眼睛对小秀说：“大姐，你经常买彩票，也知道彩票的规矩，不记名、不挂失，在谁手中，就是谁的。别说你报警，就是告到法院，你也赢不了！”

这时警官发话了：“你们的事，由我来处理，双方都息息火。小伙子你先说，为什么说这张彩票是你的？”小老板似乎胸有成竹，他说：“警官，我们做彩票这行的，每隔一段时间就要去考察一下同行，昨天我跑了全市大约三十多家彩票行，每到一处都打一张彩票，号码都是随意说的。没想到有一张真的中了，我就将这张彩票藏在了复印机底下，其他的就随手扔了。没想到今天碰到这个女无赖……”警官制止了他，又问：“关于这张彩票，你还有什么要说明的吗？”小老板示意没有了。警官问小老板：“你中奖的事都有谁知道？”小老板：“只有我媳妇知道。”说着看了小秀一眼，猛然意识到什么，马上改口说“哦，不不，由于我昨天太兴奋，可能许多人都知道了。”警官点点头，说：“那现在请这位女士说一说，为什么这张彩票是你的？”

小秀说：“这张彩票的号码是我一家三口的生日组合，我已经买了三年了，所有的彩票都收藏着，我可以立刻回家去取。还有……”小秀直视着小老板，“你能解释这张彩票上为什么有我丈夫的指纹吗？”小老板愣了一愣，回答：“你和你丈夫一大早就来缠我，非要看看中奖的彩票是什么样子，我缠不过你，就拿出来给你们看了，落下你丈夫的指纹，非常正常。”小秀立刻追问：“我女儿没来过吧？彩票上为什么有我女儿的指纹？”小老板答：“早上和你一起进来的小女孩，穿着裙子，扎着小辫，一进门便嚷嚷，妈，我也要看一看中奖的彩票。”

第二届“梅陇杯”法制故事大赛征文启事

为推进平安建设,构建和谐社会,由中华人民共和国司法部法宣司、上海市法制宣传教育联席会议办公室主办,上海市闵行区法宣办、上海市闵行区梅陇镇人民政府协办,《故事会》杂志社承办的2006年第二届“梅陇杯”法制故事创作大赛,决定面向全国征文。

此次活动有关事项如下:

一、征文内容:可从立法、司法、执法,公民学法、守法、依法维权,法律援助、法律服务、社会治安综合治理、社会公德、家庭美德、职业道德中的涉法内容,公民与违法犯罪行为作斗争以及中外历史上的涉法案例等各个角度展开。要求故事情节曲折生动,语言有口头文学特点,作品未在省地级报刊发表过,字数一般在15000以内。

二、奖项设置:本次活动将聘请有关专家组成评委会,设一等奖1名,奖金5000元;二等奖2名,奖金各3000元;三等奖10名,奖金各1000元;创作奖50名,奖金各500元,个调税均自理。部分优秀作品将陆续在《故事会》上发表,并结集出版。

三、征文时间:截止时间为2006年9月30日,10月底评出获奖作品并专函通知获奖作者。

来稿方法:1.从邮局寄发,请在信封上注明“法制故事征文”字样,本刊地址:上海市绍兴路74号《故事会》杂志社,邮编 200020。2.从网上传递,本刊为大赛所设的信箱是 fzhgushi@126.com,请在主题上注明“法制征文大赛”字样。

小秀听完小老板的回答,忍不住笑了起来:“第一,我丈夫不可能跟我一起来,因为他坐早上七点的火车出差去了;第二,我没有女儿,只有一个儿子,早上七点半送到幼儿园,有幼儿园的接送卡为证。你还有没有其他解释,如果没有,单凭指纹一点,就可以证明这张彩票是我的。”

喜剧结局

小老板涨红了脸,拍着桌子大喊“无论你怎么辩解,彩票的规则就是不计名、不挂失,在我手上,就是我的,你再多说也没用!”

小秀不屑与他争吵,气得将脸转向一边,突然她的视线被屋内一个带抽屉的书桌吸引了……小秀猛地站起身来,对小老板说:“别喊了,这张彩票归你了。”说着就往外走。

小老板傻了,警官愣了,五百万说不要就不要了?

还是警官先回过神来,对小秀说:“那就请你在这签个字。”小老板紧张地看着小秀签完字,长长地舒了一口气,就如同那五百万已经揣进了自己的腰包。

警官和小秀一起走出复印社,他那欲言又止的神情令小秀笑了起来。

“您是不是想问我,为什么五百万说不要就不要了?我告诉您吧,今天早上我忙乱中拿错了彩票,小老板手里那张是上期的,这期中奖的还好好地放在我家书柜的抽屉里呢!”

(题图、插图:魏忠善)

根据美国作家马格瑞特·歇德作品编译

在电影里寻找爱

□焦松林 编译

孩子，快点转过身来吧

自从玛丽安的儿子杰里上了越南战场，她就一天天地显老了。杰里今年刚满二十岁，他一参军就爆发了越南战争，杰里随部队去了越南。起初杰里还不时有信回来，可五个月以前，忽然变得杳无音信了。

为了帮助玛丽安打发时间，避免她老是想着杰里和那该死的战争，几乎每天晚上，丈夫都会陪玛丽安去看电影。当然，在买票之前，丈夫总会先了解一下这部电影的主要内容，以免出现战争的场面刺激玛丽安。

这天晚上，丈夫带玛丽安看一部有关花样滑冰的电影，没想到，正片前竟加演了一部反映越战的纪录片。片子先是介绍了美军最新式的武器，接着镜头拍到了几名被俘的美军士兵，他们正站在一个越南监狱的门口。

纪录片一开始播放，玛丽安就双手紧握，满头大汗。她顾不得旁边的丈夫，眼睛死死地盯着银幕，尤其是那几名战俘走出监狱时，她的心跳就更快了：杰里会在里面吗？

战俘们一个个走出来，最后出来的那个战俘只有一个背影，这背影像极了杰里。快点转过身来吧，快点，玛丽安急切得要喊出声来了，可纪录片放到这里就结束了。

电影放完了，玛丽安还痴痴地坐在那里，后面那部花样滑冰的片子她一点儿也没有看进去。她的脑子里只有那个像极了杰里的背影……

接下来的几天晚上，玛丽安背着丈夫悄悄去看那部纪录片，可那个背对着镜头的士兵始终没有转过身来。这天晚上，她看完纪录片走出影院，恰好听到旁边两个人的交谈，一个人低语道："这片子可能是被剪辑了，要想看完整的纪录片，那得去墨西哥。"去墨西哥就能看到完整的纪录片！玛丽安又有了希望：对，一定得去墨西哥。

回家后，玛丽安把去墨西哥的想法告诉丈夫，当然她并没有说实话，只说自己想去看望嫁在墨西哥的妹妹。丈夫先是一愣，接着答道："这段时间公司很忙，我抽不开身，你总不能一个人去吧？"他指望妻子能打消这个念头，凭直觉，他知道这事一定与杰里有关。

"你忙你的，我可以自己驾车去。"玛丽安淡淡地说，神色却十分坚定。驾车去墨西哥，那至少得花一个月，一路上的吃喝住宿，加上随时会有的天气变化，真不是件容易的事。丈夫惊讶得张大了嘴巴，不过他没有反对，他太了解玛丽安的脾气了。

玛丽安坚信那部电影没有全部放完。可她也拿不准，就算那部纪录片在墨西哥没有被剪辑，那个背对着镜头的士兵在电影里就一定会转身吗？转过身来之后，会是杰里吗？可不管结果怎么样，她总得要亲自去看看。

经过一个月疲惫的汽车之旅，玛丽安终于到了墨西哥。她并没有先去找妹妹特里萨，而是沿路不停地打听哪座城市有那部美国来的纪录片播映。就这样，她追寻着那部纪录片，一直找到了妹妹特里萨住的城市。

特里萨见到了姐姐，非常兴奋，可他们一家正要出门度假，玛丽安告诉妹妹没关系，自己可以一边为他们看家，一边等他们回来。当天傍晚，特里萨夫妇就出门度假去了。他们前脚刚走，玛丽安后脚就出了门。她驾上车，直奔城里的德伯里影院，她已经打听清楚，在那里会放映那部纪录片的完整版。

到了德伯里影院不久，电影就开始了。果真是那部纪录片，一点儿也没错。玛丽安目不转睛地看着，双手紧紧地握在了一起，心脏一阵阵狂跳。

一开始出现在银幕上的，仍然是那一件件崭新的武器，可在玛丽安眼里，看到的却是战场上倒在这些武器下的一具具尸体。

接着，战俘们一个个地出现在银幕上，玛丽安早已给他们取了名字。靠在监狱大门旁的那个，玛丽安把他叫做克里斯，他身材瘦长，在整个影片中都有他的镜头。玛丽安喃喃道："可怜的孩子……"不知不觉地，她已经把对杰里的爱分出一点给了克里斯。

接下来的那个，玛丽安叫他沃特。沃特面部泛红，颈部还系着块手

帕。“看样子他是感冒了。”

杰里小时候也常感冒，这孩子也很像杰里。

电影又到了最后，监狱大门上出现了一只手，那手有些粗大，手上还戴着一枚戒指。他就是那个一直没有转过身来的士兵。那枚戒指，玛丽安认识，像极了当年她结婚时送给杰里爸爸的那枚。戒指现在的确是在杰里那儿，他出发前，丈夫亲手把戒指戴在了儿子手上。

那个士兵终于慢慢地转过身来了，一点一点，慢慢地，他的身体似乎没有动，可脸真的像是在转动。

玛丽安在心里喊着：克里斯，沃特，你们叫一下这个孩子，让他快点转过身来吧，他的母亲真想看看他啊！这个士兵终于转过身来了，一张脸填满了银幕，可他的面部毫无表情，只是目光空洞地看着镜头。天啊，那真的是杰里！

可杰里的脸像块平板，两眼直直的，那模样就像是……像是个白痴！杰里出门前，可是一个活泼灵动的孩子，他那大大的眼睛里，总是闪动着智慧的光芒。可银幕上的杰里龇着牙，戴着戒指的那只手挥动着，目光直勾勾地射向前方。他真的是个白痴了！玛丽安一下子晕了过去。

玛丽安突然倒地，造成影院内不小的骚乱。其实她还能听到，也能看到，有个妇人走上来为她做人工呼吸，接着一个男人轻轻地扶着她，慢慢地走出影院，来到外面的灯光下。

此时，玛丽安的大脑中一片空白。杰里是个废人了，他已经不再是以前那个杰里了。玛丽安一遍一遍地对自己说着，泪水忍不住哗哗地流了出来。但不管怎样，他还活着，现在他需要妈妈的保护，一定得找到他，一定。

不知哪来的勇气，玛丽安开始给总统写信，她请求总统救救杰里。信发出去了，寄向了华盛顿。

接下来的日子里，玛丽安每天都在想着那封信，它能到达总统的手里吗？总统会重视这封信吗？他会不会把这封奇怪的来信看成是笑谈，不屑地扔进废纸篓里去？

玛丽安的情绪越来越差，做起事来也开始丢三落四。不过，她还是强撑着一次次地去看那部纪录片。她仔细地看着关押杰里的那座监狱，不过，她又意识到，就算是知道了那所监狱在哪，她能去越南吗？救出杰里，只是她这个老太太的梦呓罢了。

战争，让一切难以复原

特里萨夫妇度假回来了。尽管玛丽安守口如瓶，但还是被特里萨看出了蛛丝马迹，特里萨偷偷地看了姐姐的行李袋，里面有墨西哥几十个城市的地图，上面凡是有电影院的地方，都被红笔圈上了。特里萨把心中的疑问告诉了丈夫，她的丈夫是一个新闻工作者。夫妻俩决定和在美国的姐夫联系一下。

特里萨很快从玛丽安丈夫那儿知道了问题所在，她和丈夫一道去了电影院，他们背着玛丽安看了那部纪录片。那个可怕的镜头出现时，特里萨泪流满面："天哪，真的是杰里！亲爱的，你应该拿起你的笔来，帮帮我姐姐，不，帮帮一位伟大的母亲。"

两天后，一篇题为《救救杰里，一位可怜的战俘，还有他的妈妈》的文章登上了墨西哥地方报的头版。报上还登出了玛丽安的照片，她正可怜巴巴地坐在屋内出神，目光呆滞地看着前方。

新闻在全市引起了轰动，舆论在媒体的带动下，形成了一个巨大的声音："帮帮这位美国来的伟大母亲。"很快，这篇新闻被墨西哥全国性的报纸转载，甚至还有一些传到了美国。

与此同时，玛丽安的那封信也寄到了华盛顿。总统读过信之后，第一个反应是不可思议：哪有那么巧的事情呢？调查后，总统了解到，那部纪录片实际上是一位战地记者偷拍的，最后的那个士兵因为在战争中受到了极大的惊吓，已经成了一名白痴，因为怕在国内放映时引起不好的影响，所以做了剪辑处理。

这时，美国国内一些大报也开始转载墨西哥传来的那篇新闻，新闻在全国引起了轰动。总统感到了莫大的压力，在他的安排下，与越南交换战俘的工作开始启动。杰里和那几个在纪录片上露面的士兵作为第一批被交换的战俘即将回国。

那是一个阳光明媚的下午，一架直升机稳稳地降落在纽约的民用机场，玛丽安也从墨西哥被接到了这儿。

闻讯赶来的记者一个个把指头放在了相机的快门上，他们知道，马上就要出现一个大团圆的场面。历尽劫

难的儿子和费尽心血的母亲将如何相会？这将是报纸和电视上的头条新闻。没有什么能比这更煽情、更能吸引观众的眼球了。

飞机舱门被打开后，首先走出来的是两名赶赴越南谈判的外交官。可当两人见到庞大的记者阵容后，竟快步地溜了。接着，战俘们一个一个地走了出来，尽管他们已换上了一身新装，年轻的脸上却仍有着不尽的风尘沧桑。面对记者们伸过来的话筒，他们一个个都沉默着不吭声。

玛丽安焦急地等待着儿子杰里的出现，从第一个士兵走下飞机，她的眼睛就没有离开过舱门。最后走出飞机的是两名机组人员，他们抬着一副担架，慢慢地走下舷梯，一步一步地走近了。

玛丽安一眼就看到担架上的那个人，他头发蓬乱，胡须都快遮住面孔了。尽管如此，玛丽安还是一眼就认出了这是自己的儿子，杰里。

玛丽安疯了一般冲过去，两名机组人员停了下来，轻轻地向她说道："对不起，他得知要回来，神智突然清醒了，一个劲儿地说让您见到他现在这副模样，肯定会失望。他竟然折断了手上的戒指，偷偷地割了动脉……等我们发现，已经迟了，所以……"

玛丽安脑子里轰地一声，接着泣不成声地喊道："杰里，我亲爱的，我只想让你活着，你怎么这样傻呀……"

（**题图、插图**：佐　夫）

·本刊信息传真·

故事中国联手搜狐读书共同举办新锐写手故事大赛

唤醒故事的青春激情

沙叶新、陈村、宁财神等领衔出任评委

6月5日起，由《故事会》主办的故事中国网联手搜狐读书频道，共同举办首届中国新锐写手故事大赛，为每位年轻朋友提供了展现创造力、想象力和故事讲述才能的舞台，以及成为故事中国网和搜狐读书签约写手的可能。本次大赛历时三个月，分初选、复选和决选三个阶段，大赛设一等奖1名，奖金5000元；二等奖3名，奖金3000元；此外还有三等奖和新锐奖若干名。大奖得主有机会参加故事会举办的颁奖暨笔会活动，大赛优秀作品将结集出版。

大赛的评委阵容强大，由著名剧作家沙叶新、知名作家陈村等领衔的评委将和《武林外传》编剧宁财神、网络作家慕容雪村等领衔的新锐评委共同参与终审，并对优秀作品进行点评。大赛详情请登录故事中国网(www.storychina.cn)了解。

回首往事，仿佛就在昨日；前尘旧爱，早已随风飘逝；幸福点滴，是抹不掉的回忆；相信自己，能走出人生雨季；更要祝福彼此，分手之后可以活出不一样的美丽。上海　何芳（1928）

□王 鑫

恐怖拍摄

导演无意中看到一部十年前的老电影。

那是一部恐怖片，不知什么原因一直没有和观众见面。片中女主角的精彩表演让人过目难忘。导演被她的演技折服，决定找她出演自己的下一部电影。

导演颇费了些周折才找到她。没想到，女人依然和十年前一样漂亮，岁月仿佛并没在她脸上留下什么痕迹。她答应了导演的请求。

电影的内容是：一个女人受到了诅咒，从此不能微笑。任何看到她笑容的人都将死于非命。导演有信心把它拍成一部恐怖电影的传世经典。

第一场戏是女主角得知自己被施了诅咒的一场哭戏。女人听导演说戏的时候面无表情，导演还担心她不能理解自己的意思。可刚一喊开始，女人立即进入角色，她哭得肝肠寸断，欲罢不能。导演一喊停，她又立即收住哭声，从地上爬起来，若无其事地整理自己刚才弄乱的衣服。

一般演员进入角色和走出角色都需要一段时间，可这个女人像一台机器，好像刚一摁按钮，她的哭声就因没有能源戛然而止了。

导演隐约觉得这女人有些奇怪。

拍摄工作进行得很顺利，女人出色的演技几乎没让导演费什么心。然而导演越来越觉得这女人不寻常：她总是一个人，从不见她的经纪人，也没有亲戚朋友来探她的班。她也从不和剧组的其他人说话，拍完了自己的戏份就在角落里安安静静坐着。

那天拍的戏是女主角刚刚经历了

一场大劫难，精疲力竭，伤痕累累。拍摄时间到了，可女主角还没有出现。正当导演焦急地掏出电话时，他发现所有人的目光都聚焦在自己身后。导演扭头一看，女人正一瘸一拐地朝他走来。她长长的头发湿湿地粘在一起，衣服肮脏破烂，满是血污。她弓着背，一条手臂像折断的树枝一样垂挂在胸前，另一只手则紧紧握住一把血迹斑斑的斧头。她就那样脸色苍白、目光空洞地朝人们走来，仿佛刚刚经历了一场殊死搏斗。

导演眼睛一亮，大喊道："开拍！"

导演正屏着呼吸看女人出神入化的表演，突然一只手搭在他肩上。导演回过头，只见化装师喘着粗气站在自己面前。导演露出笑容，刚想表扬他化装手法高明，化装师惶恐地先开了口："对不起导演，我来晚了。"

导演的笑容僵在了脸上。但事后他没有询问女人，他现在对这个沉默寡言的女人有些敬而远之。导演这样对自己解释：也许是她自己化的装，毕竟她是个敬业的演员。

这天，情节需要拍摄一场女主角的裸露戏，征得女人同意后，导演把拍摄地点选在了一间小屋。除了女人，导演只留下一位摄影师、一位灯光师。

女人脱光了衣服，柔和昏暗的灯光下，她的身材玲珑有致，皮肤闪着润泽的光。导演很年轻，他似乎感到自己的血液在不安分地流动。

突然，灯灭了，一团漆黑。灯光师轻声道："好像线路出问题了。"摄影师赶紧上前帮忙。

这时，导演似乎听到女人的一声惊呼，他觉得自己有责任减轻演员可能会有的恐慌。于是他摸索着坐到床边，劝慰道："一点儿小麻烦，很快就会好的，别害怕……"

黑暗中，一条滑腻的手臂蛇一样攀上导演的脖颈，一个指头在他耳根旁轻柔地画着圆圈。

为情苦、为情累，失去真情更憔悴，人生难得一回醉，只是当初酒喝醉；勿回首、莫伤悲，美好前景任你飞，人生何处无芳草，天下谁人不识君。甘肃 李贺（1929）

导演惊呆了，他心跳快得控制不住。他吃力地咽了口唾沫，虽然对圈子里的一些事早有耳闻，可他自己还从来没尝试过。这个女人是老了，可你根本猜不出她的年纪……

"好了！"灯光师如释重负地喊了一声。

灯光亮起的那一刹那，那条手臂立刻离开了导演的肩膀。导演看到了女人像往常一样那毫无表情的脸，同时，他也看到女人在灯光亮起的一瞬间把什么东西塞到了枕头下面。

拍摄结束了。女人离开后，导演走到床边，掀开枕头。他倒吸了一口冷气：白色的床单上，躺着一把锋利的水果刀。

导演想不明白这个女人究竟要干什么，难道她曾被别的导演抛弃过，导致了心理变态？他安慰自己，明天就是杀青戏了，电影就要拍完了，无论那个女人多奇怪、多可怕，自己都不会再接触她了。

最后拍的这场戏也是电影中的最后一幕：女主角的诅咒被解除，对着心爱的男人露出了灿烂的笑容。导演通过监视器，看着那张在演戏时表情丰富、下戏后却单调苍白的脸，喊："开始！"

女人笑了，如释重负地笑、劫后余生地笑、舒展至极地笑，笑得真诚、热情、完美无瑕。这笑使女人看上去更年轻、更美丽。

猛地，导演想起了是什么使他觉得这女人奇怪。

之前他从没看这女人笑过！

导演顿觉毛骨悚然，有气无力地喊："停！"

之后的拍摄很不顺利，所有工作人员都感觉到和女人演对手戏的男演员心不在焉，神情恍惚。最后一条勉强通过时，大家都笑着讽刺他没出息，看到女人笑就迈不开步。导演没有跟着起哄，他悄悄注视着女人。

女人没和任何人打招呼，径直朝摄影棚外走去。

第二天清晨，导演接到一个电话：那个男演员死了。他失足从楼梯上跌下去，被楼道里堆放的钢材刺穿了心脏。

剧组里的人都感叹世事难料，可也有人说："这也太巧了……"

导演知道这"太巧了"是什么意思，可他不愿意相信这无稽之谈。现在他只想着把片子剪完，然后好好休个长假。

深夜，剪片室里只剩下导演一人还在忙碌。突然电话铃响了，导演不耐烦地接起电话："喂，喂？说话？"

电话那头传来一阵悠远的笑声："嘿嘿嘿嘿……"

是那女人！虽然导演和她没说过几次话，可天天听她说台词，也能准确地辨出她的声音。在笑声里，导演想起了女人浑身血污的样子、枕头下

·点击网络故事·

闪着寒光的小刀、离奇死亡的男演员和监视器里女人被放大的笑容……他强作镇定，咳了一声："呃，有什么事吗？"

"嘿嘿……你觉得我演得好不好？你觉得我演得好不好……嘿嘿……"女人的笑声渐行渐远，然后是一串尖锐的忙音。

导演把电话扔在地上，努力平复自己的心跳，他想：这个女人真是疯了，可她的演技又是多么精湛，她几乎是我见过最好的演员，演得就像真的一样。

就像真的一样！导演心中一动，腾地从椅子上弹起来，胡乱地翻着已经剪好的带子。他手忙脚乱地把一本带子塞进放映机。这不可能！这不可能！他反复告诉自己。他现在要找到这个女人的破绽！哪怕只一处脱离角色的痕迹也能推翻那可怕的设想。

导演终于打开带子，画面出现了，那是一个女人美丽苍白的脸。她慢慢绽放出一个微笑，导演不相信地向后倒带，可自始至终都不见拍好的影片内容，只有女人的笑脸占据着整个屏幕。她旁若无人、悄无声息地笑着。她的笑容像定格在那里，就这样毫不厌烦、不知疲倦地笑着、笑着……

一星期后，报纸刊登了这位年轻导演退出电影界的报道。一些资深业内人士对此表示了极大的惋惜。据某影迷透露，他曾在市医院的精神科看到了这位导演。不过这只是小道消息，不足为信。

而这时，女人正站在一个富丽堂皇的客厅中央，这里是一位著名电影大师的家。

大师对女人说道："呃，你总能让我满意。这是你应得的。"

女人点点头，从大师手里接过一只精致的密码箱，朝门外走去。

大师把身体陷进沙发里，惬意地微笑：我怎么能容忍一个初出茅庐的小子大出风头？我并没有做什么，只是让那小子丢失点儿创作的灵感。让他看到那部禁片，在道具上做点小手脚，让人偷换他剪辑好的胶片，这些都是轻而易举的。只有那个男主角的死亡，是个意外，但这让我的计划更完美，看来连老天也在帮我的忙。我才是真正的电影大师，我才是制造恐怖的天才！

而女人回到家里，打开密码箱，里面是一支针剂。这昂贵的针剂对抗衰老有着显著而持久的功效。

女人想：是的，十年前我就以同样的方式得到过一支这样的针剂。我有什么错呢？女人对于年轻美貌的追求，男人对于名誉地位的渴望，都是一样的强烈。十年之后我还会是个好演员呢！看着针尖刺入淡蓝色的静脉，女人缓缓笑了。

（**题图、插图**：谭海彦）

曾经的依恋与天荒地老，会变成回忆中的美好，对爱淡淡的微笑，让今天的心痛变成通往明天幸福的桥。河南 孙振源(1930)

给人性一个答案

□尹全生

人生的十字路口，往往也是天堂和地狱的分界岭！杀手的一点善念，救下的不仅是别人，更救赎了自己的灵魂……

1. 5公斤重的雇凶杀人订金

亡命徒独眼狼个把月没捞到大买卖了，心里正痒痒时，黄矮虎来电话，说有要事交代，约他当天夜里见面。独眼狼从电话里就闻到了血腥味儿，当天深夜趁着月黑风高，来到了城郊黄矮虎的别墅。

独眼狼是干绑票杀人一类黑活的老手。他不满十岁就成了孤儿，四处游荡，偷鸡摸狗混日子。十三岁那年他参与打群架，当场用刀捅死一人。由于未成年，他被收容教养几年后就放了。回归社会不久，这家伙混进了打家劫舍的犯罪团伙。在一次因分赃不均引发的内讧中，他挨了十几刀还“哇哇”叫着血拼，挥刀砍倒了对方一大片，连团伙老大都被他砍翻，吓得跪在地上求饶。当时独眼狼还不到十八岁。在这次内讧中，他不但被捅瞎了一只眼，过后还在监狱里蹲了十来年。出狱后他就混迹于黑道，不久又涉嫌一桩血案而进“宫”……

康平县房地产开发公司的老总黄矮虎，见独眼狼把流血看得像流汗一般稀松平常，把杀人、住监看得像家常便饭一般无所谓，是个玩命的人物，就花了不少钞票，动用不少关系把独眼狼保释出来，聘请他为公司的保安，每月几千元的薪水养着却不用上班，专门为他干黑活。商道上遇到了劲敌，情场上出现了对头，他都指派独眼狼去“摆平”。

独眼狼最热衷于这样的买卖。他已是四十出头的人了，二十多年的“宫中岁月”，使他有了一只与众不同的独眼珠子：看世间万物都是灰色的，人人都是龇牙咧嘴的或皮笑肉不笑的，只有钱闪着亮儿，只有钱中看。爹娘早死了，老婆孩子还想都没想过，这光棍一条的活着还图啥怕啥？图的是有酒有肉有钱花，怕的是没赌场没“白粉”没娘儿们。只要有人出钱，他白刀子进红刀子出、杀人绑票干啥都行。

独眼狼悄悄溜进别墅里的一间密室刚坐定，又矮又胖的黄矮虎就把一个皮箱丢过来，让他把雯雯小两口一起给杀了：“这箱百元大钞我没数，倒是称过，净重5公斤。算是订金了，事成后再加这个数。”

黄矮虎前些年以坑蒙拐骗为手段，实现了肮脏的原始积累，形成了一个资本的核，然后开始资本的“核爆炸”，为自己炸出了一条名利双收的金光大道。“资本来到世间每个毛孔都滴着血”，马克思这话可能也是对黄矮虎一类人物发家史的写照！

如今，黄矮虎不但是腰缠千万的公司老总，脑袋上还戴满了什么“委员”、“代表”、“理事”等数不清的“红帽子”。因此，在康平县这块地盘上，黄矮虎有呼风唤雨的能耐，翻江倒海的本事。然而，黄矮虎也有自己的烦恼——他几年前就看上了一个叫雯雯的姑娘，软硬兼施、招数用尽也没得手，一个月前，雯雯反倒跟黄泥岗小学一个教师结婚成家了！

黄矮虎以玩女人为最大嗜好，凡是他看上的女人非要弄到手不可，花多少钱都不在乎。雯雯是第一个不买他账的女人，黄矮虎为此差点儿咬碎了满嘴牙。

独眼狼把皮箱拎在手里掂了掂：“你打算让那小两口怎么个死法？”

“要是按我的本意，得亲手把他们大卸八块，扔到街头暴尸才解恨！”黄矮虎把偷拍的雯雯照片交给独眼狼，“不过眼下我是有身份的人，还是少惹麻烦的好，掐死或是勒死算了，然后把尸体绑上石头，丢到黄泥河里去。”

黄泥岗小学离县城五六十公里，位于荒僻的黄泥岗顶上。黄矮虎老家就在黄泥岗下，对那一带情况很熟悉。他把学校四周的情况向独眼狼作了介绍：学校是在一座破庙基础上改建的，校园被残破的土墙围着，附近没有人家；校园后面是很大一片灌木丛生、人迹罕至的乱坟场；乱坟场尽头是陡峭如壁的河岸，河岸下就是波涛滚滚的黄泥河。

独眼狼琢磨一阵后说："黄泥河我也不陌生——前几天上游暴雨成灾，眼下河水肯定暴涨；可是三五天后就会水落'尸'出，那时恐怕还是要露马脚的。"

老奸巨猾的黄矮虎早胸有成竹："黄泥河涨水后泥沙俱下，过后河水一落，尸首早埋到河床泥沙底下了，不可能留下任何破绽。"他说眼下正放暑假，学校里外没人，是动手的绝好时机！

独眼狼仰卧在沙发里剔牙："如此说来，这桩事不过是小菜一碟儿，三天以内咱们就可以结账两清了。"

黄矮虎点燃一支雪茄烟抽着，抓着秃顶又补充了个新要求：人整死以后先不要抛尸到河里，而是电话通知黄矮虎。"我要亲眼看到这对狗男女是怎么死的，还要亲自把他们踹到河里去！"他把一个新手机号码告诉了独眼狼，说这是为干掉雯雯小两口准备的"专机"。黄矮虎指使别人干黑活次数多了，有相当的反侦查能力。

见事已交代完毕，独眼狼提起皮箱就要走人。黄矮虎却还不放心，把一条雪茄烟塞给独眼狼，嘱咐道："你可不能给我拉稀下软蛋哪！"

一听这话，独眼狼的独眼珠子就瞪得像个黑色台球："我独眼狼啥时候拉过稀下过软蛋？放屁不响我能在这条道上混？"黑道上闯荡这些年，独眼狼把他人的性命看得同蚂蚁一般无二，把自己的性命也看得同蚂蚁一般无二，唯独看重"义气"，应承了的事绝不拉稀下软蛋。

黄矮虎也觉得自己嘱咐的话多余：对于独眼狼这样一个心狠手辣、老到奸诈而又最重"义气"的黑道杀手，交待给他的黑活儿你只管放一百条心。

2. 老杀手遭遇小杀手

独眼狼约上多年的老搭档大马猴，搭出租车上路了。

雨后的土路泥泞难行，出租车还没到黄泥岗下就不能再开了，独眼狼和大马猴只好步行往黄泥岗上走。他们绕过了校门，来到学校后面的乱坟场。

乱坟场尽头有棵老槐树，巨伞一般屹立在黄泥河岸上；黄泥河正发洪水，大有万马奔腾之势。

赤日炎炎的酷夏上午，荒僻的黄泥岗上下一片寂静。两个杀手来到老槐树下乘凉，准备歇歇脚就翻围墙进校园"干活儿"。他们点燃雪茄烟，边吞云吐雾，边计划另外5公斤钞票到手后如何挥霍："人头马"先买上三两箱，喝它个昏天黑地；"白粉"买上一两斤，吸它个死去活来；然后就满世界去找最性感的娘儿们，弄三五个在一个床上，玩它个三天三夜日月无光……说到得意处，两人一边龇牙咧嘴地野笑，一边乐得直踹老槐树。

这时，老槐树上突然响起了低沉的“嗡嗡”声！两个杀手忙抬头往上看；这一看，他们顿时都起了一身鸡皮疙瘩，爬起来就往学校方向抱头鼠窜。

是什么把两个亡命徒吓成这个样子？

——老槐树上挂着个葫芦般形状、水缸般粗细的巨大蜂巢；数不清的杀人蜂正从蜂巢里往外涌，“先头部队”已“嗡嗡”作响扑将下来！

杀人蜂当地俗称“葫芦包”，其螫针中的毒液是一种强烈的心脏毒素，血溶性极强，对人的心脏、肾脏损害很大。被杀人蜂多处蜇伤、不及时救治的人，会因急性心、肾功能衰竭和急性溶血性贫血而死亡！

近年来，这一带大面积种植柿子、梨树；柿子、梨子是杀人蜂的食物。由于食物丰富，杀人蜂数量暴增，蜇人事件屡屡发生。仅去年一年时间，这一带就有数百人遭到杀人蜂攻击，其中致死几十人。这些情况被媒体广泛报道后，整个康平县都笼罩在杀人蜂翅膀扇起的恐怖气氛中，人人谈蜂色变、畏蜂如虎。

杀人蜂一般不主动攻击人，但在受到惊扰后会倾巢出动，疯狂向人攻击。那么，是什么惊扰了这群小杀手？也许是被浓重的雪茄烟味熏恼了，也许是老巢被脚踹摇晃了，反正是受到了惊扰，杀人蜂们才发动了保家护巢的圣战，同仇敌忾向两个杀手发起了疯狂攻击。

连滚带爬跑到学校围墙下面时，两个杀手就被蜂群团团围住了。杀人蜂蜇人时速度奇快，如同黄亮的小子弹。而两个杀手穿着单薄，皮肉大部分裸露，如何防护杀人蜂的攻击？独眼狼的脖子先被蜇了一家伙，钻心的疼痛一下子传遍全身。他正要惊呼，鼻子上又被蜇了一家伙……

大马猴也已经成了“众蜂之的”，他实在跑不动了，只得贴围墙站住，脱掉T恤衫拼命瞎抡起来。

涌出蜂巢的后援大部队正源源不断赶来，形成了一股恐怖的“龙卷风”：密密层层将他们围在“风暴”核心里的，仅仅是蜂群的“先头部队”，是“龙卷风”的细尾巴，而“龙卷风”又粗又长的主干，一直延伸到老槐树上，谁也说不清这群杀人蜂有几十万还是几百万只……

两个杀手即将亡命于杀人蜂，可以说已经没有悬念了。此时此刻，他们凶杀的对象雯雯也正忙乎着呢。

雯雯丈夫到十多里外的村庄，给那一带的学生补习功课去了。她一个人闲着没事，这天在整理学校的小医务室。她丈夫是师范大学的高材生，毕业后听说黄泥岗小学条件艰苦、教师奇缺，便自告奋勇到这里来任教。雯雯是卫校毕业的，本来在县医院有份工作。婚后为照料丈夫，又听说黄泥岗小学教师不足，就辞掉城里的工作，到这里来为低年级代课。当然，她离开县城的另一目的，是试图摆脱黄矮虎的纠缠。

黄泥岗小学及周边乡村都没有医疗机构。在学校领导支持下，雯雯想利用自己的专长，创办一个小医务室。她打算利用暑假期间完成准备工作，使医务室在开学时就开张。医务室在校园的最后边，紧靠围墙。

当天雯雯正在医务室忙活，突然听到围墙外有人声嘶力竭地鬼喊鬼叫。她不知发生了什么事，急忙出门张望。

首先映入她眼帘的，是一股起于老槐树、止于学校围墙外的“龙卷风”，而鬼喊鬼叫就发自于围墙外面。由于杀人蜂袭人的报道经常在当地媒体上出现，因此一看这景象，雯雯就意识到有人遭遇杀人蜂了。

时间就是人命，雯雯救人心切，突然急中生智，隔着围墙喊起来：“快！快把围墙推倒跑进来！”

两个杀手的垂死挣扎已接近尾声：他们气力即将耗尽，连胳膊都难以再挥起来了；与此同时，他们身上被蜇的地方越来越多，而打不尽、杀不绝的蜂群却越来越庞大。就在这时，突然听到围墙里面有人呼喊提醒，要他们推倒围墙进去！独眼狼和大马猴心头一亮，使足吃奶的力气，把整个人当块石头往围墙上撞去。

土坯垒的围墙早已残破不堪，两人合力这么一撞便撞出一个大豁口。雯雯见两个陌生人撞倒围墙跌将进来，拖起来就向医务室跑。蜂群哪能善罢甘休，“忽啦”一下又扑上来。

好在围墙豁口距医务室仅五七步之遥，蜂群还没来得及形成攻势，三个人已奔进医务室，随即关闭了门窗。

医务室内转眼就变得昏暗起来，

如同夜幕降临了一般：杀人蜂已全体赶来，聚集到了医务室的上下四周，小山包一般，黑压压的把医务室整个“掩埋”了，持续而沉闷的“嗡嗡”声震耳欲聋……

两个亡命徒浑身瑟瑟发抖，倒在地上嘘喘着呼爹叫娘。他们身上分别被蜇了十多处，眼下正火烧火燎地疼；更要命的是：恶心、晕眩等中毒现象已经开始出现！

3．难以决断的单项选择题

看着两个被蜇伤的陌生人，雯雯倒顾不得害怕了：治疗蜂蜇，时间最为重要。同样被蜇了十多处，如果能当即救治，毒未攻心，半天后主要症状就会消失；如果延误了时间，被蜇者发生过敏性昏迷后再处置就危险了。

从独眼狼他们被蜇的次数和症状上看，雯雯知道两人很快就要发生过敏性昏迷，必须争分夺秒进行治疗。她拉亮电灯，把独眼狼和大马猴扶到病床上，开始实施紧急救治。

这一带的卫校，杀人蜂伤害救治是必修课，因此雯雯知道用药和治疗方法；而且，筹建中的医务室正备有应急药物。在杀人蜂铺天盖地的包围中，在令人心惊胆战的“嗡嗡”声中，雯雯抢在过敏性昏迷前，为独眼狼他们注射了解毒排毒血清等药物。

在药物的作用下，独眼狼和大马猴昏昏沉沉地睡过去了。

围困医务室的杀人蜂无计可施，但又不甘就此收兵，碰巧一场骤雨袭来，蜂群才收兵回营。

这时雯雯丈夫打手机过来，说自己在外扭了脚，推迟到明天中午一点左右到家。雯雯担心起来：“你回来时，上黄泥岗的那段路本来就又陡又滑，这又下了雨……”

丈夫说自己的伤不重，一个老中医正用草药帮他擦洗，明天步行回家不会有问题。

独眼狼从昏睡中醒来已经是下午六点多了。他慢慢睁开独眼，首先映入眼帘的是个温存的女人。她正坐在床前，用卫生棉球轻轻地为他擦拭鼻子上的蜇伤。这时，遭杀人蜂攻击至获救的过程，从独眼狼的记忆中猛然浮现出来。同时，一股感激的暖流也从他心里缓缓涌起：要不是这个素不相识的女人，我眼下可能已经在黄泉路上了！独眼狼一时不知道该说什么，怔怔地用独眼打量身边的这个女人：她穿着白底红花的连衣裙，生着花瓣一般又薄又小的嘴唇，新月一般弯弯的眉毛，嫩豆芽一般纤细的脖颈，黑亮的眸子里闪动着春日般的光辉，圣洁而温存……

独眼狼的心不由自主地抖了一下，感到自己的眼睛肯定有毛病，不是原来有毛病就是现在出了毛病——在这以前，他的独眼看世间万物都是灰色的，人人都是龇牙咧嘴的或皮笑肉不笑的；而现在，他的独眼居然能分辨出色彩了：眼前的这个女人居然不是龇牙咧嘴、皮笑肉不笑的……独眼狼心里直嘀咕：我这是怎么了？

他的疑问谁也说不清。也许，是杀人蜂的蜂毒治好了他几十年的“眼病”。大马猴也醒了。感谢的话说过一箩筐后，他问：“你……可是这个学校的？”

雯雯说：“没错，你们就喊我雯雯好了。”

天哪，你怎么就是雯雯？独眼狼差点儿把这话喊了出来，大马猴的心也一下子蹿到了嗓子眼。两个杀手都愣了，面面相觑。

雯雯问他们这是怎么了，独眼狼急忙扯谎道：“我们是县水利局的，沿黄泥河进行汛情考察，途中在老槐树下乘凉，没想到……”

为了掩饰自己的失态，大马猴就去拿手包掏钱，说要报答恩人。可是他和独眼狼的手包，都在与杀人蜂死拼时丢在围墙外面了。两个杀手为掩饰情绪，便借着找手包的“台阶”溜出了门。

骤雨已经变成了毛毛细雨，雯雯从墙上取下一件米黄色的塑料雨衣塞给了独眼狼。

找手包没费什么事。手包里面不但有钱，还有匕首。

独眼狼躲在围墙下面，从手包里掏出黄矮虎交给他的照片来看：没错，救命恩人的确就是他要杀的人。“他娘的，老天爷真是给老子出了道难题！”

两人返回医务室后递给雯雯三千块钱，可雯雯说啥也不要。天快要黑了，两个杀手还要继续打针治疗，因此，雯雯问他们是不是在这里住一夜。独眼狼和大马猴对视一眼，都说“还是住一夜的好”。

晚饭三人同桌。被人家救了还要人家招待吃住，两个杀手越发感到过意不去，就又说感谢的话。雯雯还是那么温存地笑着：“山不转水转，说不定哪天我也遇到了危难，那时你们还能不出手相救？”

出手相救？这话别人听得独眼狼听不得，心里叫苦道：我是收了订金来杀你的呀！大马猴还算从容，问雯雯的丈夫怎么没回来吃晚饭。雯雯哪知道两个不速之客的真实身份，把丈夫的行踪、返回时间说了个清清楚楚：“我丈夫人可好了，戴着眼镜，斯斯文文的。”

饭后做了简单体检，打过针后，雯雯便安排独眼狼他们在医务室休息。雯雯前脚离开，两个杀手后脚便关起门窗，开始合计“杀人使命”如何完成。

大马猴首先说话：“世上杀谁都没说的，可杀这小娘儿们……”

独眼狼也是这样的心思。然而，

一想到自己是几十年从不拉稀下软蛋的汉子，一想到自己在黄矮虎面前拍过的胸脯，一股热血就从脑袋顶往上蹿。他努力掩饰着自己的情绪，说：“老子今天被蜂蜇了，到现在脑袋还发木，琢磨不成事。”

他们打算先睡一觉，明天再拿主意。反正那教书的明天中午才能回来。

4. 人性和兽性的一夜较量

躺在床上，独眼狼心里乱得一塌糊涂，忍不住老是想那件白底红花的连衣裙，老是想小娘儿们那嘴唇、脖颈……他极力阻止自己想这些，使劲儿去想那5公斤百元钞票，想黄矮虎的嘱咐和自己夸下的海口……可是，眼一闭上就是那双黑亮的眸子。因此他便不敢闭眼，而越是不敢闭眼却越想闭眼，就像小时候放鞭炮，越是害怕鞭炮响却越想去点燃鞭炮那样。

另一张床上的大马猴不知为什么叹了一声。这声叹把独眼狼的心搅得越发乱了，黑暗里扬起脖子恶狠狠地骂：“有心事你狗日的掏刀抹脖子去！”

大马猴却不因挨骂而气恼：“你说实话，这活儿他妈的还干不干？”

独眼狼猛地坐起来，一把扯亮电灯：“你想拉稀下软蛋?老子把黄矮虎的订金都收了，胸脯也拍过了！”

大马猴那边突然爆发出一阵狂笑：“我早看穿你肚里是哪条蛔虫在作怪了——你看上那小娘儿们了，不忍心杀了！”

独眼狼变得有些结巴：“你你……你血口喷人！”表面上气势汹汹，嘴巴上斩钉截铁，其实他心里已经乱得没了方寸。

大马猴那边还在狂笑，独眼狼被笑急了就也笑，而且比大马猴笑得还响还狠——他要用这种笑来证明自己的光明磊落，证明自己肚里没有作怪的“蛔虫”，证明自己是闯荡江湖三十年从没拉过稀的汉子！

大马猴的笑比不过独眼狼，干脆不笑了：“得了吧哥儿们——只把她男人宰了，怎样?这样做，义气、信用、情分都说得过去。”

独眼狼心里突然一亮堂：“你狗日的这主意倒不错！”见大马猴把话说到这份上，独眼狼也就实话实说了，“说心里话，我从来没见过这样好看，这样招人喜欢招人疼爱的女人，而且人家又救了咱们……”

那么，不杀雯雯如何向黄矮虎交待？他们很快形成了一致意见：回去对黄矮虎说雯雯不在家，只把她男人杀了；因为活儿只干了一半，订金以外的钱就免了；如果黄矮虎非杀雯雯不可，就让他另请高明。过后雯雯是生是死，那只能看她的造化了。

杀雯雯男人的地点他们预选在校

知道什么是失恋吗？失恋就是失去爱恋自己的人。所以真正失恋的人不是你，而是他，是他失去了深爱他的你，而你却拥有了更广阔的天空。湖南 肖凯予（1934）

外，准备在其归途中截杀。

事情这么一敲定，独眼狼很快就用力打起鼾来。他这样做的目的，一是企图阻止胡思乱想，引导自己快点入睡；二是企图向大马猴显示自己再没别的心事，已经睡着了；三是给大马猴做个示范，让他也快点入睡。

独眼狼这边鼾声一起，大马猴那边却又说话了："用不着假装了哥儿们——他妈的那小娘儿们老揪着人的心不放啊！"

独眼狼半天没话，后来不得不停止打鼾，用一声长叹作为回答。

大马猴接着往下说："能玩玩这样的小娘儿们，咱哥儿们这辈子才算没白活！"

独眼狼的心像被捅了一刀似的。他"噌"地一下蹿下床扑向大马猴，拳头捏得"咯巴咯巴"响："老子撕了你！"

大马猴根本没把他的张牙舞爪当回事，慢条斯理地坐起来："咱们放她一条生路，少收入5公斤钞票，够大恩大德了！只是玩玩，不能说是对不起她。"

这话正撞在独眼狼的心坎上。饭后睡到床上，玩玩小娘儿们的念头就不时在他脑袋里冒泡泡。可是一说到真做实干，一种从没有过的罪恶感从心里拱出来。然而，另一种强大得多的力量，一种男性本能的力量在体内迅猛膨胀，顷刻就要爆炸似的，不喷泄出来就不能活似的。

独眼狼终于下了决心："就这么说，咱爷儿们玩了她！"

他们光着脊梁光着脚，急不可耐地扑向雯雯的住房。雯雯的住房离医务室有百多米。这百多米的距离内，他们不由自主变换了三种行进姿势：起初是猴蹿狗跳般的小跑，接着是轻手轻脚的进逼，临近雯雯住房时，他们则像电影中日本鬼子走进雷区那样，弓着背一步一停、缩头探脑。

已经是午夜零点时分，窗户还亮着。蹩到门口时，独眼狼感到体内那种勃发的野性呼呼往上涌，呼吸急促起

来; 同时，一种莫明其妙的恐惧又使他的心往下坠，腿肚子直打颤，竟然连怎么进门都拿不准了：是敲？是推？还是踹？

独眼狼瞥了一眼尾随在后的大马猴：这不争气的东西已经完全没了脖子，脑袋还正在往肚子里缩；两只手爪子似地耷拉在胸前，抖个不住……独眼狼恨不得一脚踹翻了他：刚才你小子还色胆包天、张牙舞爪，这要动真的了你狗日的却……

正在这时，独眼狼听到雯雯在里面给丈夫打电话："……我还没睡，离开了你我总是睡不着……倒不完全是害怕，今天我完全用不着害怕，因为有两个客人住在学校里，他们给我壮着胆……"

这情人间的私语是那般轻柔、那般温存。但在独眼狼听来，却有着雷霆万钧般的撞击力：把他"忽忽"暴燃的男性欲望、体内迅猛膨胀的野性冲动，一起撞得稀里哗啦、土崩瓦解了。再看大马猴，那狗日的歪歪扭扭地侧着身子弓着腿，完全是一副准备溃逃的架势。

独眼狼不但完全丧失了敲门、推门或是踹门的勇气，连继续站在门外偷听的勇气也没有了，身不由己地往后退，大马猴见状就也退……

退回医务室这百多米的距离内，他们仍然不由自主地变换了三种姿势：起初是缩着脑袋，一步一停往后挪；接着是侧转过身，轻手轻脚地往前蹭；远离雯雯住房后，两人就放开了手脚，猴蹿狗跳般地狂奔起来。

逃回医务室，他们的头一件事就是坐到床上嘘喘，连开灯都没想起来，恐慌得像是从猫爪下逃出来的老鼠。

事情弄到这一步，真他奶奶的不可思议！刀架在脖子上都没眨过眼的汉子，砍人砍得血肉横飞都没心软的杀手，竟然被一个弱不禁风的小娘儿们吓得失魂落魄、屁滚尿流！

难道这变化也是"蜂疗"起的作用？

独眼狼觉得丢人，更感到窝囊：完全可以纵情玩透彻的小天仙，却……一股无名火直往头顶蹿，一种说不清道不明的羞辱和悔恨，像群发狂的杀人蜂在脑子里乱撞，独眼狼恨不得扇自己七八十个耳光！就在这时，大马猴在黑暗中骂开了：“操他祖宗！”

独眼狼算是找到了出气筒，拉亮电灯一步一步逼过去：“你狗日的骂谁？”

大马猴嚣张起来：“不骂你还能骂谁？”说完倒先恶狠狠抡起了拳头。

独眼狼也不躲避，等脸上挨了拳头、满嘴流血后才回过去一拳。这一拳当即就把大马猴的鼻子打成了个喷血的水龙头……

5. 杀手给了人性一个答案

两个杀手咬牙切齿，都不回避对方的拳头，也都把对方往死里打——他们这样做，是因为肚里窝着一股无名火，不让这股无名火跟着热血喷涌出来，非把人活活憋死不可！当血从他们嘴里、鼻孔里冒出来时，嘿！心里就感到舒坦了！

后来独眼狼先住了手：“今天咱们把八辈子人都丢尽了！”

大马猴又给自己补了一嘴巴：“事已至此，啥话也别说了。明天咱们把活儿干漂亮得了！”他说的明天的活儿，是干掉雯雯的男人。

独眼狼咬牙切齿道：“明天一见到那教书的，老子先一个‘黑虎掏心拳’把他打翻，然后就掐、掐、掐！把那狗日的脖子活生生掐断！”

大马猴跟着发狠“你只管掐，我朝他嘴里撒尿，让他狗日的带着一身骚气去见阎王！”

两个杀手的千仇万恨都集中到了雯雯男人头上，好像今天所有的窝囊事都是他造成的。两人同仇敌忾，发誓要把明天的活儿干得有声有色，以雪洗所有的耻辱和窝囊。

这么折腾过来折腾过去，天就要快亮了。两个杀手决定趁天还没完全亮悄悄离开学校：由于夜里未遂的罪恶，由于当天中午将要发生的截杀，他们自知天亮以后没有勇气面对雯雯。他们蹑手蹑脚地从围墙豁口处走出学校，绕经校门，到黄泥岗下找地方埋伏去了。

由于昨天下午那场骤雨，下黄泥岗的土路像抹了油一般滑溜。本来地势就陡再加上滑溜，两个杀手下岗的路上都栽了几个跟头，泥猴子似地来到了黄泥岗下。

天已经大亮。黄泥岗下全是一人高的玉米地。一条泥路从学校下来，在一个岔路口与其他泥路交汇。也就是说，雯雯的男人返校必定经过岔路口。两个杀手看过地形，便钻进了岔路口旁的玉米地里，准备利用“守株待兔”这一上午时间，在玉米地里睡一觉。昨天受到杀人蜂的伤害，身体还没完全恢复，又折腾了一夜没睡，两个杀手都感到十分困倦。

正是七月酷暑时节，上午九点以后，火毒毒的太阳就灼热烤人了。天空像口烧热的大锅倒扣着，黄泥岗上下都蒸腾着看不见的火焰。

有玉米叶子遮挡阳光，玉米丛中不算太热。尽管如此，大马猴还是被热醒了，感到有些中暑，头晕目眩的。时间刚过十一点，还要再煎熬一两个小时呢。他走出玉米丛，准备找个有水的地方洗去暑热。来到岔路口时，他发现通往学校的路上有人：一个穿着白底红花连衣裙的女人！那个女人正是雯雯，她在灼热的阳光下，奋力挥着工具刨土呢！

太阳当顶了，大地差不多被烤焦了，这种季节这种时候，连最能吃苦的老农都尽可能避免露天干活，她一个弱女子怎么顶着火毒毒的太阳在刨土，不要命了？

大马猴弄不明白，就喊醒独眼狼来看。从学校大门下来，这段陡坡上的土路有四五百米长；其中多处被昨天下午的骤雨冲得难以行走，独眼狼他们一早下来时，就是在那里摔了跤。雯雯挖土铺垫的也就是那些地方，眼下已经垫得差不多了。干这些活少说需要两三个小时，她是什么时候开始干的？

独眼狼怔怔地看了很长时间，突然一屁股蹲在地上：“我明白了，她怕那教书的返回时跌跤，在为他铺路呢！”

大马猴阴笑着说：“她就是把那段路铺上地毯也没用，还不等她男人踏上去人就没命了！”

独眼狼没接这话茬儿。他在火毒毒的太阳下就那么蹲着，足足过了十分钟才说话：“她男人咱们也别杀了。”

“你说什么？”大马猴围着他转

了几圈，“你是被太阳晒晕了，还是蜂蜇落下后遗症了？”

独眼狼蹲着长叹了一声：“看看人家这夫妻情分，咱们咋还能下得去手？”

“夫妻情分……”大马猴拍屁股道，“夫妻情分与咱爷儿们有鸟关系！”

独眼狼猛然从地上跳起来：“你狗日的也不想想——杀了那教书的她还能活？”

大马猴听了这话嘴唇就开始抖，抖了半天才抖出一句话：“你真的要拉稀拉到底了？”

“心狠手辣、应承了的事拼死也要搞定。我就是凭着这个狠气才叫响黑道、威名赫赫的。”独眼狼老娘儿们似地念念叨叨开了，“可是，这次老子实在下不了手，栽了呀！一生的英名都毁了啊……”

看着铁哥儿们这个难受劲儿，大马猴心里也不是个味儿，连连说：“也罢，也罢。”说完他冲着雯雯远处的身影，猛然狼也似地嚎道：“这辈子爷儿们便宜了你！下辈子，下辈子……”下辈子怎么样他没想好，只是觉得这辈子栽在她手里真他妈的窝囊，真他妈的不可思议，下辈子绝不能再栽在她手里了！

独眼狼这时却从地上跳起来，冲着雯雯远处的身影补充道：“下辈子爷儿们娶不到你，也一定要玩了你——”

嚎完，两个杀手就惊兔一般向玉米地深处逃窜而去。

尽管他们知道相距太远，这话雯雯是听不到的，但还是害怕被她听到了，因此才惊兔一般落荒而逃；尽管是落荒而逃，但独眼狼内心深处，却有一种从没有过的快慰和舒坦。

6. 人杀不如天杀

两个杀手在玉米丛中瞎跑累坏了，坐下来辨方向时，独眼狼突然想到了个很严重的问题：这次下了软蛋拉了稀，回去如何向黄矮虎交待？

大马猴出主意道：“要不，干脆躲起来不给他回话，你从此也不在他手下干了，来个不了了之。”

常言说“盗亦有道”，独眼狼觉得不了了之不仗义，还是如实给黄矮虎回个话的好：“至于订金，过后托人退给他，也算两清了。”说完，他取出手机就拨黄矮虎的号码，打算在电话上把事说清，免得当面回话难以启齿。

就在他拨通了手机准备说话时，大马猴却一把将手机夺去，关了机：“已经到手的订金怎么说也不能退！要是退订金，那还不如把那教书的给杀了！”

独眼狼的眼珠子顿时鼓出了眼眶，那样子像是要把大马猴生吞了似的：“我们刚才说好了的，你狗日的怎么又变卦了？”

见独眼狼真的发了火，大马猴便不敢再作声，气呼呼地蹲着发阴火。两人是多年的老搭档，有生死之交。独眼狼不忍心伤了情分，就反反复复地开导大马猴。可大马猴把话说死了："我大马猴从不干赔本儿买卖，这次差点儿连小命都赔进去了，不得几锭银子我不干！"说完，他把独眼狼的手机丢了过去。

这个手机，就是独眼狼拨通了号码，没来得及讲话就被夺去的那个手机。独眼狼接过手机怔怔地盯了一阵，突然拉上大马猴就跑，嘴里先说"好了好了"，随即又说"坏了坏了"。

大马猴成了摸不着头脑的丈二和尚："什么'好了好了'？"

独眼狼边跑边说："你念着的订金，恐怕是用不着退了！"

大马猴越发云里雾里："那么，什么又'坏了坏了'？"

独眼狼跑得气喘吁吁："黄矮虎，恐怕有大麻烦了……"

再说黄矮虎听到手机铃响，掏出来一看是独眼狼打来的，而且没说话就又关了机，便料定这是独眼狼发来的暗号：活儿已干完，等着他去抛尸泄恨呢！黄矮虎与独眼狼事先有约：把雯雯小两口干掉后移尸到老槐树下，随即拨通黄矮虎的"专机"，不必说话的。如此这般，也是为防备事情万一败露而留一手。

当时，黄矮虎正参加本县政界举办的座谈会，作为发言的主宾，他没有当即离席，而是等到会议结束后才离开。为掩人耳目，他搭了辆出租车前往黄泥岗。

土路上又是泥又是水的，出租车费了老鼻子劲儿才开到黄泥岗下。和独眼狼他们一样，黄矮虎也是步行走上了黄泥岗，穿过乱坟场来到了老槐树下。可是，到了这约定的地方一看，既没有见到雯雯小两口的尸首，又没有见到独眼狼的踪影，这是怎么了？黄矮虎感到纳闷儿，正要点燃雪茄烟分析判断时，远远看到从学校围墙豁口处走来了一个人，一个全身上下包裹得严严实实的人！

黄矮虎做贼心虚，弄不明白这是怎么回事儿，忙躲进一片灌木丛中观察动静。

那全身包裹得严严实实的人是雯雯。丈夫如期踏着她铺垫的路回到了学校，小两口卿卿我我一番，雯雯说了杀人蜂的事，杀人蜂来自校园后面的老槐树，他们打算尽快清除蜂巢，以免开学后伤了学生。

午饭后丈夫上床休息，雯雯便打算先独自去观察蜂巢，为日后清除作准备。她知道杀人蜂是不会主动攻击人的，但还是做了防范：穿上了深筒雨鞋和塑料雨衣，戴上了橡皮手套和大口罩，从围墙豁口处走向老槐树。

雯雯来到老槐树下，见没有危

风萧萧兮易水寒，恋人一去不复还，路漫漫其修远兮，云开见月终有时，莫愁前路无知己，天下谁人不识君。1398***1169（1937）

险，就摘掉了口罩观察蜂巢。她把口罩这么一摘，灌木丛中的黄矮虎就认出人了，惊得倒吸一口冷气：她怎么没死？事已至此，荒山野地的，干脆一不作二不休，我先玩了她再亲手结果了她！

恶念一出，黄矮虎便猛然从灌木丛中钻出来，冷不防把雯雯扑倒在老槐树下。雯雯还没反应过来就被黄矮虎扑倒，只能拼命挣扎了。

不说雯雯生死如何，先说两个杀手的行踪。

独眼狼拖着大马猴也是奔黄泥岗来的：他不但料定黄矮虎接到“暗号”后，必然要赶往老槐树下，而且料定黄矮虎到老槐树下，“生不见人死不见尸”，一时肯定摸不着头脑。这家伙烟瘾特大，遇到琢磨不透的事，必然要点燃雪茄来抽。那么，杀人蜂就要对不起他了！因此，才有独眼狼那没头没脑的话：“好了好了”、“坏了坏了”。

出乎独眼狼意料的是，黄矮虎到老槐树下还没点燃雪茄雯雯就出现了！因此，当两个杀手转过学校围墙墙角时，并没有看到黄矮虎，也没有见到杀人蜂，老槐树下只有一个身穿米黄色塑料雨衣的人！

尽管那人全身上下包裹得严严实实，独眼狼还是从雨衣颜色上认出了雯雯。那么，她一个人站在老槐树下面干什么？正在这时，黄矮虎扑倒雯雯的一幕出现了……

扑倒雯雯的会是谁？从那又矮又胖的体形特征上，独眼狼一眼就认出是黄矮虎！在他看来，黄矮虎算不得好人，但对自己不薄；雯雯无疑是个好女人，当然不能被害。在这人命关天的时刻，独眼狼来不及权衡，拔腿就要赶过去，打算先救了雯雯再说。然而，一看到那棵老槐树，他就不由自主地想到了杀人蜂，两腿就不由自主地打颤……情急时，独眼狼扯嗓子嚎起来：“快踹老槐树——”

危急时刻的雯雯听到了这声提

2006年《中国最有影响力的故事》征文启事

五大奖励措施　稿酬外追加千字千元奖金

为鼓励多出优秀作品,《故事会》杂志社决定继续举办2006年《中国最有影响力的故事》征文大赛，并对优秀作品实行5大奖励措施:

1. 入选作品除在杂志上发表外，还将收入《〈故事会〉中国最有影响力的典藏故事》(2006年版）一书。2. 入选作品可得两笔稿酬：在《故事会》杂志发表的作品，首发稿酬每千字400元，选入书后再追加每千字1000元。3. 入选作品均颁发奖励证书。4. 本刊将委托有关专家对入选作品进行精彩点评。5. 本刊将邀请有关作者参加10月在外地风景区举办的优秀作品改稿会以及年底的颁奖大会,所有费用均由我刊承担。

征稿范围：具有现实感、新鲜感且可读性强的中短篇原创作品。超短篇（如幽默故事）的字数一般在1500字以内，短篇（如中国新传说）的字数一般在5000字以内，中篇故事的字数一般在15000字以内。

来稿方法：1. 从邮局寄发，请在信封上注明“征文大赛”字样，本刊地址：上海市绍兴路74号《故事会》杂志社，邮编：200020。2. 从网上传递，可发以下信箱：wulun@vip.sohu.net，请在主题上注明“征文大赛”字样。来稿也可直接发至各责任编辑的电子信箱,本期责任编辑的信箱是：lujia411@yahoo.com.cn。

醒，对着老槐树就是几脚……顷刻工夫，杀人蜂便铺天盖地扑将下来。

黄矮虎正要得手时，突然感到身上多处被什么东西纷纷撞击，紧接着就是钻心的疼痛。他仰起脸一看，不得不惊叫一声住了手。

杀人蜂并不认人，雯雯也是攻击的对象。不过，她是全身包裹严实了的!

小杀手们的攻击比昨天更凶猛更疯狂——如果它们会说话一定要这样讲：你们这些两条腿的，昨天刚惊扰过我们，仇还没报呢今天又来了！好吧，咱们新仇旧恨一块报，新账老账一起算!

红了眼的杀人蜂们见雯雯身上没处“下手”，就把黄矮虎作为唯一的攻击目标。倾巢而出的杀人蜂形成了一座黑压压的山包，把黄矮虎整个人全“掩埋”了——别说是一个人，就是一头牛，遭到这么多杀人蜂围攻，也会被当场活活蜇死的。

黄矮虎疼得满地打滚，滚着滚着就滚下了陡峭的河岸，拖着一声长长的哀号，跌进了浊浪滚滚的黄泥河——如果说“人算不如天算”有下半句的话，那就应该是“人杀不如天杀”。

不久，本地媒体纷纷报道了一则新闻：知名企业家黄矮虎失踪，原因、去向不明。

后来，独眼狼和大马猴都改邪归正走上了正道，与雯雯一家来往密切。　（题图、插图：杨宏富）

花花世界花花心，花花男人最狠心，花言巧语骗人心，当初说的好痴心，达到目的就变心，知人知面不知心，如果不想再伤心，要对男人全死心。 广东 金庆（1938）

外国悬念故事

该书汇集的是《故事会》“外国文学故事鉴赏”专栏中的35则精品，其中包括美、英、法、意、俄、日等国的当代有影响的作家的作品，尤以美、日居多，按内容分为“机智过人、如此情爱、自食其果、历尽惊险、光怪陆离、荒唐滑稽”等六类。

历险故事

36则历险故事场面刺激，气氛紧张，情节惊心动魄，人物性格鲜明，叙述过程常常给人以身临其境的感觉。作品通过对主人公聪明才智的展示和坚韧不拔精神的刻划，形象地展现了历险故事特有的魅力。

荒诞故事

50余则故事用啼笑皆非的荒诞手法来鞭挞生活中的假恶丑，用荒诞不经的人物形象来呼唤人世间的真善美，在荒诞的外衣下，包藏着极为深刻的社会内容，长久以来一直活跃在人们中间，口耳相传，历久不衰。

诙谐故事

本书汇集外国诙谐故事精品100则，按内容分为“莫名其妙、洋相百出、针锋相对、随机应变、难言之隐、弄巧成拙、井底之蛙、强词夺理”等八大类，每大类前均有短小幽默引言，从不同角度折射社会面貌。

我的故事

《故事会》自1995年开辟“我的故事”栏目以来，日益受到广大读者的认可和欢迎，如今成为保留栏目。它的特点是“真情流露”，作品多是作者的亲历或见闻，并以第一人称叙述故事。本书汇集了该栏目的41则作品，读来备感自然亲切。

外国幽默故事

此书选取了《故事会》“幽默世界”中的近百则外国幽默故事，并按内容分为“奇闻趣事、巧言妙计、戏谑嘲笑、鞭挞讽刺、荒诞不经、意味深长”等六类。

武侠故事

39则武侠故事，形象地描述了侠义之士扶弱抑强、除暴安良、布善施德、匡扶正义的豪情生活，作品情节设计跌宕起伏，人物形象栩栩如生，每一则故事都是一首武林豪杰的正气歌!

男子汉故事

本书共收10则中篇故事，刻画了一群性格各异的青年男子，作品情节性强，极富文学色彩，不仅显示了男性的健壮刚强美，更突出他们面对权势、金钱、爱情以及生与死所表现出来的气质、智慧和英勇。

生死抉择

在中东一场惨烈的沙漠战争中，一名被俘的间谍被一位年长睿智的波斯首领判处死刑。尽管判决无情，但这位首领却是心怀怜悯。一直以来，他采用一种奇怪的方式 在死刑案件中，他允许犯人选择被行刑队枪决或自己走进一扇神秘漆黑的大门。

这是一个需要犯人仔细思量的可怕选择。心惊胆战的间谍试了五次，每次将要走进神秘的黑色大门时，他颤抖的手都会在钥匙前停下。最后，他告诉首领，他情愿选择行刑队。

几分钟后，一阵枪声宣告了死刑判决已经执行。老首领回过头来长叹一声,对他的副官说：“你瞧，人就是这样，他们总是宁愿选择已知的，而不愿意尝试未知的。”

副官问：“黑色大门后是什么?”

“自由。”首领回答，“而我知道没有几个人有足够的勇气选择它。”

（**推荐者**：杨　松）

优秀是一种习惯

那年，新入学的大一新生们发现，辅导员老师还没有选班长。老师解释说，自己对同学们还不了解，班长的选任拖延了下来。

这天，同学们正在辅导员老师的带领下开班会，一名老师跑进教室，惊恐地说：“隔壁教室失火了，赶快离开！”教室里立刻乱作一团。你推我挤中，教室门仿佛变得窄了，费尽力气也挤不出去。

这时，一个洪亮的声音响了起来：“都不要乱，男同学站到两边，让女同学先出去。”同学们一下子都安静了下来，顺着声音望去，一名黑黑瘦瘦的同学正站在桌上喊着：“女生排成两行，一个一个按秩序往外走……”同学们按照他的指挥做着，乱成一团的景象变得井然有序起来。

当所有人都跑到教学楼外后，一个同学询问辅导员老师：“老师，既然失火了为什么只有我们班疏散出来啊？”辅导员老师笑了：“我要说声抱歉，其实并没有失火，这只是一次对选任班长的测试。”说着辅导员老师将那个指挥疏散的黑瘦同学叫出队伍，“我很高兴地告诉同学们，你们有了新班长，就是他。”

辅导员老师给出了自己选择这名同学的理由：“突发事件中能够处变不惊、指挥若定的人一定是个具有领导才能、非常优秀的人。请你们记住，优秀不是一种行为，而是一种习惯。”

（**作者**：澜　涛）

本栏目欢迎推荐。优秀作品除在本刊发表外，还有机会入选《滴水藏海》一书。推荐稿可发电子邮件至：gigimoon@vip.sohu.net。

生意人的妙招

在美国某州的公路上疾驰着一辆运面包的货车。这个州刚发生了水灾，粮食紧张，面包脱销。

汽车走到半路上，被饥饿的人们发现了，车子立刻被团团围住，人们抢着要买车上的面包。押货员感到十分为难，因为车里运的面包是刚过期的，正要被送去销毁。

"不是我不肯卖。"押货员说，"我们老板规定很严格，任何情况下，出售过期面包给顾客的一律开除。我可不想砸了饭碗呀！"

这时，有个记者刚好路过，见此情景，说道"先生，现在是非常时期，你就把这车面包卖了吧！"

押货员看着记者，突然灵机一动，他凑到记者面前说："卖，我是说什么也不敢的，但如果他们强行上车去拿，我就没什么责任了。"

记者问："那岂不是抢劫吗？"

"他们把面包强行拿走，凭良心留下应交的几个钱，就不是抢劫，而是强买了。"

大家恍然大悟。片刻，一车面包就这样被强买光了。几天后，这条消息便在报上详细披露了出来。这家面包公司的信誉陡然上升。

做生意，仅有好的规定是不够的，有时候，还需要适时的策划和宣传。

（**推荐者**：肖升初）

游客与坚果树

一位游客走累了，坐在坚果树下休息，他注意到前方一根细藤上面结了个巨大的南瓜。

游客暗自嘀咕："自然界中的一些现象真是很荒谬。如果让我来创造这个世界，我会让大南瓜长在结实的大树上，而小坚果则应该结在细藤上面。"

这时，一枚小坚果从树上掉下来，打在游客的脑袋上。震惊之余，游客抬头望着枝干暗想："天啊！原谅我的傲慢自大吧！假如从树上掉下来的是一个大南瓜，我岂不是被砸死了？"

是啊，事物往往如此：看起来不合适的或许正是最合适的。

（**推荐者**：秦国贞）

镶牙

母亲老得牙齿掉光了，儿子开着车子送母亲到一个牙科诊所镶牙。看得出来，儿子是个大款，一下车就对着手机说个不停。母亲问医生镶牙要多少钱，医生告诉她，镶牙价格从几百元到几千元不等，并向她推荐了最好的烤瓷牙。可母亲却要了最便宜的一种。医生说这种牙容易损坏，建议老母亲镶好一点的，边说边看看儿子，示意儿子劝劝母亲。儿子却站在一边任由母亲和牙医讨价还价，继续打他的电话。

最后，母亲依然是要镶最便宜的那种。和医生谈好价格后，母亲似乎很满意，从怀里掏出一个布包，一层一层打开，拿出钱交了押金，医生让她两周后来镶牙。很快母子俩就离开了诊所。等他们一出门，诊所里的人议论纷纷，大家都认为儿子人品有问题，自己衣冠楚楚，开着小车，为母亲花点钱镶牙却舍不得。

正议论着，诊所的门被推开了，那个儿子走了进来，他走到医生跟前，说："医生，麻烦您给我妈妈镶那种最好的烤瓷牙，费用我来出，不过请您不要告诉我母亲。她是一个十分节俭的人，要是让她知道了，肯定不会镶的。"说着儿子把镶牙的钱补齐了。

望着儿子离开的背影，大家才明白刚才儿子为什么不劝母亲：原来爱有时也需要悄悄地进行。

（**推荐者**：格永泉）

祈祷已结束

那是美国著名的访谈节目主持人唐纳休当新闻记者时发生的事。

有一次西弗吉尼亚发生了一起矿井坍塌事故，唐纳休与摄像师开车奔赴现场。严冬时节，天寒地冻，赶到矿区的时候，摄像机已经冻得无法运行了。他们只好把摄像机揣在怀里，等焐暖后再拍摄。

与此同时，被困在井下的矿工的家人们也纷纷赶到了现场。满脸沧桑的牧师也赶到了，他并没发表什么慷慨动人的演说，只是默默地和所有家属手挽手围成一圈，开始为生死未卜的亲人祈祷。当时的场面非常感人，唐纳休相信所有电视观众看到后都会潸然泪下。

可摄像机冻得结结实实，无论如何不肯启动。等机器解了冻，可以正常工作的时候，祈祷也结束了。唐纳休告诉牧师，自己是全国最有名的美国有线新闻网的记者，要求牧师再重复一小段刚才的祈祷，让他录下来，以便在晚间新闻中播出。

唐纳休后来在回忆录中写道："当记者时，我和很多名人打过交道，请他们重复过各种场面，摆过不同的姿势。为了向众人展示自己最感人、最光辉的一面，那些人无一例外都肯合作。"

然而这位牧师却不同，他简洁地回答说："年轻人，我们是在为亲人祈祷，祈祷已经结束。"

"人到无求品自高"，真正让人尊敬的不是显赫的名声，也不是人前摆出的姿态，而是一个人的品格。

（**推荐者**：马玉良）

总算没有白忙活

□徐　洋

这天早晨一上班，市地名办公室的张主任就吃了一惊：大门外有人敲锣打鼓地送感谢信来了。只见走在队伍前头的几个人举着一面大红锦旗，上面写着两行字：变更门牌号码，救人于危难关头。

张主任这个高兴呀，一年来他们实在太辛苦了，他们所在的这个小城为了和国际接轨，新的建筑项目不断上马，拆迁、改造……门牌号码的变化像上了新干线，快得很！张主任带领同事们上街摸排情况，一年来光市里几条重点街道就换了三次号。

张主任接过锦旗，笑成了一朵花。群众中领头的是个中年人，他激动地握住张主任的手，声音颤抖地说："我们打听了好几天，才找到恩人们哪，感谢你们及时改了门牌号码，把我的儿子从悬崖边上挽救了回来！"

张主任越听越糊涂，忙让这人喝口水慢慢说。中年人定了定神，说："是这样，我儿是个失足青年，他跟着一帮坏小子不干正经事，帮里的坏头头让他们去盗人民广场旁的那家商店。头头先去踩了点儿，把盗窃时间定在后半夜，让这帮小青年去动手，他自己在家里听消息。我儿几个虽然年龄不小了，可大字识不了一箩筐，那头头怕他们走错地方，特地交待说，商店的门牌是108号。我儿他们到了地方，手电照着门牌，瞅准了是108号，上去就砸玻璃撬门子，进了那屋，还没来得及动手，就让巡逻的民警给抓住了。可谁能想到，这么大的事儿，他们只被拘留了十五天就放出来了，罪名是破坏公共财物，哈！真是感谢恩人呀，是你们及时更换了门牌号码，把108号的牌子，挂到了新建的公共厕所门上去了！"

张主任听了这话，真想找个地缝钻进去。

学隐身

□郭荣立

张大娘刚从乡下到城里做小买卖不久。这天晚上，张大娘挑着两箩筐水果在广场上转悠，突然听到石椅上坐着的两个小伙子在谈话。

高个子问："你近来忙什么去啦，老不见你上线啊？"

矮个子说："没忙什么，我几乎天天来，只是我隐身了。"

"为什么要隐身呢？"

"不隐身不行，朋友太多了，我一出现朋友个个向我打招呼，应付不了，隐身省了不少麻烦。"

高个子听了赞叹道："呵，真不错，我还不知道怎么隐身呢，你教我吧。"

矮个子撇撇嘴："这个挺容易呀，我回去就教你……"

张大娘听到这里，再也忍不住了，她弯下腰从箩筐里拿出两个苹果，走到两个小伙跟前递给他们，说："小兄弟，吃苹果。"两个小伙子挥挥手，说："到别处卖吧，我们不买。"

张大娘说："我不是要卖给你们，我是请你们吃。"两个小伙子望着张大娘，很是不解。

张大娘焦急地说："我是想求你们一件事。刚才你们说到隐身，还说挺容易学，小兄弟，你也教我隐身吧。你们不知道我们小贩有多难，工商撞着了说我们无证经营，没收；城管的遇上了又说影响市容，也没收。要是你教会了我，以后再遇到那些人，我马上隐身，让他们还没收个屁！"

听了张大娘的话，两个小伙子愣了片刻，突然笑了起来，笑得泪水都流了出来，他们边笑边对发呆的张大娘说："大娘，我们说的隐身是在电脑网站上隐身，我们又不是神仙，怎么会真的隐身啊！"

有缘有分喜洋洋，有缘无分恨茫茫；有分无缘是空想，无缘无分不思量。得意缘来诚可喜，坦然分去又何妨？缘缘分分无定数，莫为缘分费神伤。江苏 周顺武（1941）

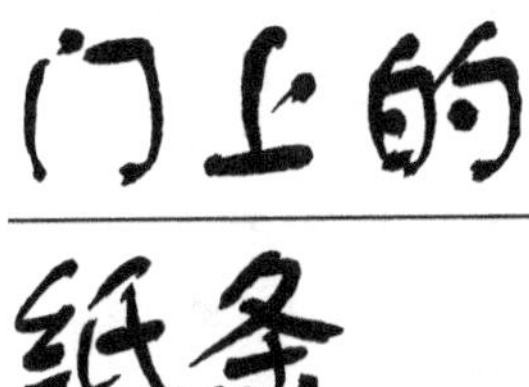

门上的纸条

□周玉洁

有个小单位，只有一间办公室，又偏偏坐落于气派宏伟的机关大院内，相形之下，显得尤为简陋。

简陋也没什么不好，但夏天来了，大院里的其他单位纷纷装了空调，有些单位还大肆装修，安了地板砖，装了防盗门，更新了办公设备。这些，使得那个小单位显得更清贫了。

越是穷越是挡不住来客。其他单位的办公室因装了空调，门上气派地张贴着“内有空调”的字样，理直气壮地将房门紧闭。唯有这个小单位因为没有空调而房门洞开，那些来机关上访的、找人的络绎不绝地走进这单位的小办公间，大量消耗了他们的茶叶和一次性杯子，严重骚扰了他们井然有序的工作秩序。

本着节俭的原则，也为了营造安静、良好的办公环境，小单位的一把手决定效仿其他单位，紧闭房门，一心办公。

这天，一位上级领导来机关大院视察，他盯着小单位的房门，狐疑地问：“没安空调，为何闭门？莫不是躲在里面斗地主？”

领导走后，人们传话给小单位的一把手，他却一筹莫展：难怪领导猜疑，炎炎酷暑，无空调而关房门，确实容易让人误会。

第二天，机关大院里的人们发现，小单位紧闭的门上赫然贴出一张字条：内有风扇，有事请敲门。

午夜探秘

□刘江波

周六午夜，喧嚣了一天的酒楼静悄悄的，大家都睡熟了，只有厨房的小伙计阿牛还在黑夜中睁着眼睛，因为他知道，师傅今天肯定还会行动。

师傅有一手到哪都能带来客满的金牌菜：“铁锅炖湖鱼”。师傅的其他手艺阿牛都学得差不多了，就是那道湖鱼做不好，他觉得师傅是有意瞒着绝活。

经过仔细观察，阿牛发现秘密在师傅炖鱼的那口铁锅上，那是师傅从家乡背出来的，这锅肯定不是凡铁。

接下来，阿牛吃饭睡觉都跟着师傅，终于发现 每周六的午夜时分，师傅都会偷偷地溜出房间，半小时以后才回来睡觉。师傅到底出去做什么？阿牛决定今晚要跟去看个明白。

宿舍里，阿牛在床上打了两个小时假呼噜后，突然师傅的床上有了动静。师傅轻轻地下了地，打开门出去了，阿牛一翻身坐起来，光着脚跟在后面。师傅打着手电，走几步还往后照了照，阿牛及时闪在角落里，没有被发现。终于，师傅进了厨房，不一会儿，厨房里亮起了一盏灯。

阿牛紧张地从厨房门缝往里瞧，只见师傅往铁锅里面倒着什么，又把锅从灶上端了下来，然后他坐了下来，锅里发出一阵响动……锅里会是什么呢？难道是罂粟花，让客人吃了上瘾？

阿牛看了看自己粗壮的臂膀，又想想那湖鱼的美味，他不再犹豫了，大吼一声，高举起一根拖把就冲进了厨房。师傅被阿牛吓得大叫起来，手中举着的暖水瓶“砰”的一声摔得粉碎。

阿牛直勾勾地盯着那口神奇的铁锅，此时，那锅里冒着腾腾热气，师傅的一双汗脚，正泡在热水里享受……

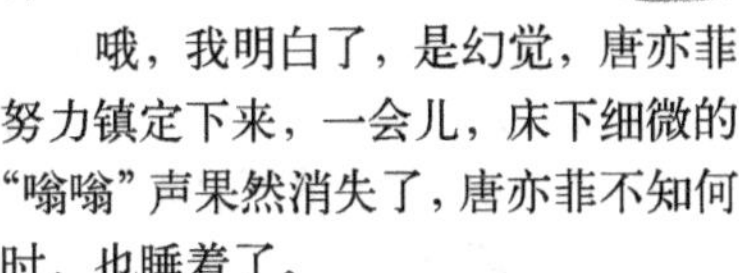

床下有“鬼”

□芦宏伟

唐亦非去家具市场选了一款席梦思床。送床来的是两个小伙子，他们一边装着床，一边闲聊天。一个小伙子说：“阿强，我给讲个故事吧！”“好哇，大伟！”于是大伟就讲了起来——

从前有个寡妇，村里的无赖趁黑溜进寡妇家，想欺负她。这时床下突然发出“嚯嚯”的声音，寡妇板着脸说：“我床下面有鬼呢！听见没，鬼在磨刀呢！你要不走，小心那鬼捅了你！”无赖装作不在乎的样子说：“鬼不敢捅我！”说完就往床上一躺。突然无赖感到腰间一阵剧痛，在床上惨叫着翻了几圈就死了。

原来，寡妇自己有个情人，就藏在床下，他从床下捅了一匕首，正刺在无赖腰间……

唐亦非在一边听得毛骨悚然，一颗心扑扑通通直跳。

装完床，两个小伙子走了，晚上，唐亦非躺在宽大柔软的新床上，脑子还在想着白天的那个故事。突然间，唐亦非真的听到床下传来一阵声音——“嗡嗡嗡、嗡嗡嗡……”天啊！唐亦非吓得“噌”地坐了起来，不知何时脸上已经有了细密的汗珠。

哦，我明白了，是幻觉，唐亦非努力镇定下来，一会儿，床下细微的“嗡嗡”声果然消失了，唐亦非不知何时，也睡着了。

没想到，第二天中午，那个叫大伟的装床工来了，他吞吞吐吐地说：“我来……嗯，就是问一下，床没什么问题吧？”

“没……没什么！”唐亦非心想，总不能把昨天晚上自己的幻觉讲出来吧，那样也太让人笑话了。大伟转了一圈，说声打扰了，就走了。

大伟来得好奇怪呀！唐亦非看着新床，愈发感觉这床有古怪。

当天晚上，回到家躺在床上，唐

亦非蒙蒙眬眬刚要睡着，突然又隐隐约约听到一阵“嗡嗡嗡”的响声钻进耳朵。那见鬼的声音又来了！唐亦非一下子清醒了，这次她清楚地察觉到声音来自床下！难道……难道床下真的有鬼！

唐亦非跑到楼下，喊了辆出租车赶到同事周华家里，跟她住了一夜。

第二天，周华陪唐亦非来到家里，两人正在察看新床，那个叫大伟的装床工又来了，还带着另一个装床工阿强，两个人都露出不好意思的神色。唐亦非感到奇怪：“你们到底有什么事，说啊！”

大伟低着头，脸有点红，阿强鼓了鼓勇气，才结结巴巴地说：“我们乡下人进城打工挣钱真不容易呢！大伟攒了俩月工资，才买了个新手机，你就还给他吧……谢谢你了，谢谢！”

唐亦非又好气又好笑：“你们什么时候把手机交给我了？”

大伟说：“可能装床时，我不小心把手机掉进床的支架里面了……你看能不能让我们把床卸开看看？”唐亦非为了避嫌，就大方地做了个“请”的手势，两个小伙子掏出工具，三下五除二就“肢解”了唐亦非的新床。

“咦，真的在这里呢！”大伟欣喜地叫道，从床内拿出一个手机，阿强拿出自己的手机拨通一个号码，从床内取出的这个手机果然发出“嗡嗡”的震动声。

忽然间，唐亦非恍然大悟——前两天听到的床下“嗡嗡”的闹鬼声，定是这个掉进床内的手机发出的。她一问大伟，正是大伟到处找手机，前两天晚上还拨了好几次手机号呢！

（本栏题图、插图：顾子易　李　加）

做个女人一定要经得起谎言，受得起敷衍，忍得住欺骗，忘得了诺言，放下一切，最后用笑来伪装掉下的眼泪，宁愿相信世界上有鬼，不要相信男人那张破嘴！　贵州　杨凌云（1943）

375 2006 SEMIMONTHLY 下半月刊 9月 STORIES

欢迎登录本刊主办"故事中国网"（www.storychina.cn）

故事会

STORIES

2006年9月

下半月刊·绿版

主　编：何承伟

常务副主编：吴　伦

副主编：姚自豪（上半月·红版）

副主编：夏一鸣（下半月·绿版）

本期责任编辑：王雅静

发稿编辑：

姚自豪　周　吟　吕　佳　郑继文

夏一鸣　鲍　放　邢　悦　朱　虹

美术编辑：李宝强

电脑制作：郭瑾玮

通　联：归依玲

本社办公室电话：021-64375030

上半月刊编辑部电话：021-64332325

下半月刊编辑部电话：021-64336469

（上海市绍兴路74号 邮编：200020）

主管、主办：上海文艺出版总社

制作、发行总监：张　凯

电话：021-64313938

广告总代理：上海文艺广告传播中心

（上海市绍兴路74号 邮编：200020）

广告业务：021-34010383

广告投诉：021-64333738

广告经营许可证

沪工商广字3100320050022号

发行：中国图书进出口上海公司

本刊各栏目欢迎来稿。来稿寄上海市绍兴路74号《故事会》杂志社，邮编：200020；请在信封上注明"××栏目"收；本期责任编辑E-mail地址:wyjing833@sohu.com

·笑话·

一字之差

丽丽有一头乌黑发亮的长发，前段时间，她心血来潮，去理发店把头发染黄，并做成大卷披肩式。同事问她和以前有啥不同感受，丽丽答道："以前每当我路过学校门口的食品店，老板娘见了都问：'小妹，上课吗？'，现在见了，却问：'小妹，上班吗？'"

（李贵明）

受　伤

甲："我的丈夫在足球比赛中受了伤。"

乙："可他从来没踢过球啊。"

甲："是的。他在世界杯比赛中喊坏了声带。"

（杨保民）

（本栏插图：李　加）

令人失望

有位顾客在一家小饭馆吃完饭，便习惯地找牙签，可找了半天愣没找到，于是就把老板叫来："老板，有牙签吗？"老板抱歉地说："没有。"顾客不满地问："你们难道不放牙签吗？"老板说："以前放过，但客人们的举动太令人失望了，他们用完了从不放回去。"

（小　灿）

没事找事

一天，一个卖盗版光碟的人向小王推销说："这位兄弟，要不要光碟，全是最新电影，因为今天有城管来查，所以便宜卖你……"

小王摇了摇头说："哦，不……不……我工作的地方有很多光碟，也是最新电影。"

"你也是卖光碟的？"

小王又摇了摇头说"哦，不……不……我是城管……"

（王松鑫）

帮不好的忙

在邮局大厅内，一位老太太走到一个年轻人跟前，客气地说："先生，请帮我在明信片上写上地址好吗？"

"当然可以。"年轻人按老人的要求写了。

"谢谢！"老太太说，"再帮我写上一小段话，可以吗？"

"好的！"年轻人照老太太的话写好后，问道，"还有什么需要帮忙的吗？"

"嗯，还有一件小事，"老太太看着明信片说，"请帮我在下面再加一句：字迹潦草，敬请原谅。"

（王传生）

这下保住了

出租车司机看见路边有位体态臃肿的妇女在招手，就把车开了过去。那妇女一坐进车子，就对司机说："快点，快点，去市妇产医院。"司机心想：看来她要生孩子了，于是加足马力向医院开去。到了医院，妇女长吁了一口气，说："总算保住了。"

司机安慰道："孩子没事吧？"

"孩子，什么孩子？"那妇女这才恍然大悟，笑了起来，"我是妇产科的护士，我是说这个月的奖金保住了。"

（杨　松）

手上有刀

一天，厨师长来餐厅操作间检查工作。他见掌勺的师傅火候用得不对，就狠狠训了他一顿；又见配菜的师傅用料不准，也狠狠训了他一顿。

不一会儿，厨师长来到墩头师傅旁，看到鱼块剁得大的大，小的小，正要发火，可想了一会儿，又悄悄走开了。

其他几位厨师见此很不服气，问："你为什么不批评他？"

厨师长说："难道你们没看见他手上还握着刀吗？"

（朱平章）

最棒的球队

一个球迷骄傲地对另一个球迷说："我们拥有全国最棒的球队，从未被击败过，也从来没有球队的球打进过我们的球门。"

对方羡慕地问道："那么你们的球队共打了多少场比赛了？"

球迷甲答到："下周六是第一场。"

（李洪涛）

三等奖

老师欲了解新生的情况，就给每个学生发了一张调查表，让大家写下以前所获的奖励。

只见同学们填写的奖励多种多样 有的是"奥数二等奖"，有的是"作文优秀奖"……只有一个同学的奖励比较特别，是"商场购物抽奖三等奖"。

（小　芳）

规　定

小苹："我家有个不成文的规定，就是当夫妻吵架了，不论结果如何，睡觉前都要和好。"

小雪："哦，是个不错的规定。那你们遵守了吗？"

小苹："当然百分之百地遵守了啊！记得有一个礼拜，我们两个都没睡觉……"

（小　小）

招　聘

一家公司有一个职位只想雇用男性员工，但又怕遭到妇女维权团体的控告，因此贴出这么一个招聘广告：

"征员工一名，条件是在上班时间打赤膊，但不会影响周围其他同事的工作效率和情绪。"

（小　小）

老师，我敬重的轨迹始终会以您为圆心，而且永远是增函数，这是绝对值的，虽然我要深造，但我会留下一条抛物线，代表我对您的思念，祝您节日快乐到极限！河北 王雨峰（1802）

广告时间

儿子三岁了，在他的生日宴会上，父亲示意儿子表演几个节目。

儿子不负众望，一口气背了好几首唐诗，大家掌声不断。儿子一下子兴奋起来，非要给大家讲个故事。

只见儿子有模有样地讲："在森林里，住着熊妈妈和它的三个孩子……"大家兴致勃勃地听着，儿子却越讲越慢。

忽然，儿子说道："下面是广告时间，稍后继续。"然后凑到父亲跟前，悄悄说："爸，后面的我忘了。"

（蒋宁贤）

求　婚

大良："亲爱的，嫁给我吧！我不能没有你！"

小芳："不行，我妈不答应。"

大良："哦！你如果拒绝我，我就死在你的面前！"说着，他端起了手枪。

小芳："请等一下，我去问问妈妈。"

大良："嘿嘿，我就知道这招有用！"

小芳："我妈妈说我已经成年了，可以看这种血腥的场面了。"

大良：……

（叶　辉）

急中生智

小李报名参加了口才培训班。第一天上课时，老师让学员做自我介绍，并说明参加培训班的动机。

轮到小李发言时，他半天也说不出话，最后在老师的一再鼓励下，他终于憋出一段话："现在，你总该知道我参加培训班的原因了吧。"

（萬国春）

（本栏目欢迎来稿。来稿可从邮局寄发，也可从网上传递。如为电子邮件，请发以下信箱：wyjing833@sohu.com）

女儿最后的嘱托

□袁菽涛

两年前，老杨的老婆因病去世后，他就跟女儿喜兰相依为命。喜兰在县城上高中，成绩很好。父女俩日子虽然过得艰苦，却也苦中有乐。

可谁知，喜兰这天却突然晕倒在课堂上，到医院一查，竟然跟她妈妈一样——也是心脏病，而且很严重。

知道这个消息后，老杨一夜间老了十岁。喜兰可是他的命根子啊，他就是砸锅卖铁也要救女儿的命。

老杨把省吃俭用的两千元全交到医院，又找亲戚朋友借了不少，可还不到一个月就花得差不多了，这可咋办啊！

就在老杨为钱急得走投无路的时候，嘿，他突然一拍大腿想起来了，杀猪的黄二牛不是还欠自己八百多元钱吗？那是春节前，黄二牛到他家收购生猪时没给钱，说是秋后再给。老杨想反正秋后喜兰才要交学费，就答应了。现在不正好把那笔钱要回来救救急吗？

想到这，老杨忙安顿好喜兰，饭也没顾上吃，就急火火地搭车回了镇。到肉市上一找，黄二牛果然在。可真要过去开口要，这个老实厚道的汉子又为难了。他想：钱虽说是自己的，但给钱的时间还没到；不开口要吧，女儿还等着钱救命。

正踌躇着，倒是黄二牛先看见他了，老远就招呼道："嘿，老杨，快来割块肉回去打打牙祭呀。"老杨一听

人家在招呼自己，这才鼓起勇气，赶紧几步跑过去。凑到肉摊前，老杨憋红了脸，吞吞吐吐地说："我女儿病了，在住院呢……"黄二牛一边在猪肉上比划着，一边说："那就来点有营养的？"老杨见黄二牛没明白自己的意思，急得说话也结巴了："钱，我是说你买我家猪时欠的钱，女儿住院……"

一听他要钱，黄二牛拉下了脸，冷冷地放下刀，叼着烟漫不经心地说："不是说好秋后给的吗？你咋能说话不算数呢？"老杨的声音更小了："女儿等着钱救命呢，你知道我、我也不是不讲信用的人……"话还没说完，他就恨不得把脑袋缩进脖子里去。黄二牛喷了个烟圈，想了想随口说："那——行，过几天赶集你再来吧，我今天确实没钱。"

人家说没钱，你总不能再死乞白赖地要吧？尽管老杨急得眉头都快拧出水来了，但也只好同意过几天再来。

老杨耐着性子挨了几天后，又心急火燎地去找黄二牛。黄二牛忙了好半天才理老杨，但他并没有给老杨拿钱，只是慢吞吞地双手一摊："老杨，实在不好意思。我今天卖完肉还得去买猪，不然生意要断档。今天没有多的钱，下一次赶集给你吧。"老杨急得肠子都绞成团了，咋能说话不算话呢？可钱在人家包里，总不能硬抢吧？他一咬牙叮嘱道："那行，过几天你一定要把钱给我，再不能拖了，人命关天呀！"

过了几天，老杨再次跑回镇上时，连黄二牛的影子都没看到，一问其他几个卖肉的师傅，都说不知道。一连跑了三个空趟，一分钱也没有要回，老杨急得头发都白了一半，女儿病得那么厉害，医院又三天两头催着缴费，他能不着急吗？这姓黄的怎么只管自己赚钱不顾人家死活呢？

就在老杨望着女儿，快要绝望时，喜兰的班主任送来了大家捐的两千多元钱。拿着钱，老杨的心里真不是滋味：老师和同学们可不欠他们父女的，欠他钱的却又几次三番要不回来，他实在想不通。

很快，老师和同学们捐的钱就要用完了。这天一早，老杨就坐车回到了镇上。他老远就看见黄二牛在招揽生意，于是三步并做两步跑到肉案前，小心翼翼地说："黄师傅，那钱……"

黄二牛一听火冒三丈，拿起割肉的刀在案板上一拍"杀人偿命，欠债还钱。不就欠你几百元钱吗？哪有一大清早就向别人要债的？我这生意还做不做？"老杨一怔，这才意识到自己犯了忌讳，按乡里的风俗，早上是不能问生意人要钱的，想到这他只好点头道歉，然后往旁边一蹲。

老杨不敢离开半步，饿着肚子一

直等到下午两点，等得嗓子都快冒烟了，终于等到黄二牛卖完了最后一刀肉。他赔着笑脸，走上前来等姓黄的给钱。哪知黄二牛却没好气地说：“今天这钱我要拿去收购生猪，你下个月再来。”

等了这么久就等来这么一句话？他黄二牛包里胀鼓鼓的，还会少了八百元？为了这几个钱，他把老杨折腾得还不够吗？兔子逼急了也会咬人，老杨只觉着浑身都在冒火，拦住他说：“不行，我女儿治病急着用钱，你今天不给钱就甭想走。”

黄二牛眯着眼，“呸”了一口，又冷笑了一声，摇头晃脑地说：“你女儿生病，关我屁事。我承认欠你钱，你上法院告我啊，就是法院判我还钱又咋样？还要看我乐意不乐意呢。滚，我没时间跟你扯闲工夫！”说完拔脚要走。

闲工夫？人命关天的事是闲工夫？老杨的脸“刷”的一下白了，很快又急得绯红，不到两秒又气得发紫，他不顾一切地一把拉住黄二牛：“不行，我不相信你比黄世仁还狠，给钱！”

黄二牛冷笑着说：“啥？今天我就当一回黄‘死人’，你敢咋的？这里有刀，你敢动我吗？”说着，他拿起那把明晃晃的杀猪刀在老杨眼前晃。老杨伸手一挡，刀划破了手臂，鲜血渗了出来。

黄二牛见老杨松了手，理也不理，收拾东西想扬长而去。老杨急红了眼，一把抢过刀对着黄二牛吼：“不给钱你别想走。”两人这么一闹，引来了许多围观者。

黄二牛见有人围了过来，脸上有些挂不住了，他现在只想快点摆脱老杨，于是一甩膀子恶狠狠地给了老杨一拳头。这一拳头，砸得老杨心头郁积的愤怒全爆发了，只听他怪叫一声，一刀捅了过去，黄二牛也应声倒在了地上。

周围的人惊呼起来：“杀人了，杀人了！”看着浑身是血的黄二牛，老

吃　糖（文：肖　胜；图：包丰一）

1. 暑假，刚上幼儿园的表姐弟红红和东东，一齐到外婆家去玩，外婆非常高兴。

2. 渐渐地，红红觉得外婆偏心：好几次外婆都说东东乖，还给他糖吃，却从来没提到过红红。

3. 红红很不解，于是为了让外婆喜欢，她主动去帮外婆做家务，东东则在客厅里看电视。

4. 突然，外婆低声叫红红：“东东又在唱歌了，这声音真难听，你快去给他一块糖，把他的嘴塞住！”

杨呆了，手里的刀“当”地落在了地上……

老杨被拘留了，喜兰只能靠同学轮流照顾，民政局拨了些救济款，医院也同意尽量减免治疗费。但是，喜兰的病却因为心急忧虑，加重了许多，就连睡梦中都在喊：“不要带走我爹……爹啊，是喜兰害了你……”

此时的老杨，又何尝不惦念女儿呢，他心中放不下她啊。谁要能让他见见女儿，他愿意给人家磕十个响头。

这天，老杨被监狱长带到了办公室，他恳求地问：“我能见见女儿吗？”监狱长什么也没说，只是重重叹了一口气，递给老杨一封信。

老杨哆嗦着接过信，上面写着：

爹：

你不应该犯法啊，都是女儿害了你。事到如今，你千万不要多想，一定要好好改造，争取早日回家，再找个妈妈，好好过几年日子吧。一定要答应我，否则女儿在地下也不瞑目。

爹，如果有来世，我还想做你的女儿，真的……

信还没有看完，老杨就号啕大哭：“喜兰，我苦命的女儿啊……”

（题图、插图：安玉民）

· 我的故事 ·

恐怖战争

□张勇攀

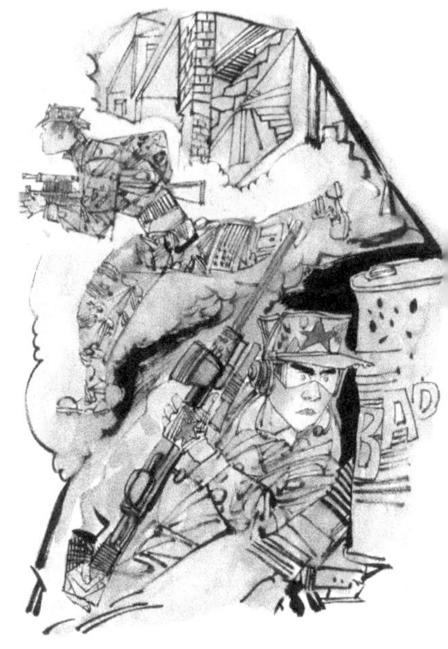

CS是什么？网络游戏反恐精英呗，这你都不知道，真“老土”！

我曾经就是一个超级CS迷。

那时，我和一帮“战友”整天沉迷于网络游戏当中。有一天，军师“海盗”说：“网络游戏咱们也玩腻了，可不可以来个实战演习，召集各路兄弟来一个真人秀？”哈，要体验一回真正的反恐战争了，这个建议让我们兴奋不已，大家一致通过。

于是“战友”们纷纷开始购买装备，几百块的防弹衣、大战靴、AK47很快就准备好了。我一咬牙，买了一身飞虎队的专业装备上阵，准备在大家面前出一回风头。

行头准备好了，我和“海盗”开始联系作战的场地，可踏遍了大半个城市，累得半死，也未能找到和反恐战争相似的地方。等走到一块城郊开发区时，我实在不想走了，就赖在那里哼哼。这时，只听“海盗”声嘶力竭地喊：“喂，快看，场地，场地！”

我睁开眼睛，顺着他手指的方向望去，只见远处有两栋盖了一半的烂尾楼，简直和电脑里的图画一模一样。天啊，踏破铁鞋无觅处呀，就是这儿！

终于等到那个周末，我们把“战友”召集到这里，当时的情景几乎让我身处幻境：三十几个兄弟分成两队，我一声令下，在荒野上迅速奔向两栋建筑物。我似乎看到了苏军攻克柏林的场景，顿时热血沸腾，狂喊着冲向目标。

我们这一队的任务是救人质，冲进楼里，在黑暗中，我架着“枪”用红外线瞄准镜搜寻着对方的踪迹，不时招呼身边的战友跟上队伍。

军师“海盗”出主意说，我们要采取佯攻战术——由我带领一分队人马从正面进攻，迷惑对方，其他人从背后偷袭，一招制胜！

大家一致赞成，于是，我带了几个弟兄准备分散对方注意力。

然而，没前进几步，就遭遇对方的猛烈攻击，狭窄的楼道里立刻“子弹”横飞，四周泥土飞溅，很快就有几个兄弟“战死”沙场，我的肩头也不幸中了“飞弹”。在这危险关头，我赶快拿出一种新式武器，压住对方的火力，逼得他们暂时退却。

昏暗中，我发现房间里有一个破旧的下水管道，有个窟窿直接通到上一层房间，这个发现让我欣喜若狂。我顺着管道爬到上层，三名“匪徒”正在全神贯注地防守，把后背让给了我，我一阵点射，很快消灭了这几个“毛贼”。

我打算一鼓作气冲上楼顶救出人质，可不巧的是，对方这时也发现了我，集中火力向我开火，子弹打得我身旁的铁皮桶“叮当”作响。不行，这样下去，会耽误大家的计划的，于是我猫下腰向后挪了挪，哪知突然脚下一空，人“扑通”一声掉了下去，脚上一阵钻心的痛，完了，恐怕是骨折了。

两个“战友”发现我不慎负伤，立即跑过来搀扶着我，打算直接送我上医院。

走出“战场”，我刚回过头来想鼓励大家继续作战，就在这时，不可思议的事情发生了：

楼里猛然“轰”的传来一阵爆炸声，刚开始我还以为是谁带了鞭炮，以追求真实效果。可随后，爆炸声接二连三，两栋烂尾楼立刻浓烟滚滚，烈焰腾空，不断有人从窗户跳出来。短短几十秒，大楼倒塌，一场真正的恐怖战争发生了……

后来我才知道，这两栋楼里的爆炸，是军师“海盗”弄出来的。他拆开用来爆破烂尾楼的雷管，没想到引起连锁反应。“海盗”当场死亡，两名弟兄重伤，不少人轻伤……

那惨景，我一辈子都不会忘！而那以后，我也再没有碰过反恐游戏……

后来，经常有同龄人问我“玩不玩CS？”

我表情冷漠地反问他们：“CS是什么？”

他们听了，总是不屑地喊：“哇，这你都不知道？网络游戏反恐精英呗，老土。”可他们哪里知道，我的心里还在流血……

（题图：安玉民）

·快乐辞典·

追女友的经典语录

① 男："我可以向你问路吗？"

◆ 女："到哪里？"

◆ 男："到你心里。"

◆ 女："抱歉，此路不通。"

② 男："你的腿一定很累吧？"

◆ 女："为什么？"

◆ 男："因为你在我的脑海里跑了一整天。"

◆ 女："我觉得还行，因为你的脑子实在是太小。"

③ 男："我今天很不顺利，如果漂亮女生冲我微笑一下，我的心情会好一些，你可以为我微笑一下吗？"

◆ 女："你想让我今天也不顺利吗？"

④ 男："抱歉，我是艺术家，凝视美女是我的工作。"

◆ 女："抱歉，我是饲养员，被别人看着，我会很不舒服。"

⑤ 男："小姐可以借我一元吗？"

◆ 女："你要干吗？"

◆ 男："我要打电话告诉我的好友，说我今天见到了一个绝世大美女！"

◆ 女："抱歉，我不能借给你。"

◆ 男："为什么？"

◆ 女："因为我要打电话到医院，说自己被一只青蛙吓倒了。"

（**推荐者**：陈诗雨）

·本刊信息传真·

第二届"梅陇杯"法制故事大赛征文启事

为推进平安建设，构建和谐社会，由中华人民共和国司法部法宣司、上海市法制宣传教育联席会议办公室主办，上海市闵行区法宣办、上海市闵行区梅陇镇人民政府协办，《故事会》杂志社承办的2006年第二届"梅陇杯"法制故事创作大赛，决定面向全国征文。

此次活动有关事项如下：

一、征文内容：可从立法、司法、执法，公民学法、守法、依法维权，法律援助、法律服务、社会治安综合治理、社会公德、家庭美德、职业道德中的涉法内容，公民与违法犯罪行为作斗争以及中外历史上的涉法案例等各个角度展开。要求故事情节曲折生动，语言有口头文学特点，作品未在省地级报刊发表过，字数一般在15000以内。

二、奖项设置：本次活动将聘请有关专家组成评委会，设一等奖1名，奖金5000元；二等奖2名，奖金各3000元；三等奖10名，奖金各1000元；创作奖50名，奖金各500元，个调税均自理。部分优秀作品将陆续在《故事会》上发表，并结集出版。

三、征文时间：截止时间为2006年9月30日，10月底评出获奖作品并专函通知获奖作者。

来稿方法：1. 从邮局寄发，请在信封上注明"法制故事征文"字样，本刊地址：上海市绍兴路74号《故事会》杂志社，邮编：200020。2. 从网上传递，本刊为大赛所设的信箱是：fzhgushi@126.com，请在主题上注明"法制征文大赛"字样。

一支粉笔两袖清风，三尺讲台四季耕耘，五天忙碌六七不休，八思九想十分用心，百般教诲千言万语，滴滴汗水浇灌桃李遍天下，教师节快乐！ 1310***9568（1806）

美德故事

本书汇集的是《故事会》相关故事之精品，所选45则作品分类为“见义勇为、扶危济困、真诚待人、洁身自律、亲情似金、夫妇同心、师生谊重、知过悔改”等八大类，生动形象地讴歌了中华民族传统美德。

生意经故事

故事形象地描述了生意人的思维方式和经商才能。他们或巧做广告而振兴企业，或施展其经营绝招而“妙笔生金”，或审时度势掌握顾客心理而销售产品，或运用《孙子兵法》中的战术而出奇制胜。

16岁故事

在人生漫长的旅途中，16岁是一个最展辉煌、最富朝气、最显青春的花季。本集收入的36则故事，是为16岁少年编织的一支支动人的歌谣，一个个扑朔迷离的美梦，一首首催人泪下的诗篇。

口才故事

口才即说话的才能，当今社会人们演讲、论辩、访谈、讲解、教学以至主持节目、说相声、讲故事等等，都十分讲究口才，口才好与不好，其效果大相径庭。此书收入103则故事，集中表现了千百年来中华民族一些帝王贤臣、文人名士和民间机智人物的智慧、幽默以及其思维的敏捷和即兴论辩的才能。

悲剧故事

本书所收10则故事是从《故事会》刊登的数千同类作品中精选出来的，主人公的遭遇构成了凄怆感人的故事情节，主人公的命运牵动人心，主人公悲惨的结局更令人心颤。

喜剧故事

从《故事会》“幽默世界”栏目中精心挑选成集，按内容分为：谐趣篇、巧计篇、戏谑篇、讽刺篇、荒诞篇、沉思篇。本书的特点是：(1)现代感强。作品均是反映当代生活的各类题材；(2)短小精悍。作品长不过千余字，短只有三四百字，言简意赅，内容丰富。

恩仇故事

构成恩仇的因素是多方面的：由爱变恨，由恨成仇；以怨报德，恩将仇报；忘恩负义，寻仇报复；亲人之间，恩怨仇杀……本书这9则中篇恩仇故事矛盾冲突尖锐复杂，有很强的可读性。

怨女故事

这是一本关于悲怨女人的故事书，54则作品分为“大祸从天降、魂系狼窝口、扭曲的灵魂、水火当有情、红颜怨恨天、情谊伴君行、三女抗争记、情歌绝唱对、亡灵的哭泣、山村血泪情”等10个篇章。

乡村路带我回家

□金 戈

席瓦尔出生在一个名叫戈亚斯的小镇，他的父亲弗兰卡是个富足的农场主。席瓦尔毕业那年，父亲劝他报考农学院，将来好继承他的农场。但席瓦尔早已厌倦了小镇的生活，觉得大城市才是他该闯荡的地方。终于，在和父亲大吵了一架之后，席瓦尔离家出走，去了纳塔尔市。

外面的世界很精彩也很无奈。他很快发现，在城市里闯荡并没有自己想象得那么容易。终于，年轻气盛的席瓦尔为了生存，加入了一个盗窃团伙，成了一个彻头彻尾的江洋大盗。

再过几天，就是纳塔尔市一年一度的狂欢节了。团伙老大“光头”把大家召集在一起，准备实施一个抢劫计划。因为照往年的情形，狂欢节这段时间，市民们将集体狂欢，市博物馆的看守将十分松懈，正是盗窃馆藏名画的大好时机！光头把这个任务，交给了跟随自己多年的席瓦尔。

计划的日子终于到了，这天一大早，狂欢的人们就拥上街头。他们头戴各式面具，身穿艳丽的服装，扭动着热情的桑巴，在“莫莫王”的带领下，将欢乐撒向城市的各个角落。

来到博物馆，席瓦尔扫视了一下：博物馆里只有几个工作人员和保安，可能是因为没参加成狂欢，显得有些没精打采；参观的人也很少，整个大厅空荡荡的。只有一个和他们一样戴着面具的男子，好像有些心神不定，不停地东张西望。看样子像是丢了什么东西。

席瓦尔见没什么异常情况，马上朝同伙使了个眼色。一伙人悄无声息地分散开来，分头逼近保安、工作人员和出入口。他和身旁的同伙则朝二楼的监控室走去。来到监控室的门前，席瓦尔敲了一下门。里面的人懒散地问："谁？"席瓦尔装出一副迫不及待的样子，嚷道："先生，请问洗手间在哪里？"

里面的人显然放松了警惕，打开门，不耐烦地说道："洗手间在一楼，你从……"话没说完，席瓦尔突然上前一步，掏出手枪，指着他的脑袋说道："不许动！"身旁的同伙迅速拿出一根绳子，三下两下将他捆了个结实，并用布条堵上了他的嘴。席瓦尔接着说道："快告诉我，监控录像的开关在哪里，否则，打烂你的脑袋！"

工作人员早吓得面无血色，拼命点头，然后哆哆嗦嗦地走到操控台前，用下巴指了指一个黑色按钮。席瓦尔用手一按，数十个监视器，全部没有了图像！他"嘿嘿"冷笑两声，猛然挥起枪托，将工作人员砸昏在地，然后迅速朝楼下跑去。

来到一楼大厅，席瓦尔向同伙们点点头。其中一个同伙迅速从身上掏出一颗炸弹，大声叫道："都给我听好了，谁不按我说的办，立马送他去见上帝！"大厅里顿时响起了一片惊叫声。几个保安刚想去摸身上的枪支，却早被埋伏在他们身边的劫匪，用枪顶着脑袋。一看这阵势，众人再也不敢轻举妄动，乖乖举起双手站在原地。

席瓦尔打开一个储物间的门，说道："都给我老老实实地进去！"众人被劫匪连推带搡，赶进了储物间。席瓦尔拿来一把大锁，"咔嚓"一声将他们锁到了里面。

万事俱备，席瓦尔正要下令同伙抢劫名画，忽听大厅旁边洗手间的门一响，先前那个戴着面具的人从里面走了出来，只见这人全然不顾周围环境的变化，径直来到离他最近的一幅名画前面，举起手中的铁锤，"哐当"一声就朝名画前的防护层砸去！

席瓦尔不禁大吃一惊，难道这个面具人也是来盗名画的？可是，先前他已让同伙查看过洗手间，他又是如何躲过去的呢？席瓦尔顾不上想太多，大吼一声："住手！"可那人丝毫没有停下来的意思，第二锤下去，防护层已被砸出了一个大洞！

面具人如此胆大妄为，难道他还有接应的同伙？如果真是那样，到手的名画岂不是要旁落他人？席瓦尔急了，他猛地拔出手枪，毫不迟疑地扣响了扳机。随着"砰"的一声枪响，面具人应声倒地，痛苦地挣扎了两下，就再也没有了动静。

事不宜迟，席瓦尔迅速行动起来，取下名画，快速撤离了博物馆。大街上依然是尽情狂欢的人们，他们混入其中，转眼消失得无影无踪。

接下来的几天，席瓦尔一直在做着发财的美梦，他在等待光头将名画出手后，对他论功行赏。果不其然，几天之后，光头就打电话叫他过去。席瓦尔兴高采烈地来到光头的下榻处，一进门就欣喜地问道："头，这次我能分多少钱？"

光头的脸一沉，猛一拍桌子："你还有脸向我要钱？难道你没有看电视吗？为了防止狂欢节期间名画被盗，市博物馆特意将真品取出，放上了赝品！你这回可把我害惨了，不光盗的是假画，还杀了人！"

席瓦尔还想争辩什么，光头已将一沓钞票甩到了他的面前，说道："快离开这个地方，别连累了大家。"

席瓦尔做梦也没想到，自己出生入死这么多年，到头来却换来个这样的结局！他想离开这个让他伤心绝望的城市，回老家戈亚斯小镇，看看父亲弗兰卡，然后再做别的打算。

席瓦尔搭上了一辆顺风车，车厢里正反复播放着那首《乡村路带我回家》，忧伤的旋律让他感到阵阵酸楚。是啊，还是家最好，想起当年父亲对自己的劝阻，他心里好不懊悔。可是，现在什么都晚了，父亲能原谅自己吗，他现在又过得怎样呢？

经过一天一夜的颠簸，车子终于停在了小镇上。小镇依然是那样的宁静、祥和，和许多年前离家时并没有两样。席瓦尔怀着一肚子的忐忑，来到了自家的房子前。可他敲了半天门，却始终无人应答。

席瓦尔沮丧极了，只得转身向不远处的叔叔家走去。刚走到大门前，一只黑色大狼狗突然蹿了出来，朝他狂叫着。席瓦尔吓得躲在一边。就在这个时候，一个老人闻声走了出来。

席瓦尔一看，这不是叔叔吗，他兴奋地喊道："叔叔，我是席瓦尔呀！"

老人摸索着走到他的跟前，屏住呼吸，细细观瞧。突然，他脸部的肌肉剧烈地抽搐了几下，两行浑浊的眼泪滚落下来。他拉住席瓦尔的手，哽咽道："席瓦尔，你终于回来了，你父亲可被你害惨了……"

原来席瓦尔离家出走后，父亲弗兰卡就开始四处寻找他。为了找儿子，几年之中，弗兰卡卖了农场、卖了房子，几乎走遍全国，却始终一无所获。种种迹象显示，儿子可能已不在人世。此时，伤心绝望的弗兰卡已是一无所有，再加上数年奔波，他落下了一身的病。

半个月前，弗兰卡向席瓦尔的叔叔道别，说他在报纸上看到，许多无助的老人被生活所迫，故意犯下重罪，好进监狱。监狱里虽说没多少自由，可有吃有喝，还包治病，也算是个养老的好地方！他已打定主意，趁这次狂欢节，到纳塔尔市博物馆毁坏名画，从而达到被送入监狱的目的。尽管叔叔百般劝阻，可老人还是执意坐上了前往纳塔尔市的班车。

可让人万万没想到的是，不久之后，就传来了弗兰卡被盗画劫匪打死的噩耗！

听到这儿，席瓦尔突然惨叫一声，踉跄着奔出了门外……

打那之后，戈亚斯小镇上的人们，总能看到一个疯疯癫癫的男子，衣衫褴褛，蓬头垢面，一边走，一边大声地叫喊着："是我杀死了父亲，是我杀死了父亲……"

（题图、插图：佐　夫）

·本刊信息传真·

"优媒杯"《故事会》优秀作品月月评

每期3篇选1　最高奖金800元

"'优媒杯'《故事会》优秀作品月月评"活动，参加方式如下：1. 每期由初评委推荐3篇故事为候选作品，读者可选择自己最喜欢的一篇，将其月月评短信代码(如AA181，没有短信代码的作品不参加评选)发送到911903(移动用户、联通用户)、02838168(广东移动)。每次限选一篇，可多次投票。2. 凡选对本期"最受欢迎的故事"的读者均有机会获得现金奖。每期设一等奖1名，奖金800元；二等奖10名，各获现金100元；所有参加评选的读者均有机会获得参与奖，每期200人，各获精美礼品一份。3. 本期活动截止期为：9月20日。得奖读者在评选结果揭晓后将得到短信通知。用户每投一票收费1元。

本期候选作品：1.《还我一条腿》(p21)(短信代码：AA181)；2.《熬鹰》(p27)(短信代码：AA182)；3.《给老师送礼》(p61)(短信代码：AA183)

2006年7月（下）月月评揭晓启事及获奖名单详见"故事中国网"(www.storychina.cn)。

天下着小雪，一个老汉拎着蛇皮袋，来到镇长办公室。那袋里，竟装着一条孩子的腿……

还我一条腿

□袁　翼

讨一个说法

腊月这天上午，下着小雪。石门镇黄镇长坐在办公桌前，正盘算着年终县里评奖的事儿。这时，一位老大爷拎着蛇皮袋，一阵风似的来到他面前，怒气冲冲地说："黄镇长！我大孙子的事儿怕你也听说了吧？老头子迫不得已，今天就按程序来找你！哼，就凭它，我不信讨不到个说法！"说着"咚"地一声，将手里的蛇皮袋重重地掼在黄镇长的办公桌上。

老大爷干瘦，是个罗锅。黄镇长瞟了一眼，来人认识，就是石涧村的石老头嘛。他头皮一紧，不由暗暗叫苦：唉，麻烦来了！

黄镇长听村干部说过，这石老头脾气特坏，是个炮火筒子，爱管闲事，而且能说会道，得理不让人；可能是因为家里太穷，涉及自身利益他是"滴滴难舍"，很难缠，可他在村民中的威信却很高。黄镇长知道他的来由，只是不明白那袋里装的是什么。他疑惑地掀开袋口，朝里面只瞄了一眼，就吓得跳了起来，连退几步："啊！石大爷，你、你这是……"

也难怪黄镇长惶恐，那袋子里，赫然装着一条孩子的腿！

"镇长，你别怕，"石大爷拎起袋子朝黄镇长凑过去，悲伤地说，"这就

是我大孙子的腿哇！前几天还活蹦乱跳的腿，就这么没了，可怜啊！镇长，你看看这条腿，你看看这条腿……”

黄镇长哪里敢再看，浑身一哆嗦，退到墙角，摇摆着双手，道：“不用，不用！您老人家请坐，有话好说，有话好说……”

石大爷收住脚，将信将疑地盯着黄镇长：“那好，暂且听你镇长的。我老头子不是不想‘好好说’，可我去找张校长说理，他说我无理取闹，问题他解决不了，推得一干二净！我是来讨‘理’的，不是来讨‘气’的！黄镇长，你要是不能还我孙子公道，也跟我老头子‘踢皮球’，那你给我一句爽快话，我也不麻烦你，这就拎着这袋子找县里！我孙子一条腿，不能让他林老师给白白打断了啊！”

黄镇长的脊梁直抽冷风：眼下的处境往下推没用，往上也绝对推不得！现在县里正在搞年终评奖，石老头要是真闹上去，这石门镇肯定没戏唱。按往常，出了这样的事儿，石老头无非是想敲点钱，不必把事情搞大。现在紧要的是先稳住石老头，争取少出点“血”。

黄镇长赔上笑脸，小心翼翼地说：“老人家，听中心学校张校长昨天说，您孙子的事儿，他都亲自调查清楚了，我把他调查的结果跟您核实一下，您看是不是有出入……”

黄镇长很客观地讲述了他掌握的情况。

不久前，石老头找林老师，问他孙子的学习情况。林老师说他孙子最近不太守纪律，屁股坐不住板凳，腿不老实，总爱动弹。石老头很生气，恳求林老师：“玉不琢不成器，孩子不打不成材！他要再不老实，你就给我抽他那条腿！抽得再狠我也不怪你！”第二天上课时，石老头孙子那条左腿又扭来扭去的。那天，林老师正好为没钱给老婆治病心烦，又想起了石老头的嘱托，就拿起那条细细的水竹教鞭，顺手在石老头孙子的小腿肚上轻轻敲了一下。

不料，这一敲却敲来了祸患！

第二天傍晚，石老头就来找林老师茬，说昨天晚上他孙子嚷着腿疼，今天他带孙子上县医院检查，医院说他孙子那条腿得了骨癌，必须立即截肢，才可能保住性命！据医生介绍，石老头孙子的截肢，与林老师打的那一教鞭，并无因果关系。可石老头却咬住不放，说是林老师打坏了他孙子的腿，搞得林老师有苦难言……

讲完情况，黄镇长委婉地劝道：“石大爷，您在村里一向德高望重，通情达理。再说林老师是个好老师，不少群众都说他无辜，他家里还特别困难，事情既然已经发生了，您就高抬贵手，多多宽容他吧！”

石老头大概也意识到自己理亏，

避开了黄镇长的目光。可马上他又拉长了老脸，恼羞成怒地说："锣鼓听声，说话听音，你黄镇长的意思，是不是也在说我胡搅蛮缠啊！咳！看来跟你磨嘴皮也白搭，一级是一级水平，我还是去找县里给我做主！"石老头提着蛇皮袋，抬腿就要朝外走。

黄镇长慌了，上前死死拽住石老头的胳膊。顿时，一股难闻的气味刺鼻而入，黄镇长心里一阵作呕，他皱了皱眉头说："石大爷，瞧您想哪去了！这么着吧，我现在就叫上张校长，陪你去学校找林老师，大家坐下来，尽快把事情处理好，行不？"

"嗯，这还差不多！"

山上的交锋

石涧村是全镇最偏远的一个山村，毗邻三县交界处。车沿着积雪的山道颠簸着，来到石涧小学时，已到中午放学的时间了。

石涧小学那几间破旧的矮瓦房，孤零零地横在一座小山坡上。这个学校其实只是个教学点，只有一、二年级两个班，一共二十几名学生，两位代课教师，都是本村人，其中年龄最大的就是林老师，今年已经五十七岁了。

林老师正要锁教室门，见黄镇长带人来了，顿时愣住了，那憔悴的样子，仿佛一个快七十的老人。黄镇长扫了他一眼，心里顿生几分怜悯。

大家进了教室坐定，为了平衡石老头心理，缓和矛盾，黄镇长狠狠心，板着个脸，劈头就训林老师，最后话中有话地说："林老师啊，打学生是违反教师职业道德的行为，一万个不该！你必须诚恳地向石大爷道歉！你心里不要觉得委屈，虽然是石大爷叫你打的，可他叫你杀人你也去杀吗？好心归好心，可你是咎由自取，谁会同情你？"

林老师嗫嚅着正要开口道歉，不料石老头手一挥："少来这一套！我

不稀罕道什么歉，我只要你——还我孙子的一条腿！”

林老师哭丧着脸，惘然地望着黄镇长。还腿，自然是不可能的，看样子再兜圈子磨牙也是白费劲，黄镇长猜到石老头心中的小九九，就直奔主题说：“老人家，做人要讲良心，您其实也清楚，林老师到底有多大责任。您的心情大家也可以理解，我看您还是提个现实一点的要求吧！比方适当补偿一点……”

“这可是你黄镇长自己先说的！”果然，石老头迫不及待地说，“我也不多要，九千块钱！”

石老头并没有狮子大开口，黄镇长心里有了底，想再压点，咂咂嘴说：“老人家，林老师家里穷得叮当响。小学呢，连开支都应付不过来。这钱得政府拿，可镇上也是蹲茅房嗑瓜子，进的小出的大，日子难过啊！”

一直沉默的张校长赶紧帮腔：“石老，林老师是个工作负责的好老师，为村里的教育事业奉献了大半生，贡献也不小。看在林老师这份恩情上，您是不是少要一点更安心？”

响鼓不用重槌，石老头自然听出了弦外之音。他愣了愣，竟然脖子一梗道：“既然你们认为我忘恩绝情，那好，我现在改主意了，加一千，赔我一万块，少一个铜板都不行，否则就还我孙子一条腿！算了，算了，不跟你们啰嗦，我还是去县里！”石老头来火了，起身抓起那蛇皮袋就要走。

黄镇长脸黑得像锅底，可想到这大年底的，稳定压倒一切，千万不能因小失大，只得无奈地让步：“好，好，一万就一万，一刀两断，再无瓜葛！”

“那不行！”石老头站在那里，指着林老师，硬邦邦地说，“还得把他给我辞了！公办教师打学生后果严重了都要开除，他一个代课教师还能留？”

黄镇长冷冷地说：“老人家，你这样做也太过分了吧？做人要厚道哇！”

“不答应拉倒！厚道管屁用！你黄镇长站着说话不腰酸！你儿子怎么不做林老师的学生？我那个小孙子，还有外孙，明年都要上学了，我能放心把他们交给这样的老师吗？”石老头吼叫着冲出了门。

林老师笨拙地追上去，拦住石老头，竟“扑通”跪在雪地里，老泪纵横：“老哥，求求你，饶我这一回吧！我以后再也不打学生了！再也不打了！我不能丢了这饭碗啊……”

“老林……你这是……做什么？咳！”石老头的眼睛也红了，似有触动，可他最终还是铁了心肠，一跺脚，拽起林老师，拎着蛇皮袋，不顾一切地朝前走去。

黄镇长沮丧地朝张校长使了个眼色。张校长会意，立刻拦住石老头，说

黄镇长不是不答应辞退林老师，关键是这个教学点太偏远，条件又太差，镇里公办教师力量不够，民办教师待遇低，外村人不愿来，石涧村年轻人都出门打工挣大钱了，找不到合适的人代课。

石老头狠狠地瞪了张校长一眼："那就没办法了？就这么算了？"

张校长连忙补充说："不，我马上从镇里中心小学抽名教师下来！从明天起，林老师就被辞退了！你这就随我们去镇里签个协议，领钱回家吧！"

三个人神情各异地下山去了。绝望的林老师呆立在雪地里，像一截木桩……

只为了孩子

天黑时分，林老师坐在老伴的病床前，正叹着气，石老头推门进来了，满身的雪都没顾上拍打，直奔过来，愧疚万分："老林啊，对不住，中午让你受委屈了，我这就给你赔个礼！"说着竟垂头跪下了。

林老师扭头望着窗外，浑浊的老眼里滚出两颗豆大的泪珠："我想不通啊，你姓石的对人厚道，为啥偏偏跟我过不去，不依不饶地非得砸我饭碗？你不这么闹，我还可以再教三年书啊！"

石老头没吱声，哆嗦着从怀里摸出一扎崭新的百元大钞，搁在林老师的床上，轻轻地说："我也是无奈啊……这是一万块，老林你收好吧！"说完，就起身向门外走。

林老师拦住他，诧异地问："你这是……什么意思？"

石老头擦了擦眼睛："老林，这是你三年的代课工资。我算过了，你一个月的代课金是二百五十块，一年正好三千块，三年正好是九千块。所以，一开始我就提出赔偿九千块。后来，张校长说起你的贡献，我想想也是，就多要了一千，算是你的奖金吧，加起来正好一万块。你代了一辈子课

了，到头来家贫如洗，我逼镇里辞退你，可不能再让你受这个损失啊！”

老林心头一热“这么说，老哥心中还是想着我呀！可我咋越听越糊涂，你这么闹图的又是什么？”

石老头叹了口气：“我是要他们还我一条‘腿’，还村里娃子们一条‘腿’啊！本来，不想多说，既然你追问到底，今儿索性说个明白……”

原来，这几年各学校差距越拉越大，有的学校条件好，好教师富余。有的学校却越来越破败，好教师不愿来，教学质量越来越差。经济好的人家，纷纷把孩子送进城镇学校读书，只剩下少数家庭困难的孩子留下读书，老林这个小学就是这样。老林虽然工作认真，但观念陈旧，教学方法早已落伍，背地里村民都叫他“林保姆”，意思是他只能照看孩子。石老头这么闹的真正的目的，就是想能调来好教师。

说完缘由，石老头难为情地对林老师说：“我这么说，你别介意。眼下娃们念书，竞争厉害啊！咱村学校什么都差，这就好比跑步，娃们比人家少了一条‘腿’，怎么跑得过人家？所以，我要他们还我一条腿！老师的问题是解决了，可不晓得能不能安心呆长久，唉……”

听罢，林老师百感交集，默默无语。石老头念叨着，忧心忡忡地出了门，那驼背似乎被风雪压得更弯了……

（本篇月月评短信代码：AA181）

（**题图、插图**：谭海彦）

·本刊信息传真·

故事中国联手搜狐读书共同举办新锐写手故事大赛

唤醒故事的青春激情

沙叶新、陈村、宁财神等领衔出任评委

6月5日起，由《故事会》主办的故事中国网联手搜狐读书频道，共同举办首届中国新锐写手故事大赛，为每位年轻朋友提供了展现创造力、想象力和故事讲述才能的舞台，以及成为故事中国网和搜狐读书签约写手的可能。本次大赛历时三个月，分初选、复选和决选三个阶段，大赛设一等奖1名，奖金5000元；二等奖3名，奖金3000元；此外还有三等奖和新锐奖若干名。大奖得主有机会参加故事会举办的颁奖暨笔会活动，大赛优秀作品将结集出版。

大赛的评委阵容强大，由著名剧作家沙叶新、知名作家陈村等领衔的评委将和《武林外传》编剧宁财神、网络作家慕容雪村等领衔的新锐评委共同参与终审，并对优秀作品进行点评。大赛详情请登录故事中国网(www.storychina.cn)了解。

如果我们是大地上的小草，您就是那温暖的阳光；如果我们是自由自在的鱼儿，您就是那清澈的溪水；如果我们是茁壮成长的树林，您就是那辛勤的园丁。1590***5737（1811）

熬鹰

□林　秀

遇鹰

路二哥虽是个普通工人，可他老婆赚得多，路二哥的腰板就硬。一听厂里要精简人员，就主动下了岗，在家里当起了家庭“妇男”。

从此，路二哥每天都要逛一趟菜市场，买好菜还顺便逛逛花鸟市，不为买花购鸟，只为瞧个稀罕。

这天他刚迈进花鸟市，忽听“唧唧”几声怪叫，低头一看，只见一只羽毛未丰的小鹰，边叫边撞笼子，撞累了又蔫巴巴地蹲下来，一对金黄的圆眼无奈地仰望着蓝天。

路二哥瞧着稀罕，伸出手逗了逗它，小鹰就冲他“唧唧”叫了起来。蹲在旁边的鸟贩子见路二哥感兴趣，赶紧招呼:“哥们儿好眼力，这可是难得见的鹞鹰呀，熬出来让它抓鸟，一抓一个准儿，抓来好鸟能卖钱，抓来次鸟吃野味儿……”路二哥好奇了:“熬出来？啥叫熬出来？”鸟贩子笑了:“就是熬鹰，把它的野性熬没了才能听指挥呀。”接着，鸟贩子就给路二哥讲了熬鹰的诀窍。

路二哥满足了好奇心，站起身要走，小鹰突然又冲着他“唧唧”地叫起来，鸟贩子乘机推销:“这小鹰就跟您有缘分呀，反正就剩这一只了，我半卖半送，给二百元拿走！”路二哥生来喜欢小动物，听他这么一说就买了下来。

回家的路上遇到了社区严主任，严主任一看笼子里的小鹰顿时睁大了眼："这不是鹰吗？它可是国家二级保护动物呀，你是从哪里搞来的？"

路二哥不爱听了："啥叫搞来的？花鸟市买的！"严主任赶紧道歉"对不起，我是说爱护野生动物人人有责，应该把它放归大自然。"

路二哥一撇嘴："这么小的鹰放出去饿死呀，等我把他养大了再说吧！"没等严主任再说什么，路二哥一溜小跑回了家。

回到家又挨了老婆好一顿埋怨，说的也是爱护野生动物的话，路二哥嬉皮笑脸地忍下了，因为熬鹰离不开老婆帮忙，熬鹰要三到五天不给它吃东西，不让它睡觉。不给吃好办，不让睡觉可难了，路二哥可不是铁打的，每天总要老婆替换他睡一会儿，不然鹰没熬出来倒先把自己熬垮了！

驯 鹰

路二哥当天就开始了熬鹰计划，小鹰第一天挺精神，蹲在架子上只管望着天，喊它逗它也不睬。第二天，路二哥切了一块牛肉，拿着牛肉一逗引，小鹰忽地扑了上来，路二哥一缩手，小鹰扑了空，又被脚上的链子拽了回去，乐得路二哥哈哈大笑，气得老婆直骂他缺德。

第三天晚上，小鹰明显地没了精神，连扑过来抢牛肉的劲儿都没有了，浑身的羽毛也乱蓬蓬地没了光泽，缩着脖子直打瞌睡。路二哥偏不让它睡，拿着小木棍不住地捅它，气得老婆又来干涉，路二哥却不为所动——熬鹰就要下狠心嘛……

好不容易熬到了第五天，按鸟贩子的嘱咐，下一步就该开始训练了，路二哥买来了一只活麻雀，把老婆也叫过来看他驯鹰的本事。他拿着麻雀在小鹰眼前一晃，小鹰没动弹，看来真是熬得没劲了，路二哥又往前一凑，小鹰突然猛扑上来，尖尖的钩子嘴快如闪电，狠狠地啄在了路二哥手上，麻雀扑棱棱飞上了屋顶，路二哥手上的血却滴滴答答流下来，疼得他直吸凉气，乐得老婆直喊活该。

岂有此理，饿了五天还那么大劲儿？路二哥包好了手，气鼓鼓地去找鸟贩子，鸟贩子听了也纳闷儿，想了想问："不会是有人偷着喂它吧？"这么一说，路二哥恍然大悟，一路小跑回到家里，猛地推开门一看：老婆正笑眯眯地看着小鹰吞肉呐！

完了！按鸟贩子的说法，这样的鹰就再也熬不出来了，吵架生气都没有用，干脆就当个宠物养吧！

冬天过去了，小鹰长大了，褐色的羽毛错落有致，就像披了闪亮的铠甲，金黄的圆眼炯炯有神，威风凛凛，一副傲视一切的英雄气概，小两口越看越喜爱。

路二哥怕小鹰闷得慌，就接长了链子带它到公园里练习飞行，小鹰的翅膀越练越硬，牵着路二哥越跑越快，晨练的人们看见这个小伙子跟着一只鹰疯跑，都笑得前仰后合。

寻　鹰

又是一个周日早上，路二哥买菜回来，一进门就发现架子上的小鹰不见了，急得他哇哇大叫。老婆闻声从卧室出来，眼睛一瞪："瞎叫唤什么？是我把它放了，你有本事去把它抓回来！"路二哥没本事去抓小鹰，更没胆量收拾老婆，只好瞪着眼干生气。

路二哥闷闷不乐地呆坐了一阵，看看时候不早了，只好到厨房准备午饭。他正忙着，就听窗外"扑棱"一声，猛抬头，只见小鹰落在了窗台上！路二哥开心地大叫："老婆快来看，咱们的小鹰回家了！"老婆看了只是摇头叹气。

从此，路二哥倒省了心，早晨开窗把小鹰放出去，到了中午它就准时飞回来，嘴上还常常沾了些羽毛，喂它牛肉也不理睬。路二哥高兴坏了，小鹰自己会打食吃了！可它到底怎么打的呢，路二哥是个好奇的人，这天他决定跟着小鹰，一起出去看看。

路二哥朝着小鹰飞走的方向，一路来到公园外面的稻田边上，四下看看没有小鹰的影子，再看前面不远就是一户翠竹掩映的农家，房前空地上，一只老母鸡正带着一群小鸡觅食，好一派田园风景。路二哥来了兴致，便顺着田埂走了过去。

刚刚走到田埂尽头，惊人的一幕出现了：老母鸡突然张开翅膀护住小鸡，乍起羽毛冲着天上"咯咯"大叫，没等路二哥抬头看，天上一个黑影子闪电似的俯冲下来。老母鸡拍打着翅膀，拼命地跳起来迎击。只听"嘎"地一声，老母鸡被黑影子掀翻，打个滚儿又奋不顾身地跳起来，紧紧把小鸡们护在了身下。那黑影子一掠又飞上

半空。路二哥这次看清楚了，这不正是自己的小鹰吗？

屋子里一个老婆婆举着笤帚跑了出来，路二哥也大叫着冲了上去。小鹰的注意力只在小鸡上，一个俯冲又扑了下来，老母鸡跳起来迎击，身下的小鸡跑散了，小鹰一个急转，贴地掠过，抓起一只小鸡飞上了天。

老母鸡惊魂未定，护着小鸡悲惨地“咯咯”直叫。老婆婆看到跑来的路二哥，丢下笤帚抹起了眼泪：“不知道哪里飞来的野鹰，把我家的小鸡都快抢光了！”路二哥望着老婆婆无话可说，他摸摸腰包里还有几十元钱，就掏出来塞给老婆婆：“您去买点儿炮仗，见它飞过来，放一个就管用。”说完就逃跑似的回家了。

路二哥觉得这样不行，咋能去害人家的小鸡呢，为了惩罚小鹰，就把小鹰关了起来。可小鹰出去玩惯了，这一关，急得整天在屋里乱撞，路二哥无奈，只得又把它放了出去。

放　鹰

此后几天没见小鹰嘴上有羽毛，路二哥刚放下心，严主任就找上门来了。路二哥猜到肯定又是“爱护动物”的教导，一开窗把小鹰放了出去，一脸无奈地说：“您看清楚，它一会儿准飞回来，这可不是我非要养它。”严主任摇摇头：“这事过会儿再说，咱社区信鸽协会的老吴反映，最近有一只鹰总追他家的鸽子，那可都是挂了号的好鸽子，真出了问题损失就大了，我劝你还是把鹰送给动物园吧。”

路二哥不相信：“我家的小鹰比鸽子大不了多少，抓个麻雀还凑合，怎么可能抓他的鸽子呢？那准是别处飞来的大鹰。”严主任还是摇头，路二

哥拉起严主任："我家的小鹰我认得，不信咱们去问问老吴！"

两个人来到老吴家楼下，看到老吴正站在顶层阳台上放飞鸽子，鸽子们带着鸽哨，"呜呜"响着在天上盘旋，哪里有小鹰的影子。

路二哥笑了："我说什么来着？我家的……"话音未落，一只小鹰突然出现在鸽群上空，闪电似的俯冲下来。鸽子们反应极快，立刻散开飞向四面八方。小鹰并没有犹豫，只对准正前方的一只鸽子追上去，扑扇了几下翅膀就追到了那只鸽子身后。就在它张开利爪准备抓下去的时候，一只带斑点的鸽子斜冲过来，紧贴着鹰嘴一掠而过，小鹰一惊，放弃了目标，气汹汹地向斑点鸽子扑去。

老吴挥着手大叫起来："雨点！雨点快往家飞呀！"严主任也急了，冲着发愣的路二哥直喊："你快想办法呀，这只雨点可是全国获过奖的冠军鸽哟！"路二哥如梦初醒，跺着脚又是叫又是吹口哨。可小鹰被勇敢的雨点激怒了，根本不理睬路二哥的叫喊，只顾跟在雨点后面猛追。雨点速度不及小鹰，只在前面忽左忽右地急转弯，引着小鹰渐渐远离了鸽群。

雨点和小鹰在天上飞，路二哥他们在地下追，严主任和老吴上了年纪跑不动，很快就落在了后面。雨点飞过公园逃到稻田上空，终于飞不动了，速度明显慢了下来，眼看小鹰已追到身后，雨点重施故伎，又是一个急转，可这次小鹰早有准备，斜插上去猛地一爪抓下，雨点立刻羽毛纷飞，歪歪斜斜地向老婆婆的农舍坠去。

小鹰得意地扇着翅膀长啸一声，盘旋着向农舍降落。路二哥使出了吃奶的力气，几乎跟小鹰同时赶到，他伸手要去护雨点，可小鹰同时一口啄下，他的手背上立刻掀起了一大块肉皮，疼得他"哇"地大叫。路二哥看到身边有根竹竿，一把抓起来朝小鹰扫去。小鹰刚刚抓住雨点，翅膀未及收拢就被扫中，一只翅膀立马耷拉了下来，翻了个跟头，就转着圈儿在地下扑棱。

赶来的老吴抱起雨点，雨点只是伤了皮肉；路二哥抱起小鹰，小鹰的翅膀却折断了。刚赶到的严主任气喘吁吁地说不出话，一直在旁边的老婆婆说话了："我认得这只鹰，它总共捉了我六只小鸡。"路二哥垂头丧气地站在那，又后悔又心疼，抱着小鹰眼泪都要下来了。老吴看路二哥那副样子，叫道："快跟我回去给它们治伤！"

一个月后，老吴照例美滋滋地站在阳台上，看着雨点带着鸽群在蓝天上盘旋。路二哥却成了动物园的常客，只要他进鸟园，就会有一只鹰落在他的肩膀上，开心地叫着……

（本篇月月评短信代码：AA182）

（题图、插图：刘斌昆）

·中国新传说·

老井里的财富

□白　驰

老欧是石凹村的村民组长，可他这个组长难当啊。原来这石凹村有张、李两大姓，这两姓的人家争强斗胜，让老欧这个单门独户，夹在中间两头受气！这段时间，他更是早出晚归，躲着大家，不知在忙乎啥。

这天天还没亮，老欧见四下里没人，又悄悄溜出家门。突然，从路边树丛中跳出一个大汉："老欧，给我站住！又想开溜啊？连掏井这点屁事都怕管，也配当村民组长？"

说话的是村民李二牛，老欧明白他的来由。因为大旱，村里吃水出现了困难。其实，只要掏干净当家塘塘底那口老井，问题也就解决了。可老欧有老欧的苦衷："不是我不管，可你们两大家子也太能闹腾了。就说往年掏井吧，工钱划不来，没人愿意接手；可有点油水，又争得打破头，叫我怎么管呀？好，好，我不溜了，反正迟早都得管，今天就开会！"

半上午，老欧召集村民来到场基上开会。他蹲在石磙上抽闷烟，见村民都到齐了，便将烟屁股往地上一砸，黑着脸硬邦邦地说："开会！这几天，有人骂我不该躲起来，做缩头乌龟！好，我这就伸伸头，冒个泡！今儿掏井，得按我的方案办！我的方案绝对公平！大家姿态都要高一点，要是有人磨牙，我再也不管了！"

接着，老欧提高嗓门大声说："下面，愿意承包掏井的，报个名。报名时间五分钟，计时开始！"

"我……想承包！"

头一个报名的，是寡妇王芙蓉。她低着头，红着脸，缩在人群后面的角落里，瘦弱的身子像风中的蒿草。老欧挥挥手："好，算一个。"

"嘿嘿，我也报个名！谁叫我这么穷呢！对了，乡亲们别误会，我可不是在装穷！"李二牛跟着站了起来，话中带刺，语里含讥。

老欧清楚，二牛家境殷实，才不会去干这又脏又累的活！他报名是故意和王芙蓉作对，不想让她承包。

二牛捣蛋是有原因的。十年前，这个小村庄，出了两个响当当的人物：乡里书记李有玉，二牛的亲叔子，和乡长张青山，王芙蓉的丈夫。他俩先后出事，一个是贪污案发坐牢，一个带着贪污嫌疑惨死。两大姓都传言这场变故，是对方暗中陷害。二牛的弦外之音是，张青山生前是贪官，王芙蓉手里有钱，现在是故意哭穷揽活儿，表清白。

接下来，姓张的姓李的比赛似的报名，个个都像好斗的公鸡。老欧神闲气定，从兜里掏出一叠小纸条，分发给报名的人，板着脸说："下面开始竞争承包，各人把想要的工钱写出来，谁要的工钱低，就由谁来承包！"

这招确实公平，大伙儿频频点头。等报名的把纸条都交到老欧手里，老欧当众公布各人的要价，出价最高的是四百，最低的是王芙蓉，只有一百八，比往年掏井低了一百多！

没人再嚼舌头了。王芙蓉黄巴巴的脸上，露出了笑容。老欧好像有点不放心，提醒王芙蓉可不能临阵反悔。王芙蓉摇摇头："我敢拿大伙儿开心吗？反正闲着也是闲着，挣一个是一个，孩子上学要钱哪……"

老欧的心像被针狠狠地扎了一下：这个女人不容易啊！张青山死后，她犁田打耙，什么都干，拉扯着儿子长大，供儿子念到高中，马上又要供儿子读大学，累得病歪歪的，风都能吹倒。最近，她为儿子的学费发愁，头发又急白了一大把。

散会后，王芙蓉带着儿子来到老井边，笨手笨脚地安水泵，架辘轳。因为丈夫的缘故，姓张的怨她，姓李的恨她，这么多年来，大事小事，没人愿意帮她。烈日炎炎，她酸涩的泪水悄然滑落，滴入浑浊的井水中……

半下午，井中的泥水排完了，王芙蓉拴好大箩筐，蹲进箩筐里，望了望深井里的烂泥，眼睛红红地叮嘱儿子："妈下去了。摇辘轳累人，你力气单薄，摇不动跟妈说一声，妈少装点泥。"

箩筐徐徐落到井底。

忽然，脚下的箩筐剧烈晃动起来，井底还发出奇怪的"嚓嚓"声！王芙蓉吓了一大跳，以为是条大蛇，她喘着粗气，操起铁锹，紧张地瞪大了眼睛。只见井底的淤泥缓缓蠕动

着，再定睛一看，她惊喜地叫了起来“王八！好多王八！”

王芙蓉颤抖着手，用铁锹在淤泥中拨了拨：我的天，泥下面还是王八！这该有多少王八，要值多少钱哪！她激动得心儿“怦怦”狂跳！

不一会儿，摇上来一箩筐王八，接着又是一箩筐！王八有大有小，但全是野生的，装了两大蛇皮袋。村里人闻讯跑来了，一个个看得目瞪口呆，有人懊恼，有人眼红，心里不是个滋味……

二牛拿着杆秤也来了，一声不吭地称了称那两袋王八。斤两一出来，立刻有人叫道：“乖乖，要卖一万多块啊！真是人算不如天算，他儿子两年的学费都有啦！”

二牛眉毛一跳，鼻孔里“哼”了一声，叼着烟走了……

井口的人渐渐散去，可王芙蓉的心却怎么也平静不下来。她拍拍身上的泥，径直向老欧家走去。

推开门，屋里的争论声戛然而止。饭桌边，老欧捧着茶杯埋头喝茶，二牛眯着眼睛抽烟，两人面对面僵持着。王芙蓉开门见山地说：“老欧，你别为难了！我是来告诉你一声，那些王八，归大家。”

老欧一愣，浑身一哆嗦，茶水泼洒在桌面上，苦着个脸，脱口阻止道：“你缺钱啊！别，千万别……”

王芙蓉淡淡一笑：“不，青山在世时跟我说过，东西不是自己的，再稀罕也不能要。不管别人怎么议论他，我一直信他的为人，信他的话。说实话，我开始也想要这笔横财，可想想青山的话，觉得自己不能要了！王八是集体的塘里长的，应该是集体的。”

“就是嘛！”二牛十二分赞同，敲了一下桌子，得意地望着老欧，“怎么样？人家自己都这么说了，你还能说我无理取闹吗？这下，你不‘难办’了吧？嘿嘿，我这就去通知大伙儿来开会，请你为大家秉公办事！”

二牛一出门，老欧赶紧劝王芙蓉别犯傻，几乎是在哀求她了，可怎么劝说都白搭，急得老欧团团转。不到一支烟工夫，屋里屋外就聚满了男女老少。大家都想，这么多钱，凭什么让一个贪官老婆独吞？这一次，姓张的姓李的意见高度一致：是集体的，就该分！

老欧一屁股坐在凳子上，眼珠不转了，腮帮上的肉急速地跳了几下，好像被王八偷袭了一口，样子很滑稽。突然，他“噌”地站起身，脸红脖子粗：“分？那不行！你们也不想想，这年头，野生王八有多稀罕？一口塘里，怎么会有那么多？那些王八都是我……放进去的！这几天我跑了多少集市，才买到这些野生王八！要不是你们急着掏井，我还要多买一点……”

这话，哪有人信！二牛眼珠朝老欧一翻：“哼！编鬼话，想蒙白痴啊？谁也别想独吞！”

老欧眼窝突然湿了：“事到如今，我只好说实话了！说出来也好，省得心里堵得慌。我这么做，是因为我对不起死去的青山兄弟啊！他是个好官！吃水不忘打井人，你们晓得吗，其实咱村那口老井，根本不是乡里拨的款，而是青山自己掏腰包打的！”

当时，老欧在乡里干会计，这事是他经办的，应该不假。再说，出事前，张青山的口碑确实很好。老欧的话，不少人都信了，还回想起张青山生前的许多好处来，有人咂嘴，有人叹息。二牛感觉屋里气氛变了味，很气恼，阴阳怪气地问：“哟，真会扯啊！就算这事是真的，可我怎么越听越糊涂，你哪里‘对不起’张青山了？他张青山既然这么正派，干吗还……”

“二牛，你给我闭嘴！”老欧重重地拍了一下桌子，“我告诉你，青山确实是被人诬陷的！我就是一个帮凶！我死后，没脸见青山兄弟啊！”

老欧泪流满面，说起了那段扑朔迷离的往事……

那年，乡中学要建教学楼，李有玉的一个亲戚想承包，可张青山知道那人是个土瓦匠，没有资质，所以坚决反对。李有玉气坏了，决心整倒张青山，就吩咐亲信老欧，煞有介事地炮制了一封诬告信。上面很快来人调查，恰逢此时，张青山带领群众开山修路，没想竟失足摔下山崖死了。案子成了悬案，大家众说纷纭……

老欧说到这里，屋里唏嘘一片。姓张的自然扬眉吐气，姓李的却垂头丧气。二牛哪里服气，瞪起牛眼：“他姓张的传言不假，冤屈了；那咱叔也有这个传言，那又是被谁……陷害的？老欧，你好像还是咱叔聘到乡政府干会计的吧？忘恩负义的小人！”

老欧挺了挺脊梁：“是的，他是有

恩于我，我还成了他心腹，但是事实是——他是个贪官！没有人陷害他！而且举报他贪污的人……就是我！”

屋里突然静了下来。

老欧悔愧交加地解释说，张青山死后，他受不了良心的煎熬，匿名举报了李有玉。案发后，自己也受了一点牵连，被解聘回家。后来，李有玉想减轻自己的罪责，就把责任推到死人头上，说是张青山拖他下水，贪污的钱，主要是张青山拿的，所以案子又成了悬案。

老欧越说越愧疚，低垂着脑袋，揪着凌乱的头发，痛心疾首：“我做了亏心事，这十年来，一闭上眼睛，就梦见青山怨恨地看着我！我帮青山家里，只是想还这十年心债，可你们却闹得我死后也没脸见青山……”

真相大白，王芙蓉愣愣地站在那，因为抽泣，瘦弱的肩膀剧烈地颤抖着：“青山，老欧还你清白了！老欧，谢谢你，你的心意我领了，但你的东西我不能要！青山也不会同意的！我这就把王八给你送过来……”

王芙蓉摇摇晃晃地出了门，瘦小的身影，匆匆消失在黑沉沉的夜色中。姓张的心里畅快，喜滋滋地走了；姓李的低着头，默默无言地散去。这一夜，山村依旧那么静谧，只是许多人家窗口，灯火明明灭灭……

王芙蓉一宿没合眼。天色微明，她叫醒儿子去掏井。拉开大门的瞬间，她惊呆了！

门洞内的地上，零乱地放着一卷卷小红包，拆开红包一看，里面装的全是钱！最多的是八百，最少的有八十，总数一万多元！再数数红包，一共是四十一个，除自家外，村里刚好四十一户！她明白了，夜里，姓张的都来了，姓李的也全到了！红包里外光光，都没留名，分明是想让她无法退还呀！

王芙蓉的视线又模糊了。

（**题图、插图**：魏忠善）

卡努的选择

□曲育乐

残酷的竞争

卡努和迪乌夫是战友，也是好友，他们在一个名叫德罗巴的非洲部落里一起长大，然后又在同一个连队服役。一晃两年过去了，两人双双当上了班长。可是，一场更大的考验也不期而至。根据部队的规定，士兵在两年之后，如果转不成士官，就只有退伍这一条路可走!

几天前，上尉在大会上宣布，今年转士官的名额只有一个，卡努和迪乌夫成了仅有的两个候选人！尽管卡努很想留在部队发展，但他心里也十分清楚，迪乌夫的军事素质显然更胜自己一筹！想着黯淡的前程，卡努不禁长叹了一口气。

评比的日子很快就要到了，连里突然决定进行一次野外拉练，地点就选在距驻地几十公里的阿贝加沙漠。这天，天才蒙蒙亮，一阵急促的集合哨，响彻了整个营房。很快，大队人马集结完毕。清点过人数和装备，上尉一声令下："出发！"

作为一支野战部队，野外拉练自然是家常便饭，但像这样徒步穿越纵深上百里的沙漠，却还是第一次。部队开进沙漠边缘时，太阳刚刚升起，黄色的沙、酒红色的天——一片温柔与静谧，大家精神抖擞，那架势完全不像是要穿越"死亡之海"，更像是在搞一次惬意的郊游。可到中午时分，部队推进到沙漠的腹地时，太阳已悬到了半空中，地表气温高达四十多

度。士兵们的军装像被水洗了一般，嗓子眼犹如含着一团火。一时间，叫苦声响成了一片。上尉一看这阵势，只好命令队伍停止前进，原地休整半个小时。

这是一次真正意义上的野外生存训练。出发前，战士们身上只带有少量的“救命水”。为了应付后面更为艰苦的行程，大家舍不得动它，于是都不约而同地去寻找别的水源。终于，有人找到了几棵瓶状的仙人掌，众人一拥而上，用刀子划开肥厚的茎部，用手做容器，将略显苦涩的仙人掌液喝了个痛快。

就在大家补充体能的时候，卡努突然听到一阵“沙沙”的声音。他急忙举起望远镜，只见远处一团滚动的黄色烟尘，正如汹涌的海浪，朝这边猛扑过来！他大叫一声：“不好，沙尘暴！”

沙漠的考验

卡努的叫声犹如一声惊雷，队伍顿时乱作一团。沙尘暴素有“沙漠杀手”的恶名，多少探险家就是惨死它手。士兵们虽然久经历练，但眼前的一幕还是让他们感到异常恐慌。上尉马上集合队伍，命令道：“大家不要惊慌，紧闭嘴唇，手拉手站到一起，切莫被沙尘暴吹散了！”

可是此时此刻，到处是哭喊叫嚷声，他的命令显得是如此无力。惊惶失措的战士纷纷丢掉身上的装备，拼命地四下逃窜，场面顿时陷入了混乱。沙尘暴就像一头饿红了眼的猛兽，绝不会让到口的“美味”逃之夭夭，不过几十秒就杀到了近前。卡努猛然感到，身体被一股强大的气流推动着，不停地向前翻腾。口鼻被密不透风的沙子包围住，呼吸变得越来越困难，渐渐地他失去了知觉……

不知过了多长时间，卡努慢慢苏醒过来。他忍着刺痛，艰难地睁开眼睛一看：四下一片沉寂，

天空也恢复了之前鲜亮的蓝色，沙尘暴已经过去了。他想活动一下腿脚，却猛地发现，自己的大半个身子都被埋进了沙里！求生的本能促使他开始不停地刨沙。可双手毕竟不是铁铲，很快就磨出了血泡。但他顾不得这些，只是不停地刨着。

十几分钟过后，卡努终于爬了出来。他从衣服上撕下一块布条，简单包扎了一下伤口，准备尽快返回驻地。可当他找出随身携带的定位仪找方位时，头一下就大了：定位仪的电路板被损坏，信号全无！茫茫沙漠之中，失去了导航装置，就等同于瞎子，这下死定了！他漫无目的地翻过一个沙堡，却猛然发现不远处躺着一个人！

卡努的选择

卡努走过去一看，居然是迪乌夫！此刻，迪乌夫已处于昏迷状态，左腿上的伤口正不断涌出血来。真奇怪，迪乌夫难道没被沙子埋住吗？还有他的腿为什么会受伤呢？卡努愣了片刻，虽有疑惑，但顾不上多想，他正准备给迪乌夫包扎伤口，一个奇怪的想法却拽住了他的双腿：看样子迪乌夫伤得不轻，如果自己不救他，这沙漠十有八九就成了他的葬身之地！那自己岂不可以顺理成章地留在部队了吗？

想到此，卡努狠下心来，从迪乌夫身上搜出他的定位仪，在确认其完好无损后，又将自己的那个放了回去。做完这一切，他抬脚就要离去。就在这个时候，迪乌夫苏醒了过来，看到卡努就在自己的身边，他的眼中透出了惊喜：“好兄弟，我以为这回死定了，还好你来了！”

卡努心里好不懊悔：自己为什么不早点离开！此时此刻，只有带着迪乌夫了。他勉强挤出一丝笑容，说道：“什么也别说了，我们得尽快离开沙漠！”

卡努搀扶起迪乌夫，踉跄着向前走去。两人每向前走一步，卡努心里就是一阵的刺痛，他知道，自己这么做，实际上就是在自毁前程。走着走着，卡努突然发现，不远处跑过一只胡狼！他心里一动，一个摆脱迪乌夫的妙计涌上了心头。他停住脚步，对迪乌夫说道：“都走了快一天了，我又渴又饿，你呢？”

迪乌夫点点头。卡努接着说道：“这样吧，你在这儿等我一会儿，我去把这只胡狼抓来，咱们也好补充些体力！”说着，他拎起佩枪，大步追了过去。追出了大约几百米的样子，一个沙丘正好挡住了身后迪乌夫的视线。卡努停住了脚步，在心里默念了一句：“兄弟，对不住了！”说完，他改变了行走路线，在定位仪的指引下，朝着军营驻扎的方向走去。为了

防止迪乌夫跟过来，卡努特意抹去了身后的脚印。

第二天清晨，卡努终于抵达了当初部队出发的地方，这里早聚集了一大群死里逃生的战友。上尉清点了一下人数，除了迪乌夫，其他人都到齐了！考虑到战士们都已筋疲力尽，上尉决定先将他们带回，然后让总部派出空中搜查队，即刻搜救迪乌夫。

卡努推算，按迪乌夫的伤势，如果直升机今天还不能找到他，那他就绝无生还的希望了。为了做到万无一失，他并没有将迪乌夫的方位告诉任何人。

这天晚上，上尉沉痛地告诉大家搜救失败。全连官兵不约而同地摘下了军帽，为离去的战友默哀三分钟。卡努脸上的表情显得犹为痛苦，但他内心深处却是一浪高过一浪的狂喜：自己留在部队的愿望终于可以实现了！

可是他还没有高兴太久，第三天晚上，匪夷所思的事情却发生了：浑身是血的迪乌夫居然一瘸一拐地返回了驻地！在众人的一片欢呼声中，卡努脸上的笑容凝固了！

退伍的浪潮终于席卷了整个军营。毫无疑问，各方面都强于卡努的迪乌夫最终留在了部队，卡努却不得不离开军营……

生命的赌注

许多年过去了，回到德罗巴的卡努已成了多个孩子的父亲，为了填饱一家人的肚皮，他不得不没日没夜地干活，过着朝不保夕的生活。这天，一个肩扛将星的军人走进了他的家中。卡努揉揉浑浊的老眼一看，居然是迪乌夫！

看着这个破败寒酸的家庭，迪乌夫不禁长长地叹了一口气，他让随从拿出一沓钱和一些食品，交到卡努的手上，不无伤感地说道："卡努，如果一切可以重来，也许这个将军的军衔就是你的了……"

原来迪乌夫一直视卡努为亲兄

弟，所以，当他要和卡努竞争一个留队名额时，他痛苦了很久，最终还是决定将这个名额让给卡努。可是，他出生军人世家，如果主动退伍，肯定无法向家人交差。就在他左右为难时，那次沙漠拉练却给他提供了一个好机会。

沙尘暴过后，迪乌夫最先醒了过来，并且发现了离自己不远的卡努，在确定他并无大碍后，迪乌夫想到了一个好办法：用刀将自己的左腿割伤，然后等卡努醒过来后，将自己救出沙漠，这样的话，卡努就是自己的救命恩人，不管对于部队还是对自己家里，都应该是卡努留下。当然，迪乌夫这也是在用生命作赌注，不过他相信卡努！

那天，迪乌夫见卡努去追胡狼，半天也没有回来，他只好顺着脚印，一瘸一拐前去看个究竟。可转过沙丘，脚印却突然消失了，他终于明白了卡努的"良苦用心"！万念俱灰之际，他只好跟着胡狼留下的那串爪印走：胡狼喜欢在临水的地方做窝；只要能找到水源，他就还有活下去的希望。于是，他顺着这串爪印一路跟了过去。让他大喜过望的是，胡狼的窝居然是在一条将要干涸的小河边！他就是顺着这条小河，走出了沙漠的……

"我用生命作赌注，是因为我相信你，可没想到你还是丢下了我……"迪乌夫叹了口气，就头也不回地走了。

听完这些，卡努早已呆住了，仿佛是一具被掏空了灵魂的尸体。这时，几个饥饿的孩子见父亲迟迟没有反应，终于失去了耐心，朝他手中的食物扑了过来……

（题图、插图：安玉民）

怪盗神医

□曹善起　改编

身陷匪穴

老辈人都知道济南出过名将罗士信，他的“罗家枪”十分厉害，岂不知罗家的医术也很了得。他家世代都有人行医，尤以治疗跌打损伤闻名。传至清朝罗士隆这代，他却无心钻研医术，一部《外科正宗》已经翻烂，可就是不敢去拿针钩刀子。他的父亲无奈之下，只好让他改习科举，不想他竟中了举人。这年，罗士隆要到安徽阜阳任县丞，不料走到五峰山，竟被山上的土匪绑架，押进了山寨。

土匪头子叫张培德，原来是河南林州人氏，曾在少林寺做过和尚，后来流落到济南，纠集了几十号无业游民，在五峰山打家劫舍，落草为寇。他们不缺酒肉金银，唯独没有医生，这才把罗士隆抓来，逼他为山寨服务。

罗士隆落入强盗之手，只好乖乖听话，硬起头皮坐诊，倒也治好了几个匪徒的伤疾，然而时间一长，就难以应付局面了。这天，二首领外出抢劫，被人割破喉头，急需医治。像这种硬伤，若是放在名医手里，并不难治，可是遇到罗士隆，这个二把刀大夫却怎么也不敢下手，大家只能眼睁睁看着二首领送命。

张培德红着眼睛要找罗士隆算账，不料反倒被他责怪起来：“医家最忌困于一屋，临床贵在多治病人，大当家的整天把我圈在这里，十天半月

不见病人，医道怎会提高？况且这里又少散血膏药，你让我怎能救下二首领的性命？”

张培德被问得无言应对。罗士隆进而说道：“况且在下原非学医出身，如若长此下去，不仅医术毫无长进，还会贻误弟兄们的性命，在下每念至此，寝食难安啊！”

张培德早已听出弦外之音，冷冷问道：“先生的意思是想离开山寨吧。那你是去阜阳，还是要回济南？”

见罗士隆凝眉不作声，张培德想了想说：“那你去泰安吧，我出本金给你开个药铺，你在那里挂牌行医。而且泰安离山寨不远，弟兄们有病就去找你，或是把你请来山寨，先生以为如何？”

罗士隆心想只要能离开这伙强盗就行，岂有不允之理？随即答道：“不妨就此试试！”

“可我怎么信你？”张培德老奸巨猾，当然不会轻易将他放走。

“这个好办，我立字据！”罗士隆说着脱下身上的白绸内衫，写了入伙为医的字据。张培德收好后，命人拿出一包银子，交给罗士隆说：“患难相交，后会有期！”

一举成名

不多时日，泰安北大街上挂出个布招儿，上书“隆昌药铺”四个大字，罗士隆改姓刘，正式坐堂行医。

泰安乃人文荟萃之地，名医辈出，罗士隆要在这里挂牌谈何容易，开业半年仍然门可罗雀，要不是张培德暗中支持，“隆昌药铺”早就关门大吉了。

这天，一位美貌年轻的妇人前来就医，说她肚脐下长了一个毒疮，并逐渐往下扩散，又疼又痒，难以忍受。罗士隆认为此疮并不难治，便细心写了处方，让她将其调和成糊，涂在疮上即好。不料妇人照方涂药，却多日不见疗效，罗士隆又加大剂量，仍然不见起色。妇人扬言要索回药金，并要告他调戏妇人。罗士隆被逼无奈，只好到其他医家求援，出门不远就被一瘸腿人拦住。罗士隆见他蓬头垢面，形同乞丐，便不屑地大步绕开，匆匆离去。

不料那瘸子却冲着罗士隆喊道：“一个妇人的毒疮都医不好，怎配在泰安城挂牌行医！”

罗士隆一听，自知遇到高人，当即停了脚步，转身扶起瘸子，倒头便拜：“在下有眼不识泰山，万望大师恕我慢待之罪！”

“罪倒没有，该长学问！”瘸子一边哈哈大笑，一边径直朝“隆昌药铺”走去。

两人在里间坐定，罗士隆赶忙讨教瘸子的尊姓大名，那瘸子摇摇手说：“鄙人乃一介游方郎中，不问也罢！”

癞子说，那妇人本是泰安知县的小妾，患上这难言毒疮，不便去熟人药铺治疗，就到新开张的“隆昌药铺”求医。这妇人贪吃嗜酒，尤其爱吃泰山龙潭草鱼，久积毒气，终于汇毒成疮。癞子说要治好这妇人的毒疮，只须用普通的马齿苋，取其精华四两，研碎捣汁，加入青黛一两，用于外敷，再配合内服“八五散”，一日三次，二十天即可痊愈。

罗士隆虽然将信将疑，但还是照方施医。不想，半月之后那妇人竟欢天喜地前来答谢，并送来一大笔银子。

从此，“隆昌药铺”一举成名，罗士隆也被泰安人称为神医！

舍生取义

这天，天降大雨，药铺里没有就诊的病人，罗士隆刚想靠上椅子打盹，突然堂前走进一个用布盖着半边脑袋的癞子。罗士隆心头一震，正要询问，那癞子拉下头巾，竟是化了装的张培德。

“哎呀，大哥，你怎么一人来了？”罗士隆说着赶忙起身让座，端茶倒水。

张培德不慌不忙地扔掉拐杖：“上你这儿来，一人就够了，难道怕你告密不成？”停了片刻，张培德面露愁容说，“这一段时间生意不好，山寨里都快揭不开锅了！”

罗士隆一听忙进屋拿了一包银子：“我这现银不多，您先拿去应急，日后小弟另有奉送！”

张培德看也不看，说道：“这点银子还不够塞牙缝的。我今天冒雨找你，是另有要事商量！”张培德说着往前挪挪椅子，“这泰安城里富户不少，弟兄们辛苦这些日子，也摸了个底。”说着递上一份长长的名单。

罗士隆心中一惊，忙试探着问道：“大哥让我踩点？”

“也算是吧！”张培德点头说，“这些土鳖财主，个个为富不仁，他们以后找你看病，务必多套些话儿出来，最好能画出各家的宅院草图，弟兄们就能手到擒来，罗先生你看如何？”

罗士隆倒吸一口凉气，忙摇摇手道：“不可，不可，我在这里挂牌行医，是想给弟兄们瞧病提供方便，要帮大哥抢劫，这万万不妥！”

“哈哈哈……”张培德一阵狂笑，突然变了脸色，“我让你来泰安，你以为真是让你学治病的本事？实话告诉你吧，你就是我棋盘上的一个闲子，平时用不着，用时不能少！”

“容我想想，容我想想！”罗士隆额头沁汗，声音发颤。

张培德喝了口热茶，不紧不慢地说道：“你不干也可以，我找个人到官府一说，你的脑袋就得搬家，嘿嘿，你就看着办吧！”

罗士隆明白，这家伙想要办的事，任谁也难改变。想到这儿，他只好应了。他思索了一会儿，问张培德“有了消息怎么送呢？我总不能老往山上跑呀？”

“这个好说，得了消息或者画了地图，自会有人来取，这个就不用你管了！”

罗士隆心想，我给哪家富户看病，山寨人哪会知道，到时敷衍一下就可以了。那天，他到西关大街李家和岱庙南侧的侯家看病，这两家都是泰安府数得上的富户，但为人也算善良，罗士隆不忍加害他们，就未透露半点风声。不料，第二天张培德就派人来取消息，罗士隆想矢口否认，哪知来人竟把他何时出诊，何时归来，以及行走路线说了个分毫不差。罗士隆听了冒出一身冷汗，看来张培德派人天天监视自己。从此，他不敢再有敷衍，每到一家富户，只能用心“踩点”，看病反倒成了应付。

果然，罗士隆的预料开始应验，他到哪家富户看病，不出三天五日那家必定遭到抢劫。罗士隆惊恐不已，干脆装病躺倒，听候大首领处置。

这天半夜，五峰山来人请罗士隆上山，他预感到祸事来临，就忐忑不安地随那人上路。

到了山上，才知道原来是张培德得了喉头肿痛的重症。罗士隆看了心里明白，这位大首领常吃山中长尾斑鸠，这种禽鸟又吃山中半夏，张培德的喉咙正是半夏之毒所致，按照书上的医方，吃上多半斤生姜即可，用不着再开什么处方，然而罗士隆自有主意。他从诊包里取出巴豆霜、犀黄、天竺黄等七八味药，都裹在白布袋里，同老豆腐一起去煮，想用以毒攻毒之法治疗此病。

张培德命人摆上酒席，他要好好慰劳这位“踩点”的功臣。几个人浅

2006年《中国最有影响力的故事》征文启事

五大奖励措施　稿酬外追加千字千元奖金

为鼓励多出优秀作品,《故事会》杂志社决定继续举办2006年《中国最有影响力的故事》征文大赛，并对优秀作品实行5大奖励措施:

1. 入选作品除在杂志上发表外，还将收入《〈故事会〉中国最有影响力的典藏故事》(2006年版)一书。2. 入选作品可得两笔稿酬：在《故事会》杂志发表的作品，首发稿酬每千字400元，选入书后再追加每千字1000元。3. 入选作品均颁发奖励证书。4. 本刊将委托有关专家对入选作品进行精彩点评。5. 本刊将邀请有关作者参加10月在外地风景区举办的优秀作品改稿会以及年底的颁奖大会,所有费用均由我刊承担。

征稿范围：具有现实感、新鲜感且可读性强的中短篇原创作品。超短篇(如幽默故事)的字数一般在1500字以内，短篇（如中国新传说）的字数一般在5000字以内，中篇故事的字数一般在15000字以内。

来稿方法：1. 从邮局寄发，请在信封上注明“征文大赛”字样，本刊地址：上海市绍兴路74号《故事会》杂志社，邮编 200020。2. 从网上传递，可发以下信箱：wulun@vip.sohu.net，请在主题上注明“征文大赛”字样。来稿也可直接发至各责任编辑的电子信箱，本期责任编辑的信箱是：wyjing833@sohu.com。

斟慢饮，也不知喝了几个时辰，那豆腐终于煮好，张培德让人端到近前看了，正要举筷服用，就听后屋有人喊道：“慢着，我有话说——”

话音未落，走出一人，罗士隆看了大吃一惊，此人正是他苦苦寻找的瘸腿郎中!

“好你个歹毒的罗士隆，你要把大首领害死不成？”瘸腿郎中厉声说,“这种豆腐确实能治喉症，可是你有意煮得时间过长，病人吃过当场无恙，但不出十天必死无疑。大首领待你不薄，为何下此毒手？”

罗士隆听了如雷轰顶，脸色煞白，哆嗦着嘴唇：“恩师，您……”

“我不是你的恩师，我是大首领的师兄！”原来这二人早年同在少林寺为僧，因为触犯寺规，一同逃来山东，时聚时散，相互照应。当初泰安城中指点迷津的那一幕，正是他们事先策划的一计，罗士隆尽管精明，可终究未识破他们的诡计!

第二天，罗士隆就惨遭杀害，泰安城里也就断了张培德的眼线，从此倒清净了许多。罗士隆在济南的家人知道这段隐情，虽十分难过但认为他有勇有义，没有辱没家门，便花了大钱买了他的尸首，隆重葬入祖坟，仍然承认他是罗家的名医。

(题图、插图：黄全昌)

人生开关

黎亮小时候家里很穷，那年考上了大学，却没有钱去上学。

唯一能来钱的路是上山砍柴。附近有一座矿山，矿上每天要烧很多柴，于是黎亮就加入了砍柴队伍。后来，矿上来收柴的张叔知道了黎亮打工挣学费的事，就安排他做过磅记数的工作，矿上根据他登记的这个数给矿工开工资。这是个省力的好差事，黎亮心里很感激张叔。

过了没多久，原来和黎亮一起砍柴的大毛悄悄对黎亮说："给我账上多记点，我拿了钱，分你一半。"黎亮知道，只要自己笔下轻轻一划，这事儿就能办成。可这能瞒得过张叔的眼睛吗？

黎亮很犹豫，可又耐不住大毛的软磨硬泡。于是就把这事说给娘听，娘说"吃了不该吃的，会拉肚子。"后来，黎亮再没有理会大毛。那年，黎亮自己挣够了上学的钱，踏进了大学的门槛；毕业后，他有了一份自己喜欢的工作。

许多年以后，黎亮回家探亲，见到张叔，提起那段旧事，黎亮问他："假如我那时虚报冒领，会怎么样？"

"你要是想昧心多拿一点，最后会连原来那点也拿不到。"张叔告诉黎亮："柴拉回矿里，我曾经抽验过几次，没有发现差错。"黎亮吃了一惊：幸好当初没有听大毛的话，不然，他此后的人生道路，会是一种什么样子呢？

人生的道路上有很多开关，轻轻一按，便把人带到黑暗或光明的两种境界。当年在矿山上，黎亮就接触过一个这样的开关。

（**作者**：甲　乙；**推荐者**：李子木）

（本栏目欢迎推荐。优秀作品除在本刊发表外，还有机会入选《滴水藏海》一书。推荐稿可发电子邮件至：gigimoon@vip.sohu.net。）

走铁轨的诀窍

一支童子军在进行每年一次的郊游。中午时分，孩子们来到一段废弃的铁路附近吃饭、午休。饭后，精力充沛的小童子军们，把铁轨当成独木桥走，但每个孩子没走几步，就都会因失去平衡而掉下来。

杰克和约翰两人是带队的老师，他们经过仔细观察，想出了一个好办法。约翰对其他孩子说："我和杰克都能在铁轨上走100步，一次也不会掉下来。"

"这不可能！"孩子们都不相信他们的老师，于是约翰和杰克手牵手来到平行的铁轨边，各自踏上一条铁轨，手拉手，身体稍向外倾斜，靠伙伴的拉力保持着平衡。只见他们毫不费力地在铁轨上走着，平稳极了。

别说100步，就是永远走下去也不会摔下来。

这个游戏让孩子们认识到：只要手牵手，就可以毫不费力地克服很多的困难！利用团队协作，很多事情会变得非常简单。

（**作者**：王　悦；**推荐者**：张志国）

古人的智慧

十九世纪，中国瓷器大量出口欧洲。每次在异国他乡看到它们，我总是想：这些轻薄如纸的"易碎品"，是如何安然到达目的地的呢？

在一本外国杂志上，我看到一篇关于海上贸易史的文章，我才知道其中的奥秘。中国商人先在精雕细刻的檀木箱里填满茶叶，易碎的瓷器就埋在茶叶里。然后把大檀木箱和小檀木箱装在钉在船舱地板上的大木箱里，四周用次等的茶叶塞满。由于内外两层茶叶填充得非常紧密，木箱做得又结实，即使在海上遇到风浪，商家也可高枕无忧。

更绝的是，货船到岸，中国商人把茶叶筛选分包，卖给茶商。小檀木

箱当成首饰盒，卖到各地古玩店，大些的便卖给欧洲人当茶几、橱柜，最后卖的才是瓷器。檀木箱和茶叶的利润，有时甚至比瓷器还高。

换了高科技时代的人，恐怕要用泡沫塑料层层包裹，用胶带牢牢固定，还要研制一个抗压防震的箱子，然后才能运输。显然，经济效益不如几百年前，环保效益更差一截。

可见，科学技术再发达，一颗善于思考的头脑，仍然必不可少。

（**推荐者**：李明坤）

信任的力量

有一个年轻人，好不容易获得一份销售工作，可勤勤恳恳干了大半年，非但毫无起色，反而在几个大项目上接连失败，他的同事却个个都干出了成绩。他实在忍受不了这种痛苦，只好去向总经理辞职。可总经理却拍着他的肩对他说：“你安心工作吧，我会给你足够的时间，直到你成功为止。到那时，你再要走，我不留你。”总经理的宽容，让年轻人很感动。

一年之后，这个年轻人又走进了总经理的办公室。不过，这一次他是因成功而来的，他的业绩已经连续七个月在公司销售排行榜中高居榜首，成了当之无愧的业务骨干。他现在才发现，原来这份工作是那么适合自己。所以，他很想知道，当初总经理为什么要挽留自己。

总经理的回答很简单，可是却让他一辈子都忘不了。总经理是这么说的：“当初我面试了二十多个人，最后只录用了你一个；既然你能在应聘时得到我的认可，我深信，你也一定有能力在工作中得到客户的认可，你缺少的只是机会和时间。与其说我对你有信心，倒不如说我对自己更有信心，我相信我没有看错人。”

年轻人懂了：给别人以宽容，给自己以信心，定能有所成就。

（**推荐者**：柴　斌）

生活原本是洁白的

上世纪60年代的一个冬天，天下着雪，一位逃难到深山的作家迷了路。夜幕降临，深山里野狼成群。他隐隐约约看见远方有房子，就不顾一切地奔过去，急叩门环，可是里面没有声息。他于是哀叫："有人吗？有人吗？"回应他的依然是狼嚎，而且声音在逼近。他绝望了，就在他几乎要倒地的时候，门开了。他一个趔趄闪进去，门立即又关上了。

屋里漆黑一团，伸手不见五指。他忍着，主人不吱声，他决心也不吱声。眼前忽然出现了火苗，微弱的火光使那个人影变得清晰，脸显然被黑布包裹着。

不一会儿，一碗热水放在了他眼前，他立即端起碗，两手抱着一口气喝下，肚子暖和了。过了一会儿，他又闻见土豆烤熟的香味，于是连吃了十多个土豆。吃饱喝好，作家转头见那人已经上炕躺下，他想：这十之八九是个古怪的老头吧？这么冷的天，应该不反对我睡炕上吧？于是他也上了炕。

醒来时，天已大白。作家翻身坐起，见纸糊的窗外竟然立着一妇人，那妇人虽穿着一身黑的粗布衣服，但仍可看出那柔美的身姿。她正用雪擦脸，脸蛋立即红润了。那脸非常好看，可奇怪的是她烧火的时候，又往脸上抹了把灰。

作家下了炕，向妇人鞠了一躬，便朝门外走，那妇人撂过话来："雪封山了！"

于是，作家与妇人共住了七天，同睡一个炕。这七天，不能说他纯洁得没有胡思乱想过，但他挺过来了！

七天后，妇人的丈夫回来了，原来他出山换粮，被雪阻在了山外。他没有表示任何的不满，反而让媳妇做了碗面，炒了盘土豆，给作家送行。

妇人向作家道歉说："那晚我迟迟不敢开门，是因为我怕又遇见了坏人！"

妇人的丈夫补充说"两年前，我不在家，我媳妇接纳了一个投宿的人，结果……"

作家四望，冰天雪地的深山真白、真美呀！人与人之间，本来应该如此。生活原本是洁白的，只可惜我们有些人没有好好把握自己，把本来洁白的生命弄脏了。

（**推荐者**：兰　岚）

（**本栏插图**：安玉民）

本栏目每期刊登一篇故事中国网(www.storychina.cn)上的精彩原创作品，本篇为首届新锐写手故事大赛应征入围作品。(详情见本期26页)

无穷流毒

□丑　时

时值正午，大侠李赫奉老婆之命出去买冰糖葫芦。他本想先去衙门处理些差事，没想跟屈捕头多聊了几句，竟过了吃饭的时间，要是买不到冰糖葫芦，回去跟老婆就不好交代了。于是他出了衙门，直奔西街。

走进西街，他突然感到气氛不对：平日里车水马龙的街道，此刻却空荡荡的。店铺都已收摊，楼房也都门窗紧闭。他猛地想起屈捕头要他帮忙的那件事：号称漠北“四大毒”之首的“流毒无穷”万厄，最近频频作案，四处散布一种叫“无穷流毒”的毒药。此毒以醋为引，借着醋味，可杀人于无形。而中毒者先是咳嗽不止，然后不断加剧，最后心肺俱裂而亡，怪不得人们惊恐成这样。

李赫心中不禁思量：这“无穷流毒”到底是何方神圣？

李赫转了一圈，依然不见卖冰糖葫芦的肖老头，不免有些心灰：罢了，看来这顿骂是免不了了。想起妻子怪癖的个性，李赫心里竟有些发毛。

出了城，李赫箭步如飞。走到城郊时，突然一声惊喝破天而来，李赫一怔。听声音竟似曾相识，他循声拐入一片密竹林中。只见密林空地处，一名青衫剑客正与一黑衣人斗成一团。青衫剑客大喝一声，利剑陡长，霎时已攻出一十三剑。

李赫认了出来，这青衫剑客正是阔别多年的故友“潼湖十三剑”胡三元。那黑衣人一脸刀痕，凶神恶煞。他刀法刚猛，辛辣歹毒，刀刀致命。十三剑刚过，胡三元便处于下风，他急忙呼救：“李兄，快出剑救我。”李赫当即拔剑，与胡三元前后夹击。黑衣人一不留神，被李赫一剑穿心，钉死在地上。

利剑抽出，血水四溅。胡三元一声惊喝：“李兄小心！”便纵身扑了过来，将李赫推开去，避开飞溅的血水。李赫一脸不解，胡三元连忙解释道：“李兄有所不知，此人正是‘四大毒’之首‘流毒无穷’万厄。他所散布的‘无穷流毒’，见血疯长，当真流毒无穷。我已暗中跟踪他一个月了，时至今日，已有百余人死在他手上了。”

李赫倒吸了一口凉气，暗自庆幸。胡三元绕着死尸走了一圈，继续说道：“这种毒传染途径之广，传染速度之快，令人难以置信。甚至有人还说，人在说话的过程中都有可能传毒。李兄可得当心。”

李赫道：“此皆传言，未免夸大了吧。”说话间，他发现林外闪过一个人影，那人好像高高举着一根草棍，模样与卖冰糖葫芦的肖老头有几分相似。

胡三元见李赫发愣，慌忙问道：“李兄，怎么了？”李赫随口而出：“冰糖葫芦……”胡三元一听，竟吓得向后倒退了几步。李赫一怔，随即笑道：“没想到这么些年了，胡兄怕甜的毛病还在。”胡三元尴尬笑道：“年幼时曾掉进糖缸，险些溺死，从此落下这个毛病，怕是改不好了。”

见“流毒无穷”万厄彻底断气，李赫道：“这等事，还是让衙门的人来处理的好。寒舍离此处不远，走，咱俩好好喝一杯。”说罢，取出随身带着的信号弹，当空点燃，意思是通知衙门的人。

却说李妻在家中等李赫买冰糖葫芦回来，可眼见老公出去了几个时辰，现在早过了吃饭时间却还不见人影，不免生起气来，心想要怎么治治老公，好让他有个教训。

李妻将菜又热了一遍，眼珠一转，顿时有了主意。她取出醋坛，倒了一碗醋。

“姐姐，你在干什么？”弟弟傻根咬着手指进来。李妻笑眯眯道：“这是给你姐夫喝的，他鼻子不好，分不清醋和酒。最近江湖中流传一种毒药，专门以醋为引。姐姐吓唬吓唬他，看他还听不听话——唉，跟你说这干吗——来，帮姐姐端出去。”

正说着，只听前门响动，李赫高声说道：“老婆，胡兄弟来了。”李妻闻声，赶紧迎出厨房。

望着姐姐的背影，傻根傻笑几声，眼角突然闪出一道狡黠的光。他从怀里取出一个小纸包，将包着的一堆粉末倒进醋碗里，又拿起筷子搅了搅，这才小心翼翼地把醋碗端出厨

房，摆在桌上，接着又咬着手指傻笑着溜出门去。

李赫招呼胡三元入座。李妻道：“不知胡兄弟要来，没准备好菜。我给胡兄弟倒酒去。”说着又进了厨房。

免了老婆一顿臭骂，李赫心情无比舒畅，他端起醋碗，递给胡三元，说道：“胡兄，先喝口酒压压惊。那‘流毒无穷’的毒，我看也是言过其实，不必放在心上。”

胡三元接过碗，醋味扑鼻，这哪里是酒嘛。胡三元把碗端在嘴边，不知如何是好。

李赫以为他客气，便劝道：“怎么，还在为‘流毒无穷’的毒心烦么？大丈夫天不怕，地不怕，没什么大不了的，喝吧。”见胡三元还有些犹豫，李赫不快了：“你该不会怀疑这也有毒吧。”胡三元望了望李赫，眉头一皱，猛灌了一大口。

醋一入喉，他突然惊喝一声，脸色骤然变青，双手掐着自己的脖子，哑声道：“这醋，有……”接着就是一阵猛咳。

“醋？”李赫打了个冷战，本能地向后退开几步，难道真是“无穷流毒”……

胡三元神色痛苦异常，满脸通红，脖子上的青筋暴露，嘴巴微张，想要说点什么，可突然又是一阵疯狂的喘咳，那咳嗽声简直撕心裂肺。

危急之下，李赫当机立断，一剑出鞘，正中胡三元死穴。胡三元气绝倒地，终于解脱。血喷了出来，却溅在李赫脸上。李赫浑身一颤，顿时惊呆了。

李妻听到异响，从厨房里冲了出来。见此变故，也吓得目瞪口呆。手中酒碗落地，摔成碎片。李赫一个机灵，急忙喝道：“不要过来，这醋有毒。”迟疑片刻，竟横起了剑，向自己的脖子抹去。

李妻一声惊叫，正在这时，只听“当”的一声锐响，李赫手中的剑突然脱手飞出，连同一枚五角棱镖一齐钉在木墙壁上。门口暗处，一人夺门而

入，来的正是衙门的屈捕头。

屈捕头惊道："李大侠，发生了什么事？"李赫道："别过来，我们都中了'无穷流毒'。"

屈捕头一声叹息，摇头道："唉……误传，这都是误传。怪我来迟了一步。"两人一听，愣在当场，屈捕头愤然续道："你才刚走，衙门就把元凶逮住了。原来，那个该死的醋贩子，为了几个铜板，居然把劣质的山西陈醋卖到这里来。大伙都喝出毛病，又一时找不出病因，恐慌之下，病急乱投医，结果就闹出了人命。于是以讹传讹，居然编出了'无穷流毒'这样的混账事来。"

"什么？"李赫一听，腿一软，竟一屁股瘫坐在地上，惊慌问道："那死在竹林里的'流毒无穷'万厄又是什么人？"

屈捕头黯然叹道："我正打算发布告示，却突然接到你的信号，赶过去一看，那人不是别人，正是假扮'流毒无穷'的副总捕头。他两个月前离奇失踪，原来是为了立此奇功，假扮'流毒无穷'，想把真的'流毒无穷'引出来，谁知因此丢了性命。我怕加重误会，特意赶来跟你说一声，谁知……胡兄弟他……发生了什么事？"

李赫望着地上阔别多年的故友，无可奈何地低下了头，许久才有气无力道："这么说他并没有中毒，可我明明看着他喝醋后毒发，那症状……"屈捕头拿起醋碗嗅了嗅，说道："这醋很新鲜，不像有什么问题。"李妻怯怯道："是啊，早上还拿来蘸饺子吃呢。"屈捕头问道："除了你，还有谁动过醋坛子？"李妻应道："除了傻根，没见有别的人。"

李赫闻言，从地上一弹而起，夺过醋碗，用手指沾了醋，放嘴里舔了舔，接着朝门外破口大骂："傻根，你这个白痴。又在醋里面放糖了……"

（**题图、插图**：刘斌昆）

如果你看到一双蝴蝶，请不要打扰它们——那可能是一对爱人；如果你看到一只蝴蝶，也请不要伤害它——那可能是你最好的朋友。

蝴蝶刺青

□余　军

蝴蝶腾飞

何劲是一所艺术学校的音乐教师，他从小就具有音乐天赋，三岁学弹钢琴，十岁就已演奏得非常出色了。只可惜他时运不佳，从音乐学院毕业后又回到原来的小城当老师，平日里上上课，业余时间写曲弹琴，聊以自慰。

前段时间，何劲总是往医院跑，为的是要去掉他手臂上的那块刺青。原来他17岁那年，因一时的兴趣，在左边小臂上刺了一只蝴蝶。那蝴蝶姿态别致，栩栩如生，何劲非常喜欢。可如今当了老师，身上有个文身对学生是啥影响？为此校长还专门找他谈过话。可奇怪的是，他跑了不少医院，用了许多方法，就是弄不掉这块刺青。后来，何劲索性就留着它了，但从此不管天气多热，他也只得穿长袖衣裳，将那只蝴蝶捂得严严实实。

这天早晨，何劲刚醒，就感到左臂微微作痒，好像有什么东西在蠕动。他从被窝里抽出胳膊一看，天啊！原来那块刺青已变成一只真的蝴蝶，正扑腾着翅膀想要飞起。

怎么会这样？何劲又惊又怕，想去伸手抓它，但又一想：这蝴蝶太奇怪了！还是随它，想飞就飞吧。再细看，只见那蝴蝶像是粘在了皮肤上，挣扎了一会儿又不动了。又过了一会儿，刺青又恢复了原样。

何劲不想去管它，今天他还要去看望住院的老同学马银声。于是，他匆匆穿好衣服，去花店买花。

何劲走进花店，正挑着鲜花时，忽然觉得胳膊上猛地一疼。紧接着，一只蝴蝶钻出袖口，扇动着翅膀飞入花间。何劲大惊，撸起袖子一看，刺青没了，只留下一块蝴蝶形的疤痕，这不正是早上的那只蝴蝶吗？何劲舒了口气，喃喃自语道："要走要留都随你了。"他也没多琢磨，挑好花，付了钱，就走出了花店。

谁知那蝴蝶也紧紧跟着他飞出来，落在他手中的鲜花上。蝴蝶毕竟是自己"养"大的，何劲舍不得赶走它，心想它愿意跟着自己就跟着吧，以后当宠物养在家里得了。于是，便带着蝴蝶往医院赶去。

到了马银声的病房，何劲把花插进花瓶里，两人便聊了起来。

马银声如今混得不错，是一家唱片公司的副总，他对何劲的现状，颇感惋惜："阿劲啊！老师有啥干头？到我公司来吧！我们缺的就是你这样的人才，给歌手作曲写歌，保你一年就出人头地。"何劲没搭话，对音乐他有自己的理解，要他随大流去做那些流行歌曲，他不想，也没兴趣。马银声看出了他的心思，摇头笑了："怎么？还抱着理想不放呀？想当大音乐家？别傻了，那多不容易啊！"他沉吟片刻，又提议道，"要不这样，你回去把自己的作品整理整理，挑出一些来，全部用钢琴独奏，到时候我听一听，如果可以，我给你录音，做专辑出唱片。"

"行！"这下何劲来了精神，重重地点点头。

临走时，正在花间玩耍的蝴蝶，很懂事地飞到何劲的肩上。这时，马银声才注意到："唉？这蝴蝶是从哪飞来的？"何劲说："它是我养的宠物。"马银声一脸诧异："拿蝴蝶当宠物？你这家伙真怪，养个宠物也这么怪。"

谁在弹琴

很快，何劲就整理出七首钢琴曲弹给马银声听，马银声当即拍板："我看这专辑出了，你一定成名，销路也不成问题。不过七首不够出一张专辑，你还得再创作五首。"

"没问题！"何劲开心地点点头。

接下来，何劲就忙乎开了，他白天上班，晚上作曲。而那只蝴蝶似乎什么都懂，早上，何劲懒得起床，它就飞到何劲的鼻子上扑腾个不停，何劲耐不住痒，只得起来。到了晚上，何劲在家里弹琴创作，蝴蝶就体贴地落到他的肩头，静静地陪着。似乎在注视着那些被何劲弹动的键位，又似乎在倾听。有时，到了乐曲的高潮部分，

它甚至会跟随节奏翩翩起舞，令何劲兴头更足，灵感不断。

这天晚上，何劲下了班刚走到自家楼下，就听见“当当当……”一阵钢琴声。那琴声清脆，旋律优美，犹如天籁。何劲顿时怔住了，他停下了脚步，听了起来。这真是杰作，他从小到大听过无数古今中外的名曲，唯独没有听过这一首。莫非这是演奏者自己创作的？如果是这样，那她可真是个音乐天才，而且是天才中的天才。何劲仔细地听着，他逐渐听出，演奏者的指法似乎不够熟练，尤其是同时弹下两个键或三个键的地方，她都是分先后弹的，若不细听，根本听不出来，虽然速度极快，但还是影响了乐曲的效果，不无遗憾。

这人是谁？何劲太想认识她了，如果能和她交上朋友，说不定两人还能成为知音呢。想到这里，何劲兴奋极了，他正想循着声音去找这个弹琴人，钢琴声却没了。

何劲在楼下又等了一会，还是没有声音，这才上楼回家。刚打开门，他就听到了钢琴声，正是那支曲子。她怎么跑到我家来了？何劲激动极了，立即快步走到客厅，只见蝴蝶正在钢琴的琴键上又蹦又跳，来回飞舞穿梭，忙个不停，原来是它在弹，而且是踩着弹！简直不可思议，它的力量还真不小，竟然能踩得动琴键……怪不得听上去像用一根手指弹的呢。

“好！”何劲忍不住拍手称赞，蝴蝶这才觉察到他回来了。它马上离开钢琴，飞到何劲身边，亲昵地蹭了蹭他的脸颊，落在他的肩上。何劲伸出手指摸摸它又轻轻地亲亲它，以示鼓励和疼爱。

何劲走到钢琴旁坐下，凭记忆弹起刚才那曲子。他边想边弹，弹得很慢。这时，蝴蝶轻轻飞落到琴键上，照旋律点着键位。何劲一点即通，很快就能将整个乐曲弹出来了。

就这样，剩下的五首曲子，主要

由蝴蝶创作，何劲着手记谱、弹奏，他们合作得十分融洽，不到一个星期就全部完成了，而且曲曲不同凡响，美妙绝伦。马银声听过之后，更是赞不绝口:“此曲只应天上有，很难相信这是一个凡人所作的。阿劲，我真是服了你。”

“没错，的确不是凡人的作品。但不是我，而是它。”何劲指着落在肩上的蝴蝶说，“你可别小看它，它的音乐才能没人能比得上。”马银声眼睛瞪得跟灯泡似的，“它?……不会吧?你别开玩笑了。”何劲叹了口气，把事情的原委讲了出来，他最后说，出唱片的时候，要注明后五首的曲作者是蝴蝶。马银声一听，脑袋摇得像拨浪鼓“这不行。你也不想一想，一只蝴蝶作的曲，说出去谁信？人家还以为，这是我们在搞炒作、摆噱头呢。这样一来，本来好卖东西，反而不好卖了。”“那怎么办?”何劲也没了主意。

马银声哈哈大笑道:“怎么办?你怎么这么死板。你就是这张专辑的作曲，演奏者，没蝴蝶什么事。它不是你养的吗?那它的一切都是你的。你就别想那么多了。”何劲想了想只得同意，但他决定将专辑取名为《蝴蝶与我》，马银声对此没有意见。

宁为玉碎

专辑很快录制完毕，经过一阵广告宣传便上市了。正如马银声所料，这张专辑大卖热卖，何劲也一夜成名。各大媒体称他为“钢琴王子”、“音乐奇才”，更有多家演出经纪公司请他举办个人钢琴演奏会。马银声也交待他，要趁热打铁，争取尽快推出第二张专辑。一时间，何劲四处应酬，忙得晕头转向，很少有时间再和蝴蝶呆在一起。于是，他请了个保姆专门照料蝴蝶，接着，又辞掉了教师的职务。

开个人演奏会是何劲多年的梦想，他和一家演出公司签了约，计划要在几个大城市巡回演奏。临行前，何劲在钢琴上安置了一套先进的录音设备，让保姆学会操作，以便录下蝴蝶的创作，并嘱咐保姆，不要打搅蝴蝶弹琴，每天必须去花店买些鲜花回来，插在钢琴边的花瓶里，供蝴蝶玩耍休息。

蝴蝶似乎察觉到何劲要外出，它依依不舍地绕着何劲飞舞，转了一圈又一圈，不让他走。何劲也舍不得离开它，可是总不能带着它到处跑啊，现在它的第一要务还是要抓紧时间创作。何劲只得让保姆拿来一束花逗它玩，才趁机脱身。

《蝴蝶与我》巡回演奏会历时一个多月，所到之处，无不受乐迷地热情欢迎。这天，何劲正要奔赴最后一个演出城市，突然接到马银声的电话，说要借用蝴蝶几天，帮公司签约的一位当红女歌手填曲。他说:“蝴蝶作曲，可以帮女歌手换换曲风。况且，给流行歌手作曲，对蝴蝶来说还不是小菜一碟吗？”

何劲拿着电话，一时不知该说什么，他极不情愿将蝴蝶借给别人，可对马银声又不好拒绝，想了想，只好支支吾吾地说:“不知道蝴蝶会不会作通俗歌曲，再说，你怎么让它作这种曲子呢？它又不是人，能照你的吩附做吗？”马银声说:“这你放心，我自有办法。”何劲无奈，只好答应了。

等到演奏会一结束，何劲立即赶回家，一进屋，就问保姆蝴蝶还回来没有，保姆摇摇头。何劲立即拨通了马银声的电话。只听马银声支支吾吾地说:“阿劲，蝴蝶……蝴蝶飞了……对不起。”一听蝴蝶飞了，何劲如同挨了当头一棒，脑子里一片空白，什么话也说不出来。

其实，马银声是在说谎。原来那个女歌手是马银声的情人，当她听说蝴蝶有惊人的音乐才能后，就想让蝴蝶给她作曲。马银声哪会不答应，取来蝴蝶就领着女歌手直奔自己的秘密别墅。

别墅的壁炉里架着炭火，屋里温暖如春，钢琴也早已准备好了，周围放满鲜花，门窗关得严严实实。马银声见一切就绪，就把蝴蝶从笼子里放了出来。接着，他打开音响，放出女歌手唱的通俗歌曲，想让蝴蝶感受一下曲风，为作曲作准备。哪知，蝴蝶一听到那歌声，就像听到了噪音，紧张得扑腾扑腾满屋子乱飞，根本没有往钢琴上落的意思，就连满屋的鲜花也不屑一顾。

女歌手不耐烦了，噘着嘴说:“真不识抬举。一只臭蝴蝶，架子还不小。不愿作通俗歌曲，和它的主人一副臭德行。”马银声耐着性子，关掉音响，抓起一束花去哄蝴蝶。谁知蝴蝶见他过来就躲。这下马银声火了:“小东西，我不信收拾不了你。”边骂边操起苍蝇拍子，追过去扑打。他倒不是真想打

编读往来：你的问题我来答

北京读者付宾：我是一个海外归来的学子，偶然在书亭上看到《故事会》，感到特别的亲切。杂志勾起了我很多过去的回忆。我想问一下，怎样才能订到明年的《故事会》呢？

绿版编辑部：很高兴《故事会》给了你美好的回忆，希望她今后依然为你的生活增添色彩。你如订阅本刊，可直接去邮局办理，记住：《故事会》的代号是“4－225”，半月刊，每本定价2.50元。

辽宁读者佳佳：我是第一次投稿，没想到就“中”了，现在同事们的客我都请过了。不好意思问一句，什么时候能拿稿费呀？

绿版编辑部：首先要恭喜你“首战告捷”啊！一般作品发表后，我们需要一点时间听取读者的反馈意见，如：好作品、差作品或者涉嫌抄袭等，因此，作者收到稿费的时间在两个月左右。如长时间没收到稿费的，可直接与责任编辑联系。

青海读者王媛媛：我是一名高中生，听说你们要办一个叫“游戏空间”的栏目，能否告知一二？

绿版编辑部：当然可以。从本期开始（见第81页），我们“绿版”为读者开辟了一块“游戏空间”，将陆续推出诸如“世界500强面试题”之类的有趣的游戏节目，我们的口号是“你也可以不平凡”，希望得到你们的支持。

（本栏目欢迎读者提问，如采用，即致薄酬。）

死蝴蝶，只是想吓唬它，然后抓住关进笼子里。

马银声挥拍追打，蝴蝶拼命躲闪，一阵折腾。渐渐地，蝴蝶飞不动了，马银声也累得一屁股坐在沙发上，瞪着蝴蝶直喘气。蝴蝶见他停止了拍打，便也落到花间休息。马银声眯着眼，突然-跳起来向蝴蝶扑去。这时只见蝴蝶突然奋力跃起，飞向壁炉。马银声见状大惊，没等他喊出声，蝴蝶已冲进壁炉熊熊的烈火中。

“天啊！”马银声惊叫着捂住了脸，他怎么也没想到蝴蝶竟如此执著刚烈，宁肯自杀也不妥协。这下该怎么向何劲交待呢……

蝴蝶没了，何劲伤心至极。他推掉所有的应酬，闷在家里，反复弹奏着自己巡演时蝴蝶创作的三支乐曲。这些是录音设备录下的，每一曲都凄美忧伤，仿佛是蝴蝶在向何劲诉说着痛苦的离别之情。何劲弹着弹着，眼泪便流了下来……

一天中午，何劲坐在琴边，弹着弹着就趴在钢琴上睡着了。迷糊中，他感到左臂发痒，就用手挠了一下，手指却触摸到一个毛茸茸的东西。何劲一下醒了，定睛一看，原先那块蝴蝶形的疤上，又“长”出了一只蝴蝶，色彩斑斓，跟以前的那只一模一样，正挣扎着要飞起来……何劲欣喜若狂，眼泪刷刷地流了下来……

（题图、插图：黄全昌）

给老师送礼

□吴相阳

马老师是个语文老师，这些日子因为过度操劳，病倒住进了镇医院，这可急坏了他班上的孩子，特别是人称“小不点儿”的刘晓。因为在他心里，马老师既是老师，又像父亲，自己好几个学期的学杂费就是马老师私下垫的，现在老师熬坏了身体、住了院，刘晓能不急吗？

终于等到上午放学，刘晓盘算着要带点称心的礼品去看看老师，可带什么好呢？他回到家，东摸摸、西看看，可家里实在穷得叮当响，没有一样东西能上眼呀。正在这时，奶奶手里攥着几粒玉米，向后院走去，嘴里“咕咕”地疼爱地叫着，刘晓眼前一亮，有主意了。

趁着午休的时间，刘晓急匆匆到了医院，谁知已有好几个同学围在了马老师的床边了。他们各自手里都提着花花绿绿的礼品——有的是钙奶，有的是蜂王浆，他的同桌宋欢带来的还是包装精美的长白山人参。刘晓犹豫了一下，他想退出去等同学们走后再来看望老师，可是老师早看见了刘晓，他边咳嗽边招呼刘晓到身边来。大家转过身，这才发现“小不点儿”正背着手远远地站在门后。

刘晓只觉得脸上火辣辣的，正不知所措，只听宋欢说：“刘晓，没带东西你也别难为情，其实这些礼品是我们大家的共同心意，也代表你的心意。”

“我——”刘晓正嗫嚅着想说点什么，大家忽然听到“扑腾扑腾”的响动，只见刘晓从身后拿出一只破麻袋，小心地将袋口解开，一个小东西从里面扑棱了出来。

这下，大家都乐了，“刘晓，这不是一只花鸽子吗？”可不是吗，这小家伙又瘦又小，几乎没什么肉。刘晓蹲下身，爱抚地摸着这个小家伙说：“它不是鸽子，它是一只小公鸡。”同学这才发现那小家伙昂着头，头上有红红的冠子。

刘晓不好意思地对老师说：“马老师，我、我想把它送给你。”

马老师正想说什么，宋欢已噘起嘴：“刘晓，现在啥年代，还送这玩意儿？再说这小公鸡在病房里一扑腾，马老师心里不更堵吗？”

“这——”刘晓一时没想到这一层，他结结巴巴地说：“我，我只是想老师身体瘦成这个样，天又冷，吃这小公鸡能活络身体，好得快些……”

宋欢一愣，他盯了一眼小公鸡：“这公鸡仔营养是不错，可就是太瘦了……”刘晓着急了，连忙争辩说：“这不是公鸡仔，它早都打鸣了。”

同学都笑了：这小公鸡，才几两肉呀，还打鸣呢！刘晓呀刘晓，你家里穷是不假，可总不致连只肥公鸡都拿不出来吧，这么小气，就是同学的面子也不好看呀。刘晓似乎猜出了同学的心思，红着脸不知说什么好。

正这时，只听“喔喔——”小公鸡给刘晓解围似的打起鸣来。刘晓好不开心，疼爱地抱起小公鸡，对大家说：“小花一天三鸣，这次是午间鸣，准着呢。”

马老师被这一幕逗笑了：“这小家伙挺守时呢。”他爱怜地看着这些孩子们微笑着说：“它守时，你们可更要守时，下午上学的时间快到了，你们可不许迟到啊。”马老师说着从怀里掏出了一只厚壳表看了看，“时间不早了，你们能来看老师，老师已经很开心了，但这些礼品老师可不能

为了小草，与太阳赛跑；备战高考，与月亮夺宝；谆谆教导，您费心不少；作个检讨，问候您好；节日发稿：老师您早。 福建 敬录强（1829）

收。”

见老师把宋欢他们贵重的礼品都退了，刘晓慌忙躲过老师的目光，低下头默默地抱着小公鸡转过身去。

“刘晓，你等一等。”

刘晓回过头，见老师微笑着冲他招手。

“老师在这病房挺寂寞的，把你的小花留下来，陪陪老师吧。”

刘晓听到这，激动得眼泪在眼眶里打转转，他小心地把小公鸡递到老师手上，“老师，小花挺乖的，在家里它就是我和奶奶的‘宠物鸡’，在这里我要让它听您的话——”刘晓轻轻拍了拍小公鸡的翅膀，“小花，你可不许胡闹，要乖乖听老师的话，打鸣时不要声音太高，别吵着老师——”

刘晓依依不舍地和老师告别后，就和同学一起走出了医院。

几天后，马老师的病已基本痊愈了，一出院就回校给孩子们上课，可在课堂上，他一眼就看见刘晓的位子空着，这孩子从来不缺课呀，今天是怎么啦？马老师一问同学才知道，原来这些天刘晓到校非常早，有时学校的大铁门还没开，他就来了。偏偏这些天逢上“倒春寒”，刘晓本来就穿得单薄，受了几次风寒，竟发起高烧。马老师听后十分着急，上完当天的课就来到刘晓家。

刘晓的奶奶见有人来看孩子，就在矮塌塌的房门口叨咕着说：“咳，刘晓这孩子早上偏要起那么早，这下，可不惹着病了……”

马老师拉着老奶奶的手：“老人家，孩子用功是好事，可也不能不顾身子，你一定要劝劝他。”

老人叹息着说：“劝过多少回了，他就是不听，每天不到四更就起床了。我说那空中还挂着月亮，他起早了。他却说我年纪大了，哪能猜得准星星啥时亮、月亮啥时落……”

马老师不解地问：“老奶奶，你猜那些是干吗？把表上好不就知道啥时该起床了吗？”

老奶奶正要说话，屋里的刘晓已听出马老师的声音，他咳嗽着喊道：“马老师，你快到屋里坐。奶奶，别说了，快给老师倒水喝，老师也有病，当心外面风凉。”

马老师一进来，刘晓就看到老师手里的那只旧袋子，里面还有“扑扑”的响声。刘晓马上明白了，他不好意思地说：“老师，你——”马老师把手中的袋子放下，将小公鸡抱了出来，笑着说：“这些天，多亏你的小花，逗得人真开心，不然老师的病咋会好这么快呢？”老师爱惜地摸摸小公鸡的羽毛，“其实，老师那天原本是要把所有的礼物都退掉的，可这只小公鸡实在招人疼。老师也怕伤了你的自尊心，就多留了两天。现在让它回到主人身边吧。”老师说着，把小公鸡放到

了地下，小公鸡一落地，就快活地“咯咯”起来。

就在刘晓一句话也说不出的时候，老奶奶听到了小公鸡的声音，颤巍巍地走进来，看到那只活蹦乱跳的小公鸡，眼里竟闪出了泪花。老奶奶爱怜地说：“我的小花，这不是做梦吧？你不是走丢了吗？怎么又回来了？每天，可都是靠你早上打鸣，叫刘晓上学去呢，你这一走丢，可让孩子摸瞎啦！回来就好！回来了就好！”

马老师听到这，心里像是被什么东西重重地撞击了一下。他抚摸着刘晓发烫的额头说：“刘晓，这是真的吗？”

刘晓见瞒不住了，不好意思地笑了笑“老师，你对我这么好，你病了，我真不知道拿什么礼物看你好，所以，我就瞒着奶奶把家里唯一的小公鸡带走了。”

见老师的眼光落在窗台上一只没了盖子的闹钟上，刘晓接着说：“其实，去年爸爸出门打工前，买过一个闹钟，后来奶奶扫窗台时，不小心摔坏了。好在小花早上打鸣很准时，起床洗刷后赶到学校正好呢。这些天没了小花，起早点也没什么不好，快毕业了，正好在校门前默记点知识，偏巧就遇上了这次倒春寒……”

听到这，马老师的眼圈有点发红，他从怀里取出了那块厚壳表，递到刘晓的面前说：“这块表老师常常带在身边，你比老师更需要用它，我把它交给你，用它来帮你完成剩下的学业，好吗？”

刘晓想摆手，可是马老师已将表紧紧地按在他的手心。马老师疼爱地说：“孩子，它能当闹钟用，铃声就是公鸡的打鸣声……”

也许那表正到了老师定时的时间，屋里顿时传来那表响亮的铃声：“喔喔喔——”

听到这逼真的响声，握着带有老师体温的表，这个坚强的孩子终于忍不住流出了眼泪……

（本篇月月评短信代码：AA183）

（**题图、插图**：安玉民）

九月是花开的季节，菊花开了，多像您质朴的笑脸；桂花开了，多像您美好的品德。节日到了，祝您生命的日子里永远开满缤纷芳香的花朵。北京 李淑龙（1830）

超市防损队

□柴兴志

大小超市，那叫一个多；超市里的小偷，那叫一个“贼”；
超市里的防损队员，那叫一个“酷”！
要说怎么“贼”，怎么“酷”，别急别急，听我给您慢慢讲……

1.倒霉上卦摊

常言道：财顺买彩票，倒霉上卦摊。可见好多人都盼望时来运转。

邓来运当了两年武警，退役回来一时找不到合适的工作，闷得整天在街上闲逛。那天路过一家超市，看到超市门外贴了张告示，邓来运想挤上前去看看写的是什么，不留神撞上了旁边的一张小书桌，低头看时，书桌后面坐着一个老头儿，长长的白发遮住了脸，捧着本书念念有词。

邓来运赶紧道歉，老头儿放下书抬起头来，眼珠上竟白蒙蒙的是白内障。邓来运不禁叫出声来：“瞎子读书？！”老头儿淡淡一笑：“你用眼读，我用心读。”邓来运细看老头儿面前的书，什么《麻衣神相》、《周公解梦》……再看他身后是个出租图书的小店，原来是个租书捎带算命的！

邓来运觉得这个老头儿有些来历，看他白头发白内障，雪白的山羊胡子，一副异人异相。想到自己都闲荡了两个月还没找到工作，不妨请他算一卦试试，这么一想便坐了下来。老头儿让他报了生辰八字，掐指一算，马上断定他是想找工作，邓来运连连点头称是，老头儿笑道：“远在天边，近在眼前。”

眼前？邓来运一抬头便看清了那

张告示，原来是这家超市正在招聘防损队队员，不但待遇优厚，而且复员兵优先，邓来运大喜，谢过老头儿进了超市。

超市负责招聘的是防损队的牛队长，牛队长果真壮得像头牛，他看也不看邓来运递上来的退役证，拿一对牛眼瞪着邓来运问道："你当过兵？"邓来运点点头，牛队长又问："会武术吗？"邓来运说："会一点儿。"

牛队长起身围着邓来运打量，当转到邓来运身后时，突然一掌向他后颈劈去。邓来运在部队早练成了条件反射，听得耳后风声猛地下蹲转身，反手擒住牛队长劈过来的手腕，顺势一推脚下一绊，牛队长踉踉跄跄向墙上撞去，邓来运又一个箭步抓住他的胳膊，往回一拉扶住了牛队长。

牛队长夸道："好身手！"邓来运笑道："过奖。"心里高兴招聘的事已十拿九稳，不想牛队长嘿嘿一笑："不是过奖，是我们小超市不敢大材小用，请您另谋高就吧！"

邓来运懵了："你们、你们想要什么样的队员？"牛队长只是笑而不答，这时门外喊了声："报告！"一个队员揪进个十四五岁的男孩子来。

队员拿出一根咬了几口的香肠说："报告队长，这小叫花子又来偷东西！"牛队长喝道："给我揍！"队员揪住孩子"啪啪"就是两耳光，邓来运刚要阻止，牛队长把桌上的警棍递过来："我就要这样的队员，你来练练吧？"看邓来运不动，那个队员抓起警棍便要打孩子。邓来运又惊又气，伸手夺下警棍，脚下一个小踢，队员"啪"地摔了个屁股蹲。

邓来运不理他们，拉起男孩出了超市，到对面饭馆给他买了碗肉丝面："吃吧，就是要饭吃也不能做贼！"

男孩子看着油光光的肉丝面笑了："你也找工作？"邓来运点点头，男孩子说："你被录取了。"邓来运又吃惊又好笑："你？你算干啥吃的？"

男孩子说他是流浪儿，叫"刁小三"，几天前被雇来考验应聘队员，如果邓来运打了他，应聘就算吹了。

邓来运对这种招聘办法很反感，刁小三小声告诉他，最近超市大批物品被盗，队员们被经理处分了好几次，急了眼抓住小偷就打，结果惹了官司，严重影响了超市的声誉，超市的郑经理决定更换队员，并想出了这种考验办法。

如果真是这样，那也情有可原，刁小三吃完面走了，邓来运回超市找牛队长报到，牛队长笑着握手欢迎，当即给他办了手续，工作是在超市内巡逻，牛队长则在摄像监控室统观全局。

邓来运第二天就上了岗，一心要做出点儿成绩来，没想到天遂人愿，当天上岗开门红，刚巡视到食品区就发现了小偷。他蹿上前一把抓住那小偷，扭过来一看竟是刁小三！

邓来运以为他又是来考验队员的，正要跟他开句玩笑，没想到刁小三甩手把刚偷到的烧鸡丢回货架，大叫一声："救命呀！保安打人了！"说着就"咕咚"倒在地下打起滚儿来。

事出意外，慌得邓来运一时手足无措，闻声围上来的顾客们一看这么小的孩子被打倒在地，都七嘴八舌地指责邓来运，场内顿时大乱。队员们闻声跑来，超市郑经理也赶来安抚疏散顾客，牛队长一把揪起刁小三，连推带搡赶出超市，局面这才控制住。

郑经理气呼呼地训斥邓来运，没等邓来运解释，牛队长就赶紧承担责任，说邓来运对付小无赖没经验，都怪自己教导不够，郑经理又把牛队长训了一顿。

郑经理走后，牛队长开始教导起邓来运：超市里人多眼杂，这样的小无赖一不留神就会溜进来，如果只是偷点儿吃喝就赶出去算了，闹起来反会因小失大。

多亏牛队长承担了责任，邓来运再也不敢冒失，小心翼翼地坚守岗位，这一天再没发生盗窃。

本来以为平安无事，等到晚上营业结束，盘点货物时却发现了大问题：烟酒区丢失五瓶进口洋酒，加上被窃的其他贵重商品，超市损失近两万元！

又是一起超万元的重大损失，郑经理大发雷霆，集合各组负责人查找原因，货物出库上柜的账目相符，调看了监控录像没发现问题，那就一定是超市内巡视的队员们玩忽职守，郑经理做出决定，扣发内巡队员的全月奖金，每人记过一次。

2. 抓贼遭诬陷

邓来运知道记过三次就要被解雇，又不明不白地被扣了奖金，心里实在冤得慌，他觉得自己巡逻很尽职，那些贼怎么能轻易地把这么多东西偷走了呢？想着想着，他突然想到了刁小三捣乱的情景，这小无赖非常可疑，他很可能就是当诱饵的小贼，

故意制造事端吸引人们的注意力，想声东击西，给同伙创造乘乱盗窃的机会。

邓来运左思右想只有这种可能，他决定把这个情况向牛队长汇报，请他在监控室注意这个动向。

第二天，邓来运一上班就找牛队长汇报了自己的想法，牛队长沉吟了一会儿说："你的分析很有道理，可咱们这套老监控设备故障多，再说摄像头也是有死角的……"邓来运顺口说："换套设备不就行了？"牛队长哼了一声："换设备？你掏钱？现在超市被偷得亏了本，连发工资都困难。"牛队长拍拍邓来运的肩膀："现在只能请大家加强巡视，大家也不会白辛苦的，货损降低奖金就提高嘛。"

牛队长回监控室了，邓来运也开始了巡视，他注意了摄像头的位置，果然发现一个死角，便向死角走去。

刚到死角就又看到了刁小三，邓来运早就告诉守门的队员注意他，怎么又让这个小无赖溜进来了？邓来运看他身上鼓鼓囊囊像是藏了东西，便不动声色地远远盯住，决定到了出口再抓，出口有那么多人在场，不怕他再耍无赖。

狡猾的刁小三似乎有了感觉，闪身拐进另一条通道，邓来运紧走两步也拐了过去，只见他正跟一个推小车的胖女人嘀嘀咕咕，回头看见了邓来运，一把推开胖女人便跑，邓来运可不让他开溜了，快跑几步蹿上去，抢在出口前截住了刁小三。

邓来运冷笑："自己把东西掏出来吧！"刁小三装傻充愣："掏啥东西？"邓来运喝道："还想耍无赖？你衣服里是什么？"刁小三扯开嗓子大叫："衣服里是光屁股！不信你搜！"说着解开衣扣，露出了光光的肚皮。东西不见了，邓来运又傻眼了。

刁小三这回逮了理，扯住邓来运大喊大叫。正在纠缠，邓来运一眼看见了刚才跟刁小三嘀咕的胖女人，仔细一瞧，这胖女人却长了一张瘦俏的瓜子脸，跟身上的丰满程度极不相称，她正趁着混乱笨拙地往外走。邓来运立刻想到又是声东击西，于是甩开了刁小三，几步抢上前拦住了她。

邓来运一手拦住胖女人，一手拉过刁小三："你俩配合得挺好嘛，走，跟我去保卫室！"刁小三见势不妙，猛地挣开邓来运就逃，邓来运当然不会再中刁小三的计，只管拦住胖女人，任刁小三逃出了超市。

邓来运把胖女人带进保卫室，向牛队长报告了刚才的情况。牛队长挺和气地对胖女人说："没冤枉你吧？自己把东西掏出来吧！"

胖女人挺痛快，马上变戏法似的从腰里、上衣里、袖口里、裤腿里，掏出了剃须刀、收录机、化妆品、高档服装，转眼在桌子上码了一堆。东西掏光了，胖女人变成了瘦女人，看样

子也不过二十来岁。

邓来运明白了，刚才刁小三身上藏的东西一定是转移到她身上了，这女人贴身穿着紧身衣，宽松的外衣里面都是暗袋，盗窃的贵重商品都被刮掉了上面的磁性标签，这样到出口就不会被探测到，联想到超市货物的大批失窃，小偷肯定不止一两个人，抓住她就可以顺藤摸瓜了。邓来运问牛队长："给派出所报案吧？"牛队长想了想，点点头说："等一下，我先去请郑经理来。"

牛队长刚出门，瘦女人突然涨红了脸，"呼啦"一下撕开上衣，顺手在裸露的胸前抓了一把，尖叫一声扑向邓来运，邓来运被这一幕吓懵了，慌忙一推正推在瘦女人胸上，瘦女人趁机抱住他的胳膊哇哇大叫起来。

闻声返回来的牛队长见状大惊，用力把两个人分开，厉声斥责邓来运："你这是干什么？咱们没权力搜身！"没等邓来运解释，瘦女人捂着胸脯哭诉："他不是搜身，他说我乳罩里还藏着东西，撕开衣服就摸……"邓来运气坏了："你诬陷！是你自己撕开衣服扑上来的！"瘦女人大叫："是你撕的！你要流氓！"

"都给我住口！"牛队长喝住两个人，自己点了支烟默默抽起来。过了一会儿，牛队长对瘦女人摆摆手："把衣服穿好，你走吧。"瘦女人的衣服撕破了，她拿起一件偷来的衣服，穿在身上就走，邓来运跳起来要阻拦，被牛队长一把按住："冷静点儿！你听我说。"邓来运只好坐了下来。

牛队长毕竟是"老公事"，说得很有道理："这种事情很难缠，如果被人家一口咬定，你就是长了八张嘴也说不清楚，闹起来不但影响了超市声誉，你也会背上黑锅丢了工作。好在货物被截住了，不如大事化小小事化了，估计这女贼被抓了这一次今后也不敢再来了。"

见邓来运还是一脸的想不通，牛

队长又气呼呼地训了他一顿，警告他再惹祸就自己兜着，不长记性活该倒霉。

邓来运卖力不讨好，本以为牛队长会恨他惹是生非，不去上面告他的状就满不错了，没想到牛队长却跟郑经理汇报，表扬邓来运截获了大批被盗货物，可惜小偷趁乱钻进人堆里逃跑了。郑经理闻报大喜，说这是超市首次“胜利”，马上宣布撤消邓来运的处分，恢复当月奖金。

邓来运喜出望外，原来牛队长是刀子嘴豆腐心呀！

3. 厄运再缠身

邓来运第一次拿了奖金，很开心，出了超市才想起应该请请牛队长，于是返身又向超市走。经过租书店时，却见瞎老头儿正给一个女人算命，看背影正是做贼的瘦女人。

邓来运想听听瘦女人要算些什么，他知道老头儿看不见自己，便朝瘦女人身后蹑手蹑脚地靠了上去，不知老头儿掐着手指说了些什么，没等他走到跟前，瘦女人突然起身就走，邓来运想也没想就跟了上去。

此时天已黄昏，步行街上灯火通明，邓来运一心想侦查他们的贼窝在哪里，就保持着安全距离跟踪。可瘦女人却很坦然，一边走还一边打电话接电话，邓来运只顾全神贯注地跟着她，穿过了繁华的步行街拐进一条小巷，出了小巷又拐上大街，跟着跟着忽觉眼前灯光灿烂，原来是绕了个圈子又回到了步行街。

邓来运知道自己被瘦女人耍了，可她一直没回过头呀，难道她脑后长了眼？邓来运回头一看，原来自己身后跟上了拿着手机的刁小三！

突然，瘦女人回过头来站住了，气冲冲地怒视邓来运：“你跟着我干啥？”邓来运一时语塞：“我……我是想跟你谈谈，你真有困难我想办法帮你，为啥要做那种事呢？”瘦女人一撇嘴：“帮我？我刚算了命，今天要碰上灾星！”说着转身要走。

邓来运不愿放弃，跨上一步挡住她：“咱们好好谈谈不行吗？”瘦女人闪过身，邓来运又跟上去，瘦女人眼见无法脱身，索性冲上来抓住邓来运，扯开嗓子大叫：“非礼呀！抓流氓呀！”没等邓来运挣脱，刁小三扑上来抱住了他的腰，三个人顿时扭作了一团。很快巡逻警察闻声跑来，把他们带进了派出所。

经过警察审讯，邓来运才知道瘦女人叫麦花，这麦花竟是刁小三的亲姐姐，刁小三证明邓来运一路跟踪调戏他姐姐，吓得他们不敢回家，只好把邓来运引到人多的地方求救。

麦花姐弟说得合情合理，邓来运却有难言之隐，想说出麦花盗窃超市的事吧，恐怕又要勾出一件“耍流氓”的“前科”，若是不说吧，又讲不清为啥盯人家的梢，吭哧吭哧憋得满脸通红。警察看他那憨厚样儿不像流氓，应该找工作单位了解一下，于是打电话通知了超市。

不一会儿，牛队长匆匆赶到，听了情况就连说误会，他给邓来运递了个眼色，便笑着说邓来运是要追求麦花，求爱心切，这才追得过火了。

麦花一听红了脸，瞥了眼邓来运不说话了，邓来运怕把事情闹大也没敢吱声。警察见双方默认，便训斥邓来运："没出息，心急吃不了热豆腐，懂吗！"又批评牛队长："你这个队长干啥吃的？带回去好好教育！"

两人出了派出所，牛队长就教训起来："你这不是没事找事吗？幸好是我接的电话，让郑经理知道，非炒了你不可！"邓来运感激不尽，拉着牛队长要请他吃饭。牛队长一咧嘴："算了，你挣点钱不容易，还是留着娶媳妇吧！"说着就自顾自地走了。

邓来运正要找个地方吃饭，麦花和刁小三从派出所里出来了，麦花一见邓来运又红了脸，低下头快步走了，刁小三走了几步又返回来，一本正经地问邓来运："你真的要追我姐姐？"邓来运一时不知该怎样回答，嘴里含糊地"唔"了一声，刁小三乐了："我早看出你是个好人！"撒腿追姐姐去了。

邓来运本想叫住刁小三，张了张嘴没喊出来，他对这姐弟俩又恨又同情，刚才在派出所才发现麦花其实挺俊俏，她红着脸的那一瞥也露出了农村姑娘的朴实，可她们为什么要做贼呢？唉！自己是管不了那么多了，只要她们不再来找麻烦就足够了……

此后两天，果然没见麦花姐弟俩在超市里露面，邓来运倒有些惦记起来，她们断了生路，靠啥生活呀……正想着，手机柜台的售货员惊叫起来，邓来运跑过去一问，才知道有三台高档手机变成了模型手机，邓来运急忙报告郑经理，郑经理跑来一看，那模型手机果然造得惟妙惟肖，只是掂起来分量轻了一些，肯定是窃贼装成顾客，在挑选手机时给掉了包。

郑经理正在训斥售货员粗心大意，门口的队员又跑来报告，说有两位女顾客大吵大闹地要找经理投诉，郑经理只好先去接待。这两位女顾客都是买了进口化妆品，幸好她们心急，结完账就打开包装欣赏，结果发现里面竟是廉价的洗头水，如果拿回家可就说不清楚了！她们又气又恨，一口咬定超市搞欺诈，要按假一赔二赔偿道歉，否则就要起诉打官司。

郑经理气坏了，这显然又是被掉了包！他安顿好顾客，就派人检查货架上的商品。这一检查不得了，被掉包的何止化妆品，还有很多高档服装等贵重商品也被人掉了包，不用说，一定是窃贼们变换了盗窃手法，声东击西变成了掉包计，把贵重商品装进廉价商品的包装里“买”走了！

一波未平一波又起，随后又有两位顾客找上门来，说他们买的都是高档商品，可是打开包装一看里面都是同类型的低档商品。

郑经理痛定思痛，想到防损队员是流动巡视，窃贼们很容易避开他们调换包装，可监控摄像是干啥吃的？郑经理气呼呼地找来牛队长，命令他马上整理好录像带，自己要亲自查看，说完又命令检查所有商品，发现问题马上调换。

郑经理查看录像，可录像里一个掉包的场面也没有，郑经理估计是设备出了问题，可自己在这方面外行，于是打算请个专家检修一下。

4. 层层现黑幕

城门失火殃及池鱼，超市出了事，大家都忙到很晚才下班。邓来运草草吃了饭回到宿舍，却见刁小三正站在门外等他，邓来运把刁小三拉进屋，让他坐在自己的床上，倒了杯水递给他：“找我有事吗？”刁小三不接水也不说话，只管收拾床上床下的脏衣服，邓来运问他也不说话，拦他又拦不住，眼看他把脏衣服收到一起，拿床单一包就要走，邓来运明白了，赶紧拉住他说：“放下放下，我自己会洗。”刁小三生气了：“真不知好歹！你怕我们骗你的衣服呀？”邓来运不好再拦，只得任他把衣服抱走了。

此后几天，超市加强了戒备，邓来运几天没见麦花姐弟，正担心他们是不是出了事，就在奶制品的货架前发现了刁小三。只见他东张西望了一番，飞快地把东西揣进怀里就走。邓来运没有声张，看他紧贴在一个去出口结账的顾客身后，趁收银员接待顾客的时候一闪溜了出去，邓来运也悄悄跟着他出了超市，待他走到租书店门前时，才追上去一把拉住了他。

刁小三吓了一跳，看到是邓来运才松了口气。邓来运生气地问：“你怎么又来偷东西？”刁小三红着脸从怀里掏出一袋奶粉：“俺姐姐病了两天了，啥也吃不下，我……”邓来运一惊：“你怎么不来找我！”刁小三说：“她不让我告诉你。”邓来运急了：“糊涂！小病耽误成大病就不好治了！”刁小三为难地说：“可我们没钱治呀。”邓来运看看表：“我就该下班了，你在这儿等我一会儿。”说完，拿过那袋奶粉又跑回了超市。

邓来运把奶粉放回货架，交了班又买了营养品，跑出来招呼刁小三快走，算命老头儿听到了，探出个白花花的脑袋：“听声音是小邓吧？遇到啥难事了，我来给你破解破解。”

这瞎老头儿真是好记性，可邓来运哪顾得上理他，跟着刁小三穿街过巷，来到一座显然是快拆迁的旧楼里。两人走下黑洞洞的楼梯拐到地下室，刁小三打开防盗门，邓来运一进门就惊呆了：屋里烟酒衣物日用品堆得满满当当，简直就是个小超市！

邓来运正在发愣，刁小三钻到一垛纸箱后面叫姐姐，邓来运忙跟进去，一看原来是纸箱隔出的一间小屋，麦花就躺在地下的一张旧床垫上，烧得满脸通红。她一见邓来运立刻瞪大了眼，转过头来又狠狠地瞪着刁小三，干张嘴说不出话，刁小三忙分辩：“我偷奶粉被他抓到了，是他非要来看你的。”

邓来运不管她们说什么，赶紧伸手摸摸麦花的额头，额头热得烫手，再看她咽喉红肿得几乎没了缝隙，看来这病可不能再耽误了，正要招呼他们去医院，突然有人敲门，先是敲了三下，隔一会儿又敲了两下，刁小三朝邓来运“嘘”了一声，转出小屋去开门。邓来运从纸箱的缝隙里看到，外面的人并没有露面，只从门缝递进来一张纸条，刁小三拿来递给麦花，麦花看了点点头，刁小三就拿了个空纸箱，边看纸条边往箱里装商品，装完了把箱子推到门外，回身又锁上了门。

不用说这是在销赃，这儿就是赃物的仓库！邓来运狠狠瞪着刁小三，刁小三红着脸说：“头儿说我们暴露了，不让我们到外面‘做活儿’就让

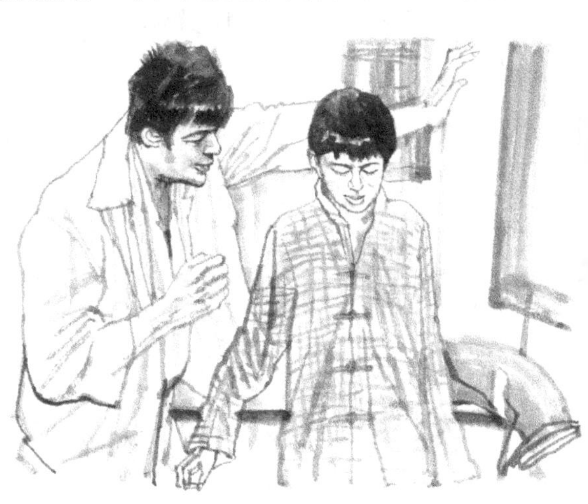

我们来看仓库，不干我们吃啥？”邓来运问：“你姐姐生病他们也不管？”刁小三“哼”了一声：“管？我们死了才好呢，要不是怕我们漏风，早把我们赶走了！”邓来运也不管男女有别了，叫刁小三把麦花扶到自己的背上，一鼓劲儿背起来就走。

跑到医院，医生诊断是急性扁桃体炎，已经耽误得红肿化脓，必须住院治疗，押金两千元。邓来运身上总共只有一千元，只好央求医生先安排住院，明天一定把钱补上。医生看了邓来运的工作证，同意了。

麦花住进监护室输上了液，刁小三倒心神不安起来，邓来运猜他可能是担心住院费的事，赶紧安慰他：“别着急，我一会儿就去想办法借钱。”刁小三摇摇头：“不光是为钱，还有……”邓来运着急了：“有话就都说出来，你还信不过我呀！”

刁小三终于下定了决心，把邓来运拉到了僻静处，竹筒倒豆子似的讲了起来。

原来，他们姐弟俩都是因为贫困辍了学，麦花的爹妈要把她嫁给一个富家傻汉，麦花不愿意，就偷偷带着弟弟逃到了这里。因为没有技术又没有力气，他们被人诱骗进了盗窃团伙，和另外几个人集中在一起，先由一个秃头“老师”教授盗窃技术和紧急情况下的脱身办法，然后秃头“老师”带他们到超市“做活儿”。那天麦花被邓来运抓住，就是按“老师”教的办法脱身的。

后来发现邓来运跟踪，麦花也是用这个办法诬陷他的，当时只是为了脱身，没想到邓来运竟是要追求她，麦花又后悔又感动，她看出邓来运是个好人，也有一身好功夫，只要邓来运肯保护他们，姐弟俩愿意从此洗手不干，跟着他一起走正路挣钱。

邓来运问刁小三：“你知道团伙的头子是谁吗？”刁小三想了想说：“秃头老师教完我们就再没露面，另有人跟我姐姐单线联系，她不敢告诉我这个人是谁，只说这个人远在天边近在眼前，随时都在监视我们。”

怪不得刁小三心神不安，邓来运现在也担心起来，如果他们再发现自己帮助麦花就糟了。他叫刁小三马上回仓库，有自己在这里照顾就行了。

5. 连连爆大案

邓来运在医院守护了一夜，第二天一早来到超市，对牛队长说有个老乡生了急病住院，自己的钱不够，想请牛队长帮忙借点钱。

牛队长盯了他好一会儿，才问：“老乡病了？没听说这儿有你的老乡呀？”邓来运正要编谎儿，牛队长已经掏出一叠钱来：“我只有一千，你先拿着用吧，不过咱们缺人手，你可不能耽误工作。”邓来运本想请假，听他

这么一说也就不好开口了。

邓来运心里虽惦记着麦花，可工作是不敢疏忽的，到下午快下班的时候，他在烟酒区巡视，走过洋酒货架时，他透过酒瓶间的缝隙，发现两个人正在货架另一面摆弄洋酒，邓来运轻轻挪开眼前挡住视线的酒瓶，只见这两个人正在刮酒瓶上的磁性标签，邓来运怕惊了他们摔坏洋酒，压低嗓子喝道：“干什么？快放下！”

这两个贼实在大胆，以为隔了货架就是隔了堵墙，非但没停手，反而加快了行动。邓来运忍无可忍，正要喊队员过来堵截，忽见眼前的货架摇晃起来，没等他看清是怎么回事，两个贼在对面奋力一推，酒架轰然倾倒，把邓来运重重地砸在了下面。

这一下乱子大了，摔下的酒瓶鞭炮似的“啪啪”粉碎，香槟酒炮弹似的“砰砰”爆开，超市里登时像炸了庙，收银员也乱了阵脚，顾客们挤出出口四散奔逃，超市里转眼间人去屋空。

郑经理带人跑到出事地点，邓来运正在酒架下挣扎，大家把他从酒架下拖出来时，他嘴里还在喊着抓贼，气得牛队长大骂：“抓你娘的贼！你知道这一下的损失有多大！”邓来运这才清醒过来，两腿一软坐在了地下。大家赶紧搀他起来检查了一番，虽然身上都是被玻璃划破的血痕，但幸好没有伤到筋骨。

满满一架进口洋酒呀，再加上踩坏丢失的货物，损失之大可想而知。

郑经理听了邓来运的解释半信半疑，因为以往窃贼偷东西被发现后都是逃跑，怎么敢明目张胆地动武？牛队长把郑经理拉到一边，也说这事出得蹊跷，把最近发生的几件事联系起来看，很可能是有人里应外合故意制造混乱。

牛队长的话勾起了郑经理的思虑，他想起自从邓来运上班后就不断出事，而且似乎每件事都跟他有关系。前几天，派出所来电话说他调戏妇女，郑经理念他上次抓贼有功，派牛队长把他保了出来，没想到他今天又惹了这场大祸。郑经理想想又怕冤枉了邓来运，他叫牛队长带人清理现场，自己带着邓来运来到监控室看重放录像，可录像里并没有刚才发生的那一幕，洋酒货架可不是摄像死角，难道真是设备出了问题？但不管怎么样，邓来运是不能留了……

邓来运被解雇了，他也想不通窃贼怎么偏跟自己过不去，再细想这几天连续发生的事，是不是他们发现自己帮助了麦花，生怕暴露了盗窃团伙的秘密，所以才想这个办法把自己赶走？可这会儿，邓来运没时间多想，因为惦记着生病的麦花，他把行李寄存在算命老头店里就去了医院。

麦花的高烧已经退了，看到邓来

运就流下了眼泪，紧紧抓住他的手不放，只是喉咙还肿得说不出话来，邓来运觉得时机差不多了，就索性把今天被解雇的经过说了出来，麦花眼泪流得更多了，掀起被子蒙住了头。

邓来运想：尽管自己无意间已经知道这盗窃团伙的赃物仓库，但现在还不能报案，因为如果赃物仓库被警察查抄，那个“远在天边近在眼前”的团伙头子肯定会逃跑，那么很多事情就很难搞清了，再说最好能让麦花病好后主动去揭发，这样不但可以把盗窃团伙一网打尽，她自己也可以立功赎罪。

邓来运正在动脑子，刁小三匆匆跑来了。他告诉邓来运，今天上午竟接到了秃头“老师”的电话，问他姐姐是不是生病了。刁小三见没办法隐瞒，只得说姐姐发高烧去了医院，“老师”啥也没说就把电话挂断了。

邓来运感觉事情不妙，“老师”上午发现麦花住院，自己下午就被暗算解雇，盗窃团伙肯定已经有所察觉，应该尽快动员麦花主动揭发。看看麦花好像睡着了，刁小三又急着要回仓库，邓来运送他出来，跟他讲了尽快动员麦花揭发的想法，刁小三“嗯”了一声，答应明天配合他说服姐姐……

邓来运哪里想到，窃贼那边可不想等到第二天，就在当天深夜，超市发生了重大盗窃案。

凌晨四点二十分，巡逻警车经过超市，发现超市的卷帘门裂开了一条缝，警察下车查看，发现锁被撬坏了。他们马上冲进超市，在保卫室里发现了两个昏睡的保安，再看报警器和监视器都没有打开，财会室的门却大敞着，室内两个保险柜也被撬开，柜中的钱物被一扫而空。

经清点，金银饰品全部被盗，再加上部分流动资金，损失将近二百万元！

昏迷的保安被送到医院救治，据一个醒过来的保安说，他出去买晚餐，一出门就遇到一个送外卖的人，那人说今天的盒饭多了两份，愿意半价卖给他。保安图便宜就买了下来，谁知道吃了就开始犯困，不一会儿就啥也不知道了。

超市的监视器没有打开，警察只好调看大街上的监控录像，发现超市被盗期间有一辆夏利轿车停在超市门外，车牌模糊不清，只能看清字头是外地的，估计是外地窃贼流窜作案。警方马上启动应急方案，在全市各个出口设卡拦截检查。

牛队长也很快赶到，配合警察到附近商店住户了解情况，一连问了几家没有线索，倒是旁边租书店的瞎老头儿提供了一些情况：老头儿说他上了年纪睡觉轻，后半夜隐隐约约听到超市里有动静，还听到门外有外地口音的人说话，他以为是超市夜里进货

也没在意。这个线索又加强了外地人流窜作案的可能，所以警察兵分两路，一路在内部排查，一路在车站宾馆和各个路口监控。

天亮以后，刁小三去医院路过超市，发现超市已被警察封锁，他赶紧跑进租书店，一问瞎老头儿才知道超市被盗了，老头还给他掐算了一下，说他灾星缠身，劝他赶紧远离这个是非之地。

刁小三匆匆跑到医院报告了邓来运，邓来运大吃一惊，这肯定是盗窃团伙感到了危机，最后破釜沉舟大捞一笔！只怪自己没有及时动员麦花揭发，现在后悔也来不及了。

看邓来运着急的样子，麦花再也忍不住了，她示意邓来运把耳朵凑过来，费力地从喉咙里挤出了三个字："牛队长……"牛队长？邓来运差点叫出声来，冷静下来一想终于明白了，"远在天边近在眼前"，能够如此得心应手地指挥盗窃，除了牛队长还能有谁！

邓来运问刁小三："你刚才在超市看到牛队长了吗？"刁小三点点头："他正带着防损队配合调查呢。"这就奇怪了，牛队长得手后为什么不挟赃逃跑？

不过邓来运再一想，也就明白了：换了自己是牛队长也不会跑，一跑就被警察锁定了身份，很可能来不及逃出本市就被困住，再加上全国通缉追捕，整日像丧家犬一样颠沛流离，岂不是抢来钱找罪受！只要案子做得没有破绽，待事过境迁再慢慢享受，那有多好。

邓来运决定马上报警，虽然不能最后确定是牛队长指挥了这次盗窃，但麦花的揭发就是一个重要线索，事不宜迟，越早报告警察就越有利。

6. 惊现真贼首

邓来运带着刁小三来到了警局，报告了他们所知的一切情况。

警方经过几个小时的前期调查，已经派技术人员调看了超市以前所有的录像带，经检验发现有剪接的痕

迹，也正打算对嫌疑人牛队长进行调查。他们听了邓来运的报告非常重视，马上召集专案组开会，会上破例让邓来运介绍了情况，大家分析案情后认为：这次被盗的财物还不知去向，所以还不能对牛队长采取行动，只能是明松暗紧严密监控，想办法逼牛队长挟赃逃跑，争取人赃俱获。

可是谁来执行这引蛇出洞的任务呢？现在还不知道这个团伙其他成员的情况，他们肯定也在暗中注意着警方的动向，如果警方出面很可能会惊得他们一哄而散，难以达到一网打尽的效果。这时，邓来运提出了一个计划，并自告奋勇担起这次任务。警方研究认为很可行，这样既可以引出牛队长又不至于引起整个团伙溃逃，于是又对计划做了进一步补充和完善，调集警力做好了安排。

说干就干，当天刁小三在超市外面等牛队长，邓来运走进了瞎老头儿的租书屋。瞎老头儿也真厉害，邓来运一进屋就立刻认了出来，瞪着两只死羊眼“算卦还是租书？”邓来运笑道：“闲得没事儿，看会儿书解闷儿。”说着拿起本书胡乱翻着，两只眼只盯着外面。

将近中午的时候，牛队长出来了，刁小三跑上去一把拉住他，说是姐姐生了急病，派他来找牛队长要钱治病。牛队长起先装傻，刁小三就威胁要带姐姐来超市找他，牛队长一听赶紧改了口：“想让我帮你们没关系，别胡说八道瞎嚷嚷，我今天没带钱，你明天再来吧。”刁小三不听他这一套，只管拉住不放，牛队长没办法了：“我真没带钱呀，好吧，我先借点儿给你们！”说着就向租书屋走来。

算命老头儿像长着眼，急忙“砰”地关上了门，邓来运忙问：“你关门干啥？”老头儿顶住门不动：“我不想惹是非！”

看到租书屋关了门，牛队长转身就走，刁小三又闹起来，气得牛队长大骂：“小兔崽子真难缠，走走走，跟我回家拿钱去！”拉着刁小三走了。

邓来运从书屋出来，心想这老头儿真怪，平时见他跟牛队长他们很熟，照理应该帮忙才对，今天怎么吓成这样，难道又算出什么灾星来了？

邓来运一则惦记医院里的麦花，二则急着想知道刁小三“引蛇”的效果，就急忙赶回医院。几乎是在同时，刁小三回来了，得意地拿出一叠钱显摆：“看吧，两千块，手到擒来！都是按计划做的，我说我们不给他干了，要他明天给我们两万块散伙费，敢不给就去揭发他！”邓来运问：“牛队长说什么了？”刁小三笑了：“他敢说啥！给我拿完钱就回超市了，说是要给我去凑钱。”

邓来运马上向警方做了汇报，放下电话兴奋地告诉刁小三：“这条蛇

引得差不多了，今天夜里咱们就开始监视。”

三个人吃过了晚饭，等到天黑透了，邓来运让麦花安心养病，自己跟着刁小三来到牛队长住的楼下，牛队长住在二楼，屋里黑漆漆的没有灯光。两个人躲在墙角耐心守候，可等到半夜还是一点儿动静都没有。刁小三急了：“你在这里盯着，我爬上去看看！”说着就飞快地跑到楼下，抱住排水管三下两下就爬上了二楼阳台。他先轻轻推开窗子看了看，又小心翼翼地钻了进去。过了一会儿，刁小三又钻出窗子，飞快地顺着排水管滑了下来，焦急地说：“坏了，屋里没人！”

邓来运忙问：“你没搜搜屋里？”刁小三“嗖”地掏出个皮夹子来：“没发现赃物，只找到了这个！”邓来运打开一看，里面除了一些钱还有一个小本子，小本子上列了一条条商品名称和价钱，有的被勾掉了，没勾掉的显然是欠账，乍一看像个货单，可商品的价钱比批发价还要便宜，显然这正是他们出售赃物的账本！

既然这样，牛队长就一定会回来，邓来运正要打电话向警方报告情况，就远远地听到了脚步声。邓来运一拉刁小三，两个人躲进了楼门洞。

不一会儿，果然见牛队长提着个沉甸甸的提包匆匆走来，待他走进门洞，邓来运突然伸腿一绊，牛队长一个踉跄趴在地下，邓来运扑上去反臂擒拿，疼得牛队长“哎呀哎呀”大叫起来，邓来运压在他身上扭住胳膊，招呼刁小三打电话报警。这一闹腾就惊起了楼内其他的住户，纷纷打开灯跑了出来，牛队长趁机搅浑水：“打劫了，救命呀！”

居民们信以为真，拿出棍棒吆喝着围上来，急得刁小三大叫：“别听他的，他才是贼！”随着叫声几个警察突然现身，冲进来给牛队长戴上了手铐。

刁小三急忙拿过提包，兴奋地一下子拉开：“这里就是赃物，你们看！”警察过来一看，满提包里都是

书！

大家都愣住了，邓来运心里忽然一动，拿起一本书仔细一看，封面上不是算命老头儿租书屋的标记吗？邓来运急得跺脚："咱们中了掉包计了！跟我来！"说罢，推开人们撒腿就跑。

邓来运一路飞跑到租书屋，却见屋里黑洞洞的没有动静，他放轻脚步走到门前，刚刚把耳朵贴上去，屋门猛地打开，门板重重地撞在了邓来运脸上，撞得他一屁股坐在了地下。与此同时，一个黑影飞快地窜出来，此时，后面的警察已经跟上来截住了去路，逃跑的人返身再跑，邓来运跳起来猛扑上去，终于把他拿下。

警察们上前扭住他，在手电筒的照射下，邓来运一看那一头白发就知道是算命老头儿，真没想到一个瞎老头儿竟会那么利落！邓来运看他的腰里鼓鼓囊囊，一把扯开了他的上衣，只见腰里拴着一个包裹，警察解开一看，竟是亮闪闪的金银首饰！

正在这时，刁小三跑来了，骂了声："臭瞎子！"狠狠一个巴掌打过去，算命老头儿的白发掉在了地下，露出了亮光光的秃头，刁小三惊得瞪圆了眼睛，警察喝道："把头抬起来！"老头儿一抬头，两只眼黑亮黑亮，哪里是瞎子！刁小三同时大叫一声："秃头老师！"

……经过审讯，谜团揭开了，盗窃团伙的真正贼首就是算命老头儿，他戴上假发和特制的隐形眼镜伪装瞎子，以算命租书为掩护，幕后操纵。

这个盗窃团伙分工明确，由精通盗窃技巧的"老师"培训一批窃贼，培训好就交给牛队长指挥，在超市里应外合进行盗窃，"老师"从此销声匿迹，扮成算命老头儿在外面监视。他们原打算拉邓来运入伙，哪想邓来运竟成了他们的克星，于是便策划陷害邓来运。后来又发现邓来运救助麦花，跟她联系的牛队长很可能会暴露，老头儿感到危机迫近，指挥实施了最后一次大盗窃。他设计了外地人作案的假象，反把赃物藏在近在咫尺的租书屋，等待有利时机分散转移。

他自以为做得天衣无缝，没想到邓来运又让刁小三"威胁"牛队长，于是决定再使掉包计，他派牛队长提了一包书进行试探，这样即使被抓住也没有证据，同时也争取了时间，老头儿可以携带赃物撤离。可他万没想到邓来运会在抓捕现场，并认出了书上的标记，没来得及逃跑就被邓来运堵了个正着……

盗窃团伙彻底覆灭，超市重新开张营业了，邓来运当上了防损队长，麦花也在超市有了工作，刁小三呢？背起书包上学了。邓来运追到麦花了吗？问问刁小三就知道了。

（题图、插图：杨宏富）

找不同

5组互相重叠的三角形、长方形和椭圆形画在图中。你能说出哪组与众不同吗?

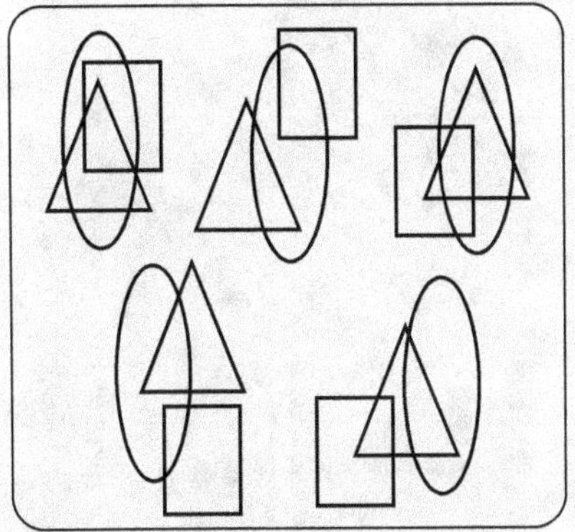

本期游戏难度指数:★★★☆☆

世界500强面试题

一堆绳子，长短粗细各不相同，也不均匀。但有一个共同点就是，每根绳子燃烧的时间都是60秒。现在给你一个打火机，你怎样用这个打火机和这堆绳子测出15秒的时间?

数 独

数独(Sudoku)是如今全球最流行的数学游戏之一。它并不需要很丰富的数学知识，只需要通过逻辑和推理、掌握一些解题要诀就可以享受解题的乐趣了。下面请拿起笔，开始我们的数独之旅吧!

		3	8		6		9	
9		8	3	5		2		
	2						1	3
1			9		4		6	5
	9			7			8	
5	4		2		8			1
7	5						2	
		4		1	9	3		8
	3		7		2	6		

在空白的小格子里面填上1-9中的数字，使每个数字在每行、每列，以及由粗线划分的每个“九宫格”中均只出现一次。

答案

数独

4	1	3	8	2	6	5	9	7
9	7	8	3	5	1	2	4	6
6	2	5	4	9	7	8	1	3
1	8	2	9	3	4	7	6	5
3	9	6	1	7	5	4	8	2
5	4	7	2	6	8	9	3	1
7	5	9	6	8	3	1	2	4
2	6	4	5	1	9	3	7	8
8	3	1	7	4	2	6	5	9

找不同

最后一组长方形和椭圆形没有重叠。

世界500强面试题

1. 同时点燃任意两根绳子，第一根绳子点两头，第二根绳子点一头；
2. 等第一根绳子烧尽后，点燃第二根绳子的另一头，使其两头同时燃烧，并开始计时；
3. 在第二根绳子烧尽时停止计时，即可得15秒的时间。

·阿P系列幽默故事·

久赌无赢家

□志　欣

阿P最近迷上了赌博，起先不过是瞧瞧稀罕，后来看人家大把地赢钱，忍不住眼红就出了手，可人家都是成百上千的大赌，阿P下岗工人一个，没多少资本，只好在旁边“飞苍蝇”，其实就是看哪一家的手气好就押上十元二十元，人家赢了他跟着赢，人家输了他也玩完。

有玩赌的就有抓赌的，为维护社会治安，派出所就常来抓赌，可每次都能抓住阿P。阿P不怕警察，他几十元的“飞苍蝇”只能算玩玩，可这却害苦了片警小陶，因为阿P是他片里的，每回抓到阿P，小陶都要被所里批评扣分。小陶心里那个气啊，可气归气，最后还得打起精神，给阿P讲久赌无赢家的道理。

你别说，阿P还真被说动了。拿着手里的三十元钱，他决心赌最后一次，赌完就金盆洗手。没想到，此次出征阿P的手气特旺，钱押在哪家就赢哪家，转眼间三十元变成了三百元，三百元又成了一千元，到后来干脆自己挺胸凸肚坐上了庄，一局下来赢了两千，再赌一局又赢了两千。

几个赌棍见他财运滚滚，势如破竹，便找借口要收场，正在兴头上的阿P当然不干，几句话不合就吵了起来。老赌棍刘二旦“啪”地把一大叠钱摔在桌上：“你别得胜的猫儿欢似虎，老子就让你看看啥叫赌，咱俩一人下五千，一翻一瞪眼！”这种赌法最厉害，也最简单，两个人各摸一张牌，翻开看谁的点大谁就赢。阿P手

气正旺，立刻把手上的五千元都摔在桌上，两个人各摸起一张牌当众一翻，阿P当即就笑歪了嘴，一把揽过了刘二旦的五千元。

阿P这边钱还没收拾利索，就听外面放风的人一声口哨。屋内立即乱作一团，几个赌棍跳起来就逃，阿P这回可要跑了，他一瘪肚子把钱塞进裤裆里，跳起来就向窗台窜去，逃在前边的刘二旦刚爬上窗台，见阿P从后面挤上来，就用屁股一撅把他拱了下去，阿P“呱唧”摔了个仰面朝天。

爬起来再跑已经来不及了，房门被“砰”地撞开，阿P急中生智，索性一屁股坐在凳子上，抄起手来看热闹。几个警察冲进来分头追击赌徒，片警小陶一眼看见阿P，气得一把把他揪起来：“又是你，把赌资给我交出来！”阿P把两只空衣兜一翻：“你知道的，我就几十元零钱，够不上标准的。”小陶恨得牙根痒痒，大喝一声：“滚！明天到派出所接受处理！”阿P侥幸逃过一劫，心里好不得意，还是我阿P聪明啊。

这天，阿P正躺在床上盘算着这些钱该怎么花，就听外面有人敲窗户，开窗一看竟是刘二旦，刘二旦冲他一点头回身就走。阿P的心又痒起来，现在自己的手气正旺，为啥不再狠狠赢他一笔？主意拿定，阿P急忙揣上钱跟了出去。

刘二旦引着阿P来到了竹山，两人顺着竹林中小路往山上爬，磕磕绊绊地爬到了山顶，竹林中豁然出现一块空地，只见空地上铺了块塑料布，几个赌棍围着应急灯赌得正欢。阿P心里好笑：这几个家伙被警察抓得长了记性，竟找了这么个鬼地方开赌。

既然来了还不好好赌他一把，阿P马上下了一千元，大家一亮牌，阿P输了；再下一千元，又输了。阿P一气之下，又甩出了两千元，一亮牌照输不误。阿P觉得这事情有点儿不对劲儿，一面又押上两千元，一面警惕其他人的动作，就在大家要亮牌的时候，阿P一眼看见刘二旦的手向屁股底下摸，他立刻扑上去，推开刘二旦一看，原来这家伙屁股底下藏了好几张大牌，阿P气得扯开嗓子大骂，几个赌棍慌忙打圆场，装模作样地把刘二旦骂了一顿，要他老老实实交钱认输。

此后几个赌棍再不敢出“老千”了，阿P又开始吉星高照，眼见赢的钱越堆越高，粗一数足有四万多元。阿P正想乘胜前进，就听有人大叫一声：“警察来了！”赌棍们“轰”地炸了锅，抓起钞票就往竹林钻。阿P来不及把钱往裤裆里塞，只好紧紧抱住钞票跟着往山下跑。下山的小路又窄又陡，天又黑得伸手不见五指，阿P就只能抱着钞票踉踉跄跄地跑。正跑着，就觉小腿被人猛踢一下，阿P“啪嚓”摔了个倒栽葱，叽里咕噜滚下山去……

天旋地转地不知滚了多久，阿P终于撞在一棵大树上停下来，睁开眼只见金星乱飞，待眼前的星星散去，才发现四周一片寂静，刚才的一切都像是一场噩梦。他突然想起怀里的钞票，慌忙爬起来四下乱摸，摸了一通没摸到，阿P也顾不得是否会暴露目标，立马扭亮电筒，鼻尖贴着地顺着滚过的痕迹向上寻找，找到山顶没找到，又从山顶再寻到山下，满眼看到的都是笋皮竹叶，哪里有钞票，难道四万多元就这样凭空蒸发了？

阿P心疼得几乎要昏过去，他捶了一阵脑袋，难过之后又安慰自己，反正钱已经丢了，把脑袋捶碎也没用，这叫来得容易去得快，只当今天又输掉了……心里刚有些轻松又觉得不对头：为啥自己一赢钱就来警察？刚才是谁踢了自己一脚？现在警察又在哪儿？这么一琢磨，阿P反应过来了：自己被刘二旦他们算计了！

想到这里，阿P立刻跑到了刘二旦家，扒着他家院墙往里看，只见屋里亮着灯，窗帘旁还有几个人影在晃动，阿P翻过墙悄悄贴近窗子，只听屋里几个人正在商量分钱。

阿P气得发昏，攒足劲儿刚要冲进去，一想不行，自己寡不敌众，钱要不回反会挨揍，正在犹豫，就听刘二旦说：“反正这四万多元也是抢来的，依我说咱们就拿它痛快赌几局，谁赢了谁拿走怎么样？”几个声音一齐叫好，接着麻将牌就“哗啦啦”地响了起来。

出气的机会来了！阿P小心翼翼地翻出院子，撒腿就往派出所跑。派出所里正是小陶值班，阿P进门就叫：“快、快去抓赌！”小陶用怀疑的眼神盯着他，闹不明白今天太阳怎么从西边出来了？阿P急了，不管三七二十一，叽里呱啦说出了自己被刘二旦抢赌资的经过，小陶这才恍然大悟，急忙召集警察们立即出动。

抓赌很顺利，阿P躲在暗处看到刘二旦他们被押出来，早忘了丢钱的沮丧，心里那个解恨呀！他冲小陶跷了跷大拇指，高高兴兴地就要转身回家，小陶跑来一把拉住他："别走呀，跟我回所做个笔录。"

到派出所做好笔录，阿P签字按了手印，就见警察抱进来一大堆钱，招呼小陶登记缴获的赌资。阿P一看眼睛亮了："这钱是我的，还给我吧。还有，我听说举报有奖，你们准备奖励我多少？"小陶笑起来："当然有奖，我们可以对你从轻处理。"阿P吓了一跳："你说啥？有奖还要处理？"小陶板起脸说："你屡次参与赌博，赌资高达四万多元，这赌资能还你吗？真是个法盲，若不是你这次举报，就凭这赌资，足够判劳教了！"

阿P一听，直喊冤。小陶拍了拍笔录，又从抽屉里取出一副手铐："现在想赖账可是晚了，就是那几个赌棍也不会放过你。我早跟你说过'久赌无赢家'，怎么样？你说，是要奖金呀还是进劳教所？"

阿P吓得两手乱摇："都不要，我要将功赎罪！"喊了几声没人理，再看几个警察正忙手头的工作，阿P这才放下了心，他抹着一头大汗，嘴里咕哝着："好险啊，要不是举报，我也要进班房了。"走出派出所大门，阿P又神气起来："嘿嘿，不管怎么说，我阿P就是有功之臣呀！"

（**题图、插图**：李加史琦）

·本刊信息传真·

《解读〈故事会〉》

一本揭示故事会40年发展历程的传记

欢迎评说

亲爱的读者，为体现与时俱进、求实创新的办刊思想，本刊在《故事会》创刊40年之际，特推出《解读〈故事会〉：一本中国期刊的神话》一书。关于《故事会》这本杂志，你可能有过这样那样的疑问：为什么《故事会》能几十年长盛不衰？高考满分作文与读《故事会》有什么关系？为什么卖《故事会》杂志就能赚钱？……看完这本书，相信你会揭开所有的谜底。

夜半歌声

□阿　华

庞丽是一所中学的英语教师，不但人长得漂亮，课也教得很好，这不，她业余时间就做英语家教。

却说这天晚上，庞丽给几个孩子辅导完功课，已是11点钟了。望着黑魆魆的街道，庞丽猛然想起昨天的一条新闻，说是有个午夜出没的色狼专门非礼漂亮女孩。庞丽本来胆子就小，想到这更是紧张得汗毛倒竖。

所幸的是一路平安，半个小时后庞丽顺利到达自家的小区。锁好自行车刚钻进楼道，就听有个男人在唱："亲爱的，你慢慢飞……"听那卷着的大舌头，不用说又是个晚归的醉汉。

庞丽为了给自己壮胆，就随着那个醉酒男人的调哼了起来："小心前面带刺的玫瑰……"

庞丽边唱边上了二楼，一抬头却发现前面横着一个手持木棍的陌生男人，只见此人瞪着血红的眼睛，流着哈喇子，面目狰狞。庞丽顿时被吓得愣住了，心想：天啊！这人我怎么不认识呢？难道是那个色狼？

庞丽哆嗦着一边往后退，一边僵硬地笑着说："大哥，你就饶了我吧，我已经三十多了……"

谁知不说还好，听到庞丽这么一说，那个男人反倒被惹怒了，他眼睛死死盯着庞丽的胸部，一步步向她逼近。此时的庞丽早已被吓得两腿打软，但还是急中生智，掏出自己刚买的手机，战战兢兢地捧上前去："大哥，这手机，您拿去吧……"

谁知男人并不领情，一扬手，把手机打落在地，怒气冲冲地说："谁稀罕你……你的破手机，你给我……记住了，以后唱歌，自……自己起头！"

庞丽这才恍然大悟，原来这人就是那个唱歌的醉汉啊……

找工作

□顾　金

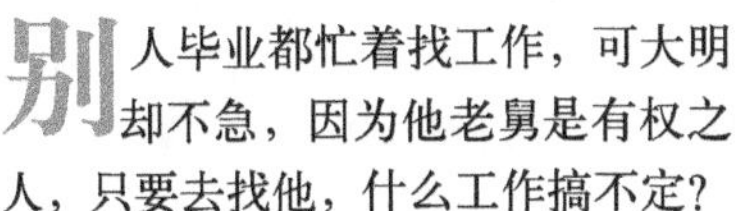

别人毕业都忙着找工作，可大明却不急，因为他老舅是有权之人，只要去找他，什么工作搞不定？

终于，大明在家闲得慌，去找老舅安排工作，老舅一拍胸脯：“要做什么工作，只管开口。”大明说：“我要找一份有名气的工作，让大家都知道我在那儿上班。”老舅说：“好吧，我帮你联系好就给你打电话。”

很快，大明到了晚报社，成了一名编辑。每晚的报纸上都出现“编辑大明”的字样。很快，“大明”进入千家万户，无人不知，无人不晓。

一个星期后，大明苦着脸去找老舅：“老舅，编辑的工作太累了，每天如山高的文稿看得让人头痛。我要一份有名气，而且天天有钱数的工作。”老舅想了想，让大明回家等消息。

不久，老舅就叫大明去上班。这次是在银行当职员，大明把自己的大名端正地放在柜台上。进出的客人，都知道这个业务员叫大明，而每天经过他手中的钞票更是不计其数。

没多久，大明又哭丧着脸来到老舅家：“舅舅，银行工作太苦了，天天坐在那儿不能乱动，苦；面对一大堆钱数得手软，苦；最苦的是，大堆大堆的钱都要给客人，自己一分也不能往口袋里放。我不要去银行工作了。”

“那你要干吗？”老舅无奈地问。

“我要有一份有名气，有钱数，而且钱是自己支配的那种工作。”老舅叹了一口气，说：“最后一次喽。”

第二天，大明有了新工作——看公厕。一个堂堂的大学毕业生看公厕，真稀罕。很快，大明和他的公厕上了当地报纸，这下大明真的出名了。男女老少进门就给大明拿钱，每天的角票大明有得数了。收的钱除交管理局五百元，其余的都由大明支配。这下，大明的愿望真实现了。

灵机一动

□冷　空

牛大哈有多聪明，看看他的贼溜溜的小眼睛就知道了，可他那才五岁的儿子比他还机灵。

这天晚饭后，父子俩照旧去散步。牛大哈一边抽着烟，一边摸着儿子的小脑袋说“好儿子，今天老师还夸你会见机行事呢，不错，像你老子！”说着就顺手将烟头往地上一丢。

儿子刚想接话，只听前面有人大喊“站住！”只见一位戴红袖章的老大爷气呼呼地冲过来，指着牛大哈严肃地说：“乱扔垃圾，罚款十元！”老大爷火气正旺，声音震天响。口水溅出来，长长短短地沾在胡子上。

牛大哈这才回过神，但他反应很快，笑呵呵地说：“大爷您看错了，不就是烟掉了嘛。”说着就拾起了烟头。不紧不慢地说：“你看，还这么长一截，谁舍得扔？”说着就把烟头塞到嘴里咂了起来，满脸的惬意和满足。

老大爷哪有牛大哈脑子转得快，于是气呼呼地冲牛大哈喊：“你小子别再让我逮住，否则，有你好果子吃！”说完一甩胳膊，悻悻地走了。

牛大哈一笑：“跟我斗！”

不料儿子说话了：“爸爸，你现在抽的烟不是你扔的，我知道乱扔垃圾要罚款，所以见老大爷来了，就踩住了。”

“什么？”牛大哈“腾”地跳上半空：“那我这抽的是谁的烟？”

“是那老大爷的，他叼着烟喊你，不小心就把烟掉地上了。”

牛大哈愣了半晌，感觉嘴里有说不出的难受，想起刚才老大爷那唾沫横飞的样子，他终于没忍住，哇啦哇啦，一个劲地干呕起来……

也不看看我是谁

□原上草

腊月二十七这天，票贩子刘二娃在车站四处寻找猎物。他看见三个背包拿伞的人正在焦急地四下里张望，就凑过去小声问："哥儿几个到哪里？要票吗？"

"我们到成都，多少钱一张？"刘二娃高兴得咧开了嘴："每张加二百。"

这时，广播里面又一次通知开往成都的火车开始检票。这几个人虽觉得贵，但都不想再等了："算了，我们就当家里杀的猪让贼偷了半片。"

转眼间，刘二娃就赚了六张"伟人头"，高兴得嘴都合不拢了："孙悟空还想逃得过如来佛的手掌心？嘿嘿，也不看看我是谁！"

突然，"啪"地一声，有人拍他的肩膀。刘二娃回头一看，立即吓得牙齿格格直响："黑、黑哥！"黑哥可是个吃人不吐骨头的亡命徒，他一把抓过钱："知道这是谁的地盘吗？浑小子，也不看看我是谁！"

黑哥喜滋滋的正要走，又被一个人给拦住了，谁？车站派出所的张警官。"走吧，到派出所坐一会儿！"得，这钱还没在兜里焐热就又得掏出来了。张警官冷笑一声："这车站上哪个坏蛋逃得过我老张的眼睛？也不看看我是谁！"

老张又立了一功。晚上一回家，他就把年终奖金恭恭敬敬地交给了老婆。老婆立刻笑成了一朵花，给他来了一个热烈的拥抱，又来了一个甜得不能再甜的亲吻。就在老张心花怒放的时候，老婆轻车熟路地从他屁股后面的口袋里掏出了三百元钱，亲热地刮了一下他的鼻子："小样儿，想跟我耍小聪明？哼！也不看看我是谁！"

儿女双全

□崔　陟

有个商人新婚不久就出远门做买卖，没几个月就赚了大笔的银子。不久又租了房找了个临时的太太，还生了个儿子。可外边的日子再好也得回家去，家里毕竟还有个明媒正娶的呢！就这样，商人带着宝贝儿子回了家。

快到家门口了，商人把儿子先托给邻居照看，然后才进了家门。

夫妻见面，太太嘘寒问暖之后，就说："你一个人在外边，谁惦记你的冷暖饥寒啊。"听太太这么说，商人赶紧登梯子上房说："是啊，一个男人只知道做生意，哪会过日子啊！"

"是啊，"太太叹口气说，"你就是又找个人，只要她能关照你，我也不会说什么。"商人趁热打铁地说："找个人容易，可要生个孩子呢？"太太痛快地说："那还不是情理之中的事，谁生的也是管你叫爹不是？"话说到这份上，商人还有什么好隐瞒的，就把自己的事说了一遍。太太不但没恼，还让商人赶紧把孩子抱回来。

商人感动极了："男人不容易，可女人也一个样啊！她要是有个人关心着，生个一儿半女的，也不为过啊！"太太听了眼睛一亮说："我要那样你不生气？"商人还沉浸在对太太的感激之中，顺口说道："不生气！"太太赶紧对下人说："快到隔壁把小姐接来，让她爹也看看！"

商人一听，真是哭笑不得，"嘿嘿"了几声说："好……啊，不管怎么说我也没赔本，闹了个儿女……双全了啊！"

超值服务

□吴泽武

移动公司的张经理很注意自己的形象，那天他对着镜子一照，发现头发有点长，也有点乱，决定到美发店去修整修整，于是开着公司的车，来到一家装修漂亮、整洁干净的美发店。见美发店的玻璃门赫然写着“洗头5元”，张经理心里一乐，这么讲究的地方，洗个头才5块钱，值！

刚走到店门口，迎宾小姐微笑着鞠了个躬：“欢迎光临！”然后拉开玻璃门，做了个“里面请”的手势。张经理看到如此热情、礼貌的服务，心里很高兴，把胸一挺走进了美发店的大堂。

大堂里，一位漂亮小姐微笑着迎了上来：“请问先生需要什么服务？”

“把头发洗一洗、剪一剪，收拾得漂亮一点。”张经理是见过世面的人，他知道有些店家爱欺生，往往对熟客的服务要到位些，所以装出一副很内行的样子。

接下来的服务让张经理很满意：洗头小姐训练有素、手法娴熟，头部按摩轻重适度，让张经理昏昏欲睡，十分舒坦。所用的洗发水从气味和泡沫来看也很不错。剪发的师傅技术更是了得，刀、剪在他手里能玩出很多花样，让人看得眼花缭乱；剪出的发型有棱有角、有型有款，用吹风机这么一吹，头发根根顺当。张经理对着镜子仔细打量，很合自己心意，他暗自庆幸自己来对了地方。

这时，刚才给张经理洗头的小姐走过来，微笑着问：“先生，胡子要刮吗？”这不是废话吗？张经理想，自己也是个有身份的人，不可能留着胡茬子，小姐怎么连这都看不出来？再说，刮胡子与理发是一套服务，根本用不着问。张经理有点不高兴地对小姐说：“当然要刮。”

好在小姐的手艺还不赖，动作既利落又轻柔，张经理摸摸自己的脸，光溜溜的，感到很满意。

“小姐，能帮我掏掏耳朵吗？”张经理有个习惯，每次理完发后，都让小姐用棉签掏掏耳朵。小姐依然微笑着回答：“当然可以。”

其实张经理的耳朵经常掏也没什么可掏的，只不过像挠痒痒似的挠挠而已，但小姐做得一丝不苟，张经理感到很惬意。

该做的都做了，张经理心满意足地来到收银台。收银小姐微笑着，彬彬有礼地告诉张经理：“先生，您一共消费了98元。”

“什么，98元？你们门口不是写着‘洗头5元’吗？”张经理很诧异。

“是的，单洗头我们确实只收5元，但您选择的是‘洗头加剪发加头部按摩’的美容套餐服务，收费是30元。”

“那也不要98元呀？”

“您还选择了刮胡子、掏耳朵两项增值服务，每项收费5元。”

“那还有58元收的是什么钱？”

“那是您用过的一瓶洗发水的价钱。”

“可我洗一次头也没用上一瓶洗发水呀？”

“是的，但我们店里有规定，用洗发水不足一瓶的按一瓶计算。”

“你们这是商业欺诈，你们这是乱收费。”张经理有点愤怒。

“对不起，先生，我们是按本县移动公司的做法来收费的。”收银小姐依然微笑着。

（**本栏题图、插图**：李　加　顾子易）

最具人气短信推荐9月(下)：教师节专题

● 加减乘除，算不尽您的奉献；诗词歌赋，颂不完对您的崇敬；您用知识甘露，浇灌我们理想的花朵；您用心灵清泉，孕育我们情操的美果。老师，节日快乐。浙江 沈建立（1845）

● 有一种心跳，叫做成功；有一种回忆，叫做想念；有一种情感，叫做饮水思源；有一首心曲，叫做长大后想成为您。广西 韦尚威（1846）

● 十卷诗赋九章勾股，八索文史七纬地理，连同六艺五经，四书三字两雅一心栽树，点点心血育英才泽神州。祝您教师节快乐！ 福建 蔡雪梅（1847）

● 一段音乐，可以享受一上午；一杯好茶，可以回味一整天；一件珍宝，可以欣赏一年半载；一句佳话，可以流传几十年；一位良师，可以感谢一辈子…… 广东 齐杨（1848）

本期特别征集

婉拒推辞的短信。收到别人的盛情邀请，力不从心只得硬生生地回绝，这样的情形很令人头疼吧！你有推辞邀约、婉拒请求的精彩短信与大家分享吗？如果你的短信成功入选，并且成为当月下载量最大的一条，将赢得3000元奖金哦！（详情见P41）

● 不计辛劳一砚寒，种花容易树人难。春蚕到死丝方尽，蜡炬成灰泪始干。三尺讲台书画卷，华夏桃李满人间。祝老师节日快乐，身体健康，万事如意。山东 阎丽君（1849）

● 春天，您教我们撒播希望；夏天，您要我们精耕细作；秋天，您带我们收获果实；冬天，您陪我们傲视风霜。年复一年，您坚守杏坛，栽种桃李芬芳。1353***9202（1850）

上期刊登的短信字谜你还记得吗？
584，5182177778，12234，1798，76868，829475。（1950） **谜底是：**我发誓，我要抱你一起去吹吹风，与你爱相随，一起走吧，去溜达溜达，被爱就是幸福。你猜对了吗？

教师节到了，祝您生命的日子里永远有缤纷芳香的花朵。

7月份短信王揭晓！

经过读者下载投票，7月份位列前十名的短信编号分别为：1308、1349、1339、1333、1332、1443、1435、1444、1441、1440，它们的作者（推荐者）各获奖金100元，7月份的短信王中王将从以上10条短信中产生，奖金3000元。谜底下期公布！

青春读本 1、2、3

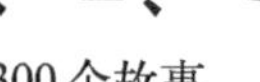

——感动中学生的300个故事

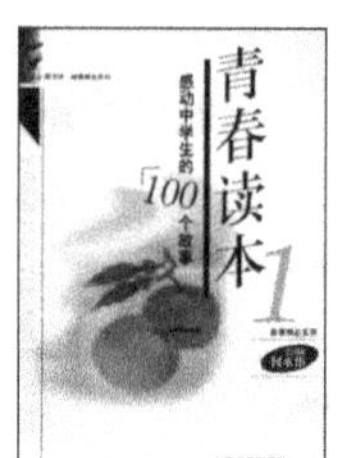

这是我国第一种由中学生全选、推选和评选而成的作品集。它来自全国各地的中学生之手，是从数万件推荐作品中大浪淘沙筛选出数千份来，然后又特邀上海市的几所重点中学的同学们组成“读书会”，依其多数同学的公认，最后才集镌了这三册共300个故事。

据先睹为快的同学们坦言，读了这些作品，才知道什么叫轻松阅读，体会到愉快教育的真正魅力；因为它不但使人学会了感动，而且还让人在感动中留下生命的暗记；用不着逐字逐句地诵读，这些故事已完全潜入了意识领地，在需要的时候喷薄而出。

当然对于其他读者来说，看这些作品，一方面，可以了解我们中学生到底喜欢什么样的作品，另一方面，也可以从中探究他们的心理世界和价值取向。

* * * * * * * * * * * * * * * * * * * *

滴水藏海 1、2、3、4

——1200个3分钟典藏故事

我们常有这样的生活经验 有时，想说出一番道理容易，而想让人接受这番道理则难，但如果你借助一个精彩的故事来述说道理，借事寓理，托事言志，情况则完全改观。

这就是故事的魅力。

《滴水藏海》收录的1200则作品正是这样魅力洋溢的精彩故事。这些故事内容精深，构思精巧，篇幅精短，形式精致。学者撰文，教师授课，干部讲话，家长训导，学生作文，都可从中得心应手地广征博引，如同置一架书橱于身边。

376 2006 SEMIMONTHLY 上半月刊 10月 STORIES
欢迎登录本刊主办"故事中国网"(www.storychina.cn)

—STORIES—
2006 年 10 月
上半月 · 红版

主 编: 何承伟
常务副主编: 吴 伦
副主编: 姚自豪 (上半月 · 红版)
副主编: 夏一鸣 (下半月 · 绿版)
本期责任编辑: 周 吟
发稿编辑:
姚自豪 吕 佳 郑继文 邢 悦
夏一鸣 鲍 放 王雅静 朱 虹
美术编辑: 李宝强
电脑制作: 郭瑾玮
通 联: 归依玲
本社办公室电话: 021-64375030
上半月刊编辑部电话: 021-64332325
下半月刊编辑部电话: 021-64336469
(上海市绍兴路 74 号 邮编: 200020)
主管、主办: 上海文艺出版总社

制作、发行总监: 张 凯
电话: 021-64313938
广告总代理: 上海文艺广告传播中心
(上海市绍兴路 74 号 邮编: 200020)
广告业务: 021-34010383
广告投诉: 021-64333738
广告经营许可证
沪工商广字 3100320050022 号
发行: 中国图书进出口上海公司

本刊各栏目欢迎来稿。来稿寄上海市绍兴路 74 号《故事会》杂志社，邮编: 200020; 本期责任编辑
E-mail 地址:keyin118@163.com

·笑话·

妈妈最漂亮

周末聚会，同事带着她的女儿西西一起来了。小丫头活泼可爱，嘴挺甜，大家非常喜欢她。

同事小杨问她“西西，这儿的阿姨谁最漂亮？”

“李阿姨最漂亮。”

小家伙的眼光果然不错，小李可是单位的一枝花。

“可是我妈妈更漂亮。”小家伙接着说道。

“为什么呢？”

“因为，因为……妈妈长得像我。”

（秦 英）

（本栏插图：李 加 史 琦）

别想歪了

饭桌上，十一岁的女儿津津有味地吃着鱼，她发现鱼肚子里有鱼籽，便十分惊讶地说：“真没想到，这么小的鱼就要当妈妈了。”

妈妈听后大吃一惊，她生怕女儿想歪了，连忙说道“其实，这条鱼已经到了结婚年龄，只是个子小点。”

（杨 龙）

属于你

有人给小张介绍了一个对象叫小慧，见面的那天，小慧问小张：“你多大了？”小张回答说：“我26岁了。”其实小张已经28岁了，他故意少说了两岁。不料小慧接着问：“你属啥的啊？”这回可把小张难住了，他后悔自己太粗心，事先没有查一查，不过他灵机一动，接着回答说：“我是属于你的。”

（李世民）

裁剪蓝天，当作充满感情的邮票；邀请明月，盖一个思念的邮戳；嘱托秋风，捎去我的问候和祝福：但愿人长久，千里共婵娟，中秋节快乐！广东 范伟立 （1701）

友情提醒

电话铃响，是一个陌生女人打来找丈夫的，妻子大声喊道：“老公！老公！老公！你的电话。”

丈夫说：“我听见了，你喊这么多老公干啥？”

“我怕打电话的人不知道！”

（陈　尽）

不是他的错

有个医术很差的大夫，从来没有治愈过一个病人，他的朋友指责他：“难道你不知道怎样治病吗？”

“你错了，我的朋友。”这位医师回答道，“我非常了解我的技术，我完全按照医学教科书治疗病人，该受指责的人不是我而是病人，因为他们从来不按照我的书来发病。”

（姜　华）

交税

卡尔第一次去国税局交税，有些紧张，查账员见状，便安慰卡尔说：“卡尔先生，我们觉得能在这个国家生活和工作是非常荣幸的，作为一名公民，你有义务纳税，我们期望你能带着微笑来交税。”

“感谢上帝！”卡尔先生脸上乐开了花，“我还以为你要我带着现金来交税呢！”

（简　宁）

两只梨

一天，母亲看见女儿一直对着镜子吃梨，感到很奇怪，问道“你为什么对着镜子吃梨？”

女儿边嚼梨边回答道：“这样不是可以吃两只梨吗？”（武俊浩）

和善

一天，小王陪妻子到菜市场去买鸡蛋，鸡蛋都很小，妻子忍不住抱怨说：“这么小，五角钱一个，是不是太贵了呀？”

卖鸡蛋的老太婆笑了笑，和善地说：“我也没办法，总不能逼母鸡难产吧！”　（张金初）

·笑话·

节约的方法

一位上了年纪的妇女来到一家著名的美容院。美容师细心地检查过她的面部后说："您需要做一次手术，夫人。那样，您会年轻得像少女一样，手术费用大约要一万美元。"

"天哪！怎么这么贵？"

"那么我也可以向您介绍一种只需三美元的办法。"

"什么办法呢？"

"戴面纱。"

（华　英）

愤　怒

警察在路上拦住了一位超速驾驶的金发女子，请她出示驾照，那位金发女子显然非常愤怒，大叫道："真是搞不懂，你们警察是怎么办事的，昨天刚有一个警察没收了我的驾照，今天你又让我出示驾照！"

（江　燕）

落了耳朵

小明是个小球迷，这天晚上，他正聚精会神地在家看球，电视里传来解说员的声音："罗纳尔多，罗纳尔多，又是罗纳尔多，过人转身，飞起一脚，中了！二比零……"电视里一片欢呼声，突然，小明的老外婆也跟着吼道："啊！好厉害，飞起一脚，就踢落了耳朵呀！"

（冉启太）

遇到难题

妈妈叫琼斯领弟弟到花园里玩，可是没过多久，妈妈就听到了哭声。

"琼斯,弟弟怎么了?"妈妈在厨房里问。

"妈,叫我怎么办呀?"琼斯带着哭腔说，"弟弟在地上掏了个洞,他要我把这个洞搬到屋里给他玩。"

（蒋宁贤）

故意不擦

一天，小李碰见邻居小女孩慧慧放学回家，她脸上脏兮兮的，小李好生奇怪，问:“慧慧，你脸上有泥巴，知道吗？”

“知道，我是故意不擦的，好让别人看我的脸。”小李听了大吃一惊:“为什么呀？”

“因为我的鞋破了，脚趾都在外头。”（金　俊）

换厨师

两个珠光宝气的女人在炫耀自己家庭的富有。“您知道吗？我们家里的厨师换得可勤了，家里人吃同一厨师的饭菜，最多不过三天，就不爱吃了。”另一个女人接口说道:“谁说不是呢！为了换厨师方便，我们家的厨房门口装了一个旋转门。”

（王　涛）

饭桌几岁

小芳的女儿婷婷四岁了。一天，小芳的女同事来玩，问:“婷婷，你几岁啦？”

婷婷回答说:“四岁。”

“哇，四岁就有饭桌这么高！”女同事惊讶地说。

婷婷眨眨眼睛说:“阿姨，饭桌它几岁啦？”

（郝　佳）

名次与人数

儿子每次考试都很差，这天，爸爸看着儿子带回家的成绩单，叹口气，语重心长地说:“儿子，加点油吧！不要让我每次看到你的名次，就知道你们班的人数，好吗？”

（吴均豪）

答　案

有一位贵夫人请教一位德高望重的绅士:“一般来说，拥有什么样头发的男人对妻子更为忠诚一些，是金色？黑色？还是红色？”

绅士脱口而出:“白色！”

（徐　艳）

别叫我大姐

□张庆萍

安静的室友

我只身一人在深圳打工，想租一间便宜的房子住，于是我找到房屋中介，他告诉我，正巧有一套简陋的两居室，房屋很小，但是配置比较齐全，还带有一个小小的卫生间，中介指着我旁边的一个女孩，说她叫于小文，我可以和她合租，这样租金分摊下来就更便宜了。我有些犹豫，因为我神经衰弱，很怕吵闹，一点噪音都会影响我的睡眠，我不想和女孩合租，但一个人租两居室，租金不便宜。

正在我左右为难时，中介说于小文安静得不得了，保证不会打扰我睡觉。我打量着于小文，她二十出头，衣着朴素，举止局促，操着浓重的山西口音，一看就是个刚从农村里来的打工妹，可整个人看起来很腼腆清爽，立在那里几乎一言不发，我对她一下子就有了好感，便同意合租了，我住里面一间房，于小文住外面一间，靠着卫生间。

小文果真很安静，无论她出门有多早，回来有多晚，她总是悄无声息的，从来没有搅醒我的美梦，我甚至感觉不到她的存在，我们虽然住在一起，和小文交流的时间却很少，小文总是不大说话。有一次，我忍不住说

恐怖的“歹徒”

“小文，别听说我睡觉怕吵，你就草木皆兵，什么时候都不说话啊！”小文红着脸，低着头，小声地说：“我们农村人说不好普通话，难听死了，说了怕你听不懂，也怕你笑话。”听着小文那发音独特的家乡话，看着她乖巧的模样，我被逗乐了，我们就这样相安无事地过了五天。

这天晚上，我不太舒服，便早早地回卧室睡觉了。

不知什么时候，只听见门外传来“扑通”一声巨响，我被惊醒，竖起耳朵细听，我的寒毛都竖了起来，是小文的声音！那声音痛苦而微弱，分明在喊着：“打劫！救命！”

我从床上跳下来，哆嗦着身子，来到房门前，屏住呼吸，把耳朵贴在门板上细听，小文的呼救声又响起：“打劫，救命！”还伴有窸窸窣窣的挣扎声。

天啦！屋里什么时候进歹徒了？小文她被歹徒控制住了！我正准备拉门而出的时候，手突然软了下来，因为一幅恐怖的画面出现在我的脑海里：五大三粗的歹徒，把尖刀横在小文的脖子上，捂着小文的嘴巴，虎视眈眈地盯着我卧室这扇门！如果我这个时候开门出去，歹徒可能会先杀小文，然后再杀我，而我和小文，都手无寸铁，我们打不过有备而来的歹徒，现在我所能做的，就是偷偷地拨打报警电话。

我哆嗦着双手，寻找着手机，可糟糕的是，手机放在外面小客厅里。我的脑海里又有了一个思路，打开窗户，大声地朝外面呼救，可另一个念头跳进了我的脑海里：如果我呼救，歹徒一定会狗急跳墙，先杀小文，后冲进我的卧室里行凶。思来想去，我只能假装还在睡梦里，没有发觉外面的动静，好让歹徒放过我。

但一想小文被劫持的样子，我又内疚痛苦起来，我只好在心里祈求小文的宽恕：小文，原谅大姐，其实我

是想救你的，但是现在的情势，让大姐我不得不眼睁睁地看着你在危险里挣扎，大姐我过了30年的苦日子，现在刚刚好起来，还没有来得及享受生活的快乐，甚至还没有谈一场轰轰烈烈的恋爱，大姐我不想死啊！

下意识里，我哆嗦着双手，把卧室门锁又上了一道保险。

门外又传来小文更微弱的声音：“打劫！救命！”那声音像锋利的小刀割在我的心上，但最终，我还是一动不动，任凭小文的呼救声越来越小……

突然，门外传来一声巨响，好像是凳子倒地的声音，我的脑海里放映着小文被歹徒击倒的血腥场面，现在那歹徒正拿着尖刀，凶狠地观察着我的房间，搜寻着蛛丝马迹，我吓得瘫软在门前的地板上，大气也不敢出一口。庆幸的是，我没有惊动歹徒，他没有破门而入。

我屏住呼吸，探听着外面的动静，门外仍有窸窸窣窣的声响，显然，歹徒还是没有离开，危险还是存在着。我只能是老老实实地靠在门框上，静观其变，千万不能打草惊蛇！

胆怯的恶魔

过了很长一段时间，天色渐渐泛白了，歹徒始终没有破门而入，门外也早已没有了动静，我渐渐地平静了一些，紧绷的神经也松懈下来，开始觉得有些不太对劲，为什么这么长时间歹徒只会在门外行凶而不破门而入？外面一间小房间里又有什么好抢劫的呢？突然，我闻到了一股刺鼻的煤气味，这时，我再一想小文那求救声，顿时打了一个激灵，小文之前的呼叫声“打劫，救命！”应该是“大姐，救命！”我把她浓重的山西口音中的“大姐”听成了“打劫”，反应过来后，我迅速打开房门，果然一股刺鼻的煤气味扑面而来，我飞快地打开门窗后，跑到小文身边，她浑身赤裸地趴在房间的地板

恐怖的教授（文：秦　英；图：包丰一）

1. 去学校的路上，教授拿出装早餐的袋子边吃边思考问题。

2. 到了教室，教授拿出一只袋子说：“我们今天用小白鼠做一个实验。”

3. 教授说完打开纸袋，发现里面居然是两根火腿。

4. 教授想了想便自言自语地说道：“难道我今天早上吃的不是火腿？”

上，旁边有被翻倒的凳子，原来她在卫生间洗澡时，被煤气熏倒，凭着强烈的求生意念，小文慢慢爬出了卫生间，想向我这个大姐求救，她看我很久也没出来，似乎没听到她的求救声，便用尽最后一点力气推倒了凳子发出声响，想唤醒卧室里的我来救救她。此时，小文紧闭着双眼，小嘴痛苦地张开着，一动也没动，我慌忙拨打了120，救护车赶到时，屋里的煤气已经散去，但小文却再也没有醒来……

警察来现场调查，确定小文的死亡属于煤气中毒事故。我和小文合租的简陋房子，因为年久失修，热水器的导气管已经老化，小文当天晚上回来打开煤气洗澡，导气管终于不堪重负，开裂漏气了……其实，当小文向我这个“大姐”求救时，我只要打开房门冲出去，悲剧就可以避免，但是，我却把她喊出的“大姐”误听成了“打劫”，我凭空想象了一个穷凶极恶的抢劫犯，我被自己吓倒了。

从这以后，每当别人喊我“大姐”时，我的心总会抽搐般的绞痛，因为善良的小文，更因为自己心里那个曾经自私、胆怯的恶魔。

（题图、插图：安玉民）

钻进有爱人的天堂

□杨　格

那年春天，龚明被派到一个偏远山区的乡村小学去“支教”，工作之余，他常常感到很寂寞。

一天，龚明听到屋外一阵悦耳的叫声，连忙循声而去，他惊喜地发现，一只漂亮的小燕子在他屋檐下筑了一个鸟巢，小燕子不停地进进出出、叽叽喳喳，这给龚明寂寞的课余生活添了一丝活气，龚明亲昵地叫它“小蓝”。可是，一连好几天，龚明发现，小蓝回到鸟巢时，并不是窝在巢里休憩，而总是头朝里面，或呢喃私语，或伸颈摆尾，好像是和同类在说话交流。有的时候，小蓝会呆呆地注视着鸟巢后面，似乎有满腹的心事。

龚明觉得很奇怪，难道鸟巢的后面藏着什么秘密？或者后面还有一只燕子？趁小蓝不在鸟巢的时候，龚明拿来一根长竹竿，朝鸟巢后面一通乱捣，那后面硬邦邦的，只是房梁，没有别的燕子，龚明只得作罢。

过了几天，龚明又发现，小蓝每次飞回来时，小巧的嘴巴里总会衔回小虫细草什么的。莫非小蓝要储备食物，为将来打算？可燕子是一种候鸟，夏天过后，它要迁徙的啊！储备这些食物究竟是干什么的呢？渐渐的，鸟巢被小蓝衔回来的食物挤得满满当当，小蓝回来歇息时，就没有了安身之所，只好疲惫地站在那根木梁上。

有一天，小蓝的左腿受伤了，它

站在木梁上就只能用右腿支撑着，摇摇晃晃的，好几次差点从木梁上滑落下来。龚明心想，小蓝你不是自讨苦吃吗？你储备了这么多食物，害得自己没有了休息的地方，何苦呢？

这真是一只奇怪的小燕子！龚明趁小蓝外出的机会，找来了一把木梯，把木梯搭在屋檐下的木梁上，他小心翼翼地爬上去，想探个究竟。

这一看，龚明笑了——鸟巢的后面，隐藏着一面小圆镜，龚明知道，这里有一个风俗，屋梁上放一面镜子，可以辟邪。原来小蓝一直是在和镜子里面的自己说话呢，它对着镜子左顾右盼，那是它在臭美啊！想想也真有趣，它和所有的女人一样，对镜子是情有独钟。可是小蓝为什么要储备食物呢？空闲的时候，龚明常常会坐在屋檐下看着小蓝，琢磨着这个谜团。

那天，小学的校长在龚明屋子里闲聊，龚明把疑惑说了出来。

"你说那只小燕子啊，"校长说，"它可不是什么臭美，那是一只重情重义的鸟呢！"

"重情重义的鸟？"龚明纳闷地问。

"是啊，本来，它有个伴，前段时间，一个捣蛋学生用弹弓把雄燕的翅膀打断了，雄燕就只好呆在鸟巢里，小蓝天天外出觅食，像喂雏燕一样照料着雄燕。可有一天，那个捣蛋鬼趁小蓝外出时，把雄燕抓走了。听你说的情况，估计是小蓝回来后寻找雄燕，找来找去，找到了后面的那面镜子，就把镜子里的自己当成了它的丈夫，天天来照顾镜子里的爱人！"

龚明恍然大悟，随即，心里一阵颤动。看着小蓝单腿支撑的难受样子，龚明对自己说，他要制造一个美丽的谎言，让小蓝认为，它的爱人还活着，每天都在吃它衔回来的食物。趁小蓝不在的时候，龚明搬来木梯，登上去，把鸟巢里的食物全部清理出来，一个精致温暖的窝腾出来了。小蓝回来了，如龚明所愿，它落在鸟巢里，头朝里面，快活地叽叽喳喳着，龚

明能听得出，这个时候小蓝的叫声是那么的快乐和轻松，而以前的叫声则是有些急躁。小蓝有了休息的地方，它左腿的伤势很快痊愈了，望着小蓝敏捷漂亮地飞着，龚明心里好高兴。

那之后，每当小蓝外出时，龚明就爬上木梯，把鸟巢里的食物清扫出去，小蓝回来后，总是很快乐，对着镜子里的“他”欢快地叽叽喳喳着。

这个美丽的谎言就这么维持着，转眼间秋意渐浓，龚明这才发现山里山外已经看不见第二只燕子了。是呀，燕子迁徙的季节早就过去了，小蓝没有离开，是因为镜子里面的“他”走不开啊！可怎能违背自然规律呢？秋风让小蓝羽毛黯淡，身形枯槁，快乐的呢喃也有些沙哑，这个美丽的谎言该结束了，小蓝该走了，否则，它就会葬身在这个肃杀的秋天里。龚明开始驱赶小蓝，可是没有用，无论龚明怎么声色俱厉、张牙舞爪，小蓝离开一会后，总会划着敏捷漂亮的弧线飞回鸟巢里，面对着那面镜子，面对着它的“他”。

龚明只能釜底抽薪了。那天上课前，龚明赶走了小蓝后，爬上木梯，取下那面小圆镜，龚明要告诉小蓝——你的爱人走了，你也走吧!

放学后，龚明匆匆回到宿舍，他想看看，小蓝到底飞走了没有。来到屋檐下，龚明抬头看去，他心里一阵轻松，鸟巢里安安静静的，小蓝走了，可一细看，龚明的心又一紧，鸟巢后面的木梁新出现了一个拳头大小的浅浅洞穴。

龚明爬上木梯，瞪大眼睛看去，浅浅的洞穴里有依稀的血迹，那洞穴的位置，就是曾放小圆镜的位置，就是小蓝误认为是自己爱人呆过的位置。龚明赶紧朝下看去，灰暗的地面上，散落着锯末般的碎木屑，小蓝歪卧在碎木屑里，身上毛翅凌乱，小嘴血迹斑斑，那只黑豆般的眼睛里满是痛苦和期待……

（本篇月月评短信代码：AA191）

（**题图、插图**：安玉民）

哇，没想到书可以出得这么漂亮！

“生活原来如此”

“生活原来如此”系列共有16册书,全彩，按礼品书精装，收录了几百个蕴涵心灵感悟、隽永难忘的生活小故事。每个小故事都配以精彩插画,寓意中赋予美感。这些美丽而雅致的精装“小”书，

这里的一则则小故事,睿智而经典,每一则都会让你的心灵为之震撼。让你在洞悉生命意义的同时,体味生活的美丽。让我们在安静中保持心的平和,让我们一起来倾听生活的声音。虽然生活内在的声音常是微小的,但你的内心越平静,聆听得就越清楚——“生活原来如此!”

关于本系列丛书的更多信息，请登录本刊主办的“故事中国网”(www.storychina.cn)查询。

阿P故事

阿P是一个社会群体的缩影，他独特的对事对人的处理方式，使这些故事充满了情趣。不过洋相百出的阿P，他的内心世界又是复杂的，他的所作所为留给读者的思索是多层次多元化的。阿P故事不仅仅是消遣作品，还有着揭示社会矛盾、启迪人生和思考未来的认识和教育作用。

滑稽故事

滑稽是一门引人发笑的艺术，被称之为生活和艺术中一种特殊的“调味品”。本书所选故事均取材于社会生活，作者想象力丰富，倾向性鲜明，作品内容极具口传性，诙谐色彩浓郁，是人们茶余饭后上佳的精神伴侣。

芝麻官故事

芝麻官故事旨在全方位地展示这一特定社会角色的思想境界和人格境界。他们或两袖清风，为民请命；或贪赃枉法，假公济私；或昏庸糊涂，装腔作势；或廉洁奉公，兢兢业业。由于他们同老百姓的距离最为接近，因此他们的故事就更具现实意义。

打赌故事

古今中外73则打赌吹牛故事，按内容分为“逗趣、斗智、惹祸、戏丑”等四大类，多为表现人们的诙谐与机智，有的立意鲜明，寓有讽刺味，而较多的则是娱乐与逗笑。

说大事、小事，普通人的身边事
讲闲话、实话，老百姓的心里话

求婚的故事

有这么一个故事：有个姑娘，长得漂亮，追求的人不少。她每天上下班都要乘地铁，有一天，这姑娘遇到了一件怪事：下班回家，走出地铁站，只见一个花店的送花妹跑了过来，恭恭敬敬地献上了一束玫瑰花。姑娘接过花一看，标签上除了送给她的一句祝福语外，什么也没有。这还不算怪，更怪的是从这天开始，只要她回家时走出地铁站，都会有花店的送花妹送上玫瑰花；而最怪的是：只要是地铁线上，不管哪个站，一出站头都会有送花妹送上花来，她纳闷了，到底是谁在送花呢？

后来才知道，是同一办公室的一个男青年所为，他也真能花心思的：这条地铁线一共11站，姑娘的单位在地铁的起点站，除去这一站，他居然在另外的10个站头附近找了10家花店，还印了10张那姑娘的照片，要了10个送花妹的手机号。这男青年下班时和姑娘同路，每天下班，他就尾随着，见姑娘到站下车，立即打电话通知所在地点的送花妹，送花妹马上对照相片，找准目标，及时送上花来。

姑娘知道了这些，泪如泉涌，她还能不答应那小伙子的求婚吗？

下面，再接着说几个求婚的故事……

•第一个故事•

十年后捅破了那层窗户纸

事情要从十年前说起：有两个“光棍”，一个叫铁柱，一个叫陈洋，都是机修厂的修理工，陈洋还是个班长。每天下了班，他俩常常到厂门口的“小翠餐馆”吃晚饭。之所以到那里吃，既是因为那里的饭菜价廉物美，更是因为小餐馆的老板小翠是个漂亮的未婚女子。

小翠二十多岁，高挑丰满，漂亮的脸蛋红扑扑的，人又热情，两个光棍都在心里打着小九九，但铁柱隐隐约约感觉到小翠并不喜欢陈洋，相反，小翠喜欢的是他铁柱，但他担心自己的判断有误，想想也是，自己是农村的，人不帅，收入又不高，而陈洋呢，好歹是个城里人，大小还是个“班长”呢，小翠连陈洋都不喜欢，会喜欢自己？

铁柱决定想个办法试探一下，看看小翠到底爱不爱自己。这天中午，他一个人溜到餐馆，要了一盘回锅肉、一碟花生米，再加上一瓶啤酒，他一边喝着闷酒，一边装模作样地叹气，小翠看见他这个模样，赶紧走过来，关切地问道：“铁柱哥，你有什么心事说出来我听听，或许我能帮个忙呢！”

铁柱叹了口气，说：“咳，厂子效益不好，老家又老是要我寄钱回去，刚发工资还不到半个月，只剩下这100块钱了，这一个月的日子可怎么过啊？”小翠“噗嗤”一笑，说：“我以为是什么大不了的事情呢，就这么点小事啊？其实，100块钱也够你支撑到下个月开工资的时候了，真要是没钱吃饭，就在我这里吃，记个账，等有钱的时候还我就是了。”

小翠这么一说，铁柱心里又喜又愁，喜的是小翠对自己还是有情意的，愁的是她说来说去还是离不了一个“钱”字！过了一会儿，铁柱吃完喝罢，站起身来，说是要结账，小翠笑吟吟地走过来，说一共10块钱。铁柱一听，装出一副豪爽的样子，从口袋里掏出钱包，又把钱包向下一倒，倒出唯一的一张百元大钞，说：“这100块都拿去，不要找零了，那90块钱算小费。”

小翠接过钱，笑嘻嘻地说：“铁柱哥，还给什么小费啊？又不是什么大款，充那个阔气干什么？”铁柱脸一板说：“看不起我是不？我不是大款就给不起这点小费？”

小翠拿着钱，愣了愣，又笑道：“谁看不起你了？好了好了，这小费我收了，可也不能收得太离谱了，这样吧，收你50块钱好了。”说罢，她把那百元大钞放进口袋里，找了50块钱给铁柱。

铁柱拿着那50块钱，头“嗡”地一下大了，自己的担心验证了：在小翠的眼里，他铁柱缺钱受罪和她没关系，钱比他这个人重要得多！虽然小翠找回他50块钱，那是她不好意思收他100块钱！什么都明白了，一切都是空的，铁柱万念俱灰，踉踉跄跄地走出了“小翠餐馆”。

那天晚上，铁柱没有和陈洋到“小翠餐馆”吃饭，而且从那以后，他再也没有去过！年底的时候，陈洋给铁柱下请帖，要铁柱去参加他的婚礼，新娘不是别人，正是小翠。铁柱

的心里一阵阵难过，可又庆幸自己当初没有鲁莽。

不久，铁柱也结婚了，新娘是经人介绍的，铁柱说不上爱还是不爱她，自从对小翠死了心后，他再也没有兴趣谈什么“爱情”了。星移斗转，人世沧桑，一晃十年过去了，十年里，“小翠餐馆”消失了，陈洋也从班长高升到厂长，有了小秘，有了情妇，年初，陈洋干脆和小翠离婚了。铁柱呢，他还是一个满身油污的维修工，干着又脏又累的活，拿的却是少得可怜的工资，他老婆对这个不长进的男人失望了，丢下孩子，跟着一个老男人跑了。对于老婆的离去，铁柱没有多少伤心，从内心深处说，他还喜欢着小翠。

过了一段时间，“小翠餐馆”又开张了，从此，铁柱又成了餐馆里的常客，终于有一天，两个人真正的好了。那一天，小翠躺在铁柱的怀里，眼泪汪汪地说：“铁柱哥，当初，你难道就没有看出我喜欢你？我还记得你最后一次在我这里吃饭的情景，可那天后，你为什么就不来我这里了呢？”

铁柱苦笑一声，说了“爱情测试”的事，小翠一听，惊叫起来：“我的傻哥哥啊，那天我是收了你的小费，可你知道吗，当时我发现你给我的那100块钱是假钞啊！”

铁柱愣了：“什么？”

小翠眼泪汪汪地说着：“我知道你不晓得那是假钞，我也心疼你没有钱用难受，我这才找了你50块钱，我以为那50块钱可以让你支撑到发工资的，哪想到你这一去就不回头了，我还以为你的心里根本没有我呢！”

半晌，铁柱眼里滚着泪珠，悔恨不已地说：“小翠，我好后悔，十年哪！”

•第二个故事•

世界上最浪漫的求婚

25岁的张大伟是个大老粗，大眉大眼大嗓子，粗手粗脚粗心思，他高

中一毕业就在菜市里卖肉，可谁都没有想到，就这么一个粗头粗脸的“屠夫”，却有一个如花似玉的女朋友，这才叫作“命犯桃花”呢！

大伟的女朋友叫杨丽丽，她看上大伟就是觉得人憨厚老实，杨丽丽来菜场买肉时，别的卖肉的时常短斤缺两，可唯独在大伟的摊子买肉时是实实在在的，慢慢的，两个人就熟了，谈了半年的恋爱，就到了谈婚论嫁的时候了。

这天，杨丽丽对大伟下了一道死命令：“你要娶我，必须要用一个最浪漫的求婚方式才行，否则……”女人都喜欢浪漫，但这可是要大伟的命啊，他是个杀猪的，平时白刀子进红刀子出的，哪会什么“浪漫”啊！

过几天就是杨丽丽的生日了，大伟下定决心，要在她生日的那天向她求婚，可怎么个浪漫法呢？突然，大伟想起电视上常有的烛光晚餐，心头一亮，有了主意。

日子到了，大伟邀杨丽丽去他家吃饭过生日，杨丽丽一听，心里就有点不高兴了：怎么在家里过生日？最起码也要去娱乐城过才有情调，可她想了想还是答应了，她要看看这个杀猪佬是怎么给她过生日的。这一天，杨丽丽到了大伟的家，她有钥匙，门一开，哇，一桌的菜，都是她平时喜欢吃的，杨丽丽心里有点高兴了：“想不到这个大老粗还有这么好的手艺，以后和他过日子，自己不用进厨房了。”她正这么想着，电灯突然关了，桌上点着的两支大红蜡烛映衬出一片红光，像新婚花烛夜似的。

杨丽丽正陶醉在这良辰美景里，又见大伟从里屋走了出来，他西装领带，手捧着一大束玫瑰，他把花送到杨丽丽的怀里，柔情似水地说：“丽丽，祝你生日快乐！”哇，杨丽丽想不到大伟今天还真浪漫，激动得泪光盈盈，“叭”地给了他一个响吻。大伟兴奋地叫杨丽丽坐下，端起了早已斟好的红酒，一杯递给杨丽丽，一杯自己端着，他不知道红酒是要慢慢品尝的，却像啤酒一样牛饮了，喝罢，他红光满面地说：“丽丽，你也要一干到底哦！”杨丽丽不想扫他的兴，就“咕噜咕噜”地喝完了，喝完后，见大伟眼睛直勾勾地盯着她看，就奇怪地问：“你怎么啦？”

大伟吃惊地问杨丽丽：“你嘴里没有什么东西？”

杨丽丽笑呵呵地说：“有什么东西？有口水啊！”

大伟一听，急了：“我……我学电视里那样，把送你的一枚戒指放在你的酒杯里，你把戒指含在嘴里时一定会很惊喜的，可是你……你怎么把它吞下去了呢？”

杨丽丽一听吓坏了，张口就骂：“死鬼，那是电视，你怎么去学它？现在怎么办啊，本小姐要是有个三长两短的，你可是谋杀罪！”

没办法，两个人便风风火火地赶到医院检查，一会儿检查结果出来了，杨丽丽的肚子里没戒指，大伟急了：“怎么没有啊，我女朋友都吃下去了啊！”医生也火了：“怎么，你不相信？要不你自个儿替女朋友检查检查？”大伟正和医生争吵着，杨丽丽突然大叫起来：“医生，麻烦你给我男朋友检查检查！”

一检查，戒指果然在大伟的肚子里，这小子平时做事就大大咧咧的，再加上一门心思想着“浪漫”，糊涂了，把两个酒杯弄混了，他拿的是放有戒指的酒杯，而且又是一口猛喝，戒指就一骨碌落进了他的肚子！

医生先是用了别的法子，但那戒指就是不出来，没办法，只好动手术了。手术后，大伟躺在病床上，手里拿着那枚戒指，吞吞吐吐地对守候在身边的杨丽丽说：“丽丽，这个戒指到我肚子里走了一趟，应该知道我对你的真心了，你就戴上它吧，这应该是世界上最浪漫的求婚方式了，别人学都学不来哩！”

•第三个故事•

看看谁是红娘

有一对双胞胎姐妹，姐姐叫林智，妹妹叫林慧，父母双亡，两人相依为命，眼下都已到了谈婚论嫁的年龄，可追求妹妹的小伙子很多，看中姐姐的男子却没有，为什么？因为虽然姐妹俩都是美女，可几年前姐姐遇上车祸，下肢残疾，只能永远以轮椅代步了。妹妹和姐姐感情很好，妹妹公开说她要先给姐姐当红娘，等姐姐找到了如意郎君后她才找对象嫁人，为此，妹妹还在报纸上给姐姐登过征婚启事。

妹妹的公司里有一个帅小伙子，叫孙文武，有一天，他竟然主动向妹妹提出：“我想跟你姐姐相处相处，如

果合得来，我就娶她为妻，照顾她一辈子。”妹妹怔了一下，迟疑地说：“那……那你们就试着谈谈吧！”

就这样，孙文武经妹妹引见，和姐姐相识了，嘿，两人还挺投缘，谈了几次后，两人就形影不离了，从此，姐姐身边就有孙文武照顾了，而且他嘘寒问暖，无微不至。

一天下午，孙文武又要推着轮椅陪姐姐去户外散散心，妹妹望了望天上的乌云，说：“文武，好像要下雨了，要不你们就别出去了。”孙文武憨厚地笑道：“没事儿的，你姐已经两天没出去呼吸新鲜空气了……”就这样，孙文武推着姐姐，两人一边走一边唠，不知不觉到了离家一千多米远的草滩上，就在这时，天空“咔嚓”响了一个炸雷，紧接着“刷刷”下起了雨。孙文武推着姐姐往回走，雨越下越大，孙文武二话没说，脱下自己的上衣披在姐姐头上，姐姐一个劲地喊：“文武，你快把衣服穿上……”可孙文武像是没有听见，只顾光着膀子，推着轮椅，落汤鸡般地在大雨中走着……

自从经历了这场大雨，爱情也瓜熟蒂落，在一个阳光明媚的上午，西装革履的孙文武推着服饰艳丽的姐姐，由妹妹陪着，到了婚姻登记处，轮到新娘在登记表格上签字的时候，却见妹妹羞涩地抓起笔，签下了自己的名字，一旁的孙文武惊呆了：“怎……怎么是你签字呢？”

姐姐告诉孙文武：自己患有严重的心脏病，医生说不适宜结婚。

这时，妹妹举起粉拳，轻轻地捶了一下孙文武“傻样儿，我姐才是红娘呢，姐姐替我考察了你四个多月，你终于合格了！”

开篇故事作者：圆熟；“十年后捅破了那层窗户纸”作者：杨格；“世界上最浪漫的求婚”作者：韦吉利；“看看谁是红娘”作者：杨勇。

下期话题：地铁里的故事　　　　（**题图、插图**：刘斌昆）

多情的奶牛

□杨还珠

只对他没有戒心，只对他含情脉脉，只爱吃他递来的食品，这是因为奶牛们很挑剔，还是因为他特别有魅力？又或者会是你意想不到的原因……

飞抵荷兰

彭副市长特别爱出国旅游，虽说中央三令五申，禁止以考察学习的名义到境外旅游，但彭副市长总能想出办法“曲线出国”，而且每次考察组组长总是彭副市长。

这次，彭副市长听说畜牧局的负责人许兴旺准备申请一干人员到荷兰考察，彭副市长立马来了精神，这次去荷兰可真是大好机会呀！因为畜牧局的负责人找一个畜牧业比较有名的国家去考察，那可是“专业对口”！荷兰的奶牛世界闻名，此行去考察荷兰奶牛，合情合理；而他彭副市长是市领导，带领畜牧局的一干人员飞去荷兰考察，名正言顺嘛！果然，申请报告很快得到批准，彭副市长一行人立马飞往荷兰。

考察组下榻在荷兰一个著名的度假村里，度假村里设施应有尽有，还有一个奶牛场。

第二天，考察组来到奶牛场，说是奶牛场，其实奶牛们的主要任务不

是产奶，而是作为一个富有荷兰特色的景点向游客展示。奶牛场周围，有一些小摊点，卖的是奶牛爱吃的食品，游人可以在那里买些食品，送到奶牛的嘴里，和奶牛亲密接触。

许兴旺让手下买了一些食品，大家各分了一些，彭副市长也兴致勃勃地领了几袋食品。这时，奶牛四周已经围了一群外国游客，游客们都争先恐后地把手中的食品喂给奶牛吃，可是奶牛们根本不买账，它们一副酒足饭饱的样子，自顾自地甩动着尾巴，对游客不理不睬。

情有独钟

许兴旺领着考察组一行人挤进人群，来到奶牛面前，许兴旺迫不及待地率先举起手中的食品递到奶牛嘴边，甜言蜜语地哄奶牛吃，可奶牛们根本不赏脸，它们不耐烦地瞪起了牛眼，许兴旺吓得悻悻而退。

彭副市长呵呵一笑，当他把手中的食品递到奶牛嘴边时，奇怪的事情发生了，奶牛这时突然变得温顺无比，它们低眉顺眼，喜笑颜开，有几头奶牛还亲昵地用脑袋蹭着彭副市长。

彭副市长笑哈哈地说："呵，这荷兰奶牛对咱可是情有独钟啊！"许兴旺顺势说道："就是就是，就连牲畜都被您的人格魅力征服了。"

彭副市长又饶有兴趣地打开一袋食品，把食品递到奶牛的嘴边，奶牛很配合，嘴巴一张，食品就落到嘴里。许兴旺又恭维道："同志们啊，你们看到了吗？刚才我和其他那么多人给奶牛喂东西，它们就是不吃，可彭副市长一喂它们，它们就乖乖地吃了，这是为什么，这说明咱们彭副市长有亲和力啊！”

周围响起一片赞美的附和声，彭副市长也很得意，慈祥地点着头，用手一一拍着奶牛的脑袋说：“这些奶牛不错，这些奶牛不错！”奶牛含情脉脉地张着水汪汪的大眼，对着彭副市长一往情深地长“哞”一声。

许多外国游客被吸引过来，他们围在彭副市长周围，饶有兴趣地观看这些奶牛和彭副市长亲昵着。许兴旺嘴上虽然没说什么，但心里觉得很奇怪：“为什么我喂这些奶牛吃东西，它们不吃，可彭副市长喂它们就吃呢？难道是奶牛现在肚子饿了？不行，我得再试试看。”想着，许兴旺又挤到奶牛跟前，把那袋食品又递了过去。

没想到，奶牛看也不看，闻也不闻，高傲地把头扭过去，许兴旺很没面子，周围响起了一片哄笑声，他讪讪地对彭副市长说：“领导，能不能麻烦您帮我做一个实验？请您把我的食品递给这些奇怪的奶牛，看它们吃不吃？”

水落石出

彭副市长爽快地说了声“好”，他接过许兴旺手中的食品袋，把食品递到奶牛嘴边，让所有人大跌眼镜的是，奶牛竟然也爽快地把食品接到嘴里！

看到此情此景，周围立刻响起一片惊叹之声，彭副市长高兴得合不拢嘴，考察组的其他人也感觉到脸上增光添彩了，不由得鼓起掌来，许兴旺也只得跟着鼓掌，但是他心里很纳闷，为了弄个清楚，许兴旺叫来了管理员。

许兴旺问管理员，为什么这些奶牛另眼看人，不吃他递去的食品，管理员说：“这不足为奇，据我所知，不仅我们这里的奶牛对这位中国先生很友好，就是其他度假村的奶牛对他也都十分友好。”

“哦？这是为什么呢？”大家都感到很疑惑。

“是这样的，尊敬的先生，”管理员不紧不慢地说，“这些幸福的奶牛们对这位中国先生如此多情，是因为奶牛们和这位中国先生很熟悉了，把他当成了自己最好的朋友，对他没有戒心，对他温顺听话，要知道，这位先生今年已经先后三次下榻我们度假村，和这些奶牛结下了深厚的友谊。”

一位欧洲游客带着羡慕的眼神来到彭副市长面前，问道：“先生，您是中国的富人吧？您总能很轻松地到这个很奢华的地方来游玩，您应该就是你们中国人所说的大款吧？”

考察组的人一片沉默，外国游客都屏息等待回答，彭副市长此时真恨不能把脑袋藏到裤裆里去。

(本篇月月评短信代码：AA192)

(题图、插图：魏忠善)

·中国新传说·

这不是梦，它比“南柯一梦”要真切，实实在在地发生，又实实在在地破灭，破灭时，你可要注意看着……

一截空心木

□童存云

家住芜湖农村的老三趁着农闲的时候，和村里另外六个汉子相约着进城去打工，他们一行七个人骑着自行车，浩浩荡荡地进了芜湖城，他们各自的车前都挂着一个小木牌，上写“木工”、“瓦工”或“小工”，车后则是锯子、瓦刀之类的工具。

一行人天蒙蒙亮起程，天亮就到了城里。今天运气好像不错，大家刚把车子停好，就有一个城里人向他们招手，老三很激动，连忙笑脸相迎。

城里人问他们：“拆不拆房？”

老三他们赶忙说：“拆、拆、拆，只要给工钱，不管是拆房还是建房，包您满意！”

城里人点了点头，说：“一天五十块钱，不包伙食，行不行？”

老三他们听了满意地点点头，就跟着城里人来到了芜湖老街，城里人指着几间白墙黑瓦的老房对他们说：“这几间房子是清代留下来的，里面很可能有古董文物，弄坏了你们可赔不起，手脚一定要轻！”

老三他们连忙点头称是，便各自忙活了，城里人就在旁边看着他们，直到屋顶瓦片揭完、只剩下几根光秃秃的大梁时，城里人却还是没见到宝

送你一个月饼：友情是牌子，关心是主料，热情是馅料，诚挚是口感，生产日期：每时每刻，保质期：一辈子。好好品尝我的祝福，中秋节快乐！广东 吴拱敏 （1711）

贝的踪影，他失望地看着一地瓦片，不断摇头，刚好午饭时间到了，城里人说要回家吃饭，让老三他们自己休息，他下午再过来。

老三他们没有去买饭，只吃了一些从家里带出来的冷饭，就爬上房梁，准备把房梁拆掉。

和当地的风俗一样，大梁的两端都系着红绿绸布，老三把红绿布扯了下来后，发现下面的木头有些异样，他就用手掰了掰，这一掰竟发现这一截木头是空心的，空心木头里面还藏着一个长长的红绸布包！

老三的心开始怦怦乱跳，有宝贝！这时大家都停下了手中的活，死死地盯着他，老三小心地掏出了布包，好沉啊！他把布包一层层打开，布包里有一张红纸，纸上写着一溜蝇头小楷，大意是为保家宅兴旺，特封黄金二十二块，望子孙后代莫忘祖宗恩德等古训，红纸下面赫然是一堆金灿灿的金块！数一数，竟真有二十二块，老三手脚开始哆嗦，差点摔下来。

“老三！见者有份！”下面人喊道。老三脱下外衣包住金块，又把木头弄成原样，便从梯子上爬下来，他小声说：“现在不好分，七个人二十二块，回家再说！”

一句话说得大家醒悟了，忙骑上车子，飞也似的逃去了，有了金子谁还愿打工？老三这一路上把腿都蹬痛了，他担心城里人会追上来。

这天夜里，他们七个人躲在老三家的伙房里准备分金子，老三把金块拿出来给大家看，每块金子一寸左右，上面刻有“大清金库”、“上上金”等字样，正面还刻有清朝皇帝的半身像，大家不敢相信这一切，便学电视上的人用牙狠狠地咬，直咬得金块上坑坑洼洼。

“是真的，一咬一个坑！”大家纷纷说，老三这时找来一杆秤，拿起一块金子称了称，不多不少正好一斤

重！寸金寸斤，看来是真金了！

面对这一笔横财，大家不由兴奋得脸都红了，伙房里的气氛更加热烈起来。老三把金块分给其他六人，每人三块，自己留四块，对这样的分配大家都没有异议。分好金块后，他们开始憧憬美好的明天：按市场价计算，一克黄金一百五十元，每人一千五百克，就等于二十二万五千元，而老三，则该有三十万元，照这样算，在座每个人都成了有钱人。

大家你一言我一语地讲开了，老王说：“我要买个高档手机，我要左手诺基亚，右手摩托罗拉……”老孙说：“鲍鱼、龙虾咱也去五星级酒店吃上一回，那才叫不枉此生呢！”老吴沉吟道：“是啊，到时候就给我那残疾的儿子腿上装个智能假肢吧！”老周则一脸向往：“那我就给我那丑老婆整整容吧！”众人开心地说笑着，只剩下老三没有发表议论了，大家都看着他，老三大手一挥，说：“我决定让两个孩子上贵族学校，看谁还敢看不起咱农村孩子！”

第二天一早，一行人就赶往城外，迫切地想把金块换成人民币。为了谨慎起见，他们把其余的金块藏好，只拿了一块金子出来，免得树大招风。

老三他们来到一家老字号金店，小心翼翼地把金块拿出来给老金匠鉴定，老金匠仔细地看了又看，嘴里不断啧啧称道：“上等品，上等品呀！”老三他们听了，心里美不胜收，喜滋滋地正准备向老金匠卖个好价钱，只见老金匠摇摇头接着叹道：“可惜呀，可惜……”老三他们弄不明白了，老金匠指着金块说：“你们看，金块上的花纹被你们咬坏了，这就不值钱了，可惜呀！”老三他们更加糊涂了，这金块上的花纹被咬坏了一点难道就不值钱了？金子不还是一样的金子吗？老金匠说：“你们这块金子不是真金子！”

“没理由！”老三把与金块放在一起的那张红纸给这位老金匠看，老金匠看了，说道：“这就对了，过去很多人家建房都会用一些镀金的东西或者黄铜制一些金佛像、金块，以保佑家宅兴旺……你们这个就是一种上等镀金品，我个人很喜欢收藏这些东西的，但这‘金块’上的花纹既然被你们咬坏了，我也不好收藏了。”

老三他们听了老金匠的话，犹如三伏天掉进了冰窖里，凉透了。老三有些失控地喊道：“难道只许你们城里人发财，我们乡下人的金子就是假的？你看看这颜色，这分量！还有这一咬就有的牙印！凭什么说我们的金子是假的？”

老金匠不高兴了，他冷冷地哼了一声说“别说这小小的金块，就是皇帝的玉玺也能造得惟妙惟肖！你以为能咬得动就是真金了？”

其他人忙赔笑着把老三拖了出来，免得他再出口伤人。一行人仍不甘心，于是又找了几家金店鉴定，最后确定那金块确实是假的。回家的路上，老三他们垂头丧气，脚步沉重。

就在一行人快到家时，唯一有手机的老三的电话响了，是他老婆打来的，老婆悄悄嘱咐他们暂时不要回村，因为有个城里人找到家里来了，说老三他们房子还没拆好人就跑光了，一定是发现了什么宝贝，他一定要把宝贝讨回来……

老三听了，闷闷不乐，他决定把东西还给城里人，反正都是假的，不值几个钱，其余的人也没有异议，当下七人一起回到了老三家。城里人一见到他们，便大声指责他们没有职业道德，老三他们只得赔笑认错，并老老实实地把“宝贝”全给了城里人，城里人一见是二十二块“金子”，火气顿时没了，他两眼放光地把这些“金块”捧给了和他一起来的一位长者鉴定，长者取出一个放大镜，把金块逐一仔细地看了个遍，然后附在城里人的耳边轻声说了几句，城里人严肃地点了点头，便把这些金块装进一只小皮箱。临走前，城里人从包里取出了一沓钞票递给老三：“兄弟，这是一万块，算是感谢你们！”

老三很吃惊地问道：“金块不是假的吗？”城里人笑了，他附在老三耳边说“有一块是假的，其余都是真的！”

城里人高兴地离开了，老三却很沮丧，二十一块金子都是真的，只有一块是假的！而老三他们竟挑中了这唯一一块假的去让人家鉴定，真是背啊！这时，老王他们六人喊道：“老三，你这一万块也有我们的份吧？”

老三不吭声，呆呆看着城里人的背影渐渐远去，他突然悲怆地大叫道：“我的黄金哪！”

（题图、插图：魏忠善）

体面的亲戚

□刘洪林

不敢接电话

张婶的男人走得早，这些年，她省吃俭用含辛茹苦，硬是一个人把女儿拉扯到了大学毕业。女儿张丹是个懂事的姑娘，原以为毕业以后，就能够好好地孝敬妈妈了，可是事与愿违，因为所学的专业比较冷门，毕业都快一年了，始终找不到一个合适的工作，这让她心急如焚。

这天，张丹满脸喜色地从外面回来，打开包，小心翼翼地拿出一张表格说:“妈，我今天去了这家公司，他们刚好要招我这个专业的人，这可是家外资企业呢！”张婶一看，这是张精致的应聘书，里面的字全是中英文对照，透着一股子洋气，不由得又惊又喜。晚饭过后，张婶把桌子抹得干干净净，让张丹拿出表来慢慢地填，她知道女儿的英语很好，这次正好有机会一显身手了。不料，张丹填到其中一栏时，却忽然停住了，一问，原来是应聘者的联系方式一栏里，只列着“手机号码”这四个字，两人都傻眼了，因为张丹没有手机。

以往在“联系方式”这一栏，张丹总是填家里的住宅电话，可是，今天这份外资企业的应聘书，却很明确地列出要填手机号码，这可真是难住了母女俩。张丹抬起头，犹犹豫豫地说：“要不，就填咱们家的住宅电话？”张婶一时拿不定主意，这次机会太难得了，不仅专业对口而且还是

外资企业，可千万不能出一点差错，张婶左思右想，最后一咬牙说："干脆，明天就去买个手机，再顺便买套衣服，咱可不能让人家挑出毛病来。"

第二天，张婶就把攒了多年的钱拿出来，给张丹买了个手机，而张丹呢，也没辜负妈妈的期望，顺利通过了两轮笔试后，前几天又进行了面试。现在，母女俩天天守着这部手机，就盼着能接到个好消息。

这天是礼拜天，张婶见张丹好几天没出门了，就带她出去走走。在小区门口，张婶正在跟街坊四邻唠着家常，张丹身上的手机忽然响了，母女俩顿时变了脸色，张丹满脸通红，下意识地紧捂着口袋。张婶愣了片刻后，急急地推着女儿说："丹丹你快回去，妈等会儿就来。"张丹应了一声，在大家的注视下，匆匆忙忙地往家里赶，奇怪的是，尽管铃声一直在响，可她却始终不把手机掏出来。

张丹走后，张婶的表情有些尴尬，她看得出来，街坊们虽然嘴上没问，但每个人的脸上，却都带着疑惑和惊讶。

回到家里后，张婶关好房门，刚要问，张丹就欢天喜地地抱着她，兴奋地说："妈，我面试通过了，公司来电话说，明天要来家访，我终于有工作了！"

为了给公司的人留个好印象，张婶和张丹忙了一整天，里里外外地将屋子打扫完后，又把平时舍不得用的桌布呀摆设呀，一股脑儿地全搬了出来，这么一折腾效果还真是不错，乍一看，房里不仅整洁，甚至还透出点精致来了。

第二天上午，屋外果然响起了敲门声，张婶满脸笑容地去开门，可是门一开，她的笑脸却一下僵住了，原来，门外的客人她不仅认识，而且还是这时候最不愿意见到的人。张婶很不自然地把客人让进屋，嘴里喃喃地说："原来是杨同志呀，你怎么来了，事先也不通知一声啊！"

原来，来客叫杨梅，是民政局的城市低保督察员，两年前，张婶申请了低保，正是经杨梅审查后通过的。

杨梅四处打量了一下，话里有话地说："张婶呀，屋里收拾得挺不错呀，我看，日子比以前好过多了吧？"张婶尴尬地连连摆手，心里真是有苦说不出，唉，今天真是撞了鬼了，该来的人不来，不该来的却偏偏来了。

杨梅见状，干脆直截了当地说明了来意："张婶，我今天来，是找你核实一个问题的，我接到群众反映，说你给女儿买了手机，有这回事吧？"一听这话，张婶顿时惊出一身汗来，嘴里结结巴巴地不知道说什么好，身为低保户，她当然知道本市的低保条例早有规定，如果低保家庭使用手机，是要被停发最低生活保障金的。

杨梅见张婶一副心虚的样子，心里早已明白了几分，低头从包里掏出一张纸说："这是调查表，如果手机的情况属实，你就签个字。"张婶大惊失色，后退了两步，急巴巴地说："不行，不行呀，杨同志，我们家的情况你是了解的，你可千万不能取消我们家的低保啊！"这时候，张丹见妈妈可怜兮兮的样子，不禁心里一酸，噙着眼泪说："杨阿姨，都是我不对，手机是我要妈妈买的，我是想快点找个工作，都是我的错！"说完，又把事情的前前后后讲了一遍。

作为民政部门的督察员，天天跟低保家庭打交道，杨梅几乎每天都会听到这样的话，她半信半疑地问："这么说，你应聘的这家公司，今天也会派人来？"张丹看了看墙上的挂钟，肯定地点点头。

"那好，今天我就在这里等，可以吗？"杨梅问。张丹看了一眼妈妈，知道杨阿姨不太相信自己，正要再解释时，门外忽然又响起了敲门声，杨梅不再说话，示意张丹去开门，自己走进里屋，放下门帘。

又有人敲门

张丹惴惴不安地拉开房门，顿时眼睛一亮，这次敲门的中年男子，正是公司负责招聘的人事经理。母女俩把经理让进屋，递茶倒水忙个不停。经理坐了没多久，就仔细地问起张丹的家庭状况来，当他得知张婶早已下岗，而张丹的两个舅舅也都没有职业时，不由得微微皱了皱眉头。张婶注意到了经理的表情，心一下悬了起来，生怕自己糟糕的家庭影响了张丹。经理顿了顿，转头看着张婶说："你再想想，另外还有什么亲属吗？最好是有正当职业的。我们公司是外资金融机构，对应聘者的家庭背景是有一定要求的，你再想想看，哪怕是稍远一点的也行。"

听了这话，张婶可真是犯了大难，她想了又想，可就是找不出一个体面点的亲戚来，良久，张婶终于叹了口气，满怀歉疚地看了一眼女儿，张丹不敢看妈妈的眼睛，扭过头，眼

里分明噙着两汪泪水。

见此情景，经理也无可奈何地直摇头。这时候忽然门帘一响，杨梅从里屋走了出来，跟经理握过手后，自我介绍道：“我是张丹的远房姑妈，刚才无意间听到你们谈话，这样吧，我虽然跟张丹的关系远了一点，但好歹也算是亲戚，如果需要担保的话，我非常乐意。”说罢，把自己的工作证递过去，经理接过一看，连连点头道：“哎呀，这可太好了！您是公务员，行啊行啊！”

张婶母女俩感激地送走了杨梅。下午上班后，杨梅看着调查表左右为难，意见到底怎么填呢？填“情况属实”吧，张丹虽然买了手机，可这也是不得已而为之；不填吧，这事又是局长亲自交待的，等会儿问起来怎么办？正在一筹莫展时，局长的电话打过来了，说有事让她马上过去一趟。

杨梅推门进去时，吃了一惊，原来张丹公司的人事经理也在里面，经理见了杨梅，笑吟吟地起身问好。局长示意杨梅坐下，介绍说，这家外资企业是本市的重点金融机构，市政府特意下发了文件，让各单位通力配合他们的工作。杨梅知道经理是来核实情况的，虽然有些意外，却也在情理之中，毕竟在张婶家里，仅凭一张工作证，对方还无法证实她的身份。

送走经理后，局长疑惑地问：“这个张丹家，就是我让你调查的那个低保户吧？”杨梅说是，局长很诧异“那你真是张丹的远房姑妈？”杨梅知道，再不解释清楚的话，局长肯定就误会自己了，于是就将事情经过说了一遍。局长听完后沉吟了片刻，委婉地说“这件事情嘛，你的出发点肯定是好的，但是这个先例一定不能开啊！”

半个月后，局领导经过研究，对张丹使用手机的情况做出了处理，决定停发张婶家的最低生活保障金。接到通知后，杨梅的心情很复杂，迟迟不愿将情况告诉张婶，可是让她没想到的是，张婶自己找上门来了。

这天，杨梅刚到单位，就看到张婶在门口等她，一见杨梅，张婶一脸紧张地问：“杨同志，我们家张丹的事情，没让你受什么委屈吧？”杨梅摇摇头，张婶顿时松了口气：“没有就好，没有就好。”张婶歉疚地告诉杨梅，说那天认亲的事情，不知怎的竟传出去了，现在街坊四邻都以为，张丹真有个姑妈是民政局的干部，而她们家的低保也是走后门弄来的，张婶生怕事情传到杨梅单位里，影响了杨梅的工作。

杨梅问张婶：“对了，你女儿的工作怎么样了？”

张婶叹了口气，神色黯然地说：“她，没去成。”

“什么？没去成？”杨梅大吃一惊。

张婶吞吞吐吐欲言又止，在杨梅的一再追问下，才说：“公司的人后来又进行了深入调查，说我们家丹丹根本就没有什么远房姑妈，还批评她不诚实，没有录取她。”

杨梅心里充满了歉疚，她知道这是自己造成的，可是那天，自己确实是一番好意啊！

张婶看到杨梅脸涨得通红，慌忙说：“这不怪你，那天你是一番好意，我和丹丹都知道的，要怪，也只怪我们家境太差，怪我们找不出一个体面的亲戚啊！”张婶说完后，从口袋里掏出一张纸，杨梅一看惊呆了，这竟是一份抄写得工工整整的、自愿退出低保的申请书。

张婶苦笑了一下，说“丹丹昨天去深圳了，她的同学替她联系了一份工作，丹丹说，咱们的日子会好起来的，这份低保应该让出来，应该让给更困难的家庭。”

（题图、插图：谢　颖）

悠悠的云里有淡淡的诗，淡淡的诗里有绵绵的喜悦，绵绵的喜悦里有我轻轻的问候，祝爸妈中秋快乐！四川 陈纯林　（1715）

最近出了一件怪事，怪事传到他的耳朵里，把他引到了那座土坟旁……

把头发烧成灰

□李澍声

长不出头发

孙三是个秃子，长得要多难看就有多难看，他先前是乡下的一个穷木匠，后来有了点积蓄，进省城开了一家家具店，经过几年打拼，孙三的生意越做越大，成了腰缠万贯的大老板。

有了钱，孙三就开始花花肠子了，他嫌自己共过患难的老婆太落伍，想着法子把她赶回了乡下老家，然后找了一个刚刚大学毕业的女孩子做情人。

女孩子长得水灵灵的，孙三特喜欢她，对她百依百顺，大把大把的钞票任她花，女孩子很满意孙三的阔绰和大方，说是愿意死心塌地跟着他，只不过，孙三得先治好他那油光闪闪、活像一颗大肉丸的秃头，秃头上长出黑发来的那天，她就做孙三的新娘。

孙三于是到处寻医问药，治疗他的秃头。别看秃头算不了什么大病，真要治起来可不容易。孙三跑了好多医院，吃了好多药，他的秃头就是不长头发，烦得他要命。孙三跟他的小情人商量，问戴个发套行不行？小情人一口否定了，说非要孙三的脑袋自己长出头发来不可。孙三为难了，就放出风声来，说谁要是帮他找到治疗

秃头的方法，一定有重赏。

这天，孙三正坐在经理室捧着秃头发愣时，在他的家具城打工的一个叫阿狗的小伙子喜滋滋地跑了进来，对孙三说他打听到了一个治疗秃头的秘方。孙三一听，高兴得从椅子上蹦了起来，忙问那秘方的具体内容，阿狗却摇着头说："那秘方具体是什么我也搞不清楚。"

孙三火了，说："你小子卖什么关子？说出那秘方来我赏你一万块！"阿狗老实说："我真的不知道那秘方，不过我可以找到拥有那个秘方的人。"

出了件怪事

阿狗说，在他乡下的村子里，最近出了一件怪事儿：一个七十岁的老头，好多年脑袋光秃秃的没一根头发，不料有一天头上突然长出了又黑又浓的头发，村子里的人大为惊奇，阿狗说那老头一定有治疗秃顶的秘方，找到他就能知道秘方的具体内容。

孙三听了，当即由阿狗带路，日夜兼程，往阿狗的村子里赶去。到了阿狗的村子，天快黑了，二人来到老头家，可是，那老头没在家，老头的儿子说他父亲不在家，住在山上，黑灯瞎火的不好上山去找。阿狗说了老头秃顶长黑发的事，然后对老头的儿子说："你能把你父亲治疗秃顶的秘方告诉我们吗？"孙三在一旁拍着鼓鼓的腰包，指着自己的秃顶说："你父亲的秘方只要能把我的秃顶治好，你想要多少钱我就给多少。"

老头的儿子一听，哈哈大笑起来说："那算什么秘方呀，我不要你们一分钱就告诉你们吧！"

老头的儿子说，他父亲根本就没有什么治疗秃头的秘方，他只是用头发烧成的灰泡茶喝，他的头顶上就长出头发来了。

孙三听了，心里开始琢磨着：人们不是常说吃什么补什么吗？我现在脑袋上没头发了，怎么就没想到像那老头一样把头发烧成了灰泡茶喝呢？

孙三和阿狗回城之后，孙三就吩咐阿狗到理发店买了一大堆头发，再把头发烧成了灰，储存在一个茶叶罐里。

从此以后，孙三喝茶的时候就在茶杯里放一撮灰。孙三是早一杯，晚一杯，不分白天晚上，都捧着一个大茶杯，大口大口喝着杯子里黑乎乎的茶水。

孙三喝呀喝，一个月过去了，满满一罐头发灰都被孙三喝进了肚子里，可他一摸脑袋，还是光秃秃的，连根头发茬也没有。孙三很沮丧，把阿狗喊来，问那老头的方法怎么不灵验。阿狗说："那老头秃头长头发的事情千真万确，可老板您喝了那头发灰没效果，会不会是那老头在头发灰里还放了什么东西？要不，

我们当面去问问那老头。”

于是，孙三和阿狗又一次来到那个村子。那天晚上，老头还是住在山上，他们只好在老头家借宿了一晚。第二天一大早，老头的儿子带着孙三和阿狗上山去找老头。

来到土坟旁

他们走了一段崎岖的山路，在一个山岭上看见一座土坟，土坟的旁边立着一个茅棚。老头的儿子说，那土坟里埋的是他死去一年的母亲，母亲死后，他父亲就在母亲的坟旁搭了这个棚子，天天住在那里，守着坟。孙三听了，觉得那老头好生古怪，好好的家里不住，住在这茅棚里有什么意思？

老头的儿子带着孙三和阿狗刚走到茅棚前，就看见一个弓背老头从茅棚里走了出来，那老头走起路来摇摇晃晃，行动缓慢，可他头上却长着一头黑油油的头发，与他的年龄很不相称。

老头的儿子迎上前去，对老头说：“爹，来城里客人了，找你问个事儿。”

老头推开儿子，不高兴地说：“这个时候别来烦我，我要和你娘说一会话。”说罢老头径直走到坟前，一屁股坐下来，低头对着坟堆喃喃自语了好一阵子，这才抬起头，扫了孙三和阿狗一眼说：“二位客人，你们上山来找我这老头子有何贵干？”

孙三急忙说明来意，请求老头把治疗秃顶的秘方告诉他，老头听了，摸着自己的头，颇为得意地笑道：“这事确实不假，我的头秃了几十年，现在真的长出头发了。”

孙三问老头：“我也用头发烧成的灰泡茶喝，为什么我的头上就不长头发呢？”

老头望着孙三的秃头，问：“你泡茶喝的头发从哪来的？”孙三说是从理发店买来的，老头一听连连摇着头说：“怎么能去理发店买头发呢？你干吗不像我老头子一样，把自己老婆的头发烧了泡茶喝呢？”

接着，老头说，他的老婆是世界上了不起的一个女人，她为他家养育了五个儿女，由于操劳过度，四十岁就成了瞎子。

老头很心疼他老婆，就每天帮老婆梳理头发，把老婆掉下来的头发一根不落地收藏在一个布袋子里，日积月累，他帮老婆梳了三十年的头发，也收藏了三十年的头发，等到老婆离世的那天，那个布袋子里头发已经塞得满满的了。老婆死了，老头看着老婆的头发，如同见到了活生生的老婆。老头很怀念老婆，他盼着与老婆融为一体，就把老婆的头发烧成灰泡茶喝，也许是老天可怜他们，他喝了那茶后秃顶上竟然长出了乌黑发亮的头发。

老头说到这儿，笑着对孙三说：“你回去把你老婆的头发烧了泡茶喝，兴许你的秃头明天就会长出头发来的。”

孙三听老头讲了他给老婆梳头发的故事，脸突然红了，像是做了什么亏心事，羞愧地耷拉下秃脑袋……

（**题图、插图**：刘斌昆）

·本刊信息传真·

新锐写手故事大赛进入评选阶段 填字游戏、故事演播室相继推出

上故事中国网 拥有无穷欢乐

由本刊主办的故事中国网(www.storychina.cn)又有新惊喜，填字游戏和故事演播室陆续开通。

“填字游戏”等待你来挑战填字高手，如果你有足够丰富的百科知识，在线参与我们游戏，获得“填字状元”的话，将获得我们准备的奖品，你还可以自己出题考考其他网友，看你的题目能否难倒大家。“故事演播室”将满足你在线“听故事”的愿望，在这里，你既可以听到《故事会》上的精彩故事，还可以听到我们特别录制的3分钟典藏故事；如果你是年轻的家长，正苦于没有合适的故事讲给孩子听，也可以在故事中国网找到精彩动听的童话故事，伴你的孩子入睡。

此外，新锐写手故事大赛的征文已经结束，上百篇入围作品将进入评审阶段，评审将采取网友和专家结合的形式，请快来为你喜爱的作品投上一票！无穷欢乐，尽在故事中国(www.storychina.cn)!

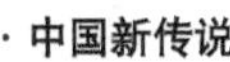

撒娇的新娘

□苏 克

人的一生中际遇常常有，并非每段都有感动，和你相遇的那刻，我相信，你我命中有缘……

嘿，留个电话吧

苏珞是个乖巧的南京姑娘，每天除了上班就是回家，到现在连男朋友也没有谈过，可苏珞毫不在意，似乎已经习惯了她的单身生活。

这天苏珞下班很晚，路上几乎没有人了，她骑电动车刚上一座小桥，竟意外地被台阶卡住了，一时间上也上不得下也下不得，苏珞费了好大劲也没把车子挪动，正在她一筹莫展之时，苏珞忽然感到有股力量在推动着车子向上而行，她回头一看，原来是个瘦瘦高高的小伙在帮她，来不及多想，她连忙配合着把车子推上了桥面。

苏珞正准备向他道谢时，瘦高个冲她嘿嘿一笑说："嘿，我帮了你一把，你该不会介意给我留个电话吧?"看着瘦高个期待而礼貌的眼神，苏珞只得把自己的手机号码告诉了他，他用手机储存了苏珞的号码后，居然还

不放心地试了试，听到苏珞身上的手机响了两声后他才满意地冲苏珞挥挥手，笑着跑开了。

苏珞回到家，想着小桥上的事，正考虑着要不要换个手机卡，这时来了一个短信，她打开一看:“小桥流水俏佳人，手机传情勿换卡！”落款是张研。

苏珞忍住笑，当下回了条短信:“意境虽有，浪漫不够；偌高个头，没有肌肉；若是有缘，传情亦可；若是无缘，不必强求。”

张研很快回道:“有缘无缘天注定，肌肉不够我锻炼，为求美女芬芳心，上穷碧落下黄泉！”

苏珞看了忍不住笑了，但这笑容一闪即逝，她又想起十年前读高三时的那场初恋，当时她一心一意地爱着高大英俊的英文老师，并大着胆子偷偷地传递着情书，正当苏珞对爱情无限憧憬时，一个女人出现了，她拖儿带女地来到学校，自称是老师的妻子，不问青红皂白骂苏珞是可耻的第三者，一时间闹得学校里沸沸扬扬，英文老师被迫辞职，苏珞后来也转了学。

这件事对苏珞打击很大，从此紧闭心扉不言情爱。想起往事，苏珞的一时热情顷刻化为乌有，她悻悻地将手机扔在桌上。

我早就知道了

张研不厌其烦地每天发一个短信给苏珞，诉说自己一天的“思念之情”，并说在锻炼身体，自称体重每天都在增加，苏珞却不以为意，也不回短信。

一天，妈妈对苏珞说:“隔壁王奶奶的外孙这个月从上海来了，为了陪外婆，他特意在本市找了一份不错

的工作，这小伙人真不错，我前天买了两个大西瓜，正巧在楼下碰到了他，他二话不说就帮我拎上了三楼……妈妈已经帮你安排好相亲了！”忽然，她又压低嗓门神秘地说，“我和王奶奶说你只有二十五岁，和她外孙同年龄，到时候你可别说穿了！”苏珞听了，真是啼笑皆非。

相亲这天，苏珞总觉得缺少了什么，不时拿手机出来看看，许久，她恍然大悟，原来今天没有收到张研的短信。

苏珞母女俩刚准备好晚饭，有人敲门了，来客竟是张研，张研身后，是王奶奶，原来张研就是王奶奶的外孙呀！

张研吃饭时不停地朝苏珞狡黠地眨眼睛，看来他早就知道苏珞是谁了。苏珞瞥了一眼张研，他比一个月前健壮了许多，看来他对自己倒是真心的，想到这一点，苏珞心里悄悄泛起一股暖流。

吃过饭，妈妈和王奶奶借故出去了，家里只剩下苏珞他俩，苏珞并不想骗人，于是抢先说道：“我已经二十八岁了，只能当你的姐姐。”

张研坏坏地笑道：“我早就知道了，俗话说得好‘女大三，抱金砖’嘛，从小我就被妹妹烦透了，特别讨厌小女生！”说着，他过来抓住她的手，大胆地吻了一下，苏珞脸上不由一烫，忙低下头，见她这副娇羞模样，张研不由得心旌荡漾，他大着胆子吻了苏珞的红唇，苏珞渐渐被他一点点地融化……

爱她就娶她

两人确定了恋爱关系，王奶奶高兴地打电话告诉了张研的父母，他的父母听了很开心，要张研抽空把女朋友带回去给他们看看。

周末，张研带着苏珞来到上海家里。张研家居然是富人区里的别墅楼，这点让苏珞很吃惊，张研说他原来也是南京人，他父亲辞职来到上海打拼，十多年了，总算混得还不错。

这时，一个保姆打开门接张研他们来到客厅，一个贵妇人打扮的女人背对着他们在逗一只小狗，一个体形富态的男人举着报纸在看。

张研高声喊道：“爸、妈！我们回来了。”

男人和女人一齐回头，打量着苏珞，苏珞只看了他们一眼，呼吸顿时急促起来，是他！她的初恋！她的英文老师！天哪，她不由眼前一黑，晕了过去。

当苏珞醒来，看到张研焦急的眼神时，顿时泪如泉涌，看来他还不知道实情，而一旁的张父正铁青着脸在抽闷烟，张母则用鄙视且仇恨的眼神看着她，苏珞心一虚，慌忙闭上眼睛。

张研见苏珞被吓成这样，气急败坏地冲父母喊道：“我知道你们从前发生的事，但我爱她！我决定娶她！”

苏珞脆弱地喊道：“我要离开。”

张研心疼地送苏珞回南京去了，到家后，苏珞把自己锁在房里，悄悄地收拾了几样东西，凌晨一点了，苏珞悄悄地看了看熟睡中的妈妈，妈妈早晨起来，发现不见了女儿，不知会怎样伤心！苏珞强忍住泪水努力使自己脚步放轻，刚出门就撞到一个人，竟是张研，原来他一直在守候苏珞：“知道你会这样做！要走我们俩一起走！”

娘子，别哭

黑暗中，张研坚定的眼眸闪闪发亮，苏珞听了不由心头一热。凌晨三点，他们登上了去杭州的火车。这时，张研的手机忽然响了，是他父亲打来的电话：“小研，我想了很多，这一切都是我的错，不关苏珞的事，当时我们什么事也没发生过，都是你妈妈小题大做，她在我口袋里发现了苏珞当时写给我的信，以为天塌下来了……结果闹得满城风雨，当年是我们伤害了她……苏珞是个好姑娘……你明白我的意思吧？”

张研听完电话，紧紧抱住了苏珞，苏珞知道好消息后也喜极而泣，这时，火车启动了，他们想下车回家却来不及了，张研便拨了个电话给王奶奶：“外婆，深夜把您吵醒真不好意思，不过，我有好消息要告诉您，我和苏珞现在准备去旅行结婚，回来再补办酒席……您哭什么？噢！您是太高兴了……外婆，我也很高兴！”

苏珞听了张研的话，痴痴地看着他，眼中的泪水不断地涌出来，张研就不停地帮她擦，车上的乘客们见了都会心地笑了——原来是新娘子在撒娇。

（**题图、插图**：黄全昌）

惹祸的印章

□刘宇晴

阿P最近春风得意，被提拔为城郊开发区的管委会主任，官职虽不大，权力可不小。

一天快下班时，阿P把秘书叫了进来，吩咐秘书带上单位的合同专用章，说晚上要宴请港方客商，如果意见一致的话，在酒桌上就要把合作协议给签了。

这天晚上，双方边吃边聊，你情我愿中协议竟然达成了。秘书机灵，赶紧拿出事先准备好的协议书，阿P“刷刷刷”地签上大名，然后从包里拿出印章稳稳地盖上，这一切，直把港商看得目瞪口呆，谁说内地官员办事拖沓？阿P就是个例外嘛！

正事办完了，阿P彻底放松下来，手一挥，一群小姐鱼贯而入，莺歌燕舞中大家开怀畅饮，很快就都喝成了一个个醉虾。

第二天，阿P成功招商的事情被上级获悉，领导特意打来电话表扬了一通。放下话筒，阿P心花怒放，正哼着小调时，冷不防从门外走进一个香艳女子来，阿P眼睛一亮，正要问，女子先开了口：“怎么，这么快就忘了？我是香香呀，昨晚上我们不是喝过交杯酒吗？”

哦，阿P记起来了，眼前的女子正是昨晚陪酒的一个小姐。他连忙把门关好，压着嗓子问：“你怎么找到这里来了，昨天的账不是结过了吗？”香香咯咯一笑，小声说：“我的主任哪，你昨晚上说的话，还算不算数呀？”

阿P一愣，心想不妙，今天碰到个傻大姐了，他想了想，实在想不起昨晚说了些什么，就试探着说：“哎呀，昨天我喝多了，肯定说了不少醉话吧，香香小姐，你可别当真。”

香香摇了摇头，说“你昨天亲口

说的，要给我买个房子，咱们俩去过世外桃源的生活呢！”

阿P一听，吓了一跳，忙问：“香香小姐，你是不是搞错了，我昨天哪说过这些话呀？”

香香睁大眼睛，认认真真地说：“你说过，我们昨天还订了合同，你还盖了章呢！”

啊！合同？阿P大吃一惊，心虚地问：“什么样的合同？在哪里？你先给我看看。”

香香叹了口气：“可惜没有写到纸上，但都是你亲口说的，一共三条，你真的记不得了？”

吓死人了！阿P抹了把脑门上的汗，既然没有留下文字性的东西，那就不用怕这个傻姑娘了。他故作认真地思考片刻，然后严肃地对香香说：“不可能，我昨天肯定没说过这样的话。”

香香一听，也同样严肃地说：“你肯定说过，你还盖了章。”

荒唐！合同都没有，怎么可能签字盖章嘛，阿P连连摇头。香香急了，猛地捋起衣袖说：“章子还在这里呢！”阿P一看，顿时惊得目瞪口呆，只见香香白白的胳膊上，果然盖着自己单位的合同专用章，白底红印相当醒目。

阿P后悔莫及，他知道，这肯定是自己醉酒后的杰作，怎么办，赖是赖不掉了，万一这傻姑娘出去一嚷，被老婆小兰知道了，还不闹翻天？阿P眼睛一转：三十六计走为上！这事先拖着再说，现在天气正热，就算这傻姑娘不洗澡，出汗总是要出的吧？想到这里，阿P一拍脑袋，当即表态说话算数，说完后又拿出一叠钱塞给香香，让她先回去买几套衣服，等房子找到了，马上过来接她。

第二天，香香欢天喜地地逛了一整天商场，弄回十几袋物美价廉的衣裙，晚上，当她迫不及待地打电话给阿P时，阿P却告诉她，说自己临时出差刚出机场，现在离她有八百里远呢！香香不信，阿P马上用当地电话拨过来，香香一看，果然是外地号码，阿P在电话里再三保证，说自己一个星期后肯定回来。

阿P其实并没什么事情，这

趟出差，当然只是为了躲着香香。这一个星期里，阿P最关心的就是天气状况，谢天谢地，果然连续七天全国天气一片大好，每个人都热得晕头转向。

第八天，阿P心里特别踏实，他哼着小调、喜笑颜开地回来了，回来后他主动出击，把香香约来见面。不料，阿P的手刚一搭上香香的胳膊，香香马上警觉地一把按住说："别动，别动这个地方。"

阿P嬉笑着问："都一个星期了，章子还在呀？"香香得意地说："当然在，为了这玩意儿，我这一个星期都没出门，连睡觉都不敢翻身呢！"

说完，香香小心翼翼地亮出胳膊，只看了一眼，阿P就笑不出来了，果然章子还在，不仅在，而且由于养护得当，香香的皮肤更白了，因此印章也就更加红得耀眼。

阿P彻底认输了，第二天就咬牙买了套二居室。走进新房的头一件事，阿P就借口天太热，要香香去好好洗个澡，香香不放心地盯着阿P问："亲爱的，你是真心爱我吗？"阿P明白香香的意思，连连点头道："你放心洗吧，不管有没有这个章，我都会爱你一辈子！"

香香激动得满脸通红，一把捋起衣袖，露出胳膊上的那片风景说："我也会爱你一辈子，你看，为了证明爱，我已经把它文在这里了。"

阿P一看，顿时傻了眼，他捶胸顿足、后悔莫及，突然阿P一拍脑门，得意地咧嘴笑道："哎呀，瞧我阿P，多有女人缘呀！"

（题图、插图：顾子易）

"优媒杯"《故事会》优秀作品月月评

每期3篇选1 最高奖金800元

"'优媒杯'《故事会》优秀作品月月评"活动，参加方式如下：1. 每期由初评委推荐3篇故事为候选作品，读者可选择自己最喜欢的一篇，将其月月评短信代码（如AA191，没有短信代码的作品不参加评选）发送到911903（移动用户、联通用户）、02838168（广东移动）。每次限选一篇，可多次投票。2. 凡选对本期"最受欢迎的故事"的读者均有机会获得现金奖。每期设一等奖1名，奖金800元；二等奖10名，各获现金100元；所有参加评选的读者均有机会获得参与奖，每期200人，各获精美礼品一份。3. 本期活动截止期为：10月5日。得奖读者在评选结果揭晓后将得到短信通知。用户每投一票收费1元。

本期候选作品：1.《钻进有爱人的天堂》（p12）（短信代码：AA191）；2.《多情的奶牛》（p23）（短信代码：AA192）；3.《墓地银行》（p66）（短信代码：AA193）

2006年8月（上）月月评揭晓启事及获奖名单详见"故事中国网"(www.storychina.cn)。

网吧惊魂

几阵沙尘暴过后，四月末的天气已经有了初夏的感觉。那天，已经将近傍晚了，小浪骑着自行车去网吧。为了打游戏，小浪没少挨家人的训斥，但每次也只是稍微收敛两天，便又回到网吧浴血奋战，期中考试才过，五一黄金周的到来再次点燃了战火。这次小浪准备充足，车筐里放满了各种口味的方便面、矿泉水，口袋里更有了足够的“军费”。

小浪一路骑着，耳边响起了临出门前老娘的唠叨：“疯够了就赶快回来！”小浪心想：“疯够了？嘿嘿，最早也得三天以后吧！”

本来离家不远有一个网吧，曾经一度是小浪和朋友们的火拼之地，但是经过父母们几次大规模的围剿之后，小浪他们只得放弃阵地，去寻找新的据点。小浪跟朋友们约好，只要谁先在街上发现价格便宜、座位足够多的网吧便打电话互相通知。

小浪骑着车，不知怎么地竟然七拐八拐地进了一条偏僻的小巷，昏黄的路灯忽明忽暗，显得说不出的诡异，“我怎么跑这儿来了呢？”小浪正要骑车出去，忽然在巷子的尽头亮起了一盏淡红色的灯箱广告——“红急速网吧”，走近一看，门口的广告牌上写着：“五一黄金周特价，‘奔四’主频，包夜10元。”网吧里整齐地放着四十多台电脑，除了二十几个玩家，依然有十几台电脑空着。

小浪马上掏出手机："小白啊，我刚找到了一家网吧，叫什么红急速，十块钱刷夜，赶快带着人来啊，我先进去占座位了！"

打完电话，小浪就走了进去，对网吧的老板说："我的朋友们一会儿就到，估计你这里剩下的十几台电脑都得包下了，我们一刷就是两天三宿，你看是不是就别……"

老板不到三十岁，厚厚的瓶子底眼镜占了大半张脸，反射着灯光，看不到他深藏的眼睛，他自顾自地写着什么东西，却没有抬头："你放心吧，今天晚上不会有其他人来。"

老板说话时有些阴沉的声音让小浪听着很不舒服，更奇怪的是都什么年代了，老板竟然还用毛笔蘸着红墨水写账本。"25号机，去吧！"

小浪坐到位子上后，禁不住浑身一阵阵地发冷，他觉得有点奇怪，便望了望四处，只见身边的玩家全带着耳机，全神贯注地盯着屏幕，深陷的眼窝，油腻的头发，脸上却没有丝毫的疲惫。小浪问身边的一个玩家："老兄，经常来吗？""嗯。""玩多长时间了？""四年了。""四年了？"小浪一声惊呼，整个网吧的人全都往他这边看。小浪赶忙赔笑着跟大家打了个招呼，然后一边自顾自地打游戏，一边暗暗嘀咕道："这网吧总觉得有点奇怪，这帮人打游戏怎么不激动啊？"

小浪平时跟朋友们打游戏的时候，尖叫、惊呼、咒骂、埋怨从来就没间断过，表情更是喜、怒、哀、乐啥样的都有，而在这家网吧里，能听到的只有键盘的敲击声和鼠标接触桌面的摩擦声，安静得不像是个网吧，倒如同一家图书馆；更奇怪的是所有的电脑似乎都在运行着同一个游戏：CS，也就是《反恐精英》的网络游戏。

说到《反恐精英》，小浪一直自以为是高手中的高手，听着不同种类的枪声在耳边回响，小浪仿佛从一个高中生变成了职业杀手，天生胆小怕事的他在这款杀人游戏中似乎找到了平衡感。局域网上12个警察正在和12个匪徒激战着，名字清一色的从"鬼01"一直排列到"鬼24"。

"大活人起名字叫'鬼'，有意思，我也来！"小浪在名字一项输入"鬼00"，随后就加入了匪徒。不愧是小浪，他的加入使匪徒很快扭转了劣势局面，要是在平时，整个网吧都会为他欢呼呐喊，而在这里，无论发生什么事情所有人都显得十分平静，只是默默地燃起下一轮的战火。正杀到酣处，本来是匪徒第二名的"鬼01"竟然变节成了警察，紧接着情势就发生了变化：无论小浪藏在黑影当中守株待兔，还是小心潜行埋雷都会被对方发现，而且对方的水平不是一般的高，每次只用一发子弹必定能结果小浪的性命，就算小浪跟在其他十一个

人的身后，也难免中弹身亡，而在杀死小浪之后，“鬼01”也从来不理会其他的匪徒，只是对着小浪的尸体一通狂扫，如此往复十几回合，小浪的排名从本来的第一，变成了倒数第一。

小浪再也按捺不住怒火，一下子从座位上站起来，对着门口的老板大喊：“网管，有人作弊！”

“谁？”

“鬼01！”小浪话一出口，再次招来整个网吧的注目，24个人如同训练过似的异口同声地说：“鬼01？我们都是鬼01！”

小浪听了头皮一阵发麻：这怎么可能呢？现在网吧局域网上除了他小浪外是24个人，在游戏里就是12个警察和12个匪徒，怎么现在这24个人全是鬼01呢？小浪无奈地坐回到位子上，墙上的时钟已经过了10点，可小白他们还是没来，小浪本来想再打电话催催，可手机竟然没有信号，“反正时间还长，不如趁他们来之前先睡一觉。”想到这里，小浪便趴在桌子上渐渐进入了梦乡。

梦境里，小浪再次成了游戏中身穿迷彩服、手拿AK47自动步枪的匪徒，火光中弹壳飞舞，重刀一击，鲜血从敌人的颈部喷涌而出，看那敌人身上的标号正是刚才暗算自己的“鬼01”，手刃仇人之后，小浪带着自己的队伍把敌人杀得四处逃窜，战场上到处是死尸和丢下的枪械，只是渐渐的，身后的盟友越来越少，对手竟然成倍增加，铺天盖地的手雷从对方的营地中向小浪掷来，火焰灼烧着每一寸肌肤，感觉竟然是如此的真实……

猛然，就像时空在刹那间切换了一样，这燃烧着的火竟然一下子从战场移到了网吧，网吧已经化作一片火海，浓烟中小浪不得不俯低了身体，显示屏的爆炸声，人们的尖叫声，塑料融化时所散发出的刺鼻气味，渐渐升温的地板，掉落的顶灯，这一切都使小浪感到了极度的恐惧，他顾不上被碎玻璃划伤的手脚，拼命往前爬，好不容易爬到了墙边，“只要顺着墙走，就一定能找到出口！”虽然似乎还有一丝希望，可烟越来越浓，呛得小浪一直在咳嗽。整个网吧也不过五十平米，为什么爬了半天依然没有找到门？就在小浪即将绝望的时候，“安全出口”几个绿莹莹的字在面前闪动，“防火门！我终于得救了！”

希望来得如此真切，却又走得那么匆忙，一把巨大的铁锁，将防火门锁住了！小浪哭喊着、捶打着，门外虽然有清爽的空气，凉爽的夜晚，可是注定小浪的生命只能被门内的火焰一点点燃烧、蒸发！

“嗡……嗡……”桌上手机的震动将小浪拉回到了现实生活，刚才竟然是一场梦！小浪环顾四周，网吧里空荡荡的，只有他和前面柜台上的老板，那24个人全不见了，小浪拿起手机吆喝道：“喂，小白，你死哪里去了？我们这里一个人都没有了，你们还不赶快过来！”

“小浪啊！”电话那一头小白的声音在不住地颤抖，“我刚才给你打了半天电话都没人接。”

“是啊，刚才没信号，你冷啊？没事抖什么啊！”

“小浪，你刚才跟我说那家网吧叫什么？”

“红急速啊！闹了半天你连名字还没搞清楚呢！”

“不是啊！你还记不记得半年前我们这里有一条轰动全城的新闻，一个网吧失火烧死24人？”

“似乎有那么回事，怎么了？”

“那家网吧就叫红急速……”

“喂，小白，你别挂电话，喂！”无论小浪怎么叫喊，电话的那一头再也没有声音了，回想起这个怪异的网吧，刚才那个过于真实的梦使小浪觉得后背冷汗直冒，他的心“扑扑”直跳，他不敢迟疑，对着老板叫起来：“老板，结账！这里有十块钱，不用找了！”“十块钱似乎不太够啊！”

“十块钱还不够啊！我这里还有，五十，都给你！”此时小浪顾不得讨价还价，只想快点离开这个诡异的网吧。“嘿嘿……”老板抬起头来，小浪第一次看清楚了那张脸——一张被火烧后扭曲了的面容，眼睛似乎是被烟熏得成了白蒙蒙的一片，没有黑眼球，“我们这里，不收钱的。”

“那……你们要什么？”

“我们要的是你陪我们一起玩游戏。”老板说完，24台显示器一起转向小浪，每台显示器上都有一张人脸，就是刚才玩游戏的那24个人，可是与刚才不同的是，此刻这24张脸上堆满了让人毛骨悚然的笑容……

几天后，在半年前发生过火灾的“红急速”的废墟中，发现了一具无名男尸……

（**推荐者**：常小梦）

（**题图**、**插图**：谢　颖）

原来可以这样买

□方冠晴

汪守北最近几年靠炒房地产赚了不少钱，所以他将儿子汪舸送到市里最有名的私立学校读书。这所私立学校是一所“贵族学校”，学校什么都好，唯一让汪守北不满意的，就是这所贵族学校和一所乡村中学结成了联谊学校，两所学校的学生时不时地在一起联欢。第一次联欢回来，汪舸就向他要捐款，说是联谊学校有个学生得了很严重的病，家里没钱治，所以贵族学校的老师发动学生捐款。汪守北当时给了两百块钱，汪舸的嘴却噘得老高，嫌给得太少。

第二次联欢回来，汪舸一进门就嚷着要买狗。汪守北说：“家里已有一只纯种的细犬名狗，还买什么狗？”汪舸不高兴地说：“细犬有什么用？不会搬凳子，不会看地图，我们那所联谊学校，有个同学家的狗什么都会做，我就要那种狗！”得，又是联谊学校给惹的。

汪守北只得解释给儿子听，狗会搬凳子，那是人训练出来的，只要认真训练，家里的细犬也会做。汪舸却一脸的不相信：“就算经过训练，细犬会搬凳子，但它会看地图吗？”

“会看地图？”汪守北愣住了，还没听说过狗会看地图的，“谁家的狗会？”

“石小东家的狗就会！”不用说，石小东就是那个乡下中学的孩子。

汪舸闹腾着，非要将石小东家的狗买回来。第二天是星期六，汪守北开着小车，和儿子一道去了乡下。刚到石小东的家门前，一只狗就从屋里跑出来，冲汪守北吠叫。汪守北一看，顿时就没了兴趣，这是一只土狗，土得快掉渣了，个子矮小，毛色杂乱，而且身上脏兮兮的。这样的狗也只有农民会养来看家，真要弄到城里去养，还不让别人笑话？

汪守北有了打退堂鼓的想法，无奈儿子硬拽着他进门，这时就听屋内有孩子软绵绵的声音响起来：“小虎，别叫！”声音不大，但小虎倒听话，真的就没再吠叫。汪守北进门，就看到靠墙角的一张床上躺着个孩子，十五六岁模样，同自己的孩子一般大小，他见这孩子脸色蜡黄，有气无力，似乎有病在身，便说：“小朋友，你也不用起床，就躺在床上说话吧，我家汪舸吵着要买你家的狗，你开个价。”

石小东真的重新躺下了，说：“这狗卖不卖我也做不了主，得问我爸。我爸在田里干活呢，待会儿我让小虎叫去，你们先坐一会儿吧！”说着就唤小虎，让小虎搬凳子来。小虎真的就去了墙角，驮着凳子来到汪守北的面前，这一下，汪守北有点兴趣了，他在凳子上坐下，便问：“真难得你能将这只狗训得这么好。汪舸说，你家的狗还会看地图，是不是真的？”

石小东点了点头，说“当然是真的，我这就要让它去叫我爸回来。小虎不知道去哪里找我爸，我得让它看地图。”说着话就从床内侧拿出一张纸来，递到小虎面前。汪守北也饶有兴趣地凑过去看，这是一张手绘的地图，很粗糙，石小东指着图上一个小方块，对狗说：“爸爸在这里干活呢，

去，把爸爸叫回来。”那狗吠叫一声，似是答应，真的就转过身跑出门去。

那狗顺利地找回了石小东的爸爸，看来，这狗还真的不简单，难怪儿子这么喜欢，汪守北便做了自我介绍，说明了来意，石小东的爸爸一听就直摇头，说：“我不会卖我家小虎的。”语气十分坚决。

汪舸在一旁着急地说：“叔叔，你就将狗卖给我吧，这狗卖了钱，你也可以拿钱去帮小东治病呀！干脆，让我爸出五千！”汪舸回头恳切地望着汪守北，汪守北虽然极不情愿，但也无可奈何地同意了。

石小东的爸爸咬了咬牙，说“中！我卖了！”说着弯下腰去，抚摸着膝下的狗，对狗说：“小虎，要不是为了给小东治病，人家出一座金山我也不会卖你呀，我也是没办法，你别怪我。”

汪守北付了钱，石小东的爸爸把小虎抱到了汪守北的车上。车开动时，那狗在车上又叫又跳，躁动不安。汪舸高兴坏了，不停地去抚摸狗身上的毛发，这狗也乖巧，摸着摸着就安静了下来。

一回到家里，汪舸就给狗洗澡、梳理毛发，忙得不亦乐乎。看着儿子这么高兴，汪守北觉得，这五千块钱，花得值。

第二天早晨起床，汪守北便想逗逗小虎，于是便唤小虎，可是唤了多少声也没有动静。他疑惑了，便起床来找，可哪儿都不见小虎的踪影。

汪守北将这个不好的消息告诉了儿子。汪舸刚起床，听到这个消息不惊不恼，打着哈欠，漫不经心地说：“丢就丢了吧，不就是一条土狗，没什么大不了的。”汪守北一听来了气，非要儿子和他一起出门去找，汪舸却老大不情愿。

忽然，门铃响了。汪守北去开了

门，就听到狗叫，接着，小虎跑了进来。汪舸一见，愣住了，接着就气鼓鼓地对着狗吼叫起来："怎么回事？你怎么又跑回来了？"正叫着，有人答话了："是我送回来的。"一个人走了进来，是石小东的爸爸。

石小东的爸爸一进门，就恭恭敬敬冲汪舸弯了弯腰，道："小朋友，谢谢你的好意，可这狗是你们花了大价钱买来的，我不能让你们花了冤枉钱却得不到狗，所以，我还是将狗给你们送来了。"

"不行！你将小虎领回去！"汪舸生气了，叫起来，"今天谢元和他爸还要去你家买狗呢，你将狗送到这里来，还卖什么？"

汪守北越听越糊涂："谢元？谢元又是谁？这到底是怎么回事？"

"谢元是你孩子班上的同学。"石小东的爸爸谦卑地说，顿了顿，他动容地说："我跟你说了吧，事情是这么回事。我家的小东得了很严重的病，医生说，要治好病，得花二十多万。我一个农民，别说二十万，就是两万也拿不出呀，孩子没钱治病，只得在家里躺着等死。你孩子学校的同学到我们乡下学校去联欢，听到这个消息，大家就为我的孩子捐款，全校捐了两万多，但两万离二十万还差得远啊，孩子们看到我家养的小虎，就有了主意，他们说，他们的家长不愿意多捐钱，他们就在小虎身上做文章，回去吵着要大人来买小虎，将小虎买去后就偷偷地放了，让小虎再跑回我的家里，别的同学再带家长来买，这样买个几十次，小东的医药费就凑齐了……孩子们自己排了买小虎的顺序，你是第一个，接着就是谢元家里……我一直被蒙在鼓里，不知道这些情况，直到昨天晚上小虎跑回家，我问小东，小东才将这件事跟我说了。我一想，这哪行，这不是让孩子们骗家长吗？拿了这些钱我的心里也不安呀，所以，我将小虎送回来了。"

汪守北愣住了，好半天才回过神来。

第二天，汪守北领着小虎去了儿子的学校，请求汪舸的班主任当天召开一个家长会。家长会上，汪守北动情地讲述了事情原委，然后说："我想遂了孩子们的心愿，但我也不想我们的孩子学会欺骗，所以如果谁愿意救石小东同学，愿意买小虎，我们就挑明了买，但你买了小虎，小虎只能在你家呆一天。"

在场的所有家长都掏钱轮着买小虎，但没有一个家长将小虎领回家，他们都上来抚摸一下小虎，就像抚摸自己的孩子。家长会结束，大家目送着汪守北的小车开往乡下，车里，有大家共同的狗，还有二十多万元医药费。

（题图、插图：黄全昌）

·外国文学故事鉴赏·

马塞尔·埃梅(1902—1967)是二十世纪法国著名的短篇小说家,被誉为“短篇怪圣”。此篇作品寓现实于荒唐戏谑之中,以假见真、化实为虚,有故事、有情趣又有深刻的现实意义,是埃梅的力作之一。

美人卧室

□叶　复　改编

约翰是个公司小职员,一个人住在单身公寓的四层楼上,他留着一撮山羊胡,架着一副黑框眼镜。约翰三十岁那年,发现自己有穿墙过壁的本领,那天晚上,约翰刚到家门口,不巧楼道里停了一会儿电,他只好摸黑开门,忽然又来电了,可一瞧,自己竟然已经在屋里,一回头,房门却还是锁着的,这让约翰很不习惯,他对自己这种奇异的本领感到不快。第二天约翰便去看医生,说了自己的症状,医生经过诊断,发现约翰患了“螺旋性硬化症”,便给他开了处方,吃一种长效药片,每年服两片。

约翰回家后吃了一片,便将药片往抽屉里一扔,就把这事置之脑后了,一年过后,他穿墙的本领依然如故,不过,除非是偶尔疏忽,约翰从不施展这种本领,因为他这个人不爱冒险,也不想入非非,每天下班回家,他也是规规矩矩地掏钥匙开门,从门走进去,根本不想穿墙而入,如果不是发生一件意外事件,他也许就会安分守己一辈子。

公司进行改革,经理看不惯因循守旧的约翰,觉得他会妨碍改革的顺利进行,便把约翰打发到经理办公室隔壁的一间小屋子,小屋子的门又矮又窄,上面写着“杂物堆放室”。约翰从未受过这样的侮辱,他悄悄钻进小屋子与经理办公室的隔墙中间，只把脑袋从墙里露出来，这时，经理正伏案审阅文件，突然他听到办公室里有人咳嗽，抬头一看，吓得他魂飞魄散，只见约翰的脑袋悬在墙上，一双眼睛透过镜片正对他怒目而视，这还不算，这个脑袋竟开口说话了："你这个流氓、混蛋、无赖！"经理被吓呆了，他死命地挣扎一下身子，才从椅子上站起来，冲进隔壁的小屋子，约翰正坐在那里，跟平时一样，一声不响地埋头工作着，经理打量了约翰好久，没发现异样，便回到自己的办公室，可是没等他的屁股坐稳，那个脑袋又在墙上出现了："你这个流氓、混蛋、无赖！"仅仅这一天工夫，骇人的脑袋在墙上出现了二十几次，以后天天如此，可怜的经理被吓得精神失常，住进了疗养院，而新上任的经理将约翰调回了办公室。有了这次得意的经历，约翰感觉有一种无法克制的欲望在他身上作祟，他想再施展穿墙之术，从而大显身手、一鸣惊人。

就这样，约翰靠着天生的特异功能，穿墙过壁，频频作案，洗劫银行、抢劫富商、盗窃珠宝店……每次都留下自己的化名"哈哈"，笔迹潇洒！一周后，"哈哈"名声大振，警方一时也没能破案。约翰每天仍是按时上班，每天早晨，同事们一上班，就在公司评论"哈哈"夜间所作的奇案，赞叹他是个了不起的天才、超人！约翰在一旁听着十分开心，终于有一天，他忍不住向同事们宣布，他就是"哈哈"，可大家都冷嘲热讽地笑话他。

约翰为了在同事们面前挽回面子，证明自己就是"哈哈"，他这次作案后并不穿墙离开，而是故意让警察抓到了他，把他关进了监狱。第二天，各报在头版刊登了约翰的照片，同事们果然大吃一惊，自恨有眼无珠，没认出他们这个同事是个奇才。

约翰进了监狱，反而感到自己是个幸运儿。监狱的墙壁很厚实，他穿一穿的确很过瘾。就在约翰被捕入狱

的第二天，查监的看守发现犯人约翰在墙上钉了个钉子，把典狱长的金表挂在上面，还有从典狱长书房里弄来的《三剑客》，这下可把监狱的上上下下搞得焦头烂额，这天夜里，约翰虽然受到严密的监控，还是在十二点逃之夭夭了。

越狱三天后，约翰再次被捕，当时他正谈笑风生地和几个朋友在酒吧喝酒。被押回监狱后，约翰被关进一间上了五道锁的黑牢，当天晚上，约翰又溜之大吉，跑到典狱长的客房里过夜。第二天早晨醒来，他按铃叫来女佣，说他要用早餐，女佣被约翰吓得惊慌失措，几个看守闻讯赶来，把约翰从床上拉走，约翰未作丝毫反抗。典狱长恼羞成怒，在约翰的牢门前增设了一道岗，中午时分，约翰却又神不知鬼不觉地溜到监狱附近一家饭馆用餐，吃饱喝足后，他给典狱长挂了个电话:“喂! 万分抱歉，我刚才出来的时候，忘记把您的钱包带上，结果被扣在饭馆里了。劳您大驾派个人来，把饭钱付清好吗?”典狱长亲自跑到饭馆，气急败坏地对约翰破口大骂，约翰觉得人格受到了侮辱，当晚又越狱了，从此一去不回。

约翰这次越狱后多了一个心眼，他剃掉小山羊胡，换上隐形眼镜，再扣上一顶鸭舌帽，穿上大花格上衣、高尔夫球运动裤……这样一打扮，模样完全变了，没有人认出他。约翰住到郊区一个小公寓里，早在他第一次被捕之前，他就把部分家具和贵重物品搬到那里，他对穿墙过壁的乐趣有些腻烦了，此时在他眼里，最厚实最高大的墙壁也不过是微不足道的屏风，他向往穿行巨大的埃及金字塔。

约翰悠闲地准备着埃及之行，一天午后他在郊外小路散步，一刻钟的间隔里，约翰竟两次碰见一位迷人的女人，让他一见倾心，什么埃及之行、穿行金字塔，一下子都被抛到九霄云外。那位美人也似乎对约翰有意，向他送来几个秋波。可惜，后来约翰打听到，那个美人嫁给了一个醋罐子，丈夫非常粗暴，生性好猜疑，可他自己却偷鸡摸狗、宿夜嫖妓，每天晚上十点到凌晨四点之间，经常一个人跑到外面鬼混，把老婆丢在家中。不过，他临走时，总是把他老婆关在屋里，房门上了两道锁，每扇百叶窗也加上一把大锁，戒备森严。白天，他照样把老婆看得紧紧的，有人警告约翰:“她丈夫一刻也不放松，守得严着呢! 一副十足的无赖相，谁也别想到他窝里偷油。”

然而，这种警告只能让约翰欲火更旺。第二天午后，约翰仍去小路散步，又遇见了那个美人，他不顾一切地跟着美人进了附近的一家杂货店，在美人买好东西等候付款时，约翰向她倾诉了爱慕之情，说自己对她的遭遇完全清楚: 丈夫凶神恶煞，房门上锁，百叶窗关严……可这没关系，他当天晚上一定要到她的卧室去。美人满脸绯红，叹了口气说：“唉，你不可能进来的。”

这天，约翰精神焕发，到了晚上，将近十点钟时，他便守候在路旁，眼睛紧盯着一道厚实的院墙。不大会儿工夫，院墙的一扇门打开，出来一个男人，只见他仔细地把门锁好，然后迫不及待地离开了。约翰便拔腿猛冲过去，以矫健的步伐穿墙过壁，顺顺当当地一头扎进被锁的美人卧室。美人如醉如痴，张开双臂迎接他，直至深夜，两人有说不尽的柔情蜜意。

第二天的情况有些不顺，约翰头疼得厉害，这无足挂齿，他才不会为了一点头疼脑热就失约呢！不过，他要吃些感冒药，拉开抽屉翻出一个药瓶，他上午服了一片，下午又服了一片，这样到了晚上，头疼就能挺住，这一次，两个情人温存了一夜，难舍难分，直到凌晨三点钟，方才分手。

约翰穿越美人卧室的墙壁离开时，觉得与往常不同，腰部与双肩有少许摩擦感，不过，他认为不必介意，可是，当他要通过院墙时，明显地感到有阻力，就仿佛在一种流动的物质中行动，而且，这种物质越变越稠，他越是用力挣扎，周围物质的稠度就越大，最后，他的身体总算钻到墙心，可约翰发觉他再也无法移动了，他心中一惊，猛然想起白天吃的两片药，原以为是阿司匹林，哪知却是医生去年给他开的长效药片，药力加上过量的体力消耗，顿时见效。

约翰铸在墙心里了，直到今天，他的躯体与石墙依然化为一体，待到夜深人静时，夜行的人经过这个院墙，便能听到一种仿佛来自坟墓的低沉声音，他们还错当风吹过院墙发出的声音，其实不然，那是约翰在倾诉他的一腔幽怨，追悔他那犹如朝露的爱情，哀叹他显赫的生涯就此断送……

（题图：佐 夫）

·情节聚焦·

暗恋酒精男人

□李如有

单身汉常久金爱酒如命，这次喝出个“胃出血”，住进了医院。他的同事们来医院看望他，男的大多送补品，女的大多送花篮。同事们走后，常久金便拎起病房中的几只花篮，逐个欣赏了一番。

当常久金拎起那个最漂亮的花篮时，他意外地发现了一张小纸条，拿起纸条，见上面写着两行隽秀的字：“你的健康，牵动着我的心扉，祝愿心上人，早日康复!”落款处竟写着一个小小的“萍”字。

常久金看后怦然心动了，办公室里有三个名字里有“萍”的女同事，是哪位红粉知己，向自己示爱呢？他拿着纸条，心猿意马地躺在病床上，渴望心中的那个“萍”，会再次来看他，可等来等去，直到他出院那天，再没有见到有哪个“萍”，单独再来医院看望他，这让常久金好不郁闷。

出院上班之后，常久金便打着哈哈，去试探办公室的那几个‘萍’们。结果，他确定，只有胡萍还没有男朋友，于是常久金借工作之机，有意跟胡萍多接触，他幽默风趣，一开口，便能让胡萍忍俊不禁，笑声不断。有了爱情的日子就是不一样，常久金无论饮不饮酒，整天人都变得神采奕奕!

到了周末，常久金正式向胡萍发出邀请，说晚上想请她出去吃饭，胡萍听了颇感意外，但一见常久金真诚的脸上写满了期待，她便答应了。

酒店一角，常久金选了个清静的位置，早早地坐在那里，圆圆的酒桌

上，摆放着一束火红的玫瑰花，显得浪漫而又温馨。胡萍姗姗来迟，她很自然地在对面椅子上坐下来，轻松地问道："搞这么浪漫呀，还有谁要来呢？"常久金将玫瑰花猛地往胡萍面前一递，他单腿跪地，结结巴巴地说道："萍……我，我爱你！"胡萍闻言吓了一跳，她怔怔地望着常久金，说道"你、你今天，好像没有喝酒吧？"常久金说道："我没有喝酒，我知道你对我好，我也喜欢你，请接受我的求爱吧！""这怎么可能呢，我已经有老公了啊，你不会不知道吧？"常久金闻言，如五雷轰顶。胡萍拉起跪着的常久金，轻轻说道："我老公在外地海关工作，我们结婚也有一年多了。"

常久金心里好不失落，良久，他掏出了珍藏在自己口袋中的那个纸条，问道："那这纸条是怎么回事？是不是你写的？这可是暗藏在花篮中间送给我的，否则，我也不会闹出误会，自作多情了！"胡萍接过纸条一看，摇摇头说："肯定不是我写的！""不是你，那会是谁？大家明明知道我还单身，为什么搞这样的恶作剧，要这么伤我？"常久金说着，眼圈竟然红了起来。"开这样的玩笑真是不应该！我这就打电话叫同事们过来，好当面问个清楚！"为了打破这里的尴尬局面，胡萍便打电话请几个同事都到酒店里来了。

同事们进屋刚坐定，胡萍便拿出纸条，问他们，是谁在花篮中暗暗做了手脚，跟"酒精男人"常久金开了这么个玩笑？

同事们接过纸条看了看，都说不是自己，可常久金一口咬定，说这纸条就是从花篮中找出来的，再说，除了公司同事，也没有其他人送花篮来探望过常久金呀！

同事们蒙受了不白之冤，彼此之间都有点尴尬，最后，胡萍提议说："不如，我们各写一个'萍'字，放到一起来辨认笔迹吧！"说完，她找了一张白纸，在上面先写了一个"萍"字，其他同事也依次接过笔，写了字，然后，将纸条放在一起，进行比较，对比结果，这纸条上的"萍"字，与同事们所写的"萍"字笔迹都相差甚远。大家开始纳闷了，难道这送纸条的还真另有其人？

大家正在猜测间，酒店一角的电视里播放出一则新闻："时下，人们去医院看望病人时，喜欢送上一个花篮，以此来祝福病人早日康复，但是，某医院的黑心护工竟与花店老板相勾结，将病房中撤掉的报废花篮拿到花店后，一转手又重新卖给了另外的顾客，这种从病房中流出的花篮，有传播病菌与交叉感染的危害，这是一种遭人谴责的不道德行为……"

听到这里，大家同时惊叫了起来："二手花篮——"

（题图：谭海彦）

就差这一分

□曾 恽

向琴是育才小学五年级学生，她最近两个月来，成绩进步非常大，这次期末考试，向琴除了数学八十九分，其他每门功课都是九十分以上。宣布成绩后，向琴来到老师办公室，请求老师将她的数学成绩加上一分，老师摇摇头说："不行呀，试卷都已经改出来了，怎么能随便加分呢？"向琴急了，她恳求道："你就给我加一分吧，我这次，只有数学考了八十九分，其他的都上了九十，我爸爸说，如果我每门功课都上了九十，就可以满足我一个心愿，老师，你就给我加一分吧！"

老师有些好奇，问道："那你能不能再告诉老师，你的心愿是什么呢？"向琴听了这话，神情忽然有些不自然，张了张嘴欲言又止，一张小脸憋得通红，可好半天也没说出什么。老师看着向琴可怜巴巴的样子，便柔声说："向琴同学，按理说卷子改出来了，分数是不能乱动的，这样吧，老师再找找看，看还有没有能够加分的地方，好吗？"向琴一听使劲点点头，咧开嘴，眉开眼笑地转身走了。

望着向琴的背影，老师想了想，隐隐觉得不太对劲，她决定到向琴家做一次家访。

第二天一早，老师来到向琴家里，因为事先通知了家长，向琴的妈妈早已经沏了好茶，向琴安静地坐在一旁，眼睛骨碌碌地望着老师，似乎在询问着什么。

老师表扬了向琴，说她近段时间学习努力，成绩提高得也相当快，说完后，从包里拿出一张成绩单说："这是期末考试的成绩单，我顺便带来了。"向琴妈妈接过一看，顿时喜形于色："哎哟，全是九十多分啊，真是太感激老师了，向琴的成绩从来没这么好过，不错不错，只有数学还差了一点点。"

听妈妈这么说，向琴一下变了脸色，扯过成绩单一看，不禁又急又气地说："老师，怎么还是八十九，你没加这一分呀！"

老师见向琴妈妈莫名其妙的样子，就将昨天的事情说了一遍，不料妈妈一听，对着向琴生气地骂道："说！谁答应过你满足愿望？八十九就八十九嘛，为了这一分，你竟装模作样、欺骗老师，怎么能这样！"老师见向琴死活不开口，也委婉地说："向琴同学，你要求进步的心情老师可以理解，昨天老师也重新阅过卷了，但是没有找到可以加分的地方，其实呀，只要你进步了，爸妈就会很高兴，不一定非要九十分呀！"

"不！爸爸说上了九十分，才可以满足我的愿望，老师，你昨天答应加分的，你骗人！"向琴突然抬起头来，满脸的委屈，泪水在眼眶里直打转。

"不许这样跟老师说话！"向琴妈妈大声呵斥女儿，稍后，又无可奈何地说："好好，你有什么愿望，妈妈都答应你，你说吧！"向琴闻言，抬头看看妈妈，又看看老师，却还是半天没有开口，妈妈有点不耐烦了："说呀，你到底要什么？"

向琴的眼泪一下流了出来，抽泣着说："我要、我要你跟爸爸别离婚！"妈妈惊得目瞪口呆，好一会才慌乱地说："你瞎说什么，爸妈什么时候要离婚了？"向琴抹了把眼泪说："我知道，爸爸没有出差，他都搬出去两个月了，你们、你们就快要离婚了。"

正在这时候，门外响起了重重的脚步声，向琴突然止住哭泣，惊喜地跳了起来："是爸爸！"拉开门后，果然爸爸出现在门口。爸爸过来抱向琴，向琴却往后一退，双手把成绩单藏在身后，不安地说："爸爸，我这次没考好，我……"

向琴的爸爸已经很久没见女儿了，现在一进门，就看到女儿脸上挂着泪珠，不禁又怜又爱地说："好了别哭了，我都知道，昨天老师已经通知我了，小琴，爸爸很满意你的成绩，说吧，有什么愿望爸爸都满足你。"

"真的？"向琴欢喜地问，爸爸微笑着点点头。

向琴盯着爸爸的眼睛说："我要你搬回来住，你跟妈妈别再吵架了，

2006年《中国最有影响力的故事》征文启事

五大奖励措施　稿酬外追加千字千元奖金

为鼓励多出优秀作品,《故事会》杂志社决定继续举办2006年《中国最有影响力的故事》征文大赛，并对优秀作品实行5大奖励措施:

1. 入选作品除在杂志上发表外，还将收入《〈故事会〉中国最有影响力的典藏故事》(2006年版)一书。2. 入选作品可得两笔稿酬：在《故事会》杂志发表的作品，首发稿酬每千字400元，选入书后再追加每千字1000元。3. 入选作品均颁发奖励证书。4. 本刊将委托有关专家对入选作品进行精彩点评。5. 本刊将邀请有关作者参加10月在外地风景区举办的优秀作品改稿会以及年底的颁奖大会,所有费用均由我刊承担。

征稿范围：具有现实感、新鲜感且可读性强的中短篇原创作品。超短篇(如幽默故事)的字数一般在1500字以内，短篇(如中国新传说)的字数一般在5000字以内，中篇故事的字数一般在15000字以内。

来稿方法：1. 从邮局寄发，请在信封上注明“征文大赛”字样，本刊地址：上海市绍兴路74号《故事会》杂志社，邮编 200020。2. 从网上传递，可发以下信箱：wulun@vip.sohu.net，请在主题上注明“征文大赛”字样。来稿也可直接发至各责任编辑的电子信箱，本期责任编辑的信箱是：keyin118@163.com。

行吗？”

向琴的爸妈呆了片刻后，眼睛彼此对视了一下，但马上又分开了。爸爸蹲下来，拉着女儿的手说：“这样好不好，你不是一直想去北京吗？爸爸过几天就带你去，咱们去天安门、去长城……”

“不！”向琴突然打断爸爸的话，拖着哭腔说：“你说过要满足我的愿望，我的愿望，就是你们不要离婚！”

屋里的人全都沉默着，谁也没再说话。这时候，向琴爸爸的手机忽然响了，一看号码，他的脸上顿时露出为难的神情，犹豫了一会，还是俯下身对向琴说：“小琴，爸爸有急事要先走了，你再想想看，如果有其他的愿望，爸爸一定答应你！一定答应！”

小琴看着爸爸，哽咽着说：“爸爸，我知道自己考得不好，下个学期我一定考九十分，你等着我好吗？”爸爸没说话，默默地点点头就匆匆离去。

向琴扯着爸爸的衣角跟出门外，依依不舍地向爸爸挥手，抽噎着说：“爸爸，下次我会补回这一分，你一定要等着我啊，一定要……”

爸爸走了，老师忍不住对向琴妈妈说：“孩子的愿望，你们就不能再考虑考虑？”向琴的妈妈一阵心酸，摇摇头说：“小琴的愿望不可能实现了，因为我们已经离了。”

(题图：安玉民)

致命表演

□龚立波

对艺术家而言，生命诚可贵，艺术价更高，在他辉煌的演艺生涯里，有一份默默的执著和奉献。人的一生其实很短暂，短暂得近乎残酷，在这致命的表演中，是谁夺走了一个又一个生命……

陌生的贵妇人

喜剧大师劳伯伦决定息演，结束如日中天的演艺生涯，世人对此惊诧不已。在息演前，劳伯伦回到家乡，准备为家乡父老做最后一次演出。

演出前一天，一位中年阔太太来找劳伯伦，她很动容地说："我叫绿蒂莎，冒昧打扰很是抱歉，但我又不能不这么做。"她顿了顿又说，"我对您回家乡演出表示钦佩和祝贺！同时，也乞求您能终止这次演出！"

"什么？终止演出？"劳伯伦听了大吃一惊，在他演出生涯中，这种荒谬要求还是头一次遇到。

阔太太绿蒂莎接着说："我知道您很吃惊很为难，但我还是希望您能这样做，您的一切损失我会加倍补偿，请放心！"

劳伯伦心平气和地说："对不起，夫人！您的要求我做不到，这不是钱的问题！但我很想知道您想终止演出的理由，能告诉我吗？"

"这……"绿蒂莎欲言又止，似有

难言之隐，“对不起！既然您的主意已定，我就没话可说了！希望您能尽快改变想法，及时给我电话！”说完她留下电话号码，傲气十足地走了。

阔太太刚走，门铃声又骤然响起，劳伯伦打开房门，只见一个女佣打扮的人立在门口，诚惶诚恐地对劳伯伦说：“对不起，劳伯伦先生！我家老爷，就是温克德老爷，他想见您！”劳伯伦一生中最看不起富人那种有钱就不可一世的德性，他说：“您回家转告您家老爷吧，我没空！”不料女佣扑通一声跪到地上，恳求道：“先生！我家老爷身患重病，已活不了多久了，您就可怜可怜他，遂了他的心愿吧！”

别墅里的表演

劳伯伦心软了，他跟随女佣来到温克德的别墅里，女佣把劳伯伦领进卧室，面容憔悴的温克德斜躺在床上，他见到劳伯伦眼睛一亮，有些吃力地说：“劳您大驾，实属抱歉！但您知道我为什么想见您吗？”劳伯伦摇了摇头。

温克德接着说：“你能不能破例为我举办一场家庭表演会？出场费不是问题，您开价就是了！”

劳伯伦仍是摇头，温克德继续说：“您和我都是从科克镇走出来的顶级人物，您在艺术领域，我在经济领域，可我们一直未能谋面，今天能在一起，真是一种缘分。我素来喜欢您的喜剧表演，您是喜剧天才，不过，这些印象仅仅来源于电视转播。我剩下的日子也不多了，走之前很想亲眼目睹一次您的表演，不知您能否给我这个机会？”说完温克德吃力地喘息起来。劳伯伦听了感动得热泪盈眶，他不想让老人失望，但他很担忧体弱的温克德能否经得住喜剧表演的刺激，温克德看出了劳伯伦的顾虑，便说:“只要您答应就行!其他一切我会安排好,您不用担心!”

劳伯伦终于答应为温克德老人破例表演一次,表演开始了,劳伯伦的第一个节目,就令温克德笑得前俯后仰;第二个节目,已让他笑得喘不过气了;第三个节目还没表演完,温克德老爷停止了呼吸,他脸上遗留着满足的笑容。劳伯伦被眼前这一幕惊得目瞪口呆,正惶恐不安时,大厅门外走进一个人来,劳伯伦见了又是一惊:怎么会是绿蒂莎?绿蒂莎扑到温克德身上恸哭起来。

最后的谜底

原来,温克德和绿蒂莎是对恩爱夫妻,自从丈夫温克德患了严重心脏病后,绿蒂莎更加关注温克德的健康。前不久,听说劳伯伦要回家乡演出,温克德兴奋不已,有几个晚上竟没睡好觉,他嚷着一定要看劳伯伦演出,妻子绿蒂莎却十分担心:心脏病患者受不了强烈刺激,劳伯伦的喜剧表演说不定会让温克德毙命,绿蒂莎为了让丈夫平安地活着,便瞒着他去同劳伯伦谈判,准备不惜任何代价阻止这次演出,谁想谈判没有结果,她来不及回家,便被几个姐妹拉去做面膜了,恰巧这当儿,温克德令女佣去请劳伯伦,结果不仅顺利请到劳伯伦,他还同意给温克德作专场演出,谁想就是这场演出,竟要了温克德的命,为此劳伯伦后悔不已,他向绿蒂莎赔礼道歉,但气头上的绿蒂莎毅然报了警,警察把劳伯伦押走了。

在警局,劳伯伦想得最多的不是自身安危和冤屈,而是明晚最后一次演出能否顺利进行,广告打出去了,门票卖出去了,再出岔子,他会对不起家乡的观众……劳伯伦正胡思乱想着,却被警察告知他可以走了,劳伯伦很迷惑,这时,温克德的私人律师笑着告诉了他,受温克德老人的委托,律师到警局出示了温克德老人生前的证明:“喜剧大师劳伯伦是我特邀嘉宾,他为我专场演出时,我出现的一切意外均与他无关……”此刻,劳伯伦一切都明白了。

第二天晚上,劳伯伦的演出如期进行,全场掌声雷动,欢呼声经久不息,劳伯伦用前所未有的热情和高超精湛的演技回应了全场观众的厚爱,他的表演一个比一个精彩,今晚,他把演出的轰动效应推向了极致,就在劳伯伦做最后一个节目的亮相动作时,他突然倒在了舞台上……

翌日早上,律师在劳伯伦身上发现了一份白血病晚期诊断书,至此,劳伯伦的息演之谜终于有了解答。

(**题图、插图**:佐　夫)

(本栏目欢迎来稿。来稿可从邮局寄发,也可从网上传递。如为电子邮件,请发以下信箱:keyin118@163.com)

墓地银行

□游　子

爱克尔是一名保险推销员，工作很累，收入却很少。这天上午，他跑了好几处地方也没卖出一单保险，正沮丧时，手机响了，是他父亲的律师打来的，说他父亲病危，要他火速赶到蒙大拿州办理后事。

爱克尔的父亲叫古德斯，是个大牧场主，也是蒙大拿州赫赫有名的亿万富翁，可他脾气暴戾，对子女非常苛刻。爱克尔就是因为不堪忍受父亲的乖僻性格，才跑出来独自谋生的，十多年了，一直没回家看过一眼。现在，上帝终于要将这凶暴老头子带走了，他总不会将他这么大的产业也带进坟墓，总要给子女们留点遗产吧？想到这里，爱克尔舒出一口长气，马上坐下午的班机赶回了蒙大拿。

当爱克尔走进病房时，他的5个哥哥都已经守候在病床前了，他们和他一样，也都是得到律师的通知后从外地赶来的。他们的父亲躺在床上喘气，身上插着各种管子。老牧场主看到多年不见的6个儿子整整齐齐地站在面前，示意扶他坐起来，他耗尽最后的气力，说道:“我亲爱的……孩子们，我……终于又看到你们了。上帝给我的时间……已经不多，我知道你们……恨我，讨厌我，躲得远远的，我……生前很少见到……你们，因此，我希望我死后……你们……能常来看我，至少每周……到我的墓前看我……一次。现在，就……请我的律

师先生……宣布我的遗嘱……”

一旁的律师面无表情地把遗嘱念了一遍，大意是：古德斯的部分遗产将分为22份，6个儿子、16个孙子各一份，数额不等，最少的是10万美元。这些遗产将以现金的形式分期支付。律师作为遗产支付的执行人，将指导他们如何领取遗产。律师还没说完，爱克尔心里就开始盘算拿到第一笔钱后该做什么了：先买一幢小别墅，再买一辆福特2000，然后辞职，彻底告别这又累又苦的推销员生活，直到几个哥哥发出一声干嚎，他才意识到老头子已经死了，连忙用力挤了挤眼睛，跟着大嚎起来。

到墓地取款

葬礼结束一周后，律师宣布老牧场主的22个子孙将领到第一笔遗产。

“在哪里领？”“有多少？”“怎么领法？”在爱克尔和几个哥哥一连声的追问下，律师微微一笑，指着古斯德的坟墓说：“地点嘛，就在这里，至于有多少金额，怎么样个领法，你们来就知道了。”说完就扬长而去。

这死老头搞的什么鬼！想到还要在蒙大拿等上一周，爱克尔心急火燎，却又无法可想。好容易捱到时间，爱克尔满怀疑惑地来到墓地，只见5个哥哥和16个侄子已经围着坟墓站好了。律师让他也面向墓碑站好，然后用手在墓碑上按了一下，墓碑的下半截滑向一边，露出了一台内置取款机！律师咳嗽一声，正色说道：“现在，我就按照古斯德先生的遗嘱，教会你们怎样使用这台取款机。第一步，你们先把自己磁卡上原始的密码改了。”律师把取款磁卡一一发给22个继承人，然后用自己的磁卡插进取款机，屏幕上一下跳出老牧场主的头像，下方是一行字：“亲爱的孩子们，欢迎你们来看我！”爱克尔和哥哥们哭笑不得，只好依次上前修改了取款密码。

律师重新插入磁卡，输入密码，屏幕上的头像变成了全身坐像。老牧场主端坐在圆椅里，目光如炬，看着面前的人。律师说：“现在，你们可以取走归你们所有的第一笔遗产了，哪位先来？”爱克尔早就等不及了，第一个跳出来，急忙把磁卡插进取款机，输入了密码，可是等了半天，屏幕上一点反应也没有。律师笑了：“爱克尔先生，你太性急了。这里还有两道程序：第一，你必须先向你父亲行三个鞠躬礼，才能进入下一程序。这台取款机上有摄像头，它会将图像转化为命令。”爱克尔忍住气，恭恭敬敬地向父亲的坐像三鞠躬，屏幕跳了一下，坐像下方出现了一个对话框，只听律师说：“你先输入一句话，如果输入正确，再输入密码就行了。”到了这一步，爱克尔再笨也知道该输入什么了。他想了一想，输入一句：“亲爱的爸爸，我想念您。”

屏幕跳动了一下，现出了老牧场主满面笑容的头像，对话框里字变成了：“我亲爱的孩子，谢谢你。”接着，出币口轻轻一响，吐出了一叠美元。

爱克尔抓起钱来清点了一下，只有500美元，可是出币口已经关闭了，半天不见动静，爱克尔急了：“律师先生，我父亲留给我的是15万美元啊，怎么只有这一点点？”律师说：“爱克尔先生，没错，你的份额是15万美元。但是，你每周只能支取一次，每次限额是500美元，而且不能顺延，到期如果不支取，电脑就视为自动放弃。这是个电脑程序，对你们22位继承人都是一样的。”

爱克尔明白了：“原来，老头子是用这样的方法让我们每周来看望他一次啊！”律师点点头：“是的，古斯德先生深知在世时与你们的感情是难以恢复了，他实在无法忍受自己孤零零的一个人躺在冰冷的坟墓里，才做了这样的安排。他的目的是在他死后儿孙们还能经常围绕在他的身边，让他能享受到这迟来的天伦之乐。”

听了这番话，爱克尔的5个哥哥都默不做声了，有谁还能精明得过这位躺在坟墓里的老人呢？大家排好队，规规矩矩地按照取款程序行礼、输入问候语，然后拿走自己的500美元。第二周，大家又再赶来，重复上一周的程序，再拿走500美元，虽然内心觉得憋气，可是，谁又能抵挡美元的诱惑呢？

虽然一周才能取500美元，但比爱克尔做保险推销员的收入高多了，而且毫不费力，爱克尔干脆将家搬到蒙大拿，靠每周上墓地取款过日子。

冷清的墓地不再是死人安息的场所，而是可以取到现金的“银行”！一家电视台闻知此事，派记者到老牧场主墓前作了现场报道。新闻播出后引起了巨大轰动，律师作为富翁古斯德的遗嘱执行人，受到记者们的热烈关注，纷纷追问他是怎样想出了这样一个点子的。律师双手一摊：“先生们，你们误会了，这不是我的创意，这是古斯德先生自己想出来的，至于墓碑取款机，古斯德先生生前已获得了发明专利，我只不过是替他完成了最后的安装工作而已。”

有记者问：“律师先生，你认为古斯德先生的这种做法是否实现了亲情的回归，唤醒了子孙对先辈恩情的想念呢？”律师说：“这当然！我可以告诉大家的是：到目前为止，已经有两位高龄富翁预订了古斯德先生发明的墓碑取款机。古斯德先生晚年对亲情的渴望，促使他又在另一个商业领域取得了成功！可以预见，安装墓碑取款机将成为全球的一个潮流！”

百密一疏

果然不出律师所料，两个月后，又有一位高龄富翁亲自前来考察“墓碑取款机”的实际使用效果。到周末取款日那天，律师将他带到了老牧场主的墓前参观，可现场让律师大吃一惊：除了一个爱克尔，其他21个继承人都不见了踪影。只见爱克尔不停地重复着一套程序：向古斯德坐像鞠躬、输字、塞入磁卡，然后把一叠叠的美元装进提包。律师心中一沉，急忙问道：“爱克尔先生，您这是做什么啊？”爱克尔看了他一眼，不屑地说：“取款啊，你没看见？”律师说：“你能否告诉我，你的哥哥和子侄们为什么不来取款了？”爱克尔笑了，扬扬手中的一叠磁卡，说：“一周才500美元，他们不耐烦来回跑了，就把磁卡和密码给了我，让我代取，取足5000美金后给他们汇去，他们给我百分之六的佣金。对于我，这可是一笔不小的收入呢！这都要感谢老头子，给我安排了这么好的一个工作，哈哈！”

律师勃然大怒“爱克尔先生，你们这种做法违背了古斯德先生遗嘱规定，作为他的遗嘱执行人，我将停止对他遗产的支付，这就意味着，从下周开始，取款机里不会再有一分钱！”

爱克尔轻蔑地笑了：“律师先生，我们已经反复研究过了，我们目前的做法并没有违背遗嘱之处，这要怪老头子百密一疏，没有想到我们会用这样的方法对付他，如果你们事先把我们每个人的图像资料输入程序，我们也就只好每周来看他一次了。既然我们没有违反遗嘱的规定，你要敢停止支付我们的遗产，那就该你上法院当被告了，哈哈！”

律师气得说不出话，一直在旁边观看的高龄富翁轻轻搔了搔头上的白发，摇摇头，长叹了一口气说：“律师先生，别难过了，我现在明白了，这墓碑取款机虽然是一大发明，但要靠它来维持人类的亲情关系，还是不行啊！我这一台，就不订货了。”

（本篇月月评短信代码：AA193）

（题图、插图：佐　夫）

·中篇故事·

这个“红娘”可不寻常，是非黑白的事、天南地北的情，她都知道得清清楚楚，分辨得明明白白。此刻，她就在你身旁，快瞧瞧，她究竟是个啥“红娘”……

善良是“红娘”

□赵再年

1．都是“肥羊”惹的祸

单丽是个娴雅善良、吃得起苦的姑娘，大学毕业后因为一时没有找到满意的工作，就买了辆二手出租车，成了一名的姐。

一天下午，单丽把车停在路边的树荫下，去餐馆买了盒饭，回到车上刚扒了两口，就见一个年龄和她差不多的傻子，眼巴巴地瞅着她的盒饭，直吞口水。

单丽见这傻子年纪轻轻就沦落街头，顿生怜悯之心，下车把盒饭递给他，傻子接过盒饭，狼吞虎咽很快吃了个精光，他用袖子抹了抹嘴巴，礼貌地向单丽鞠了一躬说：“谢谢！”

单丽心想：这傻子还挺懂礼貌的！忍不住好奇地问：“你叫什么名字，打哪儿来的？”傻子眨巴着眼睛想了半天，最后茫然地摇摇头。“那你的家人呢，他们为什么不来找你？”傻子没回答，只是摇摇头望着她傻笑，单丽觉得这傻子太可怜了，从此以后，她每天都把家里的剩饭带给傻子，由于不知道他姓名，就管他叫“阿傻”。

过了几天，单丽的母亲突发心脏

病住进了医院，经诊断需要做心脏搭桥手术。医生说，过几天有位著名的心脏病专家要来医院巡诊，机会难得，让她准备好六万元手术费。自从父亲几年前去世，单丽就与母亲相依为命，眼下家里满打满算也只有一万多块，为筹措母亲的手术费，单丽决定将车卖了，于是她在车后贴上了转让广告。

这天下午，单丽刚把一位客人送到目的地，手机就响了，有人想看看她的车，单丽连忙赶到约定地点，她先做了自我介绍，买车人笑呵呵地说："我姓杨，因为特别喜欢吃涮羊肉，朋友们就送了我个雅号叫'肥羊'，你也这么叫我吧！"单丽"噗"的一声被他逗乐了。

肥羊绕着车转了几圈，看了看，摸了摸，又内行地敲着车听了听声音说："我能不能开一圈儿试试？"单丽觉得他的要求合情合理，就同意了。肥羊坐进驾驶室，单丽也上车坐在一旁，走了一段路，肥羊说："车况倒可以，你打算卖多少钱？"单丽狠狠心说："八万五，你看行吗？"

"八万五？不贵，不贵……"肥羊接着疑惑地问，"你能不能告诉我，为什么卖得这么低？据我所知这车卖十万应该不是啥问题。"单丽叹口气说："不瞒大哥，我母亲得了病急等着用钱，要不无论如何我也舍不得卖。""难怪，"肥羊同情地看了她一眼，"就冲你这份孝心，这车我要了，咱们拐过前面那个路口，我先给你押五千块钱定金，等明天我把钱都凑齐了，咱们再把过户手续办了，你看行吗？"单丽见他这么爽快，高兴地说："行，行，我给你打张收条，再把营运证给你押上。"肥羊说："不用，有收条就行，我平时最敬佩那些孝敬父母的人，像你这样的孝女，我还能信不过？"

说话间，车已经来到路口，这条路不宽，肥羊刚转过弯，突然前面出现了两个行人，他一下慌了手脚，刹车不及，把其中一人撞倒了。单丽吓得惊叫一声，等她醒悟过来跳下车，那个被撞人的同伴已经扑上去大声哭叫道："弟弟，你怎么啦？弟弟……"单丽上前仔细一瞧被撞人，顿时惊呆了，这个被撞的不是别人，竟是傻子。只见傻子倒在地上一动不动，单丽的心提到了嗓子眼儿，上去叫道："阿傻，你醒醒啊！"那个同伴怔了下，抬头问道："你，你认识我弟弟？"单丽点点头说："我也是在前几天见过他，你是他什么人？""我是他的亲哥哥……"傻子哥哭着说，"我好不容易找到他，你却把他给撞了，我咋回去向我娘交待……"

单丽一听，人家误把她当成肇事者了，回头想找肥羊，却不料肥羊早就跑得无影无踪了，她只得解释说："大哥，这车我是打算要卖的，刚才一

个叫肥羊的人开着试车，你弟弟是被他撞的。”傻子哥根本不听她的，一口咬定就是单丽把他弟弟撞了，此时单丽真是有口难辩，幸好这时围观者中有个上了年纪的人说“这位兄弟，这位姑娘说的是实话，我刚才确实看到一个长得挺胖的人，从驾驶室里出来，慌慌张张向那边跑了。”傻子哥一听没主意了，往地上一蹲发起了呆，单丽急得一跺脚：“你还愣着干吗？咱得赶快把你弟弟送医院啊！”他这才站起来，在众人的帮助下把傻子抬上车，急急忙忙送到医院。

2. 老实巴交的哥

医生立即对傻子进行救治，单丽与傻子哥在外面等消息，趁这个空，单丽问他家里还有什么人，傻子哥闷声闷气地说，他叫李忠，家里还有个老娘，住在离这儿三百多公里的农村，前段时间他到城里办事儿，顺便带他弟弟来城里看看，不料一时疏忽把他给丢了。

二人正说着话，医生出来对他们说，傻子的右腿骨折了，需要手术，让他们去交五千块钱押金。李忠一咧嘴：“这么多钱，让我上哪弄去？”说着头一低，吧嗒吧嗒掉起了眼泪。

单丽瞧着这个老实巴交的男人，心里很不是滋味，她想，要是自己当初看了肥羊的证件，这会儿也不怕找不到他！忽然她想起手机上有肥羊打来的手机号码，她忙摸出手机打了过去，结果是关机。怎么办？报警吧，单凭一个手机号码想要抓住肥羊，这谈何容易？何况警察来了就要立案调查，作为肇事车辆肯定要被查扣，这车还怎么卖？这么一想，单丽对医生说：“大夫，钱，我来想办法，您就马上准备手术吧！”医生说：“那好，你可要尽快啊！”说完就进了手术室。

单丽立即从医院出来，准备到马路对面的银行去取钱，刚走了几步路，就听背后有人叫她：“妹子——”回头一看是李忠从后面跑了上来，她问：“你还有啥事儿？”李忠嗫嚅着说：“我是担心，你出来拿钱，不安全。”单丽明白了，李忠是怕她跑了啊，这也难怪，他在这里无亲无故，害怕被骗那也是情理之中的事，于是单丽说：“那咱们一块去。”

单丽从银行把仅剩的七千元全部取了出来，当即点了五千五交给李忠说：“这是五千五，你把押金交了，剩下的你就留着先用，不够我再想办法。”李忠眼泪汪汪地说：“妹子，我瞧出来你是位好人，既然你也是给人坑了，咱们要么报警吧！”单丽苦笑了一下：“我现在除了知道他的外号叫肥羊外，连他的真名、在哪儿住都不知道，报警有啥用？”李忠愤愤地骂道：“这人真是猪狗不如，他这不是坑人吗？”

他们回到医院，因为母亲也住在这家医院，单丽见天不早了，想去看看母亲，就对李忠说了，李忠很通情达理："妹子，你去吧，我弟弟那儿还有我呢！"

单丽护理好母亲，又来到医院急诊室。她刚走到医生办公室门口，就听医生正在发火："究竟是怎么回事？这么长时间了连他们的影子都不见，你们赶快四处找找。"一个护士说："我都找遍了，可哪儿也找不到。"单丽心里不由咯噔一下，他们这是在说谁，不会是说自己吧？她走进去问："大夫，怎么了？"医生一见单丽便生气地说："你们到底是怎么回事？我们的手术都做完了，你们的押金还没交。"单丽呆住了："不会吧，我在一个小时前就已经把钱给了李忠，他，他没去交……那他人呢？"

"我正想问你呢？别说交钱了，现在连他的人都找不着，再晚会儿，我们就报警！"单丽怎么也没想到会这样，顿时感到头一阵发晕，眼睛都直了，就在这时，却见李忠满头大汗从外面奔进来，喘着粗气说："医生，我在这儿。"说着一屁股坐到椅子上直喘气。单丽悬着的心一下放了下来，她问李忠："李大哥，你这半天上哪了？"李忠半晌才说："妹子，我看见那个人了，就是那个叫肥羊的家伙，我想抓他，可惜没抓到。"

李忠对单丽说，他去收费处交押金时，无意间发现肥羊探头探脑地在张望，他刚要去抓肥羊，不想被肥羊发现了撒腿就跑，他就去追，肥羊狡猾地钻进了一条胡同，左绕右拐兜了几个圈儿就不见了，李忠不甘心，在那一带找了半天却没找到肥羊。

单丽想：肥羊来医院干吗？难道他心虚，是来打探傻子伤情的？她见李忠满脸沮丧，一句话也不说，就劝道："李大哥，你也不要太把这事儿放在心上，在这儿你人生地不熟，能平安回来已经不容易了。"李忠叹了口气，气愤地骂道："太便宜他了，要是被我抓住，非打折他的腿不可！"

单丽想起了傻子，忙问医生手术

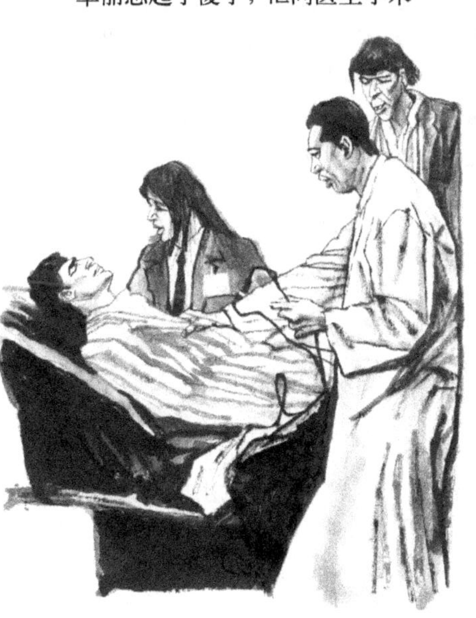

的情况，医生对他们说，手术不会有问题，目前傻子还没有醒过来，让他们放心。单丽提出想去看看傻子，医生就让护士把他们领到傻子的病房，她看到傻子右腿打满了绷带，神态安详，就像睡着一般，她这才放心了。

3. 绝不能让他再跑了

单丽回到家里，越想越觉得窝火，原以为终于找到买主能把车卖了给母亲看病，谁想车没卖掉反倒雪上加霜，又把人给撞了。现在肥羊溜之大吉，那傻子的医药费就得由自己来掏，再加上一些其他费用少说也得一万多，唉，这人倒霉呀喝凉水都塞牙！这一夜，她就在胡思乱想中不知不觉睡着了。

一觉醒来天已大亮，外面淅淅沥沥下着小雨，单丽赶紧起床洗漱完就出车了，一上午生意还不错，赶着拉了不少客人。刚闲下来，她突然看见肥羊在马路对面云中宾馆旁边的一家银行前面，正和一个戴着眼镜的老人嘀嘀咕咕说着话。

单丽又惊又喜，心想：真是山不转水转，这次说什么也不能再让他跑了，可想要抓住肥羊也不容易，车子驶到二百米远处的出口才能转头，她又想下车翻跃护栏去抓肥羊，可是这条路很开阔，只怕她还没跨过护栏就会被他发现了，怎么办？就在她左右为难、焦急万分之际，见那老人转身进了银行，肥羊站在原地点了一支烟，悠然地吞云吐雾，像是在等那个老人出来。

单丽觉得这是个机会，赶紧开车从那个出口绕到对面马路，径直驶向肥羊。到了肥羊跟前一个急刹车，飞速跳下车，冲上前一把抓住肥羊呵斥道：“你还是人吗，你以为把人撞了一跑了之就没事了？”肥羊毫无防备，冷不丁被吓了一大跳，一看是单丽，脸立刻吓白了，肥羊又慌忙回头看了一眼银行，低声下气地说：“有事儿好商量，我求你了，咱们换个地方说好吗？”单丽怕他玩花招：“现在你怕了，早干吗去了？不行，咱们就在这儿说清楚。”

肥羊恳求道：“好，好……那你声音低点，我父亲就在银行里，他有病，这事儿千万不能让他知道，你让我去和他说一声，回头我就和你上医院，该怎么办就怎么办，行吗？”单丽想：闹半天那个老人是他的父亲啊，瞧他紧张的样子不像是说谎，如果答应吧又不放心，就说：“你让我怎么才能相信你说的是真的？”肥羊可怜巴巴地说：“我知道昨天是我错了，当时我也是被吓坏了，后来我也去了医院，可又怕你们报警，所以没敢见你们，这次你一定要相信我。”单丽说：“那好，我可以答应你，不过你得把身份证给我看看。”肥羊赶紧说：“没问题。”说着掏出身份证递过来，单丽一瞧才知道他叫杨润东，又把他家的住址记下来说："你去吧，我警告你，你要是耍滑头，我就去报警！"肥羊向她道过谢，急忙进了银行，一会儿工夫出来说："咱们走吧。"

他们来到医院，走进病房一看，傻子的床是空的，李忠也不在。单丽急忙找到医生一问，才知道：昨天单丽刚走，李忠就要让傻子出院，说既然他弟弟的腿已经做了手术，为了省钱，他要换一家便宜些的医院。由于当时傻子还在昏迷中，医生坚决不同意，李忠就大吵大闹地说，如果他们不让他转院，他就拒绝交纳一切费用。医生不得已，只好同意他转院，今天一大早，李忠就找了一辆车把傻子拉走了，至于去了哪家医院，他就不知道了。

单丽又气又急，心想：这个李忠咋这么糊涂，傻子刚做完手术身体还很虚弱，怎么能急着转院呢！这万一留下个后遗症那可咋办？肥羊却笑着说："既然他们都走了，我看咱们还是多一事不如少一事，甭管他们了。"单丽瞪着他说"你不要幸灾乐祸，别以为他们不在了，你就可以逃脱责任。"肥羊不急也不恼地说："我的大小姐，你动动脑子好不好，你真的以为他们是为了省钱，才这么急着转院的？"单丽听他话里有话，问："你什么意思？"肥羊讪笑着说："得，我还是和你说实话吧，其实昨天我一来医院就被那个李忠抓住了，他让我拿八千块钱了结这件事情，否则就要报警，我同意了，因为我当时身上只有五千块，他就跟着我到我朋友那借了三千块，这才放了我。"单丽惊呆了，她不相信李忠会是这样的人，肯定是肥羊在撒谎，她逼视着肥羊，问道："那你刚才为什么不说？"肥羊说："这还不明白，我当时和你说了，你能信吗？再说，万一被我父亲知道了，那还得了？所以干脆

和你来医院，想让他亲口和你说明白，没想到，他们这么快就出院了。”

虽然从内心说单丽不相信肥羊说的是真的，可仔细一想，觉得昨天李忠说他没有抓住肥羊的话明显有漏洞，发生车祸时李忠没看到肇事的肥羊，昨天怎么能发现了肥羊而去追他呢？这时，肥羊又问她：“那个李忠，是不是向你也拿钱了？”单丽点点头：“我给了他五千五百元。”肥羊一拍脑瓜说：“怪不得，他这是搂草打兔子，谁都不放过啊！这哥们儿行，瞧着老实，其实鬼精得很哪！”单丽只感到脑子乱糟糟的，愣着一言不发，肥羊安慰道：“吃一堑长一智，好在钱不是很多，权当交学费吧！既然事情已经搞清楚了，我还有事儿就先走一步了。”

单丽看着肥羊走了，她也从急诊室出来，回到车上，心里堵得发慌，她不是心疼那五千多块钱，而是觉得李忠这么做太不应该了。后来一想：算了，但愿他能为傻子找家好点的医院，不要落下残疾比啥都强，现在要紧的是，母亲的手术费该怎么办？突然她想起来了，刚才光顾说傻子的事儿，竟忘了问肥羊这车他还要不要，于是单丽赶紧拿起手机准备给肥羊打电话。

这时车窗玻璃被人敲了两下，单丽抬头一看，是位老人，见他衣着形象，像是肥羊的父亲。

4. 他装得可真像

单丽收起手机说：“大伯，您想用车就请上来吧！”肥羊父亲手里提着个黑色的小皮包，拉开后门上了车。单丽心想：肥羊父亲咋也来医院了？随即想到肥羊曾说他父亲有病，刚才他们准是要来医院看病的，可能因为肥羊被自己半道截走了，老人家只好自己来了。这么说肥羊匆忙从急诊室离开，一定是去找他父亲了，这么一想，她探出头想看看外面有没有肥羊。

肥羊父亲见单丽四下张望，就问：“姑娘，你是不是有事啊？”她有心想问怎么不见肥羊，转念一想自己与老人素不相识，贸然去问，未免有些唐突，于是她连忙说“不是，不是，老伯，您去哪儿？”肥羊父亲说：“到云中宾馆。”单丽想，这不正是自己看到他们的地方吗，难道肥羊父亲就住在宾馆附近？

一路上，单丽透过反光镜发现肥羊父亲显得心神不宁，偶尔还唉声叹气，难道老人家被查出得了什么重病？她关切地问：“老伯，您的身体是不是不舒服？”肥羊父亲怔了怔说：“没有，没有……”说着又叹了口气。

十几分钟后，云中宾馆到了，单丽本来想问他家在哪儿，好送到门口，可肥羊父亲却让她在路边停下后

就下车了。这时已是中午，单丽急于要去看望母亲，就急急回到医院，在母亲病房外的走廊里碰见了为母亲治疗的医生，医生问她："小单，那位专家已经到了，你母亲的医疗费准备得怎么样了？"她为难地摇摇头，医生说："这位专家在咱们这儿的时间很有限，你最好抓紧点。"单丽说："您放心，这一两天，我一定会把钱凑够。"

医生一走，单丽拿起手机就给肥羊打电话，可肥羊的手机还是不通，她只得进了病房，给母亲打来饭，自己也吃了几口后就找个借口出了医院。单丽打开车门上了车，无意间往后座一看，只见一个黑色小皮包躺在座位上，这不是肥羊父亲的包吗？拿过来打开一瞧，更是大吃一惊，里面装了整整五万元人民币，单丽明白了，这钱一定是老人上午从银行取来，准备看病用的，看病需要五万元！看来老人得的是重病，这可是救命钱啊！现在说不定老人快急疯了，得赶快把这事告诉肥羊。

单丽赶忙给肥羊打电话，这次倒通了，她把肥羊父亲丢钱的事说了一遍，肥羊高兴得连声说："谢谢，谢谢……单小姐，你真是位大好人啊，你说，你想让我怎么酬谢你？"单丽说："我还你们的钱可不是为了什么酬谢，就是顺便问你一声，我的车你还打算要不要了？"肥羊迟疑了一下："这个，不瞒你说，自打出了那事儿，我现在看到车就害怕，所以……"很显然，车他是不想买了，单丽的心不由凉了半截，肥羊急忙说："你也不要着急，我去问问一些朋友，看他们有没有想买的……"单丽怕他有误解，就说："没关系，我再想其他办法吧，你告诉我你在哪儿，我把钱给你送过去。"肥羊说："这多不好意思，还是我过去取吧！"单丽告诉肥羊，她在医院。

单丽关了手机想：现在肥羊这边是指望不上了，那下午就得想办法去借钱。她看到外面有个卖报纸的，心想：不如买份报纸看看上面有没有买

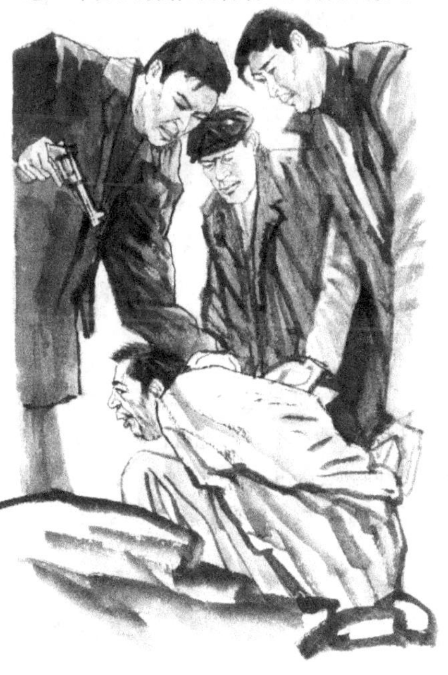

车的信息，或是和报社联系一下登个广告也是个办法。于是单丽下车买了份报纸，回来刚翻了两页，突然眼睛就直了，只见上面有个寻人启事，照片上的人竟然是傻子，启事上写着：丁小飞，男，二十七岁，患有痴呆失忆症，三个月前从家中走失，至今未归。如有知其下落并能帮助找到本人者，其家人愿以三万元人民币作为奖赏……

单丽望着报纸怔怔地想：闹半天，那个李忠不是傻子哥啊，他准是看到了报纸上的寻人启事，想得那三万元的奖赏，才冒充傻子的哥哥，那么他匆匆把傻子转到其他地方，也与这事有关了？

就在单丽发愣之际，车门突然开了，同时坐进三个年轻人，其中一个看了看单丽突然惊喜地叫道："单丽，怎么是你啊……"单丽一看那人也认出来了，原来是她的初中同学张强，她说："哟，没想到是你呀，真不好意思，我正在这儿等一个人，如果你们不急的话，等会儿我送你们。"

张强问："等人，是什么人？"

既然是张强问，单丽就先把报纸让同学看了后，又把自己的遭遇说了一遍。张强扭头对同伴说"你们要不先走吧，我留下和我的老同学好好聊聊。"那两个人就下了车。张强说"没想到，你遇上了这么多事儿，还搞得挺复杂，等会儿，我还是陪你到公安局报案吧！"单丽苦笑一下说"我就是不明白，那个李忠瞧上去挺老实，没想到却是在演戏，他可装得真像！"

他们正说着，肥羊到了，他见单丽车上有一个人，稍微愣了一下说："对不起，我来晚了，耽误你的生意了。"单丽说："没关系，他是我的一位老同学，刚遇上……"说着把包递过去说："你看看钱少了没有……"肥羊笑着说："不用，差不了。"他正要接包，张强突然拦住说："慢，你能确定这包是你父亲的？"肥羊一怔，赔笑说："这还能有错？"张强也笑了："那好，我是公安局的，你就和我们走一趟吧！"肥羊僵住了，脸上肥肉抽了几抽，转身刚跑了几步，忽然后面上来两个人把他按住了。

5. 你还认得我

单丽被眼前发生的一切弄得瞠目结舌，半天才问张强"这究竟是咋回事啊？"张强指着报上的寻人启事告诉她：其实这个包的主人是丁小飞的父亲，也就是要给她母亲做心脏病手术的专家丁教授。本来丁教授要晚两天才能到，昨天晚上，接到一个自称肥羊的人打来电话，说他知道丁小飞的下落，并说丁小飞被车撞了，肇事车已经逃逸，是他把丁小飞送到医院还做了手术，他张口向丁教授要五万元。寻子心切的丁教授当即答应了，连夜坐火车赶到了这个城市。今天上午丁教授见到肥羊，肥羊让他把钱带上才能领他去见儿子，丁教授就去银行取钱，没想到不一会儿肥羊进来说他有急事儿，让他把钱准备好在云中宾馆等消息，丁教授感到纳闷，怕遇上骗子，就想既然儿子被车撞了又做了手术，那肯定不是一般医院，就决定到市中心医院找院长帮忙查查。丁教授到了医院，不巧的是院长去局里开会了。在回宾馆的途中，由于心里惦记儿子，不留心把包丢了，于是他就报了警。警方根据丁教授提供的线索，得知丁教授坐的是辆贴有转让广告的出租车，因此他们找到单丽的车，听单丽说了自己的经历后感到十分蹊跷，决定抓住肥羊查个究竟。末了，张强说："至于肥羊是否与李忠一伙的，只有回局里问过后才能知道，作为当事人，你也和我们去一趟吧！"

经过审问，肥羊做了彻底的交待，他与李忠还真是一伙的。前几天，他们发现了丁小飞，就丧心病狂地想利用他来制造交通事故，然后再冒充他的家人向车主诈骗钱财。他们之所以盯上单丽，一是觉得她是个年轻姑娘容易糊弄；二是见车上贴有转让广告，更有借口试车作案。当肥羊把丁小飞撞倒后趁乱溜回家，过了四十多分钟李忠拿着五千五百元回来了，他们兴高采烈地去了一家饭馆，打算庆贺完再把钱分了。在等上菜的时候，旁边的桌子上有份报纸，他们拿过来一看就发现了那则寻人启事，他们马上给丁教授打电话得到证实后，就改变策略，让李忠赶回医院结了账，然后把丁小飞转送到郊区的一家黑门诊。安排妥当后，肥羊赶到宾馆去见丁教授，不想半道杀出个单丽，肥羊怕她一吵会惊动丁教授，就急中生智编了套谎话把单丽骗到医院，然后匆忙回到宾馆，发现丁教授不在房里，当他刚回到大堂，突然看见丁教授领

了两名警察从外面进来，他吓坏了，以为他们干的坏事被丁教授发觉了，他慌忙给李忠报信，两人商量了半天，觉得应该先把事情搞清楚，再决定下一步该怎么办，于是肥羊壮起胆子打开手机，准备给丁教授打电话探探虚实，就在这时，单丽的电话正好打进来了，他一听才知道是丁教授把钱丢了才报警的，也是这两个家伙财迷心窍，肥羊欢天喜地赶来拿钱，没想到却是自投罗网。

单丽听了几乎把肺气炸了，善良的她简直不敢相信，这两个坏蛋居然连一个残疾人都不放过，真是丧尽天良！单丽做完笔录后，问她同学张强："你们找到傻子了吗？"张强说："他已经被我们解救出来了，现在差不多已经回到医院了。"单丽便从公安局出来直奔医院。到急诊室一问，护士告诉她，傻子还在原来的病房。

单丽走进病房，见医生也在，丁教授正老泪纵横地望着儿子，嘴里喃喃地说："小飞，我的孩子，你受苦了……自从你失踪后，我们到处在找你，你母亲想你都想病了……"单丽一看病床上的傻子仍然在昏迷中，轻声问道："丁教授，他怎么到现在还没醒过来？"丁教授用纸巾擦了擦眼泪说："医生给他服了安眠药，刚才都检查过了，一会儿，他就能醒过来。你是单丽姑娘吧，我们见过……"

接着丁教授对他们说，丁小飞在前年与几个朋友驾车出去玩，中途不幸发生车祸，失去记忆变成了傻子……丁教授正说着，忽然看到丁小飞缓缓睁开了眼睛，望着他们问："我这是在哪儿？"丁教授赶忙说："孩子，你醒了，你在医院里，你还认得爸爸吗？"丁小飞看着父亲好一会儿才说道："爸，我记得我们出了车祸，我的朋友们，他们现在怎么样了？"丁教授先是一愣，接着惊喜地说："孩子，你终于记起来了，他们没事，都没事……"

单丽感到无比惊奇，心想 这世上的事儿真是祸福难料，傻子竟然被这一撞又明白过来了！她向前一步问丁小飞："喂，你还能认得我吗？"丁小飞看着她眨巴着眼睛，努力思索着说"我好像在梦里见过你，你是经常给我送饭的女孩……"单丽使劲点着头："你还记得我。"丁小飞笑了，她也笑了，不觉间泪水打湿了他们的双眼。

几天后，丁教授亲自为单丽母亲做了心脏手术。丁教授原想把她母亲的医药费全部承担下来，可被单丽谢绝了，医院为她们减免了部分费用，而且所欠费用允许单丽延期付清。

丁小飞和父亲回到了他们那座城市，单丽仍旧在开出租车，从此他俩经常在网上见面，他叫她"梦中女孩"，而她依然叫他"阿傻"。

（**题图、插图**：杨宏富）

哲理故事

生活中处处有哲学，57则作品无不通过曲折生动的故事情节与矛盾冲突，揭示丰富和深刻的哲理内涵，让你从中看到智慧的闪光与思想的火花，并由感情的激荡而升华为哲理的思索，从中悟出事物深层的蕴含与人生命运的真谛。

打官司故事

“打官司”这个词具有强烈的民间语言色彩，官司一打起来，各种矛盾冲突就无可回避，无法隐藏。本书共收集涉及法制的故事30则，分6大类，它们是：精彩个案，愚昧法盲，弄权枉法，道德法庭，回头是岸，法永道恒。

校园故事

一生最好是少年，一年最好是青春。

这是一本充满活力的书，学生的时代，校园的生活，如花盛开般奔放，如火焰般热烈，全书34则故事，也许能唤起您少年时代最美好的回忆。

愿这本书能成为学生和老师的朋友！

打工故事

随着改革的不断深化，打工的观念将会成为社会普遍认同的一个观念。本书收编的24则故事，就是生活中打工仔、打工妹们打工生活的真实写照与缩影，它们是同类故事中的精品，相信能引起您的阅读兴趣。我们祝愿打工者们：明天会更好！

生活与点心

一个小家伙向祖母抱怨说一切都很糟糕：学校、家庭、健康……没有什么让自己满意的。此时祖母正在烘制点心，她问小孙子要不要吃点什么，小家伙马上欣然接受。

祖母说："吃点面粉吧！"小家伙不满意地叫道："多难吃啊！奶奶！"

祖母接着说道："那就尝几个生鸡蛋怎么样？"

"决不！那更难吃。""那么就尝尝烹调油或者酵母粉好吗？""奶奶，您怎么了？这些东西都很难吃啊！"

祖母接着说"实际上，所有东西本身都很难吃，但是当它们以正确的方式混合在一起的时候再通过烘制就可以成为美味的点心了。"

生活也是如此。很多时候我们会迷茫、难过，但是，生活会调和所有的事物，将它们变得对我们有益。

我们唯一需要做的就是相信生活，当生活把所有的事物调和融洽的时候，一切不美好的东西都会变得神奇。（**推荐者**：卜黎飞）

吉卜森的"驾驶证"

飓风袭击了美国新奥尔良市，城市一片汪洋，惊恐万分的市民争相逃命，15岁的贾巴尔·吉卜森也加入了逃难大军，混乱中他与家人失去了联系。

吉卜森跟着人群一边撤离，一边焦急地等待。经过一所学校时，他发现里面停着一辆70座的公交车，于是他冲进学校，不顾危险把车开到了公路上，立即大声招呼人们上车，很快车上就坐满了惊慌失措的灾民，有老人、儿童，还有抱婴儿的妇女。一路上有惊无险，吉卜森载着几十人安全抵达休斯敦市。

临危不惧，奋不顾身，15岁的勇敢少年吉卜森一夜成名，媒体争相采

访，然而吉卜森竟是无证驾驶！有人主张坚决维护法律尊严，有人认为吉卜森应当受到豁免，最后，一位劫后余生的老人道出了个中玄机：“谁说吉卜森无证驾驶？我敢保证，他不仅拥有驾驶证，而且可以通行全世界！” 老人所说的“驾驶证”就是——爱心！

（作　者：姜钦峰；推荐者：洪湘云）

感谢打翻你的人

一天，游人在离海边50多米远的沙滩上，发现一只迷路的大海龟，它的头和四肢被厚厚一层干裂的沙土包裹着，已经奄奄一息，游人赶紧把水壶里的水倒在它身上，用力把它向海滩推去，但海龟纹丝不动，游人用手机向海岛管理员求救。

不到两分钟，管理员开车飞驰而至，跳下车，二话没说，猛地把大海龟翻了个四脚朝天，用锁链一头锁住它的前肢，一头挂在车尾，正在游人目瞪口呆的时候，管理员已开车拖着大海龟向海边驶去，车轮带起的沙子都快把它淹没了。

车开到海边，管理员才给海龟松了绑，帮它重新翻过身来，可大海龟一动不动，任凭海水拍打着它的甲壳，游人想它一定是被折磨死了，心里悲愤交加，正待发作，这时，只见清凉的海水一下接一下地冲刷着大海龟，一个大浪打来，海龟谨慎地探出头，小心翼翼地动了动前腿，又是一个巨浪，大海龟憋足了劲儿，四肢用力，缓慢地把身体推向前方，直到全身浸在水里，笨重的它突然变得优雅自如，迅速向海洋深处游去。

望着大海龟的身影消失在一片蔚蓝大海中，游人听见身后的管理员说：“你的生活被彻底翻了个儿，你被套上枷锁，你灰头土脸并吃尽苦头，这些都不一定是坏事。有时候，那是拯救你的唯一办法。”

（推荐者：卜黎飞）

狼和草帽

狼在森林里被猎人追杀，无处可逃之时，发现一顶用绿色枝条编织的草帽，忙将其戴在头上，蹲在草丛中。猎人没有发现戴着草帽的狼，继续向前追去。草帽让狼躲过一劫，于是，狼觉得草帽是救命的法宝，便将它带在身边。

狼走出森林，走过草原，来到沙漠。不巧，又遇上了猎人，狼又赶紧戴上草帽，蹲在沙地里，一动也不敢动。

正在行走的猎人忽然发现一片黄沙中出现了一个绿色的草堆，十分奇怪，就上前去看个究竟，当猎人看出草堆下藏着一只狼时，便毫不犹豫地举起了手中的猎枪。

同一种方法，在有的环境里能救你一命，但换了一个环境，却可能要了你的命。

（**推荐者**：陈　媚）

只有最好

戴维·梅尔多是美国纽约州一个小镇的铁匠，他打造的锤子很好使，既能钉钉子，又能拔钉子，这在当时是首创；而且，又不易脱柄，远近的木匠都向他订做。

一天，一个工头也来向梅尔多订制，并且要求他要的锤子比他手下的木匠在这里买的还要好。

梅尔多说：“对不起，我做不到，你可以找别的铁匠试试。”

“别的铁匠没有你这个水平，你给我造一把更好的，我可以多给你钱。”

“先生，我打造每一把锤子，都是努力把它做得最好，因此，没有更好的了。”

正是这样，只要人们看到铁锤上有“梅尔多”几个字就会二话不说买下，慢慢的，“梅尔多”铁锤成了纽约、

美国乃至世界名牌产品。这是因为，这个产品不仅质量好，而且真诚的含量也大。

（**推荐者**：蒋宁贤）

幸福刚刚好就好

有一天，小学五年级的女儿看见妈妈买了彩票，便皱起眉头质问妈妈："妈妈，你为什么要买彩票？你已经很幸福了呀，干吗还买？"女儿这一句话让妈妈感到惊讶，买不买彩票和是不是幸福有何关联呢？

女儿出生时脑部受了一点伤，所以在智商上比同龄孩子差了一截，为了不使她对自己失去信心，妈妈总是告诉女儿，老天待每一个人都很公平，他在这里少给你一点，就会在别的地方多给你一点，妈妈一直这样鼓励女儿不要放弃希望，女儿也一直深信不疑。

女儿说："你看，你有一个像我这么乖的女儿，还嫁了一个好爱你的爸爸，爷爷和奶奶都那么疼你，我们家也不缺钱用，你不是很幸福了吗？老天爷给你那么多了，他还会再让你中奖吗？我觉得不会。妈妈，万一你中了，他会不会就要把我们的幸福要回去一些？"

是啊！如果不懂得好好珍惜自己已拥有的幸福，而妄自将心力投注于那不可预知的"幸福"，有朝一日说不定真要将自己眼前的幸福推落至万劫不复的深渊呢！那岂不真的就像这个孩子说的"老天就要把我们的幸福要回去了"？

（**推荐者**：秦　英）

学写作文，可以从读故事开始

本栏目欢迎推荐。优秀作品除在本刊发表外，还有机会入选《滴水藏海》一书。推荐稿可发电子邮件至：gigimoon@vip.sohu.net。

挤公交车成语

- **出师不利：我**搬家后，第一次坐公交车上班，挤了一个小时愣没挤上去。
- **笨鸟先飞：**第二天早晨四点半起床，顾不得洗脸就出发了。
- **操之过急：**到了车站，发现第一班车是五点半的，又苦等了一个小时。
- **自命不凡：**公交车的前后门各挂着六七个壮汉，一个身高155厘米的MM握了握拳头，试图上车。
- **东施效颦：**发现一起等车的一个MM被一位男士从窗户拉了进去，慌忙叫自己的同事也拉自己，结果非但自己没上去，还将同事从车里拽了下来。
- **怜香惜玉：**一个好心的大姐把我推上了车，可车门关闭了，她还没能上来，于是我狂喊售票员开门，让大姐上来。售票员微微一笑："不用管她。"这时，我发现那位大姐潇洒地坐在司机的位子上。
- **得陇望蜀：**一位瘦弱的仁兄好不容易挤到门里。关门后，他哀求道："大家能不能使把劲儿挤挤，让我的另一只脚也能着地。"
- **咎由自取：我**到了公司办公楼前，发现大门紧闭，仔细回忆，才想起来今天是星期六，不上班。

（**推荐者**：李金轩）

看我七十二变

- 有一个鸡蛋去茶馆喝茶，结果它变成了茶叶蛋；
- 有一个鸡蛋跑去松花江游泳，结果它变成了松花蛋；
- 有一个鸡蛋跑到了山东，结果变成了鲁（卤）蛋；
- 有一个鸡蛋无家可归，结果它变成了野鸡蛋；
- 有一个鸡蛋在路上不小心摔了一跤，倒在地上，结果变成了倒（导）弹；
- 有一个鸡蛋跑到人家院子里去了，结果变成了院（原）子弹；
- 有一个鸡蛋跑到青藏高原，结果变成了青（氢）弹；
- 有一个鸡蛋嫁人了，结果变成了婚（混）蛋；
- 有一个鸡蛋跑到河里游泳，结果变成了河（核）弹；
- 有一个鸡蛋跑到花丛中去了，结果变成了花旦；
- 有一个鸡蛋骑着一匹马，拿着一把刀，原来它是刀马旦；
- 有一个鸡蛋是母的，长得很丑，结果就变成了恐龙蛋。

（**推荐者**：卜黎飞）

明月中秋有，平安伴你走，举头望明月，幸福又甜蜜，祝你中秋节，万事都如意，收到此信息，一生好运气！广东 帅金根 （1741）

神秘的买瓜人

□张　骏

老刘在路边摆了个西瓜摊，守了近一个上午，几乎无人问津，懊恼之时，一辆摩托车嘎的一声停在他的摊前。

老刘抬头一看，开摩托车的是个年轻人，年轻人下车后，也不问价，直截了当地对老刘说："给我来一个最大的西瓜！"

终于开张了，老刘乐得心花怒放，连忙起身找最大的西瓜。找到后，老刘把西瓜拍得咚咚响，问："这个怎么样？"

年轻人点点头说："行！"

老刘称了称西瓜，说："八块钱！"

年轻人二话不说，立即掏出八块钱递给老刘，客气地说："麻烦你把西瓜切成两半。"

老刘听了觉得有点奇怪，但又不便多问，于是遵照年轻人的吩咐，将西瓜切成两半，然后拿出两个塑料袋，年轻人见状忙说："别装了。"说着，把其中半个西瓜的瓜瓤用手掏出来，丢弃在地上。老刘看得目瞪口呆，心想，遇到神经病了吧？

年轻人掏空瓜瓤后，又把这半个西瓜戴在头上，冲老刘嘻嘻一笑，把老刘吓了一跳，老刘壮着胆子问："你、你这是干什么呀？"

年轻人坐到摩托车上，说："你没看见路上有牌子和交警吗？"

老刘仍不懂年轻人葫芦里卖的什么药，年轻人朝老刘扬扬眉，嘿嘿一笑说："不戴头盔，罚款一百呀！"

□余维庆

身后的“破衣服”

天深夜，大强和死党小乐正在视频聊天，这是一种各自装上摄像头就可以看得见对方的网络聊天方式，突然，只见大强眼睛直愣愣地看着小乐，并发了个信息问小乐：“小乐，你身后那人是谁？”

妈呀，小乐心里发毛了，他一个人在房间，哪来的别人呀？小乐不敢回头看，回个信息给大强：“你别吓我啊！”大强的头在视频里左看右看，说：“真有呀，在你身后一直晃呢！”

豁出去了，小乐硬着头皮回头望了一下——哪来的人呀！灯光暗，风扇转，原来是小乐挂在墙上的衣服在动呢！大强也看清楚了，两个人“哈哈哈”地在对话框里大笑起来，于是两人经常拿这个事情去吓唬深夜在网络上视频聊天的人。

又一天深夜，小乐把认识不久的美眉介绍给大强，两个人分别与她视频。这样的“三人视频”是大强、小乐两人的强项，他们各自都跟美眉聊得一本正经，这边两人却嘻嘻哈哈地点评美眉的皮肤、笑容、身材……聊着聊着，小乐忽然看见视频里，大强他老婆穿着睡衣、双手叉腰，正怒气冲冲地站在大强后面盯着他，而大强却毫不知情，仍和美眉聊得不亦乐乎。

小乐吓得关掉了视频，也不敢跟大强“通气”，过了一会儿，美眉发来一条信息问小乐：“大强是怎么回事啊？我看到他身后有人，问了他好几次身后的人是谁，他老是回答我说‘是我的一件破衣服、是我的一件破衣服’，后来莫名其妙视频就断掉了……”

炒鱿鱼

□张金初

小张结婚了，他是老婆的初恋，而小张在老婆之前就谈了五个女朋友，这是他天大的秘密，是不能让老婆知道的，可天下没有不透风的墙，小张谈过五个女朋友的事不胫而走，最终还是走进了老婆的耳朵里。

这天，小张下班一回家，老婆就冷若冰霜地问："你为什么要骗我？"

小张装糊涂问道："我骗你什么呀？我听不懂。"

老婆的眼泪吧嗒吧嗒往下掉："你说我是你的初恋，永远的初恋，可是在我之前，你就谈了五个女朋友。"说得小张哑口无言。

老婆乘胜追击："其实，我也不在乎你的过去，你又何必瞒我呢？我什么都知道了，难道你还不敢承认？"

见老婆哭成泪人，小张灵机一动说："我承认，但那不过是我的学习阶段，说是谈朋友，其实连手都没碰过。"

老婆瞪了小张一眼："学习阶段，什么学习阶段？"

"你不是说女人就是一所学校吗？我的第一个女友是幼儿园，第二个是小学，第三个是初中，第四个是高中，第五个是大学。"

老婆扑哧一笑："那我呢？"

小张嬉皮笑脸地说："你是我的用人单位呀，我的学习阶段结束了，我毕业了。"

老婆嗔笑道："算你老实，不然，我要炒你的鱿鱼。"

想自杀的胡海

□方冠晴

傻子胡海穷得连饭都吃不饱，饿得发慌了就不想活，于是去村外的河边跳河自杀，他还没来到村外的河边，就有人喊道："胡海，昨天晚上电视里播了，城里有家点心店今天要举行什么吃点心大赛，好多好吃的东西随你吃，吃得多的还有奖金呢，一千块。"

胡海一听，乐了，要知道，他的食量大得惊人，活了三十几年，很少有吃饱的时候。现在城里的点心随你吃，多美！不忙自杀，先去混个肚子饱。

胡海搭上了一辆去城里的顺路车。

车一路开，胡海坐在车里很难受，因为裤子太紧了，勒得他不舒服。反正驾驶员也是男的，没别人，他干脆将长裤脱了下来，这一下舒服了，车子晃啊晃，太阳暖暖照，不一会儿他就打起了盹，一路睡到了城里，司机摇醒胡海，让他下车，胡海醒来四处找裤子，可怎么也找不到了。于是胡海只穿了一条裤衩去参加吃点心大赛，他一身肉白晃晃的特别惹眼，还没到比赛的地点，就被外围的工作人员赶了出来："哪里来的傻子？一边儿去！我们这里在比赛呢，电视台现场拍摄，你这样有碍观瞻！"

胡海是为吃点心来的，来了却吃不成点心，委屈啊，伤心地哭了起来。哭声惊动了一个人，就是旁边那家卖窗帘的店铺老板，店铺老板听到哭声

就出来了，问胡海发生了什么事，胡海说他是来吃点心的，因为没穿长裤人家不让他吃，老板一听知道他是个傻子，同情他，就回店里拿出一幅窗帘，帮他围在腰上，说："我也没有这么大号的裤子能借给你穿，围块窗帘吧，这样人家就不会嫌你有碍观瞻了。"

胡海终于如愿以偿地参加了比赛。

来参赛的人可真不少，点心也真多，不同的口味不同的式样，馋得胡海直流口水，他可不考虑这是不是比赛，他只想好好地吃一顿，所以，他一上场就津津有味地吃，一口气吃了二十桶冰激凌和二十盒巧克力。

二十桶冰激凌和二十盒巧克力吃完，场上已经只剩下八个人，举办方又给每人上了五十袋牛肉干，胡海又是一口气吃完，这时，场上已经只剩下三个人。

举办方再给每人送上十块蛋糕，胡海将蛋糕吃完时，他的肚子彻底鼓了起来，他从来没有这么饱过，这时场上只剩下他和另外一个参赛者，直到这时候，胡海才想到比赛，得了冠军有一千块钱的奖励呢，一千块钱可以买多少好吃的呀！

当胡海逼着自己再吃下五块汉堡包时，对手认输了，胡海赢得了一千块钱奖金，他拖着笨重的身体边转边跳，大声叫着嚷着："哈哈，幸好当时长裤勒得我不舒服，我不再想穿长裤就脱下来把它放在座垫上面，不知怎的裤子就不见了；我要是穿着那条紧巴巴的裤子参加比赛，就不能放开肚量吃东西；不放开肚量吃东西，我就不能获奖；不能获奖，我就不会有这一千块钱奖金，没有这钱，我吃了这顿点心大餐，以后就再也没得吃了，那我、我只有又去跳河了。"

众人听了大笑，这傻子是真傻还是假傻啊！

（**本栏题图、插图**：李加史琦）

最具人气短信推荐 6 月(上) 关键词：月到中秋

● [祝]福声声打成包，[中]天皓月寄情调，[秋]风萧瑟送伊爽，[节]节开花步步高，[快]马奔程今朝至，[乐]此不疲共今朝。

1341***5412 (1745)

● 八月十五月儿圆，家家户户盼团圆；游子在外忙挣钱，不能回家赏月圆；十五月亮十六圆，打工挣钱莫等闲；人生如月有缺圆，总有一天梦能圆。

1368***8973 (1746)

● 一杯菊茶满屋香，一轮皓月洒银光，两地路遥不相聚，心里总唱明月曲，只盼十五月圆夜，共品月饼满芬芳。

1388***6514 (1747)

● 初一的月亮弯又弯，想你的人儿好孤单；十五的月亮圆又圆，没你的夜晚好难眠；今晚的月亮羞答答，爱你才把信息发；爱得太深说不清，月亮代表我的心。

1364***2906 (1748)

● 中秋了，月圆了，月下为你许三愿：一愿美梦好似月儿圆，二愿日子更比月饼甜，三愿美貌犹如月中仙!

河南　赵帅卿 (1749)

● 一个月亮一个你，两个身影我和你，三生有幸认识你，四个西施不及你，五湖四海我寻你，六神无主迷恋你，七星捧月围绕你，八月十五我等你，九十九句我爱你。

1363***2163 (1750)

● 月挂中秋情满天，亲朋好友聚欢颜 一颗月饼一颗心，其乐融融品香甜；嫦娥伴舞，吴刚献酒，月兔欢歌，万家灯火胜过天；把酒临风语不断，万里花好享团圆。

1366***5670 (1751)

特别征集

祝贺升迁的短信。朋友升职加薪，事业腾达之际，送上锦上添花的三言两语，你有精彩的祝贺升迁之喜的短信提供给我们吗？如果你的短信成功入选，并且成为当月下载量最大的一条，将赢得3000元奖金哦！(详情见P34)

7月份短信王中王最终优胜者揭晓

编号为1308的短信下载数最高，成为7月份的“短信王中王”，推荐者李英华(河南)获得奖金3000元！(您可以下载此条短信，详情见P34)本刊下一期将公布8月份下载数前10名的“本月短信王”，敬请关注。

看短信，猜字谜！下面这条短信，每句打一字，连起来是一句话。谜底是一句非常应景的祝福语哦！

关羽忠肝一心归，曹操愁怅心又摧，琼浆玉液水流尽。群雄聚会云长去，日落西山明何存，桃园结义少一人，诸葛孔明口中才，张口能灭将一员。(1388***9883 提供) (1752)

我看得见天上的明月，却睹不到醉心的容颜；我听得到他人的欢聚，却闻不到幸福的笑声；我尝得到美味的月饼，却品不到开心的滋味。只因，你不在我身边。1389***3520 (1744)

377
2006 SEMIMONTHLY 下半月刊 10月
STORIES

欢迎登录本刊主办“故事中国网”（www.storychina.cn）

STORIES
2006年10月
下半月刊·绿版

主　编：何承伟
常务副主编：吴　伦
副主编：姚自豪（上半月·红版）
副主编：夏一鸣（下半月·绿版）
本期责任编辑：邢　悦
发稿编辑：
姚自豪　吕　佳　周　吟　郑继文
夏一鸣　鲍　放　王雅静　朱　虹
美术编辑：李宝强
电脑制作：郭瑾玮
通　联：归依玲
本社办公室电话：021-64375030
上半月刊编辑部电话：021-64332325
下半月刊编辑部电话：021-64336469
（上海市绍兴路74号 邮编：200020）
主管、主办：上海文艺出版总社

制作、发行总监：张　凯
电话：021-64313938
广告总代理：上海文艺广告传播中心
（上海市绍兴路74号 邮编：200020）
广告业务：021-34010383
广告投诉：021-64333738
广告经营许可证
沪工商广字3100320050022号
发行：中国图书进出口上海公司

本刊各栏目欢迎来稿。来稿寄上海市绍兴路74号《故事会》杂志社，邮编：200020；请在信封上注明“××栏目”收；本期责任编辑E-mail地址:simyyue@126.com。

·笑话·

专业分工

在巴黎的一家理发店中，一个美国人正对着法国理发师大谈美国与法国的比较："法国要比美国落后，美国现在的行业分工都很细。"

理发师听了很不高兴，他把肥皂在美国人脸上乱涂一气，说："你到别处去刮胡子吧！"

美国人听了很惊讶，忙问："为什么？"

理发师说："近来法国的行业分工也很细，我们这家理发店是专门给顾客涂肥皂的。"

（郑　龙）

（本栏插图：李　加　史　琦）

角色不同

玛丽在房间里大喊大叫，妈妈实在受不了了，便教训她道："玛丽，别那么大喊大叫的好不好？看看你弟弟爱迪，多安静。"

玛丽说："当然，他得保持安静。我们正在玩游戏，他现在扮演的角色是晚回家的爸爸，而我的角色是你。"

（白　马）

火红的胡须

有一个人的胡须是黄颜色的，他经常在别人面前夸耀："黄胡须的人个个都是身强力壮的男子汉，一辈子都不会受人欺负！"

一次，他单独出门，结果遍体鳞伤地回来了！别人看见他这副狼狈的样子，不禁问："你不是说长黄胡须的人都身强力壮么，怎么会被人打成这样？"这人辩解说："哎，没想今天我遇到的那个人，他的胡子居然是火红的！"

（张　航）

煮面时，在沸水中加入几滴牛奶，放很长时间也不会粘在一起。1378***3521（2001）

本期刊出的生活小窍门均为个人经验，仅供参考。

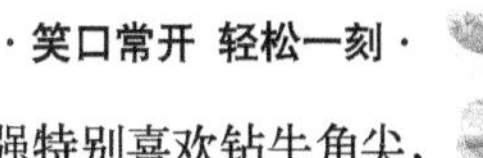

投 诉

在一家饮食店里，一群年轻顾客正在围着经理提意见，说菜洗得不干净，牙碜。经理不耐烦地说："你们别挑剔了，看那位老先生吃得多香，他怎么不说牙碜呢？"只见老先生两眼一瞪，说："我没牙！"

（杨中祥）

吸 氧

一家医院收了一个急诊病人。在给病人供氧气的时候，医生接到一个电话，听完电话后他对病人说："吸气……大口吸……吸满……"

"吸好了吗？"医生问。病人微微点点头，医生接着说："好！过一小会儿，我们要停五分钟电！"

（张 航）

警察新职

路边，一个孩子拉住一位正在执勤的警察，说："警察叔叔，请你快来帮我妈妈，我爸爸正在和她打架哩！"

警察问："你是要我去把你爸爸抓起来吗？"

孩子摇摇头，说："不！只要你去帮我妈妈抱抱小弟弟，我妈妈就能把爸爸打倒！"

（小龙人）

距离最短

小强特别喜欢钻牛角尖，一天课后，他缠着数学老师问："为什么两点之间直线最短？"

老师被他的问题搞晕了，想了半天说："如果我把一根骨头扔出去，你认为狗是绕一圈去捡呢，还是直接跑过去？"

小强毫不犹豫地说："当然是直接跑过去啦。"

老师生气地说："狗都知道的问题你还一直问什么？"

（潘 逆）

梦话

早晨起床后，妻子怒气冲冲地质问自己的丈夫："我真不敢相信，你昨晚一直在梦里诅咒我。"

"亲爱的，"丈夫无辜地说，"你错怪我了，我昨天可一个晚上都没有睡着啊。"

（土　木）

最小的黑客

儿子："爸爸，有个网站在丑化您的形象，我不客气地就把它的网页给黑了！"

父亲："儿子，你才四岁呀！竟然能把人家的网站给黑了。那个站长也太笨了吧？你用的是什么黑客软件啊？"

儿子："什么是软件啊？我把黑色油漆在电脑屏幕上一刷，就黑了！"

父亲："……"

（牧　野）

提拔使用

在乡政府上班的清洁工张香，这天下班回来掩饰不住满脸的兴奋，告诉丈夫说："我被提拔了！"

丈夫不明白："清洁工还有什么提拔不提拔的？"

张香乐呵呵地说："你不懂，上星期我给管后勤的黄副乡长送去一只甲鱼，嘿，他今天就提拔我了。"

"提拔你当什么？"

"以前我扫室外，现在呢，副乡长级以上领导的办公室卫生归我管。"

（湘　情）

吃皇帝

有三个吝啬鬼到饭馆吃饭，要了一盘菜，接着为谁先吃争了起来。最后三人决定，谁先说出一个和吃有关的皇帝年号，谁就先动筷子。

三人苦思冥想，忽然甲一拍桌子说："嘉靖！"说着把盘子里的菜"夹"得干干净净。乙一急，脱口而出："道光！"把盘子里的菜汤全倒在了自己碗里。丙望着光光的盘子，摇了摇头说："光绪。"

甲、乙两人一听，大喜道："还是老兄够意思，吃光了再续上。老板，上菜！"

（大　风）

如果不小心书本被水弄湿，待书干后，书就会变皱。可以把弄湿的书本按平放进冰箱冷冻室，两天后取出，书本就会变得和新的一样了！ 1348***4979（2002）

新草船借箭

草船中。

鲁肃:“这样真的可以借到箭吗，孔明先生?”

诸葛亮:“相信我。”

鲁肃:“可我还是有些担心……”

诸葛亮:“没必要。”

鲁肃:“可是，先生你不觉得船里越来越热么?”

诸葛亮“你这么说，我倒有点感觉了。到底出了什么事?”

鲁肃:“我担心曹操这次射的是火箭……” （木　木　供稿）

整　容

两只青蛙很相爱，可是婚后却生了一只蛤蟆，公青蛙大怒，掐着母青蛙的脖子问:“告诉我怎么回事?”

母青蛙哭着说:“认识你之前我做过整容手术了。” （刘　竞）

过马路

小明问小朱“有只咖啡杯和玻璃水杯一起过马路，突然有人大声叫:‘小心，现在是红灯!’咖啡杯停住了，可是玻璃水杯却被卡车撞得水流如注，请问为什么?”

小朱摇摇头，说不知道。

小明笑道:“因为咖啡杯有‘耳朵’，而水杯没有。”（开　心　供稿）

我好冷

有一天，一只小企鹅问他奶奶，“奶奶，奶奶，我是不是一只企鹅啊?”

“是啊，你当然是企鹅。”

小企鹅又问爸爸“爸爸，爸爸，我是不是一只企鹅啊?”

“是啊，你是企鹅啊，怎么了?”

“可是，可是我怎么觉得那么冷呢?”

（木　木　供稿）

(“冷笑话”是近来在网络上比较活跃的一种笑话类型。本刊现摘录几则，刊于本页，欢迎读者评头论足并踊跃来稿，投稿信箱：simyyue@126.com。)

真是欺负人

□扈国臣

大学毕业后，我在一家装饰公司找到了一份工作，为了节省几个钱，就在市郊接合部租了间房子。

这是一栋老式楼房，被房主整栋买下后，间隔成了筒子楼，专门租给外来打工人员，价钱很公道。我挺满意，跟房东谈好了价钱，选了一间空屋，当天就搬了进去。

我没啥别的爱好，业余时间就喜欢搞点木雕创作。这天晚上，我吃完晚饭，便拿出一个尚未雕刻完的木雕作品，准备继续凿下去。突然，不知从哪传来一声响亮的喷嚏："啊嚏——"把我吓了一跳，还没反应过来，那喷嚏声又接二连三地响了好几个。终于，我听清楚了：这喷嚏声是从隔壁传来的，而且还是个女的。

这个发现让我吃惊不小：隔壁只不过打了个喷嚏，自己怎么就听得一清二楚的啊？仔细一观察，又有了新发现，原来自己这间屋跟隔壁本来就是一间大屋子，只是被房主从中间打了个隔断，这才一分为二成了两间。由于隔断材料用的是三合板，所以隔音效果极差。我是个爱安静的人，业余时间还要搞木雕活儿，要是隔壁总闹哄哄的，自己还怎么安心啊？

第二天，我便去找房主，跟他说明情况，要求换一间房。房主听了，摇了摇头说："空房子有倒是有，但所有的房间结构都是一样的，换到哪儿都一样。"说着，房主拍拍我的肩膀，安

巧除电冰箱积霜：电冰箱用久后，冷冻室内会积霜。可将方便面塑料袋裁开，放在水中泡一下，然后将它贴在冰箱内壁四周，待结霜后，将塑料袋弄下来，霜也就随之除下。河北 申伟（2003）

慰道:“小伙子,你已经算是很幸运的了,隔壁只住着一个单身女孩,是个杂志社的编辑,相当文静,业余时间也就是写个文章,改改稿子什么的,不会闹出太大的动静来。”

我也没有别的办法,只好凑合着住了。

过了几天,我慢慢地也就习惯了,发现隔壁女孩果然如房主所说,非常的安静,连走路都像猫一样。

可好景不长,正当我为遇到一个难得的好邻居而暗自庆幸的时候,隔壁的女孩却突然搬走了。很快,一个中年男子搬了过来,随之而来的还有一群鸽子。男人在窗台下面搭了个鸽子窝,紧挨着我的窗户。这下可把我坑苦了,鸽子到处屙屎拉尿,臭气熏天,弄得我都不敢开窗户。尤其让我受不了的是鸽子的叫声,这家伙也不管白天黑夜,“咕噜、咕噜”地叫个不停,不但直接影响了我搞木雕创作,而且连觉都睡不安生了。

我忍无可忍,便到隔壁找那个男人理论,谁知那个男人根本就不吃这套:“咋了?我又没把鸽子养到你屋里去,你管得着吗?这鸽子可是我的命根子,谁要不让我养,我就跟他玩命!”说着,把脖子一歪。

我见跟他也说不清楚,只好又找到了房主,要求换一间房子。这回,房主倒是痛快地答应了,马上又给我安排了另一间屋子,我不放心地问房主:“这间房子的隔壁住的是什么人啊?”房主微笑着说:“哦,这隔壁的人你认识。”我一愣:“啥?我认识?”房主说:“对呀,就是原来住你隔壁的那个女孩。”我听了,既高兴又奇怪:“她不是搬走了吗?怎么还在这里住啊?”房主说:“可能是在外面没有找到合适的房子吧,这才又搬回来的。”我一听乐坏了,和这样的女孩住隔壁,是件多么幸福的事情啊,不但又能安心搞木雕创作了,而且睡觉都安稳。

可令我万万没想到的是,我刚搬进去不久,这天一下班,就看见女孩正在指挥着两名工人往外搬东西。我

吃了一惊，因为有些熟了，便上前问女孩：“怎么又要搬家啊？”女孩未说话脸先红了，蚊子似的答道：“也搬不远，只是那边又腾出了一间屋子，是朝南的。这间屋子太阴暗了。”我暗暗叫苦，你搬走了，天知道又会住进什么样的人来！有心挽留女孩，可话又说不出口——自己有什么权利不让人家搬家啊？再说了，如果执意挽留一个姑娘跟自己住隔壁，这动机也让人怀疑啊！

我咬了咬牙，算了，听天由命吧！

可我命还真是苦，女孩搬走后不久，隔壁就住进来一对中年夫妇。他们可没那么安静，刚搬进来的头一天晚上，两口子就不知为什么大吵了起来，一直吵到半夜。过了几天，这对夫妻的关系好不容易缓和了，战争也平息了，那个女的又不知是犯了什么邪，整天在屋里乱蹦，跺得地板“咚咚”山响，一边蹦还一边不住地数着数。

我实在受不了了，便到隔壁去探个究竟，发现原来那个女人是在屋里跳绳，说是什么跳绳减肥法，每天睡前必须跳上几百下。我当即表达了自己的愤慨，希望女人不要再跳了。谁知她却蛮不讲理：“那怎么行？跳绳减肥法必须持之以恒，我现在的体重还没减下来呢，我必须得坚持下去！”

我哭笑不得：“你没减下来，我这几天都掉了好几斤肉了！”可不管我怎么说，到了晚上，隔壁的女人还是照跳不误！我只好硬着头皮再去找房主，要求换房。这回，我多了个心眼，主动要求搬到先前那个做编辑的女孩隔壁去住。房主一脸的遗憾，说女孩的隔壁已经有人住了。我想了想说：“那好吧，你别管了，我去找那家人，跟他换房。”

为了找个安静的地方，我是豁出去了，找到女孩的隔壁，提出每月给他100块钱的补偿，那家人才终于答应跟我换房。

虽说花了点钱，但终于又能跟那个猫一样的女孩住隔壁了，我还是兴奋不已。搬家那天，正好被那个女孩碰上了，女孩很奇怪地问我：“您又搬到我的隔壁来住了？”说罢，脸上泛起了一丝红晕。我哈哈一笑：“是的，我是特意搬到你的隔壁来住的，不过你可别误会，我可没有别的意思——我有女朋友！”

女孩脸上的红晕忽地扩散开来，随即就满脸通红了，她鼓了鼓腮帮子，终于大声地冲我喊道：“我说大哥，你也真太欺负人了！我晚上要写稿子的，可你每天都要搞那个木雕，‘乒乒乓乓’的，凿得我心烦意乱，为了躲你，我都搬了两回家了，你怎么还不肯放过我呀！”

（本篇月月评短信代码：AA201）

（**题图、插图**：安玉民）

送你五千万

□刘克升

巧遇“同学”

这些年，阿P在外面做小生意，发了一点小财，他决定回家一趟。

阿P坐上大巴士，晃晃悠悠地走了一天一夜，眼看就要到达镇上了，这时，他袋里的手机响了起来，拿出来一听，原来是本村的二愣子打过来的，他问阿P哪天能回来，说后天他就要结婚了，想请阿P喝他的喜酒。

二愣子是阿P从小玩到大的赤屁股兄弟，如今兄弟要结婚了，阿P当然要有所表现，他大声说道：“好兄弟，谢谢你一直记得我！真是太巧了，我现在已经到了镇上，马上就要下车了！兄弟，你要结婚了，我当然要送你一样礼物，猜猜，我会送什么礼物给你？”电话又通了一会，估计二愣子没猜出来，阿P声音突然低下去了：“你别关机，我准备先送你五千万……”刚说到这里，阿P的手机却突然没电，自动关机了，阿P只好把手机揣了起来。

大巴士到了镇上，阿P提着鼓鼓囊囊的旅行包，下了客车，他抬头看了看天空，太阳已经落到了山后面，马上就要黑天了。小镇离自己的家里还有十多里路，阿P内心有点着急，怕回家晚了，正想雇辆三轮车，忽然肩膀被人轻轻拍了一下。阿P回头一看，身后站着一个矮胖子，正满脸堆笑地说“是阿P吧？我从县城上车就觉得你面熟，可是一直没敢相认！现在，你可能也认不出我来了吧？我是你的初中同学王胡啊！”

阿P上上下下打量着矮胖子，怎么也想不起自己有这么一个同学，但阿P要面子，故作恍然大悟的样子：“啊，老同学，想死我了！”王胡一听，激动得差点掉下眼泪来：“是啊，是啊，好多年不见了，今天机会难得，我做东，咱哥俩好好地聚一下怎么样？”阿P急着回家，哪有心思应酬，脸上就露出为难的样子。王胡见状，赶紧巴结地说：“老同学，我们知道你是发了大财，成了大老板，但是你也不能看不起乡下的弟兄们哪。”这几句话阿P听得进，人立马挺胸凸肚，口气也大起来了：“咳，尽管我忙得晚上睡觉的时间都没有，但看在老同学的面子上，恭敬不如从命吧。”

奇怪“艳遇”

王胡把阿P带到本镇最豪华的九九红娱乐城，他也真是大方，要了一个带空调的豪华单间。不一会儿，红烧鱼唇、清蒸甲鱼、罗汉大虾等十几个名贵菜肴摆上了饭桌，酒开的也是贵州茅台。阿P在外虽说人家也叫他老板，但这老板是贩卖牙签的，从未享受过如此高的待遇，他不禁有点手足无措：“这……这是不是有点太奢侈了？”王胡哈哈一笑：“小意思小意思！你大概还不知道吧？我现在已经混成了咱这个小镇的副镇长，专管招商引资的……”

怪不得人家大方，原来有“腐败”的资本啊！阿P正感慨着，一位长得非常妩媚的美女推门走了进来，直接坐在了阿P旁边。王胡呵呵一笑，指着美女介绍说：“这位是九九红餐饮娱乐城的老板，我的表妹小红！”小红是那种看起来非常讨人喜欢的女孩，阿P一下就被她吸引住了，同时又被王胡和小红的殷勤劝酒所感动，席间禁不住多喝了几杯。

酒足饭饱后，王胡盯了阿P身边的旅行包一眼，对小红说：“天也不早了，为了安全起见，阿P老板今晚就不要回家了！我在三楼开了房，小红你陪阿P老板过去休息吧，我还要回办公室办点事！”

正好阿P也觉着喝得高了点，头脑有点发胀，就随着小红来到了三楼。进了房间后，小红马上把房门反锁了，两眼不停地冲阿P放着“电”。阿P晕晕乎乎地没反应过来，还冲着小红直乐，直到小红扑上来动真格的，阿P才被吓醒了：妈呀，这就是传说中的艳遇吧？自己和小红第一次见面，虽说对她有好感，但总不至于发展这么快吧？再一想老同学，那问题更大了，其中莫不是有什么阴谋？想到这里，阿P赶紧提起旅行包，打开房门，一头冲了出去。

原来如此

“啪嗒” 阿P摔了个大跟斗。原

对耳吹气轻松止鼻血。因热症、摔跤而流鼻血的时候，如果左鼻孔流，就往右耳朵里吹气，立刻止血，反之亦然。两个鼻孔同时流的话，可不能用此方法。重庆 李童（2005）

来，王胡并没回他的办公室，正蹲在门外抽烟呢，阿P没看清，被绊得一下子飞出去老远，过了老半天，他眼前还直冒金星。

王胡一把拉起阿P，又把他送进房内，“啪”把房门反锁了。阿P喘了半天气，才结结巴巴地问道：“王……王胡，你……你的什么的干活？想干什么？”

王胡见阿P真的酒喝高了，也摔晕了，外国话都说出来了，忙赔着笑脸说：“索性打开天窗说亮话吧，我和你八竿子打不着老同学，我今天晚上牺牲我表妹的目的，就是想让你在我们这里投资搞个项目！今年我还有五十万的招商引资任务没有完成，如果完不成这项任务，奖金拿不到手不说，我这个副镇长的位子恐怕也不保了……”

阿P一听当官的有求自己，心里有些得意，但又一想，自己是做小生意的，有多少本钱？忙说：“我愿投资，只是五十万多了，我、我小本生意……”王胡紧紧地盯着阿P手中的旅行包，说：“阿P老板说笑话了！你在车上打手机说的话，我都听到了！呵呵，你兄弟结婚，你一出手就是五千万相送，大老板呀，区区五十万，对你来说还不是九牛一毛啊！”

阿P到这时才明白过来，扑哧一声笑了：“王胡啊王胡，你小子真是想钱想昏了，你也不问问这五千万是什么？”

王胡听阿P这么一说，隐约觉得事情有些不大对头：“你、你这五千万……”

“既然王镇长如此坦诚，我决定也送给你五千万！这五千万是……”阿P顿了顿说，“千万要快乐！千万要健康！千万要平安！千万要知足！千万不要干坏事！就是这五千万。”

原来，阿P在客车上所说的那“五

·漫画故事·

看望嫂夫人（文：张　震；图：包丰一）

1. 一个小偷在集市上偷了一篮子鸡蛋，觉得收获不大，路过一家，见门虚掩着，便打算再偷一把。

2. 他进了屋才发现家中有人，床边坐了一个壮汉 床上躺着一位妇女 怀里还抱着个刚出生不久的婴儿。

3. 壮汉看见来人贼眉鼠眼，不禁瞪大了眼睛，捏紧了拳头。

4. “大哥 您别生气！”小偷忙提起那篮子鸡蛋，“听说嫂子刚刚分娩 我是特意来看望嫂夫人的。”

千万”，是他想幽默二愣子一把，准备发给二愣子的手机短信！王胡终于明白了过来，他哭笑不得，叹了一口气，沮丧地一屁股坐在了沙发上。小红见状，也气哼哼地从床上跳了起来，不屑地撇着嘴说：“就是呢，我怎么看也觉着他不像大富翁！”

这时，门外忽然传来了一阵嘈杂的脚步声，随即响起了猛烈的敲门声。不会是派出所来抓嫖娼的吧？阿P心里咯噔一下，他稳定了下情绪，随后打开了房门，却见二愣子领着一帮人冲了进来。二愣子二话不说，冲大家使了一个眼色，大家眨眼间就拥了上去，把王胡摁在了地上，噼里啪啦地一顿好揍！

二愣子瞅了瞅阿P手中的旅行包，讨好地说：“阿P哥，听说你这次回来带了五千万给我，我不放心你的安全，就带人赶了过来，果然发现有人在使坏！多亏我来得及时，要不你就中了他们的美人计了……”

这事后来也不知是如何收场的，但阿P以后就到处说自己比外国电影《百万英镑》的主人公还牛，白吃白喝不说，还有人当保镖，一时竟忘了自己是贩卖牙签的。

（**题图**、**插图**：顾子易）

醉酒者可饮些牛奶，使蛋白凝固，保护胃黏膜，缓解对酒精的吸收。醉酒但神志尚清醒者可嚼食甘蔗，严重者可榨出甘蔗汁灌服，能醒酒。江苏 毕华林（2006）

警匪故事

本书汇集五则中篇故事精品，描写公安人员深入虎穴，与潜伏的敌特土匪斗志斗勇，最后使之落入天罗地网。故事情节曲折复杂，悬念性特别强，敌我之间关系扑朔迷离，错综复杂，人物命运特别牵动人心。

红色间谍故事

7则中篇故事，描写一群置生死于度外，出生入死在敌巢魔窟中，机智勇敢地与敌特匪首周旋，进行地下斗争的革命者。故事情节曲折，人物形象鲜明，具有震撼人心的艺术魅力。

捣蛋鬼故事

本书收入的"捣蛋鬼"，是一批头上长角的油子、懦夫、贪者、莽夫、偷儿、怪徒，他们大多性格怪异，但在激变的环境中却展现出了人们意想不到的美丽人生。书中也描写了另一类罪错者，故事往往以轻喜剧的风格来处理人物之间的矛盾冲突，让你饱览社会生活的丰富多采。

怕老婆故事

怕老婆现象古今中外均不同程度存在，汇集出书这是第一本。作者均取材于实际生活，有古代代表性作品，更多的是描写当代人的这类夫妻关系。他们怕老婆的行为，离奇古怪；怕老婆的动机，五花八门。

家庭故事

家庭是一个舞台，千千万万个家庭演绎着万万千千的故事。这本故事书里的51则作品，艺术地再现了家庭中的矛盾纠葛、悲欢离合和儿女情长，内容亦庄亦谐，或耐人寻味，或令人捧腹，有较强的可读性和可传性。

情爱故事

集中所收38则故事，几乎覆盖人们情爱生活的各个环节，社会众生相在作品中得到了不同程度的映照和折射。这些故事不仅在情节设计上精于构思、巧于安排，而且在艺术风格上也各有所长。对看惯小说电影戏剧的诸位来说，浏览此书是一种全新的享受。

聪明人故事

本书犹如一叶风帆，引您在智慧之海遨游。故事中的主人公活跃在各自的人生舞台，凭着自己的聪明才智，斗强蛮，蔑权贵，助弱小，解万难，演绎着一出出绝妙无比的连台活剧，内容既有情节性又有趣味性。

傻子故事

傻子故事在民间流传极广。本书共收72则傻子故事，内容生动风趣，人物栩栩如生，一群言行可笑、可悲而又憨厚可爱的艺术形象，如一幅幅色彩奇特而又耐人寻味的漫画，让你目不暇接。

就是要嫁给他

□黄　胜

刘家村是凤凰山脚下的一个小村子，一共三十多户人家，除去一户姓张的外姓人，大家都姓刘，彼此沾亲带故，整个村子就好像一个大家庭一样。刘贵既是村长，辈分又最大，在村里一言九鼎，说一不二。

前几天，刘贵去镇上开会。休息时，赵镇长把他拉到一边，关心地问起他女儿阿芳的情况，问阿芳有对象了没有。听话听音儿，刘贵心中一动，就留了个心眼，说，还没有呢。赵镇长哈哈一笑，说："我那小子涛涛跟你们家阿芳同过几年学，到现在还对她念念不忘呢。"刘贵心中暗喜，赵家公子他见过，在税务所工作，长得也算周正，女儿如果跟上他，自己的身价也不一样了。因此，他心里马上做出了决定：攀上这门高亲。没等会议结束，他跟赵镇长已经热热乎乎地"亲家、亲家"互称了。这一来，那些大村的村长和镇上的干部们，立马对刘贵另眼相看起来，言谈间恭敬多了。

当天晚上，一家人坐在一起，刘贵喜滋滋地告诉了家人这个喜讯，说："咱们阿芳有福了，赵镇长的公子赵涛看上她了。"

没想到，阿芳一听，霍地站起来，说："我不同意！姓赵的那小子念初一时就知道给女同学写情书，我死也不能嫁给他，要么就不嫁，要嫁就嫁给大虎！"大虎就是村里那户姓张的

外姓的儿子。他跟阿芳青梅竹马，长大后就生出了感情。刘贵见大虎人长得还算精神，对这事本来也默认了。

听到女儿这样顶撞他，刘贵一愣，他深知女儿的脾气，知道硬来不行，眼珠一转，就笑眯眯地说：“阿芳，这可是你的终身大事，关系到你将来的幸福，还有你哥哥和弟弟的未来。这样吧，现在处处讲民主，咱们家也实行一下民主制度，对这事投票决定吧。爹妈和爷爷奶奶的意见你也不能不听。”

阿芳合计了一下，觉得爷爷奶奶最疼自己，一定会投大虎的票的，至于哥哥和弟弟，估计和爹会站在一边。只要妈妈再支持自己，就有取胜的把握。想到此，就说：“好，投票就投票。”

投完票，结果却是赵涛以五比二胜出，大虎仅得两票，除了阿芳，只有奶奶投了他一票。阿芳一看结果，傻了眼，她恼怒地瞪了家人一眼，一甩辫子，耍赖道：“这次不算，要投票就全村人都投，来个村选，那才叫民主。”

刘贵生气地说“亏你想得出，还要全村人为你选女婿，你以为是选村长么？这是咱家里的私事，关人家外人啥事？”

“你不是常说咱全村人就像一大家子吗？那就让大家伙来帮我选女婿。”阿芳理直气壮，怕爹不答应，又威胁说，“如果不村选，那我就不嫁。”她心里有数：毕竟大虎跟大家都是乡里乡亲，如果村选的话，大虎赢面就大了。

刘贵何尝不知道女儿心里打的小九九，他转念一想，就有了主意，盯着女儿，说：“村选也行，不过，这次

切过鱼的菜刀会沾上腥味，只要用生姜擦一遍，腥味就可除去。做过鱼的锅里，往往残留鱼腥味，把锅烧热，放进泡过的湿茶叶，腥味即可除去。江苏 毕华林（2007）

你可要说话算数，不能再变卦了。”

阿芳本是无理取闹，见爹同意，不由喜出望外，自然一口答应。

刘贵又说：“那咱们就定下，明天晚上我就把大家召集起来，村选女婿。”

此事定下后，虽然天色已晚，阿芳不敢耽搁，赶紧出门去找大虎商议对策去了。刘贵也不阻拦，等女儿走后，他就拿起电话，赶紧向赵镇长汇报。当然，他不敢说是阿芳瞧不上赵公子，只是说阿芳跟大虎已有感情，一时难以取舍，所以她提议搞个民选。赵镇长沉默了一会儿，才问：“如果民选，赵涛有希望吗？”声音里透着不高兴。

刘贵保证说：“您放心，我提前去做做村民的工作，我的村民，哪个敢不听我的？”

赵镇长这才重新热情起来：“亲家，那你费心了。明天我叫赵涛去一下，给大伙带点小礼物。”

刘贵大喜：“那再好不过，有他跟着我去挨家挨户做工作，我敢打包票，这事十拿九稳。”

第二天一早，赵涛就驾车赶到了刘家村。小伙子一表人才，加上穿着挺括的税务制服，更是显得精神抖擞，一下子就把土里土气的大虎给比下去了。整整一天，赵涛跟在刘贵身后，挨门挨户拜访，每进一家，先掏出一包云烟恭恭敬敬地放到炕头上，嘴里像抹了蜜，叔叔伯伯地叫，说以后咱们就是一家人了，以后有用得上我的事情，尽管开口。

谁不希望有这么个有本事的亲戚呀？大伙抽着云烟，心中盘算着，大虎跟他比，要钱没钱要本事没本事，高下立分。于是，顺理成章，当接下来刘贵说了要大家投票帮忙选女婿的事情后，人人都表态说，这样有本事的女婿打着灯笼都难找，不选他选谁？选上了，大家伙以后都好跟着沾光。

爹领着赵涛拉选票的消息很快传到了阿芳耳朵里，阿芳做梦都没想到会是这样，顿时傻了眼，不知如何是好。大虎也是一筹莫展。阿芳恨恨地说：“我爹怎么能这样？”

大虎无精打采地说：“算了，人家把选票都拉完了，我看，今晚选举我也不去了，去了也是丢人。”

阿芳还想博一下，她恨铁不成钢地看着大虎：“大虎，人家能拉选票，你为什么就不能也去拉？”

大虎苦着脸：“拉票得用钱，我哪有那闲钱呀？”

“你就不能想想主意？乡里乡亲的，也不用带东西，每家去坐一会儿也好嘛。”

大虎虽然不抱什么希望，在阿芳的催促下，还是决定挨家挨户去试一下。在进第一家的时候，一进门，人

家就知道他的来意，开口教训说：“大虎，别不自量力了，说实话，人家赵涛的条件确实比你好，有钱又有势，你们俩相比，大伙肯定都选他。我看算了，天下又不是就阿芳一个女人，你另找一个就是了。”

大虎低着头，说：“三叔，我知道跟赵涛竞争是自取其辱，可是阿芳非逼着我去跟人家竞选。我现在就像骑在老虎背上，上不得也下不得哟，只求到时候别输得太难看就行。”

三叔摇摇头，说：“我看够呛，据我所知，大家伙都倾向于选赵涛。”

大虎说“我要是得了零票，这人可就丢到姥姥家去了，臭名声如果传出去，以后谁还肯嫁给我呀？就等着打一辈子光棍吧。”他可怜巴巴地看着对方，“三叔，我知道大伙都会选赵涛，他也不差你这一票，你就把你这一票投给我吧，免得我到时候一票得不着丢人。”

三叔心里一软，毕竟，大虎是自己看着长大的，感情上还是亲近他一些，就想了想，说：“好吧，反正大伙都要投赵涛的票，我投你一票得了。”

立刻，大虎感激涕零，连声说：“谢谢三叔，我就靠你了，有了你这一票，我就剃不成光头了。”千恩万谢地告辞出来，

阿芳等在门口，见大虎出来，忙问：“怎么样？”

大虎说“三叔同意把票投给我了。”他把情况跟阿芳说了一遍，阿芳越听眼睛越亮，她一把拉住大虎，把他扯到街角背人处，高兴地说“大虎，你有希望了。”

大虎说“啥希望？这才只有一票。”

阿芳信心百倍地说“你马上到别的人家，如法炮制。记住，进去后，你也千万别说有人答应投你的票了，就说你一票没有，看他可不可怜你。”

大虎不明白：“你的意思是……”

阿芳抿嘴一笑："这招叫浑水摸鱼，让他们以为你只会得到他本人的这一票，无关大局。你想啊，如果人人都这样认为……"

大虎一拍脑门，顿时喜容满面，他一蹦三尺高，也不用阿芳催了，拐了个弯，就进入了另一家。十分钟后，他出来了，冲阿芳做了胜利的手势。

天黑之前，大虎挨家挨户走了一遍。

晚上，村选开始。赵涛率先趾高气扬地进入会场，一副胜券在握、信心十足的模样。跟他相比，随后进来的大虎却无精打采，看人的目光都怯怯的，满是央求，谁都能看出，对这次民选，他是毫无信心，甘拜下风。两人站在一起，就像拳击台上的拳击手，一个是重量级，一个是轻量级，根本不在一个档次上。看到他这副模样，人人都想，如果自己不投他一票，这小子恐怕真的一票也得不到。

半个小时后，选举结果出来了：赵涛仅仅得了五票。而大虎，却得了四十五票，以绝对优势获胜。

大虎、阿芳兴奋地抱在了一起，连声冲大伙说："谢谢、谢谢……"

赵涛、刘贵的脸都绿了，气恼地看着众人，不明白怎么会出来这种结果。

乡亲们面面相觑，一转念，很快就明白了是怎么回事，原来自己是被大虎给算计了，让他钻了空子，"这小子……"大家相对苦笑。不过，当大家后来看到那对小恋人欢呼雀跃兴高采烈的模样时，心中上当受骗的感觉不知不觉消去了，不由也为他们高兴起来。

票选女婿结果有效！

（题图、插图：谢　颖）

·中国新传说·

有人给老人让座，有人给孕妇让座，有人给病人让座，有人给残疾人让座，更多的时候我们还要给良心让个座。

上车不买票

□魏柏林

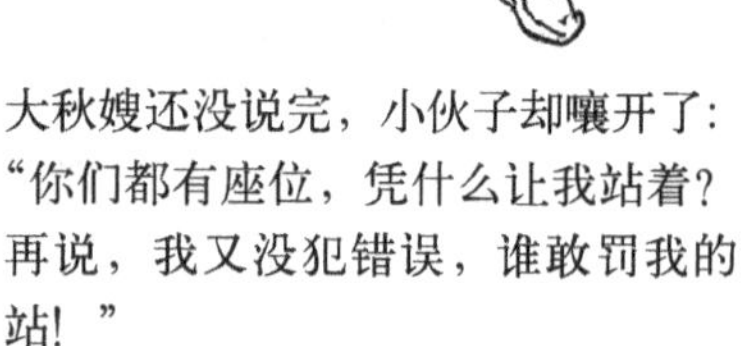

公路开通后，心思活络的赵明月就买了大巴车跑客运，自己既当车主又当售票员，生意一年比一年好。

这天，大巴车开到中途，上来了一个人高马大的小伙子。他见车上没有空位，便一脸的不高兴，见脚旁边正好有个大菜包，他不管三七二十一，一屁股坐在菜包上。他这一坐不打紧，可急坏了菜包的主人大秋嫂："哎呀，我的小哥哥，这可是水灵灵的野青菜，坐烂了我咋卖呀？快起来，不能坐！"

小伙子并未动身，还望着大秋嫂直翻白眼："不能坐？那，那我坐哪里？"

"你这么年轻力壮，站一会儿也没啥，反正离县城也没多远了……"大秋嫂还没说完，小伙子却嚷开了："你们都有座位，凭什么让我站着？再说，我又没犯错误，谁敢罚我的站！"

大秋嫂觉得不对劲，看上去人模人样的小伙子，咋这么不讲理呢？听口气这人脑子好像不太正常？要不就是个油子哥？这样的人可别招惹他，还是息事宁人的好。于是站起身，让出座来说："来来，我这位子让给你坐，我站会儿。"小伙子也不客气，屁股一撅，坐了上去。

这一幕，赵明月全看在眼里，换了别人，她也懒得管了，可大秋嫂是她亲妈，她能不管吗？她挤到小伙子

茶杯使用时间长了会留下茶垢，可以用食盐来清洗，首先用水把茶杯打湿。放上食盐用手搓有茶垢的地方，大概五秒就可以了。云南 尹昌信（2009）

跟前，拍了拍他的肩膀："没上过学是咋的？小学生都知道尊老爱幼，你站着比人高，躺着比人长，大小伙子一个，咋还要老人给你让座呢！羞不羞啊？"赵明月一通抢白，机关枪似的，小伙子果然蔫了，乖乖地从座上站了起来，只是嘴里有些不服输地嘀咕："要我罚站，我就不买票，说不买就不买票……"

"你敢！这回你要不买票，马上给我下车去！不然，咱们旧账新账一起算！"赵明月做姑娘时，就有铁嘴丫头的"美"称，去年结了婚，嘴巴更是厉害。看来小伙子根本不是她的对手，只是翻了翻白眼，嗫嚅地说："下就下，我步行，步行你把我怎么样！"赵明月也懒得再跟他啰嗦，随即要司机停车，门一开，顺手将小伙子扒拉下去，在一旁的大秋嫂倒有些过意不去，小声对赵明月说："月儿呀，别这样，人家也许身边没带钱，又不好意思明说，你就帮个忙把他带进城算了，也不多他一个人，何必硬要赶他下车呢？"

"妈，你不知道，他是个老油条，已经白搭了好几回车，我都没跟他计较，这回倒好，竟然跟您耍赖，我真的不能再容忍了！"

"这么说，你认识他？"

"开始我也不认识，后来一打听，才知道他是邓书记的儿子。"

"哪个邓书记？"

"就是我们镇里原来的邓书记。"

"啥？这小伙子是邓书记的儿子？"大秋嫂一听是邓书记的儿子，连忙叫司机赶快停车。车一停，大秋嫂连忙下车，回头一看，那小伙子竟真的跟在车后步行呢！大秋嫂迎着小伙子，一路小跑过去，拉着他的手说："对不起，小伙子，几年没见，我不知道你长这么高了！刚才是咱不对，得罪你了！"一边说，一边像老仆人侍候主子似的将小伙子引上车。看见妈妈对小伙子这么殷勤，赵明月又气又急："妈，你这是干啥呀，这样的人你还要惯着他，我这生意还做不做呀！"

大秋嫂好像没听见似的，扶着小伙子上车后，又客客气气将自己的座位拱手相让。赵明月实在看不下去了，跳过去，一把拽开小伙子，随即将妈妈强按在座位上，气呼呼地说："妈，你客气啥？这是我的车，别说是个无赖，就是天王老子来了，你也别让这个座！"

大秋嫂这回恼了，脸色冷冷的，她站起身来，将女儿扒在一边，顺手又把小伙子拉回自己的座位："小伙子，别怕，只管坐，我真心实意让给你的，谁再敢赶你走，我就对她不客气！"

赵明月万万没有想到老娘竟是这个态度，不但不帮自己，反而替那臭小子说话，心里那个气啊，就像火星子直喷："妈呀，我看您也太势利眼儿了吧，不就一个镇委书记的儿子嘛，咋就值得您这样巴结呀？再说，人家邓书记已经退休了，您巴结讨好他儿子有啥用，我看您是越老越糊涂！"

大秋嫂长叹了一声："是啊，妈是老了，可妈并不糊涂！当年，为修咱村这条公路，邓书记差点把命都搭上了，就因为忙这项工程，把发高烧的孩子落在家里，耽搁了就诊时间，好好的一个孩子，硬是烧成了个二傻子……如今，邓书记虽然没官职了，可他为咱老百姓做的这件好事咱不能忘记，看见他的傻儿子，咱就心痛，咱不是巴结这孩子，咱这是给邓书记让个座儿，给良心让个座儿啊……"

赵明月低下了头，车上鸦雀无声，好多人眼睛里闪着泪光，只是，那个傻小子却在座位上呼呼睡着了……

（本篇月月评短信代码：AA202）

（**题图、插图**：刘斌昆）

用温水将木耳泡开，再放两勺淀粉用手拌匀，附在木耳上的细小脏物便会脱离。这时，只需捞出木耳用清水冲洗即可将其洗净。江苏 许昆海（2010）

忘我的付出，
有时只是一次简单的割舍。

武松打店

□肖　洪

谢师傅是县剧团最有名的老武生，只要提起他的《武松打店》，人们个个赞不绝口，都夸他把武松演神了。如今谢师傅已经七十多岁，还在剧团当老师，一身武艺仍然不减当年。

有谢师傅这么一个宝，剧团自然不愁没饭吃。但团长眼光看得更远，谢师傅不但是剧团的宝，更是国家的宝啊！所以，剧团专门请来了城里最好的摄像师，要把谢师傅的《武松打店》拍下来，作为永久的资料保存，让老艺人精湛的表演艺术代代相传。

拍摄一开始进行得很顺利，可当拍到“金线跑马”这一段时出了岔子。

金线跑马是《武松打店》里最精彩的一个招式。武松同孙二娘开打，孙二娘手里的匕首舞得流星一般，武松先是用一连串的筋斗避开她的锋刃，随后蓦地飞起一脚，把她手里的匕首踢到远处，待她一个“鹞子翻身”飞到匕首跌落处时，武松突然两腿一“劈叉”，双手前伸身前倾，像离弦的箭一样在台板上疾速滑行，以迅雷不及掩耳之势抢在孙二娘之前把匕首夺到手。

这个招式，谢师傅每回演每回博得满堂喝彩。

这次拍摄，扮演孙二娘的演员姓吕，是谢师傅的得意门生，虽说平时从来没有和谢师傅配过戏，可在团里也是挑大梁的演员，平时演孙二娘就

是她的拿手好戏，可不知怎么搞的，今天手里的匕首就是舞不好，舞着舞着就失手飞了出去。

这可急坏了在一旁观看的团长，拍摄结束后，他找到小吕，打算做做她的思想工作，让她放下包袱，放松去演。

他问小吕：“是不是因为第一次和老师配戏，你心里紧张了？”

小吕没说话，只是摇了摇头。

团长说：“你有什么顾虑尽管说，只要能办到的，团里一定为你创造条件。”

小吕吞吞吐吐了半天，才说：“团长，我这段时间不知道怎么了，特别怕酒，一闻到酒的味道头就晕。谢师傅身上的酒味实在太重了，我只要往他身旁一站，闻着酒味，手就开始发抖了。”

这下团长有些为难了，他知道：谢师傅好酒，走到哪里，一只军用水壶背到哪里，水壶里装的不是水，是酒。渴了，他不喝水，喝几口酒；饿了，他可以不吃饭，喝几口酒；哪怕身上有点不舒服，他照样可以不吃药，几口酒下肚，立刻就在舞台上翻起了筋斗。所以，酒对谢师傅来说，是水，是饭，是药。团长听谢师傅说过，他之所以至今还能保持当年的武艺状态，靠的全是这水壶里的酒。所以，酒就是他的生命！

这几天摄像很累，要求又高，谢师傅喝酒比平常几乎多了一倍，摄像的时候，水壶就放在侧幕边，拍一段，他就进侧幕喝几口酒，只要一喝酒，他就精神陡增。这种情况下，怎么能不让他喝呢？

团长只好劝小吕说：“小吕啊，这个问题可难死我这个当团长的啦！你年轻，从大局出发，能忍就尽量忍忍，怎么样？”小吕也知道此事唯一的解决办法，就在自己身上。况且谢师傅是自己尊敬的老师，她怎么忍心因为

这一点事儿去向老师提什么要求呢？小吕向团长表态，一定争取接下来一次拍摄成功。

于是《武松打店》的拍摄又继续开始了，团长亲自督战，站在大幕边指挥。

开拍后，一切还算顺利，但团长心里清楚，只要没关机，就不敢掉以轻心。果然，戏演到武松踢掉孙二娘手中的匕首后，小吕在做“鹞子翻身”的动作时摔倒了，拍摄被迫中断。后来，专为这个“鹞子翻身”的动作补拍了几次，可是都不行，团长只好宣布，拍摄暂停，什么时候开机，等通知。

团长说不出具体开机时间，实在是心有苦衷。你想，小吕不可能马上过得了晕酒关；换人吧，原来和谢师傅配戏的“孙二娘”倒也是个老艺人，可惜已经故去，而能担纲挑起这个角色的，目前团里就小吕一个；谢师傅这一头呢，且不说团长开不出要他暂时不喝酒的口，就是他自己真不喝，身子能撑得住？团长思来想去，没一个好办法，急得在办公室里团团转。

就在这时候，只听一阵敲门声，进来的是谢师傅。谢师傅来找团长，也是因为他对小吕的连连失手百思不得其解：这孩子平时演孙二娘一直不错，为什么这次老出毛病？不该呀！就算是和自己配戏紧张吧，可她是自己教了这么多年的学生，也不至于紧张到这个程度啊？谢师傅对团长说：“我总觉得这事情有点奇怪。按说我是她老师，问问她也没什么，可我发现这孩子怎么这几天见了我总躲躲闪闪的样子。要不你去问问，我看一定有原因。”

“是有原因啊！”团长脱口道。

“呃，你知道？”谢师傅迫不及待地说，“那你快说，到底是怎么回事？”

“这……这……熏……熏……”团长想说又不敢说，一时张口结舌，不知怎么说好。

“你是说熏酒？”别看谢师傅年纪大了，但脑子很灵，团长一个“熏”字，他就猜到可能是和自己喝酒有关。“哈哈哈哈！”谢师傅朗声大笑起来，“我的团长哎，你怎么不早告诉我呢，这事儿还不好办？我不喝酒就是了嘛！”

团长一听谢师傅主动说这话，不禁喜出望外：“谢老，谢谢您啊！”他紧紧握着谢师傅的手，当晚就向全团下达了第二天继续拍摄的通知。

可没想第二天临开拍前，团长看到谢师傅还是照样背着他的那只军用水壶，上台之前，还是照样把水壶往侧幕边一放。团长心里一个“格愣”：这老头子，怎么说话不算数？团长的拎包里有一瓶正宗的茅台酒，他本来打算待拍摄结束后拿出来，好好犒劳犒劳谢师傅，“唉，”他边摇头边在心

里叹气，“看来，这酒是白白准备了。”

突然，团长看到谢师傅把小吕叫到侧幕边，不知对她说了些什么，小吕出来的时候，显得很激动的样子。而这个时候，谢师傅又举起了他那只要命的水壶，团长的心提到了嗓子眼，叹一声：“完了，看来今天又是一场空！”

但出乎团长预料的是，今天的拍摄却进行得非常顺利。当谢师傅和小吕完成整折戏的表演，两个人同时做完向观众谢幕的动作之后，团长和在台下观看的全团人员禁不住连声叫好。团长兴奋地从拎包里拿出茅台酒，向台上走去：“谢老，难为你啦……”

可是团长话音未落，突然就看到谢师傅的身子一晃，幸好这时候小吕正挽着谢师傅的胳膊，赶快用力扶住，谢师傅才没有倒下去。小吕朝旁边人大叫：“快，快拿酒来！”有人急忙去侧幕边拿谢师傅放在那里的水壶，小吕急得大叫：“那是空的，里面没有酒。”团长一听，一个箭步冲过去，一把把手里的茅台酒瓶盖子打开，对着谢师傅的嘴巴就灌。

只见谢师傅“咕嘟咕嘟”喝了几口酒之后，慢慢睁开了眼睛，见大家都瞪着眼睛围着自己，他“嘿嘿”一笑，晃晃悠悠地站直了身子，朝小吕眨眨眼说：“嗨呀，你看老师多没用，喝不了酒就成这个样子……”

“老师，您……”小吕话没出口泪先流了下来，“老师，原谅我，学生让您受苦了！”

她转过头来，哽咽着对团长说：“团长，老师为了让我配好戏，从昨晚就开始不喝酒了，他今天在侧幕那儿闻壶里的酒味，硬是用这个来提神啊……”

团长愣住了。

（**题图**、**插图**：魏忠善）

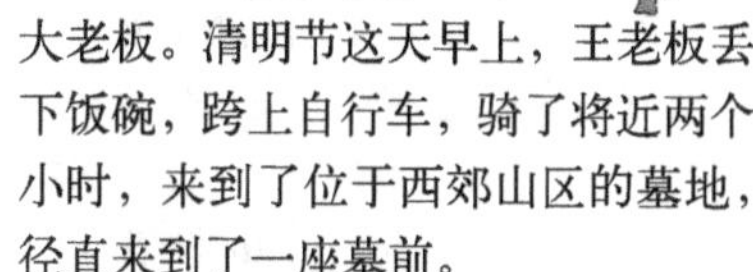

枕着红裙子

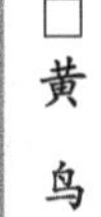

□黄乌

王有德是本市很有名气的“有德运输公司”的大老板。清明节这天早上，王老板丢下饭碗，跨上自行车，骑了将近两个小时，来到了位于西郊山区的墓地，径直来到了一座墓前。

墓碑上有一张十多岁女孩儿的像，女孩身穿红色连衣裙，漂亮可爱。王老板在墓碑前摆上了一束鲜花，然后默默地低下了头……

晚上，王老板躺在床上像烙饼似的翻来覆去睡不着，那个小女孩的像又浮现在了眼前，十年前的一幕，也像小女孩穿的红裙子一样在眼前飘动……

噩梦般的红裙子

十年前，王有德所在的单位破产，他只领取5000元生活补助就下岗回了家。这时他的妻子长年患病，光医药费就是一个填不满的无底洞。他的孩子在十三岁时因为车祸早早离开人世，而那个酒后驾车的肇事司机逃逸了，王有德连一分钱的赔偿也没拿到。想到自己四十多岁，没了后代，只有一个病妻，他几乎对生活绝望了。

但王有德是个有责任心的男子汉，他不能丢下妻子不管，日子怎么也得过下去。当了近二十年司机的王有德求爷爷告奶奶借来五万元钱，又贷款五万元，买了第一辆大货车，跑起了运输。由于他诚实守信，做事认

真，客户逐渐增多。他也开始看到了生活的希望。

一天，王有德拉着满满一车货物从南方往本市赶。为了按时交货，他连续两天一宿没合眼，当车行驶到北市区城郊接合部时，强烈的睡意让他的眼皮直打架……就在这时，他觉得车身一阵晃动，猛地惊醒，下意识地踩了一脚刹车，车子停了下来。

王有德吓得心怦怦直跳，他没敢下车，只是顺着汽车的后视镜看去，发现车后三四十米的马路中间，好像躺着一个身穿红裙子的人！

王有德意识到出事故了。他拿出手机，打算报警，可刚拨了几个数字他又把电话放下了。他想到，买车借的钱和贷款还没还清，家里人吃饭治病可都指望着这辆车呢。而且，这辆车没有入保险就急于上路了，如今出了这么大的事儿，自己拿什么赔呀？

几秒钟痛苦思索后，他跳下了车，像做贼似的环顾四周，这时正值清晨，偏僻的小巷口空无一人。逃离这是非之地的欲望在他脑子里膨胀了起来，他急忙跳上车，猛地踩下了油门，汽车后视镜里的红裙子离他越来越远，很快就在他的视线里消失了……

王有德驾车一路狂奔，开到了自己停车的大院里。再次跳下车时，他感到双腿发软，手脚冰凉，浑身直冒虚汗。他从车头查看到车尾，发现车子完好无损。但当他走到车的右后轮时，发现轮胎的一侧多了一片鲜红的血迹，车轮突出的一段螺栓上竟然还带着一小段血淋淋的肠子！

王有德顿时瘫倒在地，晕了过去……

不知过了多久，他从地上爬起来，发疯似的接上水管，对着车身车轮一阵猛冲……直到把那些刺激他神经的东西冲得无影无踪，他才哆嗦着点燃了一支香烟。

他把货物交付给货主后回到家，就像被抽掉了筋一样躺在了床上。他没敢把自己撞人的事情告诉家人。他太需要休息了，可一闭上眼睛，就会被一件飘荡而来的红裙子吓得惊醒过来……

还份良心债

接连两天，王有德没有出车，躲在家里一支接一支地抽烟，思来想去。他想到自己的孩子被车祸夺去了生命，肇事司机给自己和家人的心灵带来了无法弥补的创伤。可没想到几年后，自己竟也成了这种丧尽天良的主角！

王有德陷入了深深的自责中，他想到了去自首。

可就在这时，躺在床上的妻子痛苦地呻吟着，有气无力地说："有、有德，你怎么啦，你病啦？你可不能出事呀……"王有德猛地一惊，说："没

事，我好着呢。”说着，他给妻子端上一杯水，送上几粒药片，看着憔悴的妻子，自首的念头又被打消了。

又过了一天，王有德骑着自行车来到自己出车祸的地方，壮起胆子走进小巷口一家小商店，他买了一包香烟，便和小店老板娘聊起来，聊着聊着就随口问了一句:“听说前几天，这个巷口出了车祸是吧？”

老板娘叹了口气:“是呀，那天一大早有个小女孩儿被车撞死了，死得好惨呀！司机撞人后逃了，警察勘查了半天现场，也没找到什么证人证据的。”说完话，老板娘就开始破口大骂那个司机没有人性，咒他的孩子早晚也被车撞死。

王有德极力掩饰着自己的慌张，附和着一起骂那个司机。最后，他又试探着问道：“死的那个孩子是附近的吗？”

老板娘指了指对面：“就是那个小院里李有福家的闺女，刚上小学四年级。唉，作孽呀，这个李有福从小患小儿麻痹症，摆了个修鞋的小摊儿养家糊口。他老婆也有残疾，两口子就这么一个闺女。哪知道黄鼠狼单单要咬这病鸭子呀！”

王有德从小商店出来，悄悄地走到那个院门紧闭的小院跟前，记下了地址——“槐树巷5号”。

返回家后，王有德心想，既然人死不能复生，只能想别的办法来减轻自己的罪过了。合计了半天，他决定继续跑运输挣钱来还债还贷款，然后挣钱来一点一点地还自己的良心债。

于是一年后，王有德开始了他的还债行动。他每月都会抽取一部分挣来的钱，亲手寄给李有福。刚开始寄得钱少一些，后来数目越来越大，如今已经坚持了九年。王有德觉得当他汇出每一笔钱后，他才能换来那片刻的轻松。

如今，王有德已经是家产千万的运输业巨头。他按月给李有福寄钱好

像也成了一种习惯。十年来，王有德始终没去见李有福，不是不想见，而是始终觉得心中有愧。

我叫李有福

这天一大早儿，王有德就被小保姆从床上叫了起来，说门口有人要找他。王有德寻思这么早来人找他，是不是车队出了什么事呀。他不敢怠慢，赶紧穿上衣服，跑到了大门口。

此刻，大门口停着一辆破旧的三轮车。车上坐着一位头发花白、双目失明的妇女。蹬车的是一个身材矮小的老汉，他见王有德出来，忙费力地从车上下来，拄着拐杖，一步步走上前来，激动地问道："你是王有德老板吗？"

王有德回答："我是王有德。你找我有什么事儿吗？"

没想到话刚说完，那老汉扔掉拐杖，"扑通"一声，跪在了王有德面前："恩人呀，我可找到你了！"

王有德赶紧把老汉搀了起来，和小保姆一起把两位老人扶进了家中客厅里。王有德不明白，自己怎么成了这位老汉的恩人了？于是他试探着问道："老哥，你怎么称呼？"老汉答道："我叫李有福。"

听到"李有福"这名字，王有德惊得一屁股坐在了沙发上，半天说不出话来。

只听李有福老泪纵横地说道："十年了，要不是你每月给我们寄钱，我们老两口哪能活到今天。老天有眼，总算让我们找到了你，我们真要感谢你的大恩大德啊。"

"我的老哥呀。你这话是怎么说的？是我……"话没说完，王有德两腿一软就跪在了李有福面前。

李有福慌忙把王有德扶起来。王有德斜靠在沙发上，口中喃喃自语："十年了，这一天终于来了！"

看着王有德痛苦的样子，李有福一时也摸不着头脑，他沉默了好一会儿才说："十年前，我闺女被车撞死后，我老伴儿把眼睛哭瞎了，后来，她又得了一场大病，把原本为闺女上学攒的钱都花光了。走投无路之下我和老伴一合计，就想一块儿喝农药去找闺女。碗刚端起来，邮局的同志敲门送来汇款单，我俩这才没死成。谁知从此每个月都能收到汇款。想到还有好心人在暗地里帮我们，我们要是再寻死的话，那就真的对不住人家的恩情了。"

王有德慢慢坐起身，细细回味着李有福的话，心里想：撞死她女儿，我肇事逃逸本不应该，如果没有当初的汇款赎罪，那就要再害死两条人命呀，幸亏我还做了这么一件积德的事情。

李有福接着说道："不光每月有人寄钱来，每年清明节，我闺女的坟前还有人送花。我想，这送花的人肯

定就是汇款人。可我按着汇款单上汇款人的姓名和地址去找时，才发现姓名和地址全都是假的。”

“那你是怎么找到我的？”王有德问。

李有福说：“前几天收到你的那张汇款单后，我才想到，虽说汇款单上名字和地址是假的，可汇款邮局的地址错不了呀。于是，我就拿着汇款单求邮局的领导，让我看汇款当天的监控录像。邮局领导听我说的情况，就让我看了。虽然你当时戴着墨镜，可我记住了你下巴上的一大块儿黑痣。昨天晚上，电视里播报了市里召开大会，表彰你帮助下岗工人再就业的新闻，刚好被我看到了。你的脸型、身材，特别是你下巴上边的那块黑痣和我在邮局里看到的一模一样，我猜你一定就是我要找的那个恩人。所以，今天一大早我就打听着来了。”

借我红裙子

说罢，李有福从贴身衣袋里拿出了一张银行存单，递给王有德，然后说道：“这是你十年来寄给我的钱，我花了不少，还余下这些，我今天把它还给你。老伴除了眼睛之外，别的病也好得差不多了。我修鞋挣的钱怎么也够我们老两口儿吃饭，钱再多我们也用不着。再说，我拿恩人的钱放着，我也睡不踏实呀。”

王有德慌忙把存单又塞到了李有福的手里：“我的老哥呀，这些钱你就拿回去吧，当年撞死你闺女的那个司机，他……他……”

“王老板，那个司机七年前就被警察抓起来，判了刑。”李有福说着话，又把存单摁在了王有德的手中，然后架上单拐要扶老伴回家。

“司机被抓了？撞死你闺女的司机被抓了？”王有德惊讶地连声追问。

李有福解释道：“十年前，我闺女清早起来，正准备去上学，一出门就看到马路中间躺着我家养的那条小

狗。据事后民警分析，是我闺女晾着的那件红色连衣裙被风吹了，小狗出去把它叼回来，在过马路时被汽车轧死了。我闺女跑到马路中间去捡裙子，没想到却被飞驰而来的货车撞死了。司机跑了两年多，后来就被警察抓回来了。”

“啊！”王有德听到这里，神色一变，不由得叫了起来，或许是感到自己有些失态，他稳了稳情绪，附和道，“是啊，逃能逃到什么地方去，心里有鬼，总会被抓回来的。”突然，他好像想起了什么事，抓住李有福的手问道：“快告诉我，你闺女出事的时候穿的是什么颜色的衣服？”

李有福说：“那天她穿的是一件黄色裙子。”

王有德听罢，一种从未有过的轻松畅快像电流一样传遍了全身，心头压了十年的大石头一下就落了地。他开心，他兴奋，他激动地问李有福：“那条红裙子还在么？”

李有福不知道对方为什么一下子变得这么激动，忙应道：“在，在，女儿没了，我俩把这条红裙子留下来，做个念想。”

“那能不能把红裙子借给我一个晚上？”

“行，可是你要借它做什么？”

王有德急切地说：“这你别问了，快去拿……”说着竟然把李有福两口子推出了家门。

李有福不知道王老板到底怎么了，只觉得这条红裙子一定对他很重要，忙骑着三轮车带着老伴儿回家，将那条红裙子取来双手递给王有德。王有德捧着这条红裙子，双手不住地颤抖。他面带笑容，倒在了沙发上。

十年来，他没有睡过一个安稳觉。现在，他觉得自己太困倦了，他太想好好睡上一觉了……

第二天早上，家人发现王有德永远地睡着了，他的脸上挂着安详的笑容，在他的枕边放着一条美丽的红裙子……

（**题图、插图**：魏忠善）

冷水熬鱼无腥味，爆炒肉类要嫩放匙水，骨汤沸后加醋增钙量，淘米水泡刀防生锈，青叶菜炒时忌冷水，盐擦醋擦去茶垢，啤酒洗脸皮肤滑，洗头更是色泽亮。四川　谢娜（2015）

农民的儿子

□庞洪成

林阳县中学高二班有三个出众的男生，一个叫包长江，一个叫阎鹏，还有一个叫李索。

说他们出众，有这么几点根据：一是他们的学习成绩都特别好；二是他们的个子都长得特别高；第三点更突出，这三个男生的爸爸都挺有“来头”：包长江的爸爸是县供电局的局长，阎鹏的爸爸是县工商银行的行长，李索的爸爸虽然不当官，却是全县最大的木材公司老板，在那一行里，也算是呼风唤雨的头面人物了。正因为这样，这三个男生在同班同学面前就有了一种特别傲的优越感。

这天，班里转来一个新同学，叫沙得亮，高个子，学习成绩也特别好，只是沙得亮的爸爸是个农民，就凭这一点，包长江他们三个就挺看不起他，常常对沙得亮颐指气使，谁不愿值日了，就让沙得亮顶替；谁渴了馋了，就让沙得亮跑腿去买饮料买小食品，就是一起打篮球玩，他们还要沙得亮帮忙拎鞋拿衣服。沙得亮是个实诚的孩子，为人憨厚又随和，只要不是原则问题，他都不在乎。

一个星期天，正赶上包长江过生日，准备好好到县城北面的龙湾水库去玩一天。包长江提议带上沙得亮，有这么一个人跟着，他们可以轻松不少，阎鹏和李索一听有道理，赶紧把沙得亮约了来。于是，四个人就一起兴冲冲地往龙湾水库进发。

龙湾水库背靠怪石嶙峋的玉龙山峰，水面波光粼粼，四个人在水库里

划船、照相、野餐，玩得好不开心。下午，他们出了水库还不想回家，就又到玉龙峰下的树林里去捉迷藏，林子大，三个人找一个人还找不到，真够刺激！

玩得正尽兴，就听沙得亮突然喊起来："哎，你们快来看哪！"大家赶紧靠过去，一看，原来沙得亮在林子靠山峁的地方发现一个洞口，洞呈斜坡向下走势，洞口冷风嗖嗖，洞内漆黑一片。这是什么洞呢？四个人好奇地猜测起来，有说是熊洞，也有说是獾子窝。后来，阎鹏有点不耐烦了，说："嗨，管它是什么洞，你们站好了，我给你们照张相，拿回去明天吓吓班里那些同学！"不料他刚端起相机，拧开镜盖，手一晃，镜盖掉地上，竟"咕噜噜"顺着斜势滚进洞里去了。阎鹏惊叫一声："唉呀，我这镜盖值好多钱哪，怎么办？"

四个人都愣住了！过了会，包长江转了转眼珠，对沙得亮说："你进去找找吧，说不定这个洞很浅呢！"沙得亮望着黑黝黝的洞口，犹豫着："我……"李索在一边抢白道："'我'什么呀，没有盖子，镜头会磨坏的！"沙得亮看阎鹏急得快哭出来了，想了想，就猫着腰，摸索着钻进洞去。

很长时间过去了，沙得亮在洞里还没有出来，包长江他们三个站在洞口，不免着急起来，就你一声我一声地朝洞里喊"沙得亮！沙得亮！"可是，除了回声，洞里什么动静也没有，三个人慌了，你看着我，我看着你，不知所措。

突然，一束手电光在洞里闪了一下，三个人吓得"啊"一声惊叫起来：沙得亮进去时手里是空的，这是怎么回事？正疑惑间，洞里手电光又闪了几下，接着传出沙得亮"嗨哟嗨哟"的声音，一声比一声近，一声比一声响。终于，沙得亮出来了，还连拖带拉地搬出个人来。三个人一看，是个外国老头，头上流着血，已经昏死过去。

沙得亮大口大口喘着气，对包长江他们说："快，我们赶紧送他去医

院！”他边说边脱下自己身上的衬衣，把它撕成布条，包在老头伤口上。包长江他们也忘了问镜盖的事了，一起把外国老头扶到沙得亮背上，然后阎鹏在前面开路，包长江和李索在两边扶着。一行人匆匆来到水库管理处，把情况一说，管理处负责人急忙调动车辆，将老头送往医院。

这四个男生万万没有想到，他们救人这件事，可做大了！原来，那个外国老头是个旅行家，名叫卡勃特，他到水库景点来旅游的时候，意外地在这里发现了硅藻土岩层，而且认为储量很大。出于职业的习惯，他进洞去探索，不想惊动了洞里的蝙蝠，他左躲右避，脑袋撞到岩石上，一下就昏死过去……此事让卡勃特对林阳人产生了深深的敬意，伤好回国后，他就竭力穿针引线，为林阳县投资开发硅藻土项目。

好消息传到学校，校长和老师们都乐坏了，决定在全校开一个大规模的表彰会，好好宣传四个男生的先进事迹。沙得亮因为是转校不久的新生，别的班级还有好多同学都还不认识他，所以走在校园里，总有不少人在他后面指指点点，每逢这个时候，他总是害羞地朝他们微微一笑。可包长江他们三个就不对了，本来在校园里就已经够神气活现的了，现在当然就越发趾高气扬起来。

开表彰会的这天，包长江、阎鹏和李索的爸爸都应邀来了，只有沙得亮的爸爸因为忙着搞试验田，脱不开身。包长江、阎鹏和李索都戴着大红花，和他们的爸爸一起坐在校长室里，沙得亮实在坐不住，就帮着老师一起招待来宾。

这时候，有人报告，县领导陪同卡勃特到了，校长室里的人都站了起来，校长也赶紧迎上去。县长是个女的，她热情地和大家一一握手，而卡勃特一面热烈地和包长江、阎鹏和李索拥抱，一面不住地在人群里搜寻，嘴里急切地叫着：“沙!沙！”校长知道，他是在找沙得亮。沙得亮到哪儿去了？

当沙得亮搬着矿泉水出现在大家视线里的时候，卡勃特高兴地大呼着：“沙——”张开双臂就朝沙得亮迎了上来。县长秘书在旁边朝沙得亮竖起大拇指，悄声赞叹说：“好小子，真不愧是县长的儿子！”秘书的话说得很轻，可是却把站在县长边上的那三个神气活现的男生给镇住了。

三个男生迫不及待地拉过沙得亮，问：“县长是你妈？”

沙得亮点点头。

“可……可……”三个男生不由张口结舌起来，“你爸……你爸不是农民吗？”

沙得亮说：“是呀！可我爸是农民，我妈就不能是县长？”

（**题图、插图**：安玉民）

狼爱上羊

□杰　杰

相　遇

在广袤的草原深处，一只狐狸抓住了一只叫白云的羊，羊预感到自己的末日即将到来，发出了绝望的哀号。此时，不远处突然又出现了两道凶残的目光，一只狼出现了，狐狸慌忙弃羊而逃。而羊却陷入了更大的恐慌，战栗着发出无助的哀叫。那只狼望着羊蓄满泪水的目光，心中猛然一动，居然不舍得就这样将她吃掉。羊见狼迟迟愣在原地，就试探地向后撤了一小步，见狼仍无动于衷，便发疯似的撒腿就跑。这只叫烈风的狼平生第一次眼睁睁看着到手的猎物跑掉。

几天后，在一片微风拂面的芳草地上，一群羊正在欢快地嬉戏吃草，却不知道危险早已降临在他们头上。烈风潜伏在暗处，目不转睛地盯着那只叫白云的羊，却莫名地意乱心慌，竟然不敢向羊群靠得太近。就在此时，突然蹿出一只猎豹，像把利剑般刺向羊群。羊四散而逃，豹最终选择了白云，疾扑上前，将她按倒在地上。可怜的羊只能用凄惨的哀叫作为反抗。就在此时，烈风蹿了出来。豹只得放下嘴边的猎物与狼对峙。烈风首先发起了进攻，他凶猛地扑向猎豹，豹无心恋战，找了个空当正想叼起猎物就跑，烈风早有防备，趁机猛扑过去，一口咬入了猎豹的喉管，血喷涌而出。狼又仰头怒号，将猎豹举到半空中，甩出了数丈远，猎豹应声瘫倒在地上。

搏斗的声响引来了附近数十只狼赶来助战，他们歪着脑袋看着烈风，似乎不相信是其所为。过了一会儿，他们便冲向了猎豹，分食尸体，而烈风则舔舐着昏死过去的白云，眼里竟

然满是哀伤。白云缓缓睁开眼，看见的是一张血盆大嘴，露出了惊恐的神色，而更令她胆寒的是远处还有七八双恶毒的眼睛在向她逼近。烈风冲向了这群贪婪的同类，狼牙像锋利的大剪刀，剪下了一条条腿、脚爪还有头，其余的同类仓皇而逃。烈风又回到了白云身旁，白云发现烈风原本凶残的目光，此刻居然不敢正视自己的眼睛，白云终于懂了，可她还是以为，自己是在梦中懂了，但是烈风却一路护卫，将她送回了羊群。

相 守

烈风因为斗败了猎豹而在草原上声名大震，狼族决定将它推选为王，这是烈风梦寐以求的目标。没有谁还敢再和烈风争夺猎物，因为他是狼族未来的王。不过，每逢白云最危急的时刻烈风总是会及时出现，将她救出来，她被烈风一次次感动着，她相信，这只狼是真的爱上她了。

白云终于将这件事告诉了自己的家族，却遭到了空前的唾弃。羊族责令白云，除非她停止和狼交往，否则就将她驱逐出群。白云彻底绝望了，她知道，面对这样的一段恋情，她终将要做出一番抉择。白云最后选择了和烈风在一起，因为她发现，自己已经离不开他了。羊家族一致诅咒白云的举动会得到报应，她义无反顾。

当烈风再一次将白云解救后，白云含泪乞求他能将她收留。烈风喜出望外。然而，一波未平，一波又起。此事在草原迅速传开，一只狼竟然爱上了自己的猎物，所有的狼都认为这是奇耻大辱。狼族决定，除非烈风能当着狼族众成员的面将那只羊活活吃掉，否则就休想成王。

烈风也陷入了艰难的抉择，他不曾料到事情会突然变得这么复杂，但他还是天天坚守在羊身旁，不许白云受到任何的伤害。狼族妥协了，他们决定仍立烈风为王，并让他到草原最高的土丘上接受众狼的膜拜。烈风欣然前往，却万万没有想到这是狼族精心设定的阴谋。

等烈风离开后，白云就被拖到了一片空旷的草地上，狼族要当着草原所有动物的面，将她碎尸万段。白云看见，在她周围是千百张流着口水的血嘴，但她的眼中仍流露出生存的希望。正当群狼狂扑向羊时，远处传来了一声王者归来般的吼叫。熟悉的身影狂奔向自己，白云的泪汹涌而出。没有谁敢阻拦他，因为他拥有震慑草原一切动物的吼叫，他具备了成为王者独有的威望。

狼族的长老们说：这是只伟大的狼，只可惜，他爱上了一只小羊羔。

烈风顺利救出了白云，但却从此被狼族所孤立，不过这使这对爱人拥有了一个属于自己的小天地。

春天的早晨，烈风带着白云到草原上最鲜嫩的草地上吃草。白云幸福得如同是草原上的公主，而烈风则是她最忠实的保镖。夏天的傍晚，烈风带着白云到草原上最清澈的湖畔喝水，随后便相互依偎在晚风中看着夕阳西下。秋天的中午，烈风带着白云来到草原上唯一的一棵果树旁，看着她吃得津津有味，烈风也尝了一口，但立即就吐了出来。他的心里泛起了一阵痛。

相 别

冬天来了，雪无穷无尽地撒向大地。烈风出去捕食，陪在白云身旁的时间越来越少。白云很害怕，而更让她害怕的是烈风居然在吃草。这是在他的一次呕吐中看到的——整根的枯草。烈风已经变得很虚弱。

又是一个风雪交加的黄昏，烈风捕食回来，全身都是血迹。白云急于想知道究竟，烈风望着羊，终于道出了多日的苦衷。原来，狼族料到烈风顾忌白云，不会去太远的地方捕食，就集中对周围的猎物大肆捕杀，使得烈风一连数天都寻不到食物，希望这样让他向狼族屈服。烈风指望吃植物来维持自己的体力，可是他每次吃草后却呕吐不止，于是只能日益虚弱。狼族见烈风已无昔日王者之气，当即就对他发起了挑衅式的攻击。烈风历经千险才得以突围，但狼族仍不依不饶，称今晚将发起更大规模的进攻，让所有动物都看一看，这次他们是怎样将那只给他们带来耻辱的羊撕成万块，共享草原上最鲜嫩的美餐的。

白云听得心惊肉跳，突然听见烈风面对草原悲愤地嚎叫，羊开始落泪，狼转过身来，却也已然泪流满面。烈风告诉白云："狼就是狼，狼不可能去吃草。羊就是羊，羊永远是狼最好的猎物，而你绝不能成为其他狼的猎物。"白云听后渐渐止住了眼泪，居然安慰狼道："你不要难过，这是必然的结果。我们能相爱，却注定不能生活。现在我终于懂得，爱可以没有界限，

2006年《中国最有影响力的故事》征文启事

五大奖励措施　稿酬外追加千字1000元奖金

为鼓励多出优秀作品,《故事会》杂志社决定继续举办2006年《中国最有影响力的故事》征文大赛，并对优秀作品实行5大奖励措施:

1. 入选作品除在杂志上发表外,还将收入《〈故事会〉中国最有影响力的典藏故事》(2006年版）一书。2. 入选作品可得两笔稿酬：在《故事会》杂志发表的作品，首发稿酬每千字400元，选入书后再追加每千字1000元。3. 入选作品均颁发奖励证书。4. 本刊将委托有关专家对入选作品进行精彩点评。

征稿范围：具有现实感、新鲜感且可读性强的中短篇原创作品。超短篇（如幽默故事）的字数一般在1500字以内，短篇（如中国新传说）的字数一般在5000字以内，中篇故事的字数一般在15000字以内。

来稿方法：1. 从邮局寄发，请在信封上注明“征文大赛”字样，本刊地址：上海市绍兴路74号《故事会》杂志社，邮编：200020。2. 从网上传递，可发以下信箱：wulun@vip.sohu.net，请在主题上注明“征文大赛”字样。来稿也可直接发至各责任编辑的电子信箱,本期责任编辑的信箱是：simyyue@126.com。

但爱情不能没有界限，否则真的会遭到报应。其实当我来你的身边，我就知道，和你在一起，必将会受到上苍最严厉的惩罚。但我现在没有任何的后悔，因为……因为你已是我心中永远的王。为了我，你一定要成为王。”白云说罢，静静地闭上了眼睛，烈风明白了羊的意思，他看着羊，默不作声。

许久，烈风的眼睛里慢慢发出了绿光，双唇却在不停地抖动。突然，远处传来一连串的嚎叫声，刹那间，四周亮出了千百双恐怖的目光。烈风终于不顾一切地扑了过去，白云没有做任何挣扎。

雪夜下，千百只狼正在围攻同一个目标，那是一只嘴里叼着羊的狼。只见他奋力突围，拼命地将嘴里的羊往肚里咽，只是眼角还停留着一滴不肯掉落的眼泪。与白云在一起的点点滴滴历历浮现在眼前，狼开始发狂了……

冬去春来，风云变迁。烈风终于成为了狼族至高无上的王，他已经变得比昔日更加勇猛而残暴。只不过每到雪花飘零的夜晚，总会听见他呜咽的哀嚎。谁能说，狼不曾真心爱过羊?

（**题图、插图**：顾子易）

（本文选自“故事中国网”www.storychina.cn新锐写手故事大赛第三周入围作品。你喜欢这个故事吗？登录故事中国网为它投票吧。本次大赛还有更多新奇、精彩、富有创意的入围故事在等着你！）

真正的大侠

□童树梅

疏财仗义

这天，萧州城有个人，左手托着个茶壶，右手拿着把洒金折扇，喝醉了酒似的，在大街上歪歪斜斜地走着，突然他脚下一滑，直朝一个白衣女子撞去，只听“咣当”一声，那人的茶壶跌落在地，摔了个粉碎，一时茶水四溅。

听到响声，众人的目光一齐聚拢来，然后全都吸了一口凉气：此人姓朱，名大少，全萧州城最有名的泼皮！看来这回白衣女子怕是吃不了兜着走了。

果然，朱大少用扇子一指那女子，叫了起来：“你这小娘子，眼睛长哪去了？怎么偏偏往我身上撞啊？”

白衣女子急了，立即细声细气地辩道：“这哪能怪我呢？明明是你故意撞我的嘛……”

那女子不开口还罢了，一开口朱大少反倒乐了，听口音那女子是外地人，这下更好欺负了。只见朱大少把鸡蛋大的眼珠子一瞪，恶狠狠地喝道：“我撞你？我一个大老爷们会撞你？明明是你走路想心思，不长眼睛撞上了我，不信，你问问大伙？”说着抬眼朝四下里一扫，众人都没有声音了。

白衣女子一看这阵势全明白了，说：“既然这么着，你到底想怎样？”

朱大少“嘿嘿”一笑：“我也不想怎么着，自古以来，杀人偿命，欠债还钱。你就赔我这把茶壶吧，不多，二十两银子！”

众人听了暗暗吐舌头，二十两银子可以买一船的茶壶了，这外地女子今天怕是逃不过这一劫了。却听那女子依旧淡淡地说："要是我拿不出这么多银子呢？"

朱大少再一笑，摇头晃脑地说："还有一个办法，就是陪大爷我一个晚上，二十两银子一笔勾销，怎么样？"

原来朱大少打的是这个主意！只见那女子不再吱声，而是低下头寻思起来，朱大少正要再次逼问，却见那女子抬起头来，字正腔圆地说："要是我既没银子又不陪呢？"

朱大少脸色一变，冷笑道："那就不能怪你大爷不客气了！"说着，展开蒲扇般的大手就要抓那女子，就在这时，突听有人大声说："慢，这钱我给！"

说话间，人群中走出一个人，众人睁眼一看，原来是个卖柴的樵夫！只见他大踏步走过来，放下柴，从身上取下褡裢，打开，一五一十地数出二十两白花花的银子。

这回轮到朱大少吃惊了，他万没想到这萧州城里居然还有人敢拆他的台，一张脸像开了染色坊似的，一会儿白，一会儿青，可话已说出去了，当着这么多人又不好反悔，只好闷哼一声，抓过银子，说："穷打柴的，你有种，大爷记下你了！"然后扬长而去……

惩恶扬善

樵夫也不多言，挑起柴就走，走到城外东山脚下时发现身后有人跟踪，回头一看，却是那白衣女子。

樵夫立住了脚，等那女子走近，便说："姑娘，你用不着谢我，还是赶你自己的路吧。"

那女子盈盈笑道："大哥误会了，我不是来感谢的，大哥也不是那种施恩图报的人，只是天色已晚，我怕那泼皮还会纠缠我，所以央求大哥好事做到底，收留我一宿，明天一早便走人，好不好？"

这么一说，樵夫只好点点头，然后埋头走路，那女子风摆荷叶似的在后面紧跟，一袋烟工夫，只听樵夫闷声闷气地说："到我家了。"

白衣女子抬头一看，不禁暗暗吃了一惊，只见眼前立着几间房子，篱笆为墙，麦草为顶，连院墙也是用一根根枯竹围成的，她心存疑虑地问："大哥家既然如此清寒，刚才却如何拿得出整整二十两银子？"

樵夫憨然一笑，说："不瞒你说，那二十两银子是我打了好多年柴卖得的全部家当，今天揣在身上，本是要请媒婆为我说一门亲事的，不想……你也别往心里去，山里人有的是力气；再说那银子本是身外之物，还会挣来的。"

女子听了不再多言，只是神情有

点异样，问樵夫的大名，樵夫便说叫陈三……

入夜时分，月光如水，照得天地一片银白。西屋的陈三由于心里有事，还没有睡熟，忽然听到屋外一阵响动，心里一惊，连忙起身趴在窗口，借着月光看去，不由大吃一惊，来人竟是朱大少！

只见朱大少大摇大摆地推门直入，迎面正看到陈三，朱大少撇撇嘴问："听说那小娘子跟你回家了，大爷我夜里睡不着觉，实在是想她啊，她人呢？"

陈三知道自己绝不是朱大少的对手，却依旧挺着胸膛说："有我在，你就甭想动她一根手指头！"

朱大少大笑起来，慢慢举起油锤大的拳头，略一运气，胳膊上的青筋便根根隆起，然后"呼"的一个泰山压顶朝陈三砸来。

"不好——"陈三正要躲闪，忽见朱大少像被雷劈了一般，僵立不动，但面部表情极为痛苦……这是怎么回事？只见眼前一闪，在东屋睡觉的白衣女子飘然立在面前。

白衣女子对陈三说："大哥不用怕，这泼皮是不会死的，只是从此以后就再也不能害人了。"一边说，一边从朱大少身上拔出一根头发丝粗细的银针。针一拔出，朱大少立即轰然倒地，只是嘴里发不出声音。

陈三看呆了，白衣女子淡然一笑，说："事已至此，实不相瞒，我是河西封家的人，因为要办桩大案才隐匿身份来到此地，白天人多眼杂，不想树大招风，想不到这泼皮竟不知死活找上门来！"

陈三惊问道："你是封家人？"封家武功，天下绝伦，可笑自己还一腔侠义出手救人家呢？陈三似有后悔之意。

这时白衣女子似乎看透了陈三的

心思，说：“大哥，为救一萍水相逢的女子，你能倾其所有，不惧生死，这才叫真正的侠者，封家跟你一比，倒落了下风了！现在我的行踪怕已泄漏，我得走了。”说着递过一样东西，正是那根银针，说，“相救之恩，没齿难忘，日后若有用得着封家的，只凭这根银针，刀山火海，封家也在所不辞！”

说完抄起泼皮朱大少，跨出门，身子一晃，不见了踪影……

这一夜发生的事就像做梦一样。第二天，陈三进城卖柴时，得知萧州城发生了一件大快人心的事：泼皮朱大少成了一条“癞皮狗”，弯着腰，弓着背，风吹即倒，往日不可一世的横劲一扫而光。

侠骨忠肠

一晃几十年过去了，陈三已是满头白发，儿孙满堂，日子过得虽不富足，却也无忧无虑的。

这一天，村里发生了一桩凶事：有个方姓人家年仅五岁的孙子被绑票了！绑票者不是别人，正是一个名唤“青面虎”的歹徒。此人凶狠剽悍，行踪不定，官府抓捕了好几次均无功而返。他留下帖子说：十天之内拿出一万两银子，否则撕票！

方姓人家尽管家境殷实，但一下子拿出一万两银子，却是往死路上逼，眼看五天都过去了，一大家人却是半点办法也没有，一时间急得老太太要跳井，孩子妈要上吊。

虽然不关自家事，但陈三听说了这事，也是急得长吁短叹的，他灵光一现，想起了那件几十年前的旧事。陈三当即翻箱倒柜找出了那根银针，几十年过去了，那银针依旧光华夺目。

陈三老了，不能长途跋涉，便叫儿子带上银针星夜起程赶往河西封家求救。第四天，也就是离青面虎约定的最后一天，儿子带着封家人赶回村中，陈三不由大喜。

可很快陈三就由喜转忧了，只见眼前这位封家后人三十开外，白净纤弱，与其说是个身怀绝技的武林高手，不如说是个文质彬彬的私塾先生。

那封家后人似乎也看出了陈三的疑虑，当下深鞠一躬，说：“先母在世时常念叨您当年的大恩大德，只恨无以回报，所以明天一战，敬请放心，绝不会让大伯失望的！”

陈三这才放了心，是呀，当年那白衣女子看上去不也是弱不禁风的吗？可一出手就废了那朱大少，看来封家功夫的确是深不可测。

第二天，这封家后生带着方家人、陈三，与那青面虎约在东山的半山腰见了面。只见青面虎满脸杀气，咄咄逼人地问：“银子呢？”

封家后生上前一步轻声慢语道:“我姓封,河西封家之后,远道而来是想请大王给我一个面子,只要放了那小孩,从此以后你就是封家的朋友——”

话音未落,只听“当”的一声,青面虎手中的刀便落了地,河西封家,谁人不知?想不到自己这一绑竟惹出这么个大人物来!

青面虎当下心念电转,一拱手说:“既是河西封家出面了,我岂敢敬酒不吃吃罚酒?不过你刚才说,从此以后你我就是朋友,这话是否当得真?”

那封家后生微微一笑,手一挥,早有人倒上两碗酒,封家后生亲手端起酒走到青面虎面前说:“东山作证,今天你我两人喝了此酒,从此以后就是朋友了,日后谁要跟大哥你过不去,就是跟我封家过不去!”说罢,一饮而尽。青面虎二话不说,也一仰头,“咕咚咕咚”喝光了酒,然后恭恭敬敬地放了“肉票”。

方家人惊魂未定,正要请了封家后生下山,身后突然大喝一声,却听那青面虎对封家后生说:“兄弟,这天下人说到你河西封家莫不顶礼膜拜,大哥我更是仰慕已久,难得今天有缘,大哥想开开眼,兄弟你露一手如何?”

那封家后生又一笑说:“怎么个露法?”

青面虎拎起刀说:“哥哥我拿刀跟你讨教两招,只是兄弟你手下留情,千万别伤了哥哥我!”

封家后生一点头说“好!”然后一撩长袍下摆,手一伸,摆出个“请”的架势。封家功夫那可不是轻易能看到的,众人顿起好奇之心,站在一旁准备开开眼。

青面虎说声“得罪了”,然后刀一摆猱身急进,只见那封家后生脸不变色心不跳,岿然不动,青面虎有心要看封家武功,这

一刀用了十成功力，却听到“噗”的一声，那刀直插进后生的前胸，鲜血立马四溅！

所有人都呆了，青面虎愣了一愣，随即大叫起来：“你不是封家人！”话音未了，“噗”的一声狂吐一口鲜血，轰然倒地……

封家后生只说了一句：“你刚才喝的酒内我已下了毒！”然后也慢慢倒下。

那人不是武林高手啊，陈三第一个反应过来，抢步上前抱着那封家后生狂喊道：“你到底是谁？为何要冒充封家人？”

那后生吐出一口血说：“我确是封家人，可惜我天生弱质不能习武，真是枉为封家之后！想当年大伯救母之恩，我时刻铭记于怀，所以此次不愿假封家别人之手回报大伯，只好出此下策了，所幸不辱使命救回了小孩……”

陈三把后生抱得紧紧的，责怪道：“你这又是何苦啊？”

封家后生一笑，说“家母在世时常对我说，为侠者，滴水之恩当涌泉相报；又说，为侠者并不专以武功傲世，比如大伯您，既无武功，又身无余资，却能仗义救人；此次相求我们封家却又不是为了自己，这才是大侠之所为！我平时深受家母教诲，不想今日竟身临其境见教了！”说罢，头一歪……

陈三慢慢放下封家后生，望着眼前巍巍大山，长叹一声说：“现在我才真正明白，河西封家为何能绵延百年威震武林了！”

（本篇月月评短信代码：AA203）

（题图、插图：黄全昌）

·本刊信息传真·

新锐写手故事大赛入围作品开始投票

注册故事中国网会员 赠送2007年《故事会》

由《故事会》主办的故事中国网(www.storychina.cn)推出“注册会员赠刊”活动，只要你在10月9日到12月17日期间，登录故事中国网并且注册为会员，就有机会获赠2007年全年的《故事会》！每周注册的会员中将有1名最幸运者（总共10名）获赠2007年全年《故事会》，另有5名幸运者（总共50名）获赠2007年1月上《故事会》一册。（详情见网站）

另外，新锐写手故事大赛进入评审阶段，评审将采取网友和专家结合的形式，并特设“最受网友欢迎奖”，一百余篇入围作品等待着你的评判，请快来为心仪的故事投上一票！

问题所在

传教士赫伯·杰克逊被派到一个小镇任职，当地有人给他配了一辆旧车。这辆车子有点毛病，停车后很难再次启动起来。杰克逊先生绞尽脑汁，终于想出一个妙招。头一次开这辆车时，他到家附近的一所学校求救。经过校长的同意，他领了一大帮学生帮他推车启动。车子开动后，每当停车时他就尽量把它停在斜坡上，以便重新发动，或干脆不熄火。整整两年时间，杰克逊先生始终用这套土办法来开动车子。

后来由于健康原因，杰克逊要离开此地，他把那辆旧车转交给新来的传教士。

杰克逊自豪地向后者传授启动车子的独家办法。新来的牧师边听他说边打开车盖，仔细察看起来。他用力拧了拧一根发动机连线，随后坐到驾驶座上。让杰克逊感到惊讶的是，随着发动机的一声轰鸣，汽车竟然在平地缓缓开动起来了。

新来的牧师解释说："只是一根连线松了，稍微紧紧就好了。其实不必这样大动干戈，主要是你没找到问题所在。"

（**作者**：王永生；**推荐者**：小龙人）

欲望的囚笼

十四世纪，有一位名叫雷纳德三世的国王。他的弟弟爱德华发动政变，夺取了王位。

爱德华把雷纳德关在一个房间里，并且许诺，只要雷纳德能走出这个房间，就给他自由。这个房间开了一扇边门，并没有人把守。对于一个正常人来说，出入这扇门根本不是问题，但对于雷纳德来说，却比登天还难——因为雷纳德患了肥胖症，体形庞大，他的身体无法通过这扇正常大小的门。雷纳德要走出房间获得自由，办法只有一个：节食减肥。

但爱德华深知雷纳德的弱点，每天送最好的食物给他吃。雷纳德禁不起诱惑，来者不拒，他的体重不减反增，体形变得越来越庞大了。就这样，雷纳德在这个敞开门的房间里一直关了10年，直至最后病死。

很多时候，关押人的囚笼，不是那有形的墙壁，而是来自内心深处那无形的欲望。雷纳德就是被自己这只欲望的囚笼关押了10年。

（**作者**：阿 平；**推荐者**：卜黎飞）

从窗外你看到了什么

有一个人，他在年轻时拼命赚钱，中年时终于实现了自己的梦想，成为一个富翁。可是物质丰富的他，其实并没有因为达到梦想而感到快乐。他的一个经营香草园的高中同学，反而过着平凡却快乐的生活，时常可以看见他那愉快的笑脸。对此他十分不解。

有一天，他很不甘心地请教这位同学：“我的钱可以买100个香草园，可是为什么我却没有你快乐？”

同学指着旁边窗子问：“从窗外你看到了什么？”

富翁说：“我看到很多人在逛花园。”

同学又问：“那你在镜子前又看到了什么呢？”

富翁看着镜子里憔悴的自己说：“我看到了我自己。”

“哪一个风景辽阔呢？”

“当然是窗子看得远了。”

同学微笑了：“就因为你活在镜子的世界里呀！当你试着将镜子后面的那层水银漆剥掉，你就会看到全世界。”

快乐来自分享与付出。生命意义的本质不在于拥有，而是分享。与人分享快乐的人，永远都有享不尽的快乐。

（**作者**：柯 钧；**推荐者**：卜黎飞）

弱点改变命运

一个小男孩出生在一个普通家庭，父母管教很严。他常常反抗、故意捣蛋，于是严厉的父亲便决定“对付”他。

一次，父亲让他送一张纸条去警察局，说是一件很要紧的事。没想到警察看完纸条，什么也没说，就把男孩关进一间屋子里。男孩吓坏了，号啕大哭起来，可是没人理他。他不知道自己犯了什么罪，紧张到极点……他被放出来后，那个警察凶巴巴地对他说：“我们就是这样对付顽皮小孩的。”他才知道是父亲有意让警察将他关起来的。

不久，父亲又把他送进一所以严格著称学校，在那里男孩的双手经常被老师打得红肿。

童年的可怕经历，严重地影响了他日后的生活，他每天都生活在阴影之下，恐惧、紧张、焦虑构成了他性格中最重要的部分。

他热爱电影。从20岁开始，他进入电影界，可是一直默默无闻。27岁那年，他突发奇想地把自己对世界深深的恐惧、紧张、焦虑，作为“另类”的电影元素，融入到作品中去，结果大获成功。他一生共拍了近60部电影，几乎部部著名。他就是世界著名的悬念大师希区柯克。

在自身弱点面前，希区柯克没有表现出一般人固有的自卑、绝望情绪；而是正视它，把它变成自己的优势，从而登上成功的宝座。只要处理得好，弱点有时也可以改变一个人的命运。

（**作者**：戚锦泉；**推荐者**：流　云）

让孩子把话说完

曾听说过这样一个故事：一位母亲问她5岁的儿子：“如果妈妈和你一起出去玩，我们渴了，又没带水，而你的小书包里恰巧有两个苹果，你会怎么做呢？”儿子歪着脑袋想了一会儿，说：“我会把两个苹果都咬一口。”

可想而知，那位母亲有多么的失望。她本想像别的父母一样，对孩子训斥一番，然后再教孩子该怎样做，可就在话即将出口那一刻，她忽然改变了主意。

母亲摸摸儿子的小脸，温柔地问：“能告诉妈妈，你为什么要这样做吗？”

儿子眨眨眼睛，一脸的童真：“因为……因为我想把最甜的一个给妈妈！”

霎时，母亲的眼里闪动着泪花。

我们都为那位母亲庆幸，因为她对儿子的宽容和信任，使她感受到了儿子的爱。我们也为男孩庆幸，他纯真而善良的流露，是因为母亲给了他把话说完的机会。

（**推荐者**：黎丹丹）

暴风雨是一个筛子

一个女士在夜大读书。每天下班后，要穿越五条街道去上课。一天傍晚，台风突然来了，暴雨如注。老师还会不会来上课呢？她拿不准。那时，电话还不普及，打探不到确实的消息。考虑了片刻，女士穿上雨衣，又撑开一把伞，双重保险，冲出屋门。风雨中，伞立刻被劈开，成了几块碎布。雨衣也背叛了她，鼓胀如帆，拼命要裹胁她到云中去。女士扔了雨衣，连滚带爬赶到了学校，看门的老人却说，从老师到学生，除了她，没有一个人来！

那一瞬，女士非常绝望。不单是极端的辛苦化为泡沫，更有无穷的委屈和沮丧。

老人见她失魂落魄的样子，让她进小屋歇口气。伴着窗外瀑布般的水龙，老人缓缓地说：“你以后会有大出息。”女士说：“我是一个大傻瓜啊。”

老人说：“所有学生里，只有你一个人来上学了，看，暴风雨是一个筛子。胆子小的，思前想后的，都被它筛了下去，留下了最有胆识和最不怕吃苦的人。”

那一瞬，好似空中打了一个闪电，女士的心被照得雪亮。也许她不是3000名学生中最聪明的，但今晚的暴雨，让她知道了，她是3000名学生中最有胆识和毅力的人。

（**作者**：毕淑敏；**推荐者**：谢丽丽）

（**本栏插图**：安玉民）

·悬念故事·

第六只铁箱

□王祥辉

从天而降的别墅

于勒是个身无分文的失业青年，这天，他正在床上翻看报纸，想找个合适的工作。忽然，报上的一则售房启事引起了他的注意，启事的内容是：在市郊的阿德里德山脚下有一幢二百多年历史的别墅。别墅的主人名叫戴德·霍尔，他现在要以二百万美元将别墅出售，有意者请与弗兰斯律师事务所联系。

启事的结尾有几行小字：本别墅特别欢迎姓奥思古斯的人士前来购买，如果您再拥有一块绣有本别墅外貌的白色手帕，那么，别墅主人将把这幢别墅免费赠送给您。

于勒看完，兴奋得差点从床上蹦起来。原来，于勒就姓奥思古斯，而且，在他父亲临终前，曾把一块绣有别墅形状的白色手帕交给他。

于勒急忙翻箱倒柜，找出了那块手帕。可他一看手帕又有点泄气了。原来，这是被剪掉一半的手帕。不过，于勒还是决定去碰碰运气。

第二天，于勒找到弗兰斯律师事务所，见到了弗兰斯律师。

弗兰斯律师接过于勒拿来的那半块手帕，捧在手上仔细地看过后，又打开保险柜，从里面拿出另外半块完全相同的手帕。

弗兰斯将两块手帕拼在一起，看到它们合二为一时，高兴得大叫起

来：“太不可思议了！终于把你找到啦！”

弗兰斯站起身，对于勒说“我现在就领你去见霍尔先生，至于手帕的来历嘛……有机会再慢慢告诉你。”

两人很快就来到了阿德里德山脚下的那幢别墅。已经接到弗兰斯通知的霍尔正在书房里等候着他们。他用鄙夷的眼光上下打量了一下于勒，嘴角边露出一丝冷笑，弄得于勒浑身不自在。

弗兰斯忙把那两个半块手帕交给霍尔，并与他耳语了一番。接着，在弗兰斯的见证下，霍尔很大度地同于勒办理好转赠手续，并把房子的钥匙交给于勒。

办完这一切后，霍尔对于勒说：“年轻人，从现在开始，这幢房子就是你的啦！不过，你要记住我们合同上写的，不准把别墅出售，也不准乱动和卖掉房子里的任何一件物品，否则的话，我会收回的。”他顿了顿又在于勒的耳边小声嘀咕了一句，“无论你将来遇到什么，我要奉劝你，千万不要贪心。”就这样，霍尔带着他的家眷和仆人很快搬离了别墅。

于勒做梦也没有想到，短短几天，自己竟从身无分文的穷光蛋摇身变成拥有别墅的富翁。

偶然发现的密室

于勒在别墅的酒窖里找了一瓶好酒，喝得有些飘飘然之后，就开始参观别墅。在二楼一间宽大的卧室里，他看到屋子正中挂着一幅巨大的画像，画的是一位18世纪的将军。于勒想起，弗兰斯曾经说过，画像里的男人就是当年建造这幢别墅的霍尔伯爵，他也是这幢别墅的第一任主人。

于勒觉得这画像挂在这里，总给人一种阴森森的感觉，于是，他决定挪走这幅画像。他想：反正霍尔已经搬走了，没人会在意这么一幅画。

这么一想，他立即找来工具，去摘那幅画。谁知他费了九牛二虎之力，那幅画就像粘在墙上一样，纹丝

不动。于勒气得一拳擂在霍尔伯爵画像的手上。

他这一拳却擂出了奇迹，只听“咯吱”一声，整幅画像慢慢缩进墙里，接着又徐徐向墙内侧转动。天哪！原来，画像的背后竟然是一间密室，这幅画是这间密室的暗门。

于勒听人说过，像这种老屋一旦设有密室，大多数都藏有金银珠宝。他立即找来照明灯，顺着台阶，一步一步向密室深处走去。

于勒走下台阶，又拐了两个弯，来到一间大屋子里。他惊奇地发现这间屋子的正中央放着十多个铁箱子。除了五个没有上锁外，其余的铁箱子都被大铁锁牢牢锁着。

于勒上前打开那五个没有上锁的铁箱子，里面空空如也。他又试着搬了搬那些带锁的铁箱，每个箱子都很重，根本搬不动。

于勒急忙取来工具，动手撬这些带锁的箱子，可任凭他使出各种方法，铁锁就是纹丝不动。就在于勒为打不开箱子而犯难的时候，密室里突然响起了清脆的脚步声。

于勒回身一看，发现来人竟是弗兰斯律师。弗兰斯笑呵呵地说：“亲爱的于勒先生，没想到您这么快就发现了这间密室，真不简单啊！”

接着，弗兰斯过来拍拍于勒的肩膀，说：“年轻人，别怕！如果有兴趣的话，请允许我给您讲一段优美的故事……”他顿了顿，说，“不过，这里可不是合适的地方，霍尔先生留在这里的咖啡味道美极了，我们边尝边说，怎么样啊？”

价值连城的遗产

弗兰斯领着于勒，来到一楼的书房里。他一边喝着咖啡，一边向于勒讲述着一个年代久远、而又富于传奇色彩的故事：

这幢别墅的第一任主人霍尔伯爵，曾是国王的女婿，其身份、地位在当时可谓显赫一时。然而，有一次，在风月场所，他遇见了年轻貌美的舞女奥思古斯小姐。两人一见倾心，很快发展成为情侣。在当时的条件下，他们只能暗中来往。过了不久，奥思古斯就为霍尔伯爵生下了一个聪明可爱的儿子。

但他们的事情最终还是被霍尔的妻子知道了。她一面将此事告诉了自己的父亲——老国王，并让国王下令，治霍尔伯爵的罪，一面派人四处捉拿奥思古斯母子。

霍尔伯爵急忙派人送给奥思古斯一笔钱，并把母子俩转移到了一个安全的地方，躲藏起来。最后恼羞成怒的老国王将霍尔罢了官，流放边疆十年，而奥思古斯母子从此消失得无影无踪。

几十年后，老霍尔在他建造的这栋别墅里，把毕生积攒的金银珠宝分

装在十五个铁箱子里，存放在别墅的暗室中。他临终前，留下一份遗嘱，规定自己的后人，每一代继承一箱珠宝，直到继承完为止。

然而，在遗嘱里，他又做了个奇怪的决定，那就是：在自己的子孙后代继承珠宝的同时，必须找到他与奥思古斯小姐所生儿子的后人，并将别墅和金银珠宝的继承权暂时转交给奥思古斯的后人。否则就要剥夺他的继承权。

老霍尔留下遗嘱后不久，就去世了。从弗兰斯的曾祖父起，他们家族就一直成为这份遗嘱的见证人，并负责监督遗嘱的执行情况。现在，轮到戴德·霍尔这代，已经是第五代继承人了。弗兰斯已经查实，于勒是奥思古斯的唯一后人。所以，他按照遗嘱里的内容，将继承权顺利地交到于勒的手里。

讲到这里，弗兰斯又告诉于勒，他可以拥有这一代的继承权，也就是说，在于勒离开人世后，必须把继承权再次交回给戴德·霍尔或者他的后人。至于那块手帕，则是当年霍尔伯爵与奥思古斯母子分开时，送给他们的信物，之所以把它一剪两半，主要是作为日后相认的凭证。

弗兰斯讲完，起身从怀里掏出一把有些发旧的铜钥匙，递给于勒，并深有感触地说道：“年轻人，拿上这把钥匙，取走属于你的那份财富吧。这些珠宝足够你享受一辈子，赶快离开这里吧，这里不属于你。最后，祝你好运！”弗兰斯说完，夹起公文包快步离开了。

于勒重新回到暗室，并用钥匙顺利打开第六只铁箱子。当耀眼的珠宝呈现在眼前的时候，于勒兴奋得手舞足蹈。

兴奋过后，于勒找来一只大口袋，小心翼翼地将珠宝装起来。就在他即将装完珠宝的时候，猛然发现在铁箱底部露出一只圆形宝物，仔细一看，竟是一顶金光闪闪的王冠。这顶王冠是用黄金打造，四周镶满了各色

宝石，特别是冠顶那颗硕大的钻石，在黑暗中显得特别璀璨夺目。

于勒知道，这一定是一件价值连城的宝物。他准备用双手将它轻轻托出来，然而王冠却纹丝不动。于勒感到奇怪，用力又试了几次，王冠就像粘在箱子里似的，仍然不动。

于勒想了想，又试着转动那顶王冠，王冠随着他手转动的方向慢慢地动了起来。可就在这时，暗室四周的墙壁突然剧烈颤动起来，屋顶突然塌裂，巨大的石块轰隆隆向于勒的身上猛砸下来。可怜的年轻人，还没弄清楚怎么回事，就眼前一黑，什么也不知道了……

设计已久的阴谋

五天后，工人们清理完已经成为废墟的暗室，抬出了于勒的尸体。当地警方经过调查，最终的结论是：于勒的死因是由于暗室年久失修，突然坍塌造成，这纯粹是一起意外事故。

与此同时，在别墅的另一间屋子里，弗兰斯律师正在盘问着戴德·霍尔。霍尔被问得不耐烦地站起身大声说道："好啦，弗兰斯先生，您不是想知道事情的真相吗？我告诉您。当年，我的曾祖母为了报复那个可恶的舞女，就买通了工匠，在别墅的暗室里设下了这道机关，只要转动那顶王冠，暗室就会突然坍塌。谁叫那个年轻人这么贪心。他的死与我毫不相干。"

"真的吗？"弗兰斯冷笑着，"霍尔先生，要是我没猜错的话，其实，您早就知道这个秘密，为什么不提前告诉于勒呢？事情很简单，他一死，最大的受益人就是您，您不仅能提前拿回继承权，而且还可以侵吞于勒应得的那份遗产。您虽然没有直接杀死他，但从理论上讲，您也是杀人凶手之一。"

霍尔听完，奸笑道："好，就算您说得对，可有一点，您别忘了，当年，您的曾祖父也被我的曾祖母收买了，正是由于他提前提供了那份遗嘱的内容，我的曾祖母才会设计出这个时间跨度两百多年的复仇计划。这么说来，您的曾祖父也是这件事情的凶手喽。"

弗兰斯不知自己是如何走出别墅的。他此时的心情糟透了，因为曾祖父临终前一再叮嘱，自己的后人一定要保护好奥思古斯的后代。可现在，一个鲜活的生命就这样无辜死了！

想到这儿，弗兰斯从怀里掏出录有刚才和戴德·霍尔讲话的录音笔。他要用这些作为证据，起诉戴德·霍尔，为死去的于勒讨回公道。

于是，弗兰斯揣好录音笔，钻进汽车，加大油门，快速向市区的警察局驶去……

（**题图、插图**：佐　夫）

哭泣的小提琴

□陈　默

施特曼是一个优秀的小提琴手，曾经以一曲《孩子爱春天》享誉全国，但功成名就之后，他就开始飘飘然起来，成天和一帮狐朋狗友混在一起，喝酒赌博吸毒，最后把家产折腾个精光。后来，朋友们看他身上没什么油水了，就都不再理他，直到这时候，施特曼才清醒过来。可是已经来不及了，妻子伊莉莎带着年幼的女儿坚决离他而去，施特曼想想这样活着还有什么意思，于是在一家小酒馆里把自己灌了个烂醉，然后就想去跳海。

可是走到海边，一只有力的大手从后面抓住了他。施特曼回头一看，是个陌生的老头，他气得狂跳起来："你为什么拦我？"老头说："你是施特曼吧？我在小酒馆里就认出你了。见死不救三分罪啊，我可不愿带着罪孽去见上帝！"

老头告诉施特曼，他自己年轻时是个小提琴迷，由于缺乏艺术天赋，最后只好放弃学琴，但因此对优秀的小提琴手一直怀有深深的敬意。"你能拉得一手好琴，这是多么美妙的事情，为什么要寻死呢？"老头似乎对施特曼的举动非常不解。

施特曼心里一震，想起以往的荣耀，感觉就像做梦一样，他什么话也说不出来，只是拼命揪着自己的头发哭号："天哪，我现在什么都没有了，你让我去死吧！"

老头拉着施特曼在海滩上坐下来，好心开导他说："小伙子，别灰心，你还年轻啊！也许你失去了很多，可你拉过的琴应该还在吧？只要振作起来，你完全可以东山再起！"

"东山再起？"施特曼连自己都不敢相信自己，那把伴随着他走向成功之路的小提琴，早已被他扔在了屋子的不知哪个角落。

可是老头却扳着施特曼的肩膀说："你相信我，我的直觉不会错。"

被老头这么一鼓动，施特曼决定试试。他回到空落落的家，找到那把自己再熟悉不过的小提琴，擦拭掉上面厚厚的灰尘，就试着拉了起来。毕竟当时施特曼的学琴基础打得扎实，所以尽管刚开始他觉得自己拉出来的琴声怎么比拉锯还难听，可很快感觉就找回来了。施特曼决定先到街上拉琴去，卖艺赚钱，把肚子填饱是第一步。

施特曼原以为凭借自己的实力，到街头卖艺混口饭吃应该问题不大，可谁知那些路人大多行走匆匆，很少有停下来欣赏他琴声的，就是偶尔有，也丢不下几个钱，所以施特曼的日子过得很艰难。幸亏那个海滩老头常来看他，有时候还给他带来新捕获的鱼虾，帮他解了不少生活窘境。

这天傍晚，施特曼在街头拉完一曲，正准备回家，有个陌生人走过来，说是附近一家琴行的，愿意出10万美元，收购他手里的小提琴。施特曼很惊讶，因为这把小提琴是他和伊莉莎结婚时，伊莉莎一个很尊敬的老师送的，自己拉了这么多年琴，居然不知道这把琴能值这么高的价，施特曼不禁犹豫起来："让我想想，好好想想！"

陌生人点点头说："好吧，你想想，还是这个地方，我明天来听回话。"

整整一个晚上，施特曼都没有合眼，10万美元，对眼下穷困潦倒的他

来说，这个数字实在太诱人了。可问题是，施特曼只要一闭上眼睛，伊莉莎就会笑容满面地向他走来，施特曼下不了卖琴的决心。

第二天，施特曼犹疑着来到老地方，谁知琴行那个陌生人已经迫不及待地等在那儿了，他从口袋里掏出一张准备好了的支票，递给施特曼。施特曼接过来一看，哇，支票上的数字竟然变成了15万！一夜之间居然就增加了5万，是不是再过一夜，又会变成20万了啊？

陌生人像是把施特曼里里外外看了个透，微笑着耸耸肩说："你这把琴卖到10万美元，这在我们琴行是绝无仅有的；之所以再加5万，是考虑到你曾经拥有的辉煌，可以提升这把琴的无形价值。但是，如果你再多要一分钱，那我们只能免谈。"

施特曼心里翻江倒海起来：自己到底能不能像那个海滩老头说的东山再起，把曾经的辉煌继续下去呢？如果不能，还不如现在就把琴卖了的好，自己下半辈子就是什么都不干，生活也不用愁了。可真就这么把琴卖出去，施特曼心里总觉得有些空落落。他想了想，实在顶不住15万美元这个巨大的诱惑，就对陌生人说："这样吧，我再最后拉一首曲子，拉我的成名作《孩子爱春天》。拉完了，我就把琴给你，能给这把琴落个好去处，我也就不枉对我的伊莉莎和她尊敬的老师了，总比让它现在跟着我穷困潦倒要好吧！"说完，施特曼就摆开了拉琴的架势。

不一会儿，熟悉的《孩子爱春天》的旋律，就通过施特曼灵动的手指，在街头飘扬开来，这一刹那，施特曼仿佛回到了当年。这时候，突然从不远处跑来个小女孩，踮起脚，吻了吻施特曼的脸，说："叔叔，你拉得太好听了，简直像天使在唱歌。等我长大了，你能教我吗？"

望着小女孩清澈明亮的眼睛，施特曼羞愧得低下了头，飞扬的琴声戛然而止。施特曼轻轻抚着小女孩的头，自言自语道："叔叔……叔叔不配，不配啊！"他说不下去了，狠狠抽了自己一个嘴巴。他问自己："难道我真的完了？就这么完了？不，我既然还能拉出孩子喜欢的声音，我为什么要放弃？"

施特曼抬起头来，发现那个琴行的陌生人正看着自己，他发疯似的朝他狂吼起来："你滚，给我滚！我再也不想看到你了！"

这是一次真正的脱胎换骨。就从这一刻开始，施特曼把街头卖艺当做了一个事业来做，不管有没有人施舍，他都认真对待，立足于提高自己的演艺水平。海滩老头知道这一切后，连连夸施特曼有志气，后来，他索性搬过来和施特曼一起住，说是互相有个照顾。这一来，施特曼更加全身心地

投入了街头演艺事业，演奏水平飞速提高。

半年之后，有一天，海滩老头不知从什么地方请来一个小提琴演奏高手，高手点了好几首曲子，让施特曼拉给他听。当最后一曲终了，高手激动不已，认为施特曼的演奏在乐句安排、音色变化、节奏控制等诸多方面都处理得无懈可击，如果再次登台，一定会征服评委和观众。高手推荐施特曼去参加一个月以后在维也纳金色大厅举行的世界小提琴演奏大赛。

这是施特曼梦寐以求了多少年的事啊！如果不是沉沦已久，也许那儿早已留下了他的名字，施特曼的心儿乎要跳到了嗓子眼，他激动地对高手说："谢谢你的鼓励！我要去的，一定要去试试。"

但是送走高手，冷静下来之后，施特曼才意识到一个问题：参赛是要缴纳报名费的，像这样世界级高手如林的大赛，昂贵的报名费从哪儿来？没想施特曼正发愁的时候，海滩老头笑眯眯地对他说："小伙子，别愁，报名费，大叔给你想办法。"

当晚，海滩老头兴致勃勃地做了一桌好菜，还开了一瓶酒。在举杯庆贺施特曼重振"当年雄风"的时候，海滩老头朝施特曼眨眨眼睛说："小伙子，你看，还有人要来给你庆贺送报名费呢！"施特曼回头一看，愣住了，房门不知什么时候开了，门口站着伊莉莎和他心爱的女儿。

"爸爸——"女儿欢叫着扑进了施特曼的怀里，伊莉莎泪流满面。

海滩老头耸耸肩，朝施特曼扮了个怪相："傻瓜，伊莉莎一直在注视着你！"

施特曼大惑不解："这一切都是真的？"

伊莉莎点点头，她告诉施特曼说，其实这位海滩老头，就是她那个极为尊敬的老师，叫沃尔伯格。沃尔伯格非常酷爱小提琴演奏，可是在一次与歹徒的搏斗中，左手食指和中指都被砍断，从此再也不能拉琴。所以，当沃尔伯格知道伊莉莎要嫁的就是施

编读往来：你的问题我来答

读者王了一：《故事会》是我喜欢的一本杂志，但最近我发现有极个别作品涉嫌抄袭，比如《谁让咱俩住对门》（《故事会》2006年8月下半月刊），很希望编辑部能刹一刹这股不正之风。

绿版编辑部：经查证，该作品确为抄袭之作，本刊已对抄袭者邢天（本名邢静泽，山西太原市××县人）进行了严肃的处理。

读者洪方：记得前几年在《故事会》上看到过大作家冯骥才创作的作品《三盗》，情节精彩，语言精辟，可惜的是，想找来再看时，这本杂志却久觅不至，请问这期杂志还能买到吗？

绿版编辑部：冯骥才先生作品首刊于《故事会》1999年第12期“名人讲故事”栏目，因时间过久，很抱歉不能满足这位读者的要求。近两年，编辑部收到不少类似的信件，为此，本刊特编辑出版了《60位大作家给你讲故事》一书，收录了曾经发表在这一栏目中的60篇精彩故事，冯先生的大作亦在其中，详情请见本期《故事会》第93页。

读者阿正：我在《故事会》9月下的《熬鹰》中看到一段有关“熬鹰”的情节，感到很有趣，请问现实中真的有“熬鹰”这种事吗？

绿版编辑部：熬鹰是一种“驯鹰”的方式。据说，从前猎人在培养猎鹰时，在夜间故意不让鹰睡觉，若干天之后，能逐渐去除鹰的野性。渐渐地，一些养鹰的人家也通过这种方式训练鹰。直到今天，在北京等地的方言中，还有用“熬鹰”表示熬夜的说法。但我们觉得从爱护动物的角度而言，这种方式并不值得提倡。

特曼之后，就把自己心爱的琴转送给了施特曼，他深信施特曼会取得让世人瞩目的成绩。可没想到，施特曼竟然这么不争气，沃尔伯格恨铁不成钢，便悄悄和伊莉莎商量，设计了后来这一连串的办法，逼迫施特曼再次奋起。他相信，艰苦的磨砺会让施特曼醒悟！

知道了这一切，施特曼感动得不知说什么好。

沃尔伯格对施特曼说：“小伙子，我一个老头儿，所能做的也只有这些了。可你不知道，为了暗中帮你，筹足你去参赛的费用，伊莉莎一直在别人家里辛辛苦苦做女佣，什么苦活脏活都干过……”沃尔伯格说到这里，抓起伊莉莎的手，伸给施特曼看。

这是女人的手么？骨节粗大，又糙又硬，手心里的老茧比树皮还坚韧，一道道新旧血痕，触目惊心……施特曼看得泪眼模糊，他什么话都说不出来，张开双臂，把妻子、女儿和沃尔伯格老师一起拥进了怀里……

（题图、插图：佐　夫）

别轧着我的兔子

□刘自忠

古怪的货主

贺大伟是个货车司机，他借钱买了辆车，靠帮人家拉货赚钱。可眼下车多客户少，有时好多天都接不到一趟活。

这天，他看到路边立着一块大牌子，上面写着几个字："有货找车，价格从优。"下面还写了地址。他急忙按那地址开去，却是城外的一个小店。只见店里坐了一个小青年。贺大伟提起找车的事，小青年说"是有这么一笔货要送，也有几个货车司机来过，但不知道老板决定了没有。"接着小青年还告诉他，老板已经进城了，今天不会回来。

贺大伟只得将车往回开，刚走了一段路，就看到一个年轻人站在路边向他招手，要求搭顺路车进城，贺大伟让那人上了车，等车进了城，那人就说："我到了！"说罢便匆匆下了车。

白白兜了半天，也没接到生意，贺大伟无精打采地回到家，刚要下车，就看到旁边的座位上有个小包，打开一看，里面放着心形的首饰盒，还用封纸封得严严的，他不知道里面装的是戒指还是项链，但他肯定是刚才那位粗心的搭车人遗忘的。他再看看包里，只有一张印着"路明"的名片。

贺大伟想，丢了这么贵重的东西，那人一定很着急，于是他立即按

名片上的地址找到那家公司，刚进大门，就看到刚才搭车的年轻人，他立即将那包还给他。这人正是名片上写的路明，他淡淡地说了声谢谢，然后又问贺大伟刚才是不是去找货拉的，贺大伟点了点头。

路明这才拿出那个首饰盒，细看了一阵后问道："你知道这里面是什么吗？"

贺大伟摇摇头说"不知道，就算知道里面有再贵重的东西，我也会送回来的。"路明哈哈一笑，将盒子打开，里面竟然空无一物。没等贺大伟作出反应，就听路明说："你是一个正直的人，我也有一趟货，就让你去拉吧。"贺大伟心中大喜，想不到意外得了一趟生意。路明说："我试了好几个去到那儿找生意的司机，只有你将这空盒送了回来，虽然我不能证实他们就一定不诚实，但起码我对你放心了。"

没想到拉一趟货，要这样挖空心思考验别人，难道这一趟拉的都是金银珠宝？路明看见他眼中露出疑虑，就说："我这车货虽然算不上有多贵重，但一来我不能跟车过去，二来也不想它出现意外，所以只能挑选放心的人。"

贺大伟暗暗乐了，看来这人也是小心过度了。他们做司机的常常会没有货主押车，但司机对货主的货负责，这可是职业道德呀。

路明见贺大伟那不在乎的样子，就说："不是我信不过别人，但那地方不同，不是心存正直的人，不一定能将货送到那里呢！"说罢脸上露出一种奇怪的表情。

等到将货装好后，路明给了贺大伟一个地址，又一再叮嘱他必须注意，那儿的路很难走，车得开慢一点。临走时，路明又拍拍贺大伟的肩膀，说："记住，不管遇上什么事，你要做一个正直的人！"

贺大伟开着车子出发了，行了几天就来到了路明说的那个小县城，打听后知道所去的地方离这儿不过几十公里，他见天色还早，就打算当天赶到那儿。

神秘的女子

车子开了一会，慢慢驶进了深山区，这里的路果然险要，山越来越高，公路就像挂在山腰的一根带子，一边是峭壁，另一边是深渊，他让车子尽量靠着峭壁的一侧慢慢行驶。行驶一段后，他就觉得头有些昏昏沉沉，两耳嗡嗡作响，他知道这是高原反应，他更加小心地驾驶着车。

就在这时，突然听到前方传来一个女子的惊叫声，却看不到人。他又放慢车速，向前行驶了十几米时，就看到山崖旁蹿出一个女子。那女子跑得很急，边跑边向他招手。

贺大伟立即将车停下，那女子急慌慌地喊道："大哥，救救我！"女子也就二十来岁，衣着朴素，面容俊秀。贺大伟忙问发生了什么事，女子说："后面有人在追我。"贺大伟下了车，只见前面山崖旁转出两个男子，女子叫道："就是他们！"

那两人猛然看到前面出现了一辆车和人，先是一怔，接着指着贺大伟说："你是外地人，最好别管我们当地的闲事，要不在这一带有你罪受的。"说罢就向这女子扑来，女子吓得躲到了他的身后。

眼见这两人在光天化日之下欺负一个弱女子，贺大伟不禁大怒，顺手从座位旁抽出一根铁棍，指着两人喝道："你们要敢动她，可别怪我不客气！"

那两人见他手拿铁棍，怒冲冲的，吓得转身就跑，贺大伟追了几步，那两人跑到山崖边一闪就不见了。

这时，女子走过来说："大哥，你能不能送我一程？"贺大伟怕她再遭那两男子袭击，就答应了。

女子上了车，这里的山路果然是一个弯接着一个弯，开了一会，再没看到那两个男子。贺大伟问女子为什么一个人到这荒山野岭来，那两个男子是什么人。女子笑了笑说，她家就住在山下，那两个男子也是这一带的人，没想到今天他们竟然敢来欺负她。

正说着，女子突然喊道："开慢点，别轧了我的兔子。"贺大伟放眼一看，果然看到路上蹿出几只兔子。这些兔子根本不怕车子，他狠摁喇叭，兔子仍旧在路上窜来窜去，他只得放慢速度。

贺大伟问女子："你怎么在这荒山上养兔子？"女子说"在这一带养的兔子，整天都在山上跑，和野兔没什么两样，人们喜欢吃，能卖好价钱。"

这一路上的兔子可真多，贺大伟

怕轧了它们，就将车速放到最慢档，女子见了笑道："大哥，你真是个好人，以前我也碰到一些外地司机路过这儿，我搭他们的车，他们就使坏，有的口吐脏言，有的动手动脚，有的还想在这荒野山里欺负人。"

贺大伟不由笑了，这女孩真是口无遮拦，纯朴得可爱。他才发觉这儿的路比他想象的要险得多，十来里路，他整整开了一小时，这时女子说："我就在这儿下车了。"女子下了车，朝他挥挥手，说："大哥，你一路走好，可别轧死我的兔子哦。"

贺大伟启动车子，刚想和女子告别，却不见了她的踪影。他一下子给弄糊涂了，忙下车来看，只见一边是接天峭壁，一边是无底深谷，这女子是从哪走的？

神奇的兔子

贺大伟上车后继续前行，果然不时遇上兔子在前面路上乱窜，一见兔子，他就放慢车速，可是让他惊奇的是，凡是出现兔子，前方就是个危险的急转弯。等到他慢腾腾将车子开到目的地时，天已大黑了，接货人叫人将货卸了。

当晚贺大伟就在小旅馆住下，吃饭时他顺口说了一句："听说这里的兔肉不错，能不能弄点来？"厨师说："我们这一带没有兔肉卖。"他不解地问："那女孩子在山里养着那么多兔子，难道她没拿来这里卖？"那厨师瞪着他问："你看到她和那些兔子了？"

见他点点头，厨师这才笑道："你是个好人，但现在我们这里没有人吃兔肉。"贺大伟见厨师脸上表情怪怪的，他也不好再问。

第二天，他开着车踏上了归路，一路上，仍看到好多兔子在路上奔跑，这时，他已掌握了规律，每看到兔子，就说明前面一定是危险路段，他便将车速放慢，缓缓行驶。

这大山里的天气，真是说变就变，刚才还红日高照，眨眼间就风起

云涌，下起了瓢泼大雨。冒雨行车，贺大伟更加小心慢行。

忽然，他透过雨帘，看到不远处有个人影在向他挥手。他慢慢停车一看，又是昨天遇见的那个女子。女子跑过来叫道："大哥，我的兔子被大雨冲散了，你帮我找找。"

她的话让贺大伟啼笑皆非：叫我开车找兔子，开玩笑。不过，他没忍心拒绝她，就让她上车，继续往前慢行，可一路上连只兔影也没看到。

就在贺大伟纳闷时，那女子突然一声尖叫："停车！"贺大伟吓了一跳，赶忙来了个急刹车，哪知就在车子"嘎"一声停住的同时，只听得轰隆隆一阵天崩地裂巨响，山顶上一块巨石被暴雨冲了下来，"嘣"砸在离车子约十来米的路上，巨石砸碎了。贺大伟的魂也吓飞了，心想幸亏这女子叫停车，否则自己早已车毁人亡。惊慌中他转头一看，哪有女子的人影，他忙跳下车，前前后后察看，也不见女子踪影。

女子来无影去无踪，让他困惑、惊奇。可让他更惊奇的是，当他去搬那些挡道的石头时，那些石头竟自动地滚向路边。贺大伟见状，急忙上车，开车上路，很快出了大山。

此时，他肚子饿了，人也累了，便在路边一家小饭店歇脚，吃饭。饭店里也有几个人在一边吃饭，他们一边谈论着："没想到刚才又看到了那些兔子在路上乱蹦，小燕这人真好，她时时在提醒我们呢！"

原来女子叫小燕，贺大伟就上前去问："小燕是什么人？"

那些人听他说出了经历后，说："那一带道路险要，以前常常出车祸，有一次一个叫小燕的养兔姑娘在那里遇车祸死了，后来过往的司机就常常看到有兔子在路上跑，于是好心的司机就把车速减慢，因此车祸就少多了，人们都说小燕是在提醒大家注意交通安全呢，所以这里的人都不吃兔肉了。"

贺大伟听了惊得目瞪口呆，他急忙赶回家，找到路明，问他为什么不告诉自己实情。

路明说："我要是给你说了实话，你还敢去？见到她你不害怕、心慌？一心慌能不出事？其实她是我的女朋友，遇到正直的人，她是不会伤害的，还会帮你呢。只有一个正直的好人，才能做到安全万里行。"

路明说到这儿，眼泪汪汪地向贺大伟道了谢。付了运输费，然后嘴里喃喃自语道："这是我最后一次给她的兔子送饲料了。我要回去看我的小燕子了！"

望着泪流满面的路明，贺大伟也不由心酸，他默默自语，小燕真是个好姑娘……

（**题图、插图**：谭海彦）

进入狙击地点，向启明半蹲在地上，打开枪盒，麻利地装好狙击步枪，然后抄起来顺手掂了一掂，浑身上下顿时杀气腾腾。狙击手就是这样，平时是枯燥无味的训练，一旦有任务，必须迅速进入状态，确保一枪毙命。

□彭晓风

危情狙击

1. 人质死亡

狙击手向启明今天执行的任务是击毙绑架海河公司老总的一个绑匪。说来也可笑，这绑匪居然是个弱智，以前每天在街上闲逛，谁也不把他当回事，今天不知受到什么刺激，光天化日之下冲进海河公司，用匕首顶在老总汪明洋的脖子上，然后将他强行带离公司，拐进一条正在拆迁的街道，进了一间搬空了的平房。警察接报后，将平房围上了，由于担心人质安全，不敢强攻。随着时间的推移，绑匪的情绪越来越暴躁，一面叫嚷着让警察给他准备100万现金和一辆车，一面残忍地把汪明洋的脖子划开了一道口子。

在这种情况下，警察请求市武警支队派狙击手支援，向启明和他的助手小马奉命火速赶到现场，并在绑匪藏身的那间平房街对面二楼两间房子里埋伏下来。

装好枪，向启明缓缓拉开窗帘，轻轻推动窗户玻璃，把枪管伸出窗户，枪托顶住肩膀，半弓着腰，右眼贴住枪上的高倍瞄准镜，开始搜索对面罪犯的身影。按照分工，向启明先

开枪，如有必要，在另一间房子里瞄准的小马紧跟着再补一枪，不过从以往经验来看，小马从没打过这一枪。

平房外面的警察拉起了警戒线，并不停地向绑匪喊话，劝诫他不要冲动，主要是吸引他的注意力，让向启明在短时间内找到他在屋内的行动轨迹，确保一枪命中。

隔着平房的窗户玻璃，绑匪的脑袋出现在向启明的瞄准镜中，然后是人质那紧张惊恐扭曲的脸。绑匪像是意识到了有潜在危险，挟持着人质不断地移动，时不时把脑袋缩在人质身后。平房不大，向启明很快就判断出绑匪的移动方向和频率，他做了两次深呼吸，正准备屏住气时，突然鼻腔莫名发痒起来，他忍不住打了个喷嚏。尽管向启明训练有素，动作很轻，但枪管还是微微一晃，瞄准镜在这一晃之间划了一个弧，把一部分在警戒线边上的人拉进眼里，他发现负责协调的警察旁边竟站着个他熟悉的女人，那女人叫李依萍，此时她正一脸焦急地与别人通话。

瞄准镜又重新锁定绑匪后，向启明开启对讲机向负责指挥的警察报告：准备完毕！可耳机里传来指挥员“随时待命”的命令同时，夹杂着一个女人歇斯底里的尖叫：“我是人质汪明洋的女友啊！”向启明听出，这是李依萍的声音，顿时他像当头挨了一棒，一下蒙了。

别看向启明在武警支队威风八面，执行狙击任务从没失过手，是出了名的“枪王”，但婚姻却并不幸福。向启明的妻子叫王霞，两人谈恋爱那会儿她是城建局的一位科长，当时还不反对向启明做狙击手，可自打婚后升为副处长起，就改了初衷，强烈要求他学学他的战友李向东，也转业混个一官半职。可向启明实在喜欢狙击手这个职业，为此两人多次争吵。王霞官运亨通，没几年又当上了处长，这之后两人虽不明着争吵，感情上却形同陌路，夫妻关系几乎名存实亡了。

半年前，有一天向启明去看一个朋友，碰巧李依萍也在场，他俩就认识了。因为李依萍的眉眼很像老战友李向东的前妻胡韵瑾，向启明对她有种莫名的亲近。随着来往的增加，李依萍告诉向启明，她经历过一次婚变，现在还是单身。前几天向启明还在琢磨尽快与王霞结束名存实亡的婚姻，准备向李依萍求婚，怎么现在她成了汪明洋的女友？

向启明正七想八想之时，耳机里传来指挥员的声音：“狙击手注意，狙击手注意，绑匪情绪已经失控，为确保人质安全，开枪！”

一语惊醒梦中人，向启明这才发觉自己走神了，当即收回心神，趁绑匪跨步移动时锁定他的眉心，按打移

动靶的要领，果断扣动了扳机。但让向启明意想不到的是，就在他扣动扳机的一瞬间，李依萍突然一把夺过警察手中的扩音器，大声尖叫："不要开枪！"

李依萍的尖叫太突然了，像一颗炸雷，炸得向启明扣扳机的手一哆嗦，随后他听见两声枪响！向启明的心猛地一沉，急忙用瞄准镜观察人质是否受伤，这一看不打紧，他顿时就傻眼了，绑匪和人质都倒在了地上，绑匪眉心中弹，人质右胸也中一弹，双双毙命！

想起刚才自己不仅走神，手还哆嗦了一下，向启明怀疑自己是否紧张过度，竟连开了两枪，于是赶紧抽出弹匣，一查竟然真少了两发子弹！

2. 疑云重重

枪响过后，埋伏在平房外面的警察迅速踹开房门，可进去后见人质也倒在血泊中，一时都愣了，不知该如何处理。平房外面的李依萍见警察冲进屋后迟迟不出来，像是意识到了什么，转身发疯一般也冲进了平房。

片刻过后，平房里骤然传出女人的痛哭声，这声音让在街上围观群众的心都沉了下来。突然，哭声戛然而止，李依萍举着沾满鲜血的双手，走到平房窗户外面，向街对面叫道："狙击手，你是怎么开的枪？怎么连人质也杀了，你干脆连我也打死吧！"

而此时的向启明，在最初的愣神过后，开始低头找弹壳，很快他在地上找到一个，另一个却怎么也找不到。此时，小马从隔壁过来了，伸头往窗外看了看，说阳台上有一个弹壳，向启明的心一下凉了。

打死人质，属于重大事故，向启明刚回武警支队，就被请进了队长办公室。队长沉着脸向向启明宣布：停职接受调查。

作为目击证人，小马先接受调查人员询问，他是这么说的："当时我正用瞄准镜锁定绑匪，忽然听见启明的枪响了，子弹正中绑匪的眉心。在我

的瞄准镜中，我看见绑匪在子弹的冲击下，手不由自主地一扬，匕首掉在了地上。我正要抬头，耳边蓦地又响了一下，这下我清楚地看见人质右胸中弹，和绑匪一前一后相继倒下。”

绑匪和人质被来自同一方向的两颗同型号的子弹打死，两声枪响间隔不超过半秒钟，现场遗有两个同型号的弹壳，小马又没有开枪，这一切都证明当时第二发子弹是向启明打的，可他既然一枪击中绑匪眉心，为什么又画蛇添足打第二枪？

小马虽然也想不明白，但他毕竟是向启明的助手，本身也是狙击手，知道这种射击会受诸多因素影响，所以他向调查人员提供了一个情况：“人质的女友几乎在启明射击的同时用扩音器大叫一声，吓了我一跳，我想启明可能也受到了影响。”向启明也承认了这一点，并且补充说：“我虽然并不认识人质，但我认识人质的女友，关系还不错，当时不仅走神了，手还抖了一下。可我感觉那一抖并不足以再次扣动扳机。”

人不是精密仪器，事实摆在眼前，调查人员并不相信向启明的感觉，初步认定这次事故的原因是他分心所致。人质的女友是向启明的朋友，她的突然出现和尖叫，干扰了他的注意力，加之枪处在连发状态，导致他连续开了两枪，又因后坐力的影响，以及在开第二枪的瞬间，绑匪和人质的身体有位移，结果这一枪击中了人质。同时为给人质家属一个说法，队里给向启明记大过一次，即日起停职反省，以观后效。

尽管队里对向启明的处罚很重，但还是看得出想保他。可出乎人们意料的是，向启明却不认同这个初步认定，找到队长说：“队长，我仔细想了想，还是坚持我自己的看法，我感觉没开第二枪。”队长恼了：“你感觉什么？初步认定写成这样已经够照顾了，你脑子进水了？”

培养一个狙击手不容易，队长不想让此事毁了向启明，但向启明却不买账，仍固执地说：“队长，对于处罚我并没有异议。作为狙击手，我相信自己的感觉，总觉得这事有些蹊跷，因此我要求队里对那颗打中人质的子弹进行弹痕检测，以确定是否真是我打的，否则这辈子我心里都会有阴影，以后还怎么执行任务？”

队长沉吟了片刻，长叹一声，答应了向启明的请求。走出队长的办公室，向启明长出了一口气，浑身上下顿时轻松了许多，忽然他心中一动：撇开弹痕检测不谈，如果那两枪真都是他打的，那穿过玻璃的两个弹孔的角度应该是平行或者差别不大；假如角度明显有差别，也可证明第二枪不是他打的。

为验证自己的猜想，向启明立即

赶往那天的案发现场，可到后却发现，平房的窗户玻璃不知被谁砸了，玻璃碎了一地，他蹲在地上拼了半天，也没拼出一块完整的来。短暂的沮丧过后，他站在平房里微微下蹲，隔着街道往对面看，发现在对面射击，除了二楼位置好外，三楼也不错。

联想起绑匪是弱智这一情况，向启明突发奇想：一个弱智，怎么会与海河公司老总汪明洋有瓜葛？又怎么会突然绑架他，而且还拐到这间平房藏身？会不会是受人指使，事先有人埋伏在这栋楼房的三楼，乘机打死汪明洋，嫁祸自己？

刚想到这里，向启明的手机响了，是李依萍打来的："向启明，你真还坐得住啊，别以为我不知道那天的狙击手是你！"电话里李依萍的声音冷冰冰的，向启明禁不住打了个寒噤，急忙否认说"不是我，汪明洋真不是我开枪打死的。"谁知李依萍却哼了一声"事故的初步调查认定都见报了，还想狡辩？不过看在我们有交情的份上，只要你答应我一个条件，我可以不控告你。"

向启明怔住了，迷惑地问："控告我，你告我什么？"李依萍冷冷地说："我知道你喜欢我，而你的婚姻又不幸福，只要我把我们呆在一起的照片公布于众，就完全可以控告你为得到我而利用这次机会蓄意谋杀！"

3. 谁是黑手

李依萍并没说假话，因为向启明对她有好感，曾多次约她去喝咖啡看电影，如果一开始她就"心怀鬼胎"，拍下照片是有可能的。

市武警支队虽然有多名狙击手，但最危险和困难的任务一般都由向启明来执行，因此，李依萍能猜出那天的狙击手是他，他并不吃惊，让他吃惊的是李依萍的要挟，难道她另有企图？

这一揣测，向启明的心顿时收紧了，但嘴上却试探说"那你就去干好了，我正巴不得让这件事公布于众，

好查个水落石出呢。”李依萍冷笑说：“向启明，别逞强了，你什么都不怕，可你替你妻子王霞想过没有？前不久城建局刚调走一副局长，她可是几个候选人中呼声最高的！”

向启明不关心老婆的仕途，这一点他还真没想到，虽说他和王霞的关系已经走到了尽头，但他并不想因为自己给她的工作带来麻烦。于是向启明灵机一动，不甘示弱反击说：“那你也想过没有，我们交往的事没几个人知道，即便你说那一枪真是我故意打的，我也完全可以说是受你指使，你是主谋！”

向启明本想反戈一击，谁知正中李依萍下怀，她得意地说：“向启明，看来你也不傻呀，怎么到这会儿了，你还没意识到成了别人的靶子？”向启明怔了一下，故意不明就里地说：“我只是个当兵的，又没招谁惹谁，谁会惦记我？”李依萍却说：“你就别揣着明白装糊涂了，既然你怀疑那一枪不是你打的，那打枪的人就更清楚了，难道他不怕被查出来？既然怕，那他下一步将要做什么？”

李依萍话说到这份上，也就表明她清楚汪明洋不是向启明打死的，但向启明倒吸了一口凉气，好一会儿才说：“有什么话你就直说，别拐弯抹角的。”李依萍也爽快：“那好，咱俩做个交易怎么样？你帮我查明真凶，我不向社会公布我们的关系，反正你也想搞清楚是谁陷害你，正好两全其美。给你一天时间考虑，有兴趣的话明天去上岛，我们好好谈谈。”

上岛是家咖啡厅，他们在那里喝过咖啡，为搞清楚是谁陷害他，向启明心里虽然恼火，但也不得不答应。出乎向启明意料的是，第二天李依萍竟然是化装成男人去的，还戴着个墨镜。见向启明疑惑，李依萍苦笑说：“知道我那天为什么大叫‘别开枪’吗？因为当时我接到一个奇怪电话，说你为了得到我，会借机打死汪明洋！虽然我清楚，你根本不知道我与汪明洋的关系，怎么会打死他？但当时我还是很怕出事，所以就高声叫喊起来，现在想想，显然是有人想除掉汪明洋并陷害你。如果事情是这样的话，现在知情人只剩下我了，我怕被人打黑枪。”

向启明大吃一惊：“既然有这样的情况，那你为什么不报警，也好让我摆脱嫌疑？”李依萍无奈地叹了口气：“汪明洋已经死了，虽说我接了那个电话，但却没有证据……”顿了一下她又补充说，“这几天我仔细想了一下，怀疑上了一个人，汪明洋只不过刺激了他一下，他反手就来个借刀杀人，这招太狠毒了。”

一听此事涉及李依萍与别人的恩怨，向启明不想掺和：“我现在被停职了，怎么帮你找证据？”李依萍知道

他想推脱，便说："可这回却由不得你了，他既然把你卷了进来，自然你也是他下一个目标，更何况，我怀疑的这个人你我都熟悉。"

"我们都熟悉？"向启明如坠雾里。

李依萍嘴角嚅动了几下，最后一咬牙，从包里拿出一份当天的晚报，递给向启明，然后指着一条新闻让他看。这是条汪明洋被绑架及被误杀的后续报道，报道中提到一件事，说海河公司前年准备在开发区办工厂，可一直因土地问题谈不拢，后来城建局规划处处长李向东得知了此事，亲自为他跑前跑后，办妥一切和办厂有关的事情，结果工厂刚盖好，汪明洋竟遭如此厄运……

报纸上提到的这个李向东，就是向启明的战友，看完报道，他忽然明白过来："你怀疑是李向东，这怎么可能呢？"李依萍哼了一声："既然你都能被怀疑，为什么不能怀疑他？虽然你们以前是战友，但你并不了解他，他是个十分阴险歹毒的家伙。你想啊，隔着一条街，时间把握那么精确，而且枪法像你一样精准，一枪打死汪明洋，除非受过专业训练，否则谁有这本事？"

李向东是向启明的警校同学，毕业那年市武警支队去他们学校选拔狙击手，他俩因射击出众一同被选中。当狙击手一年后，有一天他俩在业余时间外出，碰到一个姑娘遇窃，在抓小偷时李向东被刀刺伤，在家休养了半年，重新归队后他却说厌倦了当狙击手的生活，于是转业进了市城建局，短短十来年就当上了处长。

见向启明一脸疑惑，李依萍神色严峻地说："信不信由你，别以为我在故意吓唬你，我们在明处，他在暗处，真出什么问题可别怪我没提醒你。"说完她转身走了。

4. 意外线索

李依萍的话提醒了向启明，仔细

想想，他发觉还真不了解李向东，转业这件事就算了，人各有志，不便勉强，但在对待胡韵瑾这件事上，他至今对李向东有看法。

胡韵瑾就是当年向启明和李向东遇到的被偷钱包的女孩，大学刚毕业就开了自己的公司，两年成了颇有资产的成功者。那天她见李向东为抓小偷被刺伤后，便和向启明一道把他送进医院，事后还经常去医院看他，一来二去三人就成了好朋友。

李向东进城建局后，不仅仕途一帆风顺，不久胡韵瑾也嫁给了他，可谓春风得意。可惜好日子没过几年，胡韵瑾好端端地却突然精神失常了，向启明很纳闷，问李向东是怎么回事，他说大概是精神压力太大所致。也许胡韵瑾早料到自己有这一天，为不拖累李向东，在住进精神病院前与他离婚了，可能是为表达对他的歉疚，离婚前还把所有财产都公证给了他。

胡韵瑾刚住进精神病院时，李向东还经常去看望，不到半年就去得少了，到后来几乎就不去了。向启明本无权过问这些事，作为朋友，看不过眼时说过李向东几次，见他不听，便也不好再说，心里有了疙瘩，后来的交往就少了。

想着这些往事，向启明回到家，刚打开房门，就见王霞黑着脸坐在沙发上，前面的茶几上放着几张照片，赫然照的是他与李依萍呆在一起的情形，而且拍摄角度刁钻，让人一看就会觉得两人关系不一般。向启明正想解释，王霞却摆摆手说："本想忙过这段时间，我就给你自由，没想到麻烦这么快就来了。我了解你，在没离婚之前，你不会做对不起我的事。从我们单位很多人都收到这照片来看，明显是有人想打压我。"

向启明马上想起李依萍的话。她刚才还跟自己做交易，即便她真拍有照片，也不会现在背后捅他一刀。想到这里，他忽然问王霞："你们局这次副局长候选人里有李向东吗？"王霞哼了一声说："你这不是明知故问吗？李向东虽然比我晚到城建局好几年，但现在职位和我一样！人家有钱，据说他前妻留下的钱他都为升官打点出去了，这次还能少得了他？"

向启明脑海里的疑团瞬间解开了不少，想了想，也不和王霞解释，当即离家去找了李向东。他突然来访，李向东很诧异："启明，你可是无事不登三宝殿，有什么事吗？"向启明一屁股坐在沙发上，大大咧咧地说："别提了，前几天执行一次任务，结果把人质打死了，被停职反省，心里堵得慌，想找你聊聊天。"

听他这么说，李向东神情舒缓了许多："听说了这件事，不过我怀疑报道的真实性。你的枪法我清楚，更何况第二枪一般也是由你的助手来打，

切辣椒如何防辣眼：辣椒先放在冰箱里冰冻片刻，或先用凉水浸泡一下再切，或边蘸水边切，均可减少辣味的散发。四川 杨占会（2035）

你怎么会连开两枪？”

向启明两手一摊，装作很无奈的样子：“可事实摆在那里，接连两声枪响，我弹匣里少了两发子弹，地上有两个弹壳，助手并没开枪。”李向东面色凝重起来：“启明，在射击前你不会受到什么刺激，射击时出现幻觉了吧？我听说你承认和人质的女友认识，你怎么这么傻？你知道社会上的人会怎么联想你们俩的吗？说你们关系暧昧！言下之意，那一枪是你故意打的！”

听着他意味深长的话，向启明的眉头拧了起来。这时李向东接了个电话，然后继续说：“启明，你先在我办公室坐一会儿，我出去处理点事，回来后我请你，替你压压惊。”

李向东出办公室后，向启明一个人呆着无聊，随手拿起报架上的报纸来看，翻了一会儿，无意中发现少了案发那天的报纸。李向东是处长，他办公室里的报纸一般不会少送，更不会有人动，怎么会少一份呢？不见一份报纸并不稀奇，也许是李向东外出时顺便带走了，可向启明却想到了另外一件事，那就是李向东很爱干净，当年他练习射击时，每次都会把自己卧倒的地方弄得很干净，常做的方法就是垫报纸。

想到这些琐碎细节，向启明的身体蓦地打了个寒战，于是给李向东留了个条，说自己临时有事先走了，以后有空再聊，然后出了城建局又奔那天的案发现场去了。路上向启明想，如果他推测没错的话，陷害他的那一枪应该是在三楼打的，如果位置更高汪明洋胸口的枪眼就不会是平的，而是向下，而且事后把那枚弹壳扔在二楼阳台上也不容易。

这条街正在拆迁，由于搬迁的最后期限还没到，所以整栋楼并没完全搬空，二楼向启明的狙击点那家还没搬，但头顶上三楼那家却搬走了。向启明刚走进三楼那间房间，一眼就看见临街的窗户上垫有报纸，还有一些

散落在地上，看样子是有人坐过。不知道为什么，越靠近报纸，向启明的心跳就越厉害，当他清楚地看见报纸上的日期后，突然感到浑身乏力，双腿竟支撑不住身体，一下瘫坐在了地上。

报纸真是案发那天的报纸，而且正好是一份，一张也不少！向启明清楚地记得，案发那天这家已经搬走了，看来这报纸很有可能是陷害他的人带来的，打完黑枪后，急于脱身忘了带走！既然是他铺的，也许报纸上留有有价值的指纹！

5. 惊人发现

抱着一线希望，向启明把报纸送到了负责调查汪明洋绑架案的刑警队，负责这案子的队长是他当年警校的同学，他想让老同学帮查一下他收集来报纸上的指纹，顺便再了解一下那案子。

在老同学办公室，向启明把报纸交给他后问："那案子有进展没有？"老同学眉毛一挑："进展？那个弱智连他父母都记不清有多少天没回家了，即便他每天都在街上游荡，谁又能把他放在眼里？这些天连一点有价值的线索都没找到。"

望着老同学手里的调查笔录，向启明说："这案子把我也卷了进来，我想了解更多的情况，借你的笔录我看一下。"老同学的调查笔录是走访海河公司员工做的记录，通过这些员工的话，向启明得知汪明洋是李依萍的校友，当年在学校时就对她有意思，前年才走到一起。翻看到最后，当看到一张汪明洋和李依萍前年的合影时，向启明一下呆住了。

见向启明表情怪异，老同学以为他发现了疑点，忙问他有什么新发现。向启明指着照片问："你能确定这是李依萍前年的照片？"老同学看了一眼照片，解释说："是李依萍前年的照片，当时我就问怎么和现在不同，他们员工说后来她整容了。有什么问题吗？"

向启明霍地站了起来，边往外走边说："问题倒没有，不过这个发现对我太重要了，可能会揭开所有的谜底。我现在去精神病院核实一件事，有事打我电话。"话音未落，他已经出了老同学的办公室。

在去精神病院的路上，向启明想，怪不得第一次见李依萍，就感觉她眉眼与胡韵瑾很像，原来是同一个人！奇怪，从她现在的样子来看，精神病早好了，而且此前照片上的她并没有毁容，可她为什么不以原来的面目示人呢？还有，怎么连姓名也改了呢？听她的口吻对李向东恨之入骨，他们之间究竟发生了什么？

这么多问题，一时都纠缠在向启明脑海里，忽然他拍了一下脑袋，真是太笨了，既然知道了李依萍就是胡韵瑾，打电话问她不就行了。于是赶紧打她电话，却被语音提示不在服务区。

行，既然已经走近精神病院了，那就先把问题查清楚，向启明没回去找李依萍，而是去了精神病院。他找到了当年给胡韵瑾治疗的那个大夫，向大夫询问她出院前的情况。大夫查找了一下病历，说："当时胡韵瑾来时病情挺严重的，也很奇怪，越服药越严重。后来经过细致检查，认定她是情绪先受刺激，又服用了刺激神经中枢的药，才导致精神失常的，在服用一个阶段调养药，病情没有反复后就出院了，前后大概三年多。"

回去的路上，向启明仔细回味大夫的话，难道胡韵瑾当年是被药物刺激疯的？事情查到现在，所有的矛头几乎都指向李向东，再打电话找李依萍，依然没有打通。回到武警支队，向启明见战友们在训练，突然发觉自己忘了一个关键问题：子弹！狙击现场那个弹壳可以从三楼扔下来，但他弹匣里的子弹却不能凭空少一发，肯定有人事先动了他的弹匣！

武警支队有枪械室，狙击步枪每次使用后都放回枪械室，下次使用再领。有时情况紧急，事前看管枪械室的老吴会帮忙把弹匣装满。既然是别人看管，又存在代装子弹的情况，如果有人在弹匣上做手脚，有可能会少装一发子弹。

老吴的话证实了向启明的怀疑，他说事发前李向东曾经来过武警支队，当时战士们都在训练，他俩聊了会儿。后来李向东说很久没摸狙击枪了，向他提出想摸摸枪，他想毕竟战友一场，就答应了。中途他接了个错打到他手机上的电话，等对方挂了电话，李向东也出了枪械室。

李向东当过狙击手，熟悉队里的枪支管理，而这次执行任务前向启明已有三个多月没摸那支枪了，情况紧急，又是老吴帮装的子弹。向启明找出那支狙击步枪，仔细一检查弹匣，

果然被人动了手脚，再一装弹，真少装一发！看来老吴装子弹时也没留意，少装了一发，而调查人员的关注点又在案发现场遗留的弹壳上，并没仔细检查弹匣，误认为他打了两发子弹。

此时此刻，向启明心里已认定真凶是李向东，但他手上除了那份让老同学查指纹的报纸外，并没有抓获他的直接证据。向启明回到队里，正要找到队长汇报，队长却先找到他，扬了扬手中的一张纸说："弹痕检测结果出来了，结果表明，你的感觉是对的，打中人质那颗子弹不是从你的狙击步枪打出的，打死人质的另有其人。我已经把这个结果传给了上级。"

这个结果在向启明意料之中，所以他并不激动，平静地向队长说了对李向东的怀疑，问是否让警方对李向东进行调查，下一步该怎么办。

听了向启明的话，队长很震惊："当时我只考虑到这事影响不好，一心想把这事压下去，没想到会有人陷害你。李向东虽然可疑，但没有充足的证据之前，先不要打草惊蛇。如果真是他，既然已迈出了罪恶的第一步，那就还会有第二步，所以你千万要小心，减少外出，必要的话佩枪。"

6. 生死危情

队长判断得很正确，第二天一早，向启明接到李向东的电话，说看他这几天情绪不好，想陪他去散心，提议去爬象山。

象山是邻县的一座山，离市区大概百余里，当年在警校时他们爬过。这时约他走那么远，向启明怀疑李向东没安好心，可转念又一想，不入虎穴，焉得虎子，就一口答应下来，约定了见面的地点。随后向启明把这一情况告诉了队长，队长支持他的想法，为防万一，让他携带了一把手枪，

李向东比向启明先到约定地点，两人说说笑笑往山上爬，开始时周围还有不少人，可越往上爬人越少。李向东提议说："我们爬到山顶吧，出一身汗，再登高望远，心情也许会好些。还记得当年山顶上那间房子吗？我们就在那里歇脚。"

到了山顶，两人都累得坐在了地上，歇了好一会儿才缓过劲儿来。当年那间房子还在，门半掩着。向启明伸手缓缓推开了门。定睛一看，向启明的嘴顿时就吃惊得合不拢了，刚意识到不妙想转身，后背却被顶上了个硬东西，耳边传来李向东冷冰冰的声音："对不起了，启明，进去吧。"

房子里的人是李依萍，手脚都被捆着，嘴里也塞着纸团。向启明脑海一闪，不由懊恼不已，昨天翻看李向东的报纸后没放回原处，估计他回来后起了疑心，怪不得昨天李依萍的手机打不通，看来她是昨天被绑架的。

把向启明推进房子后，李向东站

在门口狞笑说：“启明，当年在武警支队，我枪法赢不了你，在城建局你老婆又比我干得好，可现在你却死在我前面了。不过我也算对得起你，让你和喜欢的女人一块死。”说完就要扣动扳机。

“等等！”情急之下向启明叫了起来，“死我不怕，看在是战友的份上，你总得让我死个明白吧。”李向东得意地大笑了两声，满足了向启明的要求，道出了事情的真相：“海河公司的汪明洋前年求我帮他弄地皮，允诺事成之后给我五十万，他倒也爽快，今年真给了。可他厂房还没完工，又相中了一块地，又想让我帮忙，这回我没答应，谁知他竟给我送来一张光盘，里面是上次他给我送存折的情形！我是什么人，能受他要挟吗？碰巧有次我发现你与他女朋友在一起，而你老婆王霞作为副局长候选人又排在我前面，于是我灵机一动，找到那个弱智，精心设计了个绑架案。在此之前，我去过一次你们队，让人调开老吴，动了你的弹匣，并在那天你开枪前让人打电话刺激李依萍，让她影响你，然后用买来的黑枪暗中打死人质，嫁祸于你，既杀人灭口，又可让王霞升迁受影响，一箭双雕。我想现在城建局已经有很多人收到你和李依萍关系亲密的照片了。”

原来如此！此前向启明虽能隐约猜到一些，但没想到李向东如此阴毒，但他还有一丝不解：“杀人灭口的事，你可以买杀手，为什么亲自动手？”李向东冷冷地说：“我已经上了一次汪明洋的当，找杀手还不授人以柄？再说以我的枪法，本身不就是超级杀手吗？”

李向东话音未落，向启明却哈哈大笑起来：“你也太自负了，你以为你做得神不知鬼不觉，可我还不是在很短的时间内就怀疑上你了？”“所以你必须死！”李向东被激怒了，手中的枪又指向了他。

面对李向东黑洞洞的枪口，这次向启明不仅不害怕，反而鄙夷地说：

“我看你比我还怕死，急什么？这鬼地方有谁会来？还有件事我一直很困惑，胡韵瑾那么能干，你们也过得好好的，你为什么下黑手把她弄疯，难道仅仅是为了她的钱吗？”

李向东做梦也没想到向启明会问这件事，脸上的表情像突然被人抽了一巴掌似的急剧抽搐着，话也结巴起来：“你，你怎么，知，知道这件事？”随即拉下脸，咬牙切齿地说，“既然你知道了，我也就不藏着掖着了。我自幼就好胜，最讨厌别人比我强，当狙击手我没把握赢你，所以我转业。认识胡韵瑾后，我知道你也暗中喜欢她，就是不敢表白，所以就先下手，终于追到她，总算赢了你。可没过几年，一次偶然的机会，我发现她一本日记，里面记的竟是她如何喜欢你，见你无动于衷，这才嫁给我。看到她这本日记，我心里像吃了个苍蝇那样难受，后来我想了个主意，以此为借口刺激她，说她对我不是真心。她心中愧疚，也表明要真心真意跟我过日子，还把所有财产公证给了我。成功得到她所有财产后，我就开始实施第二步计划，暗中给她吃刺激神经中枢的药，终于把她弄疯了，为了不拖累我，蒙在鼓里的她住进精神病院前与我离婚了。她的钱我都用来升官了，好不容易有了权，刚想捞一把，却又碰上了汪明洋这个瘟神！”

望着李向东那因恼怒扭曲变形的脸，向启明嗤之以鼻，指着坐在地上的李依萍，一字一句地说“别以为胡韵瑾还在精神病院里，她早就出来了！”

“什么？”李向东简直不敢相信自己的耳朵，声音颤抖着说：“你说谎，她的病很严重，怎么会出来？”向启明没理会他，蹲下身扯掉李依萍嘴里的纸团。嘴一解放，李依萍就怒睁双眼，愤怒地说：“李向东，从医生那里知道我变疯的真相后，我清楚出院后若不整容、改名，被你知道肯定还不会放过我。由于没有你弄疯我的证据，所以我找到汪明洋，让他拉你下水，原本想等你再爬高一点把你整倒，可汪明洋执意要先试探你一下，结果把命送了。你这个魔鬼，打死我吧，做鬼我也不会放过你！”

情况急转直下，这么多事情没在他掌控之中，李向东不由慌了神，就在这一眨眼的工夫，向启明纵身向旁边一跳，同时抽出藏在后腰的手枪，向他扣动了扳机。

一声清脆的枪响过后，李向东手中的枪应声掉在了地上，捂着鲜血淋漓的手，他脸色灰暗，绝望地闭上了眼睛。

（**题图**、**插图**：杨宏富）

（本栏目欢迎来稿。来稿可从邮局寄发，也可从网上传递。如为电子邮件，请发以下信箱：simyyue@126.com）

政府大院养老虎

本书系《故事会》金栏目“中篇故事”精选，共收9则传奇色彩浓郁的精品。大老虎走进政府大院，还被委以“保卫”重任，它果然尽职尽责，抓到了坏人，真叫新奇荒唐。两头公牛一碰面就眼红气粗，斗得天昏地暗，当它俩遭遇群狼围攻时，竟捐弃前嫌，配合默契，脚蹬角挑，杀得饿狼嗥嗥惨叫，可谓奇妙。还有鹰猴各为其主，舍命拼斗；小黄牛为救女主人，居然初生牛犊不怕狼；民兵营长独闯野猪沟，杀死红野猪；汽车班长迷路斗公狼，血战沙尘……

黑色人物在行动

本书系《故事会》金栏目“中篇故事”精选，共收9则该栏目之精品,主要围绕金钱这一主题多侧面地拓展故事情节。其中有因钱而污染灵魂,导致亲情泯灭，好友成仇；有见财起意，不择手段冒领他人钱财；有为钱所逼，做了违心之事；更有为发横财，行骗作恶等。这些作品的特点是故事情节曲折生动，令人回味无穷。

密访曲家屯

本书系《故事会》金栏目“中篇故事”精选，共收9则有关形形色色的“官”故事精品。或是颂扬清官好官心系民众，为民请命，惩治土顽，巧妙拒贿，秉公施政；或是批评某些干部为创政绩大搞形式主义，弄虚作假，蒙骗上级，苦了百姓；更有一部分作品对那些贪官污吏们以权谋私，仗势欺人，坑害民众，甚至为逃避罪责杀人灭口、销毁罪证等不法行为进行了无情的揭露与抨击。

高原守护神

本书系《故事会》金栏目“中篇故事”精选，共收其9则故事精品，说的是怎么做人的故事。作品通过对人物举手投足的精心设计，形象地描绘做人的道德、原则与气质，展示了人与人之间相互关爱、恪守诚信以及见义勇为的精神。面丑心善的火化工关爱弱女，可歌可泣；好邻里关心失足青年，以情动人；男女青年历尽坎坷，体现了大海可以作证的为人美德，等等。

又梦见你啦

□李清林

这天上班，大王一进办公室就朝同事老刘嚷嚷说：“我昨晚梦见你啦！”老刘挺感兴趣“梦见我什么了？”大王说：“我梦见你摸彩票中奖啦！好家伙，那成捆成捆的钞票啊……”他边说边比划。

谁知老刘一听突然黑下脸来，一言不发。大王不知道自己哪里得罪老刘了，便悄悄问同事李胖子。李胖子指点大王说：“常说梦是反的，你梦见他发大财，那就预示他要破大财啦！他正在做股票，你这不是咒他么？”大王这才如梦方醒：“真该死，我怎么把这茬给忘了！”

接下来的几天，老刘一直阴着脸，有“消息灵通人士”说，老刘手里的股票跌了好几个跟头。大王听了心里很不安，李胖子于是给大王出主意说：“你别愁，我教你个办法，你去给老刘说一个反过来的梦，不就得了！”大王眼一瞪：“那怎么行？说谎话多对不起人家！”李胖子瞧大王一副不开窍的样子，只好暗自摇头。

事情过去了半个月，这天刚上班，大王就激动地冲进办公室，对老刘说：“老刘，我昨晚终于又梦见你啦！你躺在棺材里，是口通红通红的大花头棺材，周围全是花圈。老刘，这回你要交好运啦！”

谁知老刘听了，更加没给大王好脸色看。真是的，什么梦不好做，偏要做这种又是棺材又是花圈的梦？大王讨了个没趣，讪讪地瞥一眼李胖子，李胖子直朝他扮鬼脸。

魔王与公主

有一天魔王抓走公主，公主一直在呼救。

◇ 魔王：你尽管叫破喉咙吧，没有人会来救你的……

◇ 公主：破喉咙！破喉咙！

◇ 没有人：公主，我来救你了！

◇ 魔王：说曹操，曹操到。

◇ 曹操：魔王……你叫我干吗？

◇ 魔王：哇！看到鬼了！

◇ 鬼：咳！还是被发现了。

◇ 还是：胡说，谁发现我了？

◇ 谁：关我屁事……

◇ 魔王：哦！我的上帝！

◇ 上帝：谁叫我？

◇ 谁：哪个叫你了 ？

◇ 哪个：我可没叫他。他自己来的。

◇ 他：我是来看热闹的。

◇ 热闹：我有什么好看的？

◇ 我：你竟然敢说我不好看。

◇ 你：那可不是我说的。

◇ 那可不是我：你在诬陷谁呢？

◇ 谁：他没有诬陷我啊！

◇ 他：干吗提到我？

◇ 干吗：我可一直没说话。

◇ 我：你耳朵聋了吗？

◇ 你：耳朵聋了怎么能听见公主呼救？

◇ 公主：我也不是故意的，谁让魔王把我抓来的？

◇ 谁：我可没有让魔王抓公主，魔王你说是吧。

◇ 魔王：……

据说魔王从此得了多重人格精神分裂症。

（**推荐者**：稀　土）

可是没想第二天，老刘却兴高采烈地主动招呼起大王来：“你这家伙，做的梦还真有道理，昨天股票行情果然猛涨，听说我评职称的事也有眉目了。哈哈，真要好好谢谢你啊！怎么样，今后多为我做点好梦来啊？”

大王立刻拍着胸脯说：“老刘，你放心，我已经找到做好梦的诀窍了，今后只要你一句话，我肯定帮忙。”

老刘和李胖子一听，都挺纳闷：做好梦还有诀窍？

大王得意洋洋地说：“告诉你们吧，前些天我真想帮帮老刘，可又做不出好梦，真是急得够呛！我想起人们常说，日有所思，夜有所梦，于是就在纸上画了一口大红棺材，把老刘的相片贴上去，挂在床头，天天看着它入睡。嗨，这样做出来的梦哪，一做一个准儿！不信你们自己可以回去试试。”

丢钱之后

□李灿中

这天上午，新星小学教导处主任卫全从会计那儿领了824元工资，可到家后就发现钱没了，便赶忙又回到学校找，还是没有找到。

下午卫全把这事对校长和其他老师说了，老校长摇着头批评他："你看你这孩子，整天像脚踩狗屎一样，没一点稳当劲。"

可巧第二天教育局长来学校检查工作。局长和卫全的哥哥是同学，卫全能当上教导主任，就是局长帮的忙。局长边检查工作，边随口问起了卫全的情况，老校长不经意间说出了丢钱的事。

一会儿，局长见到了卫全，说："你这孩子以后可得改改那毛手毛脚的坏习惯，你看一个月的工资没了，不心疼吗？"卫全唯唯诺诺的，嘴上也没敢多说什么，心里却感到自己处理得有点失算。干吗要宣扬这个？钱丢了也没有人赔，却给局长留下个坏印象。还有其他老师，肯定也会觉得自己嘴上没毛，办事不牢，不够成熟稳重。老校长就要退居二线了，自己正准备着接班呢，给大家留下这么一个印象怎么行呢？不行，得想办法挽回一下影响。

到了第二天，卫全贴出了一张告示，表明自己并没有丢钱。告示上写道：

前天我丢了钱，老师们都表示深切的同情，在此本人表示感谢！现在大家不用操心啦，原以为那钱是丢了，谁知是我的衣服口袋裂了缝，钱漏到夹层里去了。一场误会，再次谢谢大家！

最后署的是卫全的名字。

大家都松了一口气，既为卫全感到高兴，也为自己感到庆幸，若真丢了找不到了，被怀疑谁捡到了钱，这

可会影响关系。如今，钱没丢比什么都好。

可过了两天，有两位学生交给校长817元钱，说是前几天在学校拾到的。老校长写了张招领启事，和卫全的告示并排贴着。其实这俩学生拾到的正是卫全的824元钱，打电子游戏机花掉7元，后来两人在分钱时发生了争吵，家长知道后，让他们把钱交给了学校。

卫全这回傻眼啦：这没指望的钱怎么又回来了？若自己前去认领，众人该怎么看我呢？不认领吧，那可是一个月的工资呀。他悄悄地对老校长说，想把钱领回来。老校长说："你的钱不是没丢吗？再说数目也不对啊，怎么会是你的呢？人家学生都能够拾金不昧，咱可不能有其他想法呀！""哎呀……这，老校长，要我怎么说你才相信我呢？"卫全又急又委屈，听老校长的意思好像自己是想冒领似的。他赶紧找到两个拾钱的学生，又把两位家长请到学校，总算使老校长明白了前后经过，这才领回了钱。

经过这么一折腾，全校老师们都知道了卫全丢钱、领钱的经过，议论纷纷。

没过多久，教育局对各校领导班子考核，老师们就这件事，给卫全提了三条意见：一是毛手毛脚，不够成熟稳重；二是不诚实，一会儿说丢了钱，一会儿又说没丢钱，怎么就没一句实话？三是贪财，区区几百元钱，就看得那么重。像这样的人，一旦有了更大的权力，怎么能抗得住金钱的诱惑呢？

·幽默世界·

银行老板的手提箱

□吴宏庆

道格拉斯是一家商业银行的老板，可怎么看都不像个有钱人，身上永远是白裤子和灰上衣，而且他还不舍得坐汽车，每天都是步行上班。唯一能代表他身份的，就是那个从不离身的手提箱，这箱子扁扁的，宽宽的，高贵典雅，工艺一流。

这天，道格拉斯被两个小偷盯上了。这两个小偷从外地来，一个叫汤姆，另一个叫麦克，只见汤姆捅了捅麦克的后腰，说："看到他的手提箱了吗？"麦克不以为然地说："我敢发誓，那手提箱里面没有钱！一个大老板身上是不会带现金的。"

汤姆嘿嘿一笑，说："这个我知道，可你想过没有：他为什么总是带着箱子出门？即使不放钱，也肯定是贵重的文件、债券什么的，如果能把它偷来，到时只要打个电话去要钱，他还不乖乖就范？"

麦克眼前一亮，冲汤姆竖起了大拇指。汤姆快步跟上道格拉斯，很有礼貌地问道："先生，能跟你借个火吗？"道格拉斯掏出了打火机，给汤姆点烟。这时，麦克骑着一辆摩托车从后面飞奔而来。这是他们一贯的伎俩，借火的人分散目标的注意力，然后骑车的人飞身抢夺。可是就在汤姆以为十拿九稳时，麦克却不仅没动手，反而加快油门一晃而过……

来到碰头的地方，汤姆怒喝道："为什么不动手？"麦克很委屈地说："我正要动手，那边来了一个警察。"

第二天，麦克决定跟道格拉斯来个正面接触。但临到动手时，摩托车却坏了，只得作罢。像他们这样的职

业小偷很少会两次落空的，两人都显得没有耐心了。他们决定直接去抢！

第三天，两人一左一右，走在道格拉斯的身后，正要实施抢夺计划，这时，道格拉斯似乎感觉到有什么不对，他左右看了看，突然一个转身，来到那边的花坛前，把箱子放在地上，一屁股坐在了上面。

这下子汤姆和麦克傻了眼，难道这个又蠢又胖的家伙知道了他们的意图？再看看道格拉斯，他坐在那，一副悠闲自得的样子，目光也没有落到他们身上，他俩顿时放心了，也装作很累的样子，坐在了他的身边。

过了一会儿，道格拉斯撅起了屁股，他要起身了，机不可失，汤姆和麦克像兔子一样蹿过来，一个推了道格拉斯一把，另一个抄起箱子就跑。道格拉斯猝不及防，一头倒在地上，但就在他倒地的瞬间，他大声疾呼："来人啊，有人抢东西了！"

汤姆和麦克真倒霉，很快就被闻讯赶来的警察抓住了。

在警察局里，汤姆和麦克又是互相埋怨，又是唉声叹气。他们知道，量刑是按抢夺物品的价值换算的，天知道道格拉斯的箱子值多少亿元，下辈子只怕都得在监狱里呆着了。

这时，铁门开了，一个警察走进来，挥挥手对他们说："你们走吧。"

"走？"两人面面相觑，以为听错了，"到哪去？"

警察不耐烦地说："废话，哪来的到哪去！"

"不起诉我们了？"

警察像是想到了什么好笑的事，哈哈笑道："就你们？不够分量！知道道格拉斯先生的手提箱子里是什么吗？是空的！因为他要减肥，所以才走路上班，可是他实在太胖了，所以就拿箱子当板凳，这样不论走到哪，累了都可以拿来坐坐——"

话没说完，汤姆和麦克不约而同地大叫一声……

与此同时，道格拉斯从警察局里取回了自己的手提箱，心想：如今这社会真不安全，连板凳也有人抢了。嗯，看来以后还得多准备几个。

恼人的蚊子

□谢元清

城里有个老汉到乡下外甥家做客，外甥叫小六，临睡前老汉说：“小六啊，我这个人吃什么喝什么，不讲究，但睡觉一点也不能马虎。我最怕的是你们乡下蚊子——又大又凶，叮上一口，就一个大疙瘩，几天都消不了。”小六笑了笑说：“舅，你放心吧，白露都过了，哪还有什么蚊子呀！”

老汉看看被褥、枕头、床垫，挺干净的，也没见着什么蚊子，就放心地睡下了。

谁知，老汉关灯没五分钟，耳边就隐隐约约听到“嗡嗡”声，他把灯打开，左瞧右看，也没见着蚊子，心想，莫不是自己神经过敏听错了吧！关灯睡觉。

可不一会儿，“嗡嗡”声又来了，这回他可听得真真切切的，于是把灯一开，跳下床，从天花板到墙壁仔仔细细搜了一遍，再用蒲扇在床铺底下扇了几个来回，连蚊子的影子也没找着，只好摇摇头，上床睡觉。

这蚊子就是捉弄人，老汉躺下刚迷迷糊糊想睡，又“嗡、嗡、嗡”来了，这下他忍无可忍，一骨碌爬起来，冲到屋外敲着门板大喊：“小六，拿电蚊香片来，有蚊子！”

“知道了——”外甥在楼下应了一声，拿了一盘蚊香跑上来，“舅，电蚊香片用完了，这里只有蚊香，你将就着用吧！”

老汉点着蚊香，长长舒了一口气，可一看到那袅袅升起的黑烟，心里又犯起了嘀咕：这玩艺儿有没有毒啊？他越这么想，越放心不下；越放

心不下，越睡不着，就在床上烙起了烧饼，过了会儿，他仿佛觉得气促、胸闷、透不过气来，急忙跳下床，冲着楼下大喊："小六，蚊香我用不习惯，你还是给我找电蚊香片来！"

外甥睡眼惺忪地跑上来，苦着脸说："舅，本村小店的电蚊香片早卖完了，要买得到外村去，外面下着雨呢！你别那么讲究了，不就几只蚊子吗？你老还是克服克服吧！"

"克服？怎么克服？房间里只要有一只蚊子，我就没法睡觉，更别说你们乡下跟直升机似的蚊子了。"老汉虎着脸说，"嘿，甭说下雨，就是下刀子你也得给我去买。你不去，我只好不睡了！"

外甥无奈之下，只好穿上雨衣去买电蚊香片。

一顿饭工夫，电蚊香片买来了，老汉将电蚊香片装好，往床头柜旁边的一个插座上一插，看看手表，已快一点钟了，往床铺上一躺，感到又乏又困，很快就进入了梦乡……

一觉醒来，天已大亮。老汉伸一伸懒腰，感到睡得蛮舒服的，就去穿衣服。他来到衣架旁，不禁倒吸了一口冷气：只见雪白的石灰墙上趴着好几只大蚊子，肚子圆滚滚的，他一伸手"啪"的打死一只，再看手上的蚊子，湿乎乎的，都是些血。这是怎么回事？他一看手臂，已有好几个小疙瘩，顿时把两眼鼓了起来。

恰在此时，外甥来叫吃饭了，他一边上楼，一边说："舅，昨晚睡得怎么样？忘了告诉你，床头柜旁那个插座接触不良，你不会把电蚊香器插错吧？"

老汉蓦地一惊，忙蹲下身伸手一摸，电蚊香器冷冰冰，果然没通电，脸上顿时"刷"地红了起来。趁着外甥没进门，他赶忙拔下电蚊香器插头，把外甥迎进门来，乐呵呵地说："错不了，错不了！昨晚我睡得太香了，多亏了这块电蚊香片啊！"

外甥一走，老汉就"劈里啪啦"——咬牙切齿地打起墙上的蚊子来。

闹鬼的公交车

□李 媛

丽丽有一头乌黑亮丽的长发，一直垂到腰际，十分迷人，引来男生们竞相追求。可丽丽心高气傲，她拒绝了所有追求者。有个叫小峰的男生也追过她，遭到拒绝后就一直在背后说丽丽的坏话。这些话传到丽丽耳朵里，可把她气坏了。

这天，丽丽从实验室出来时已经晚上九点多了，便打算到离大学城两站路的小饭馆去"慰劳"一下自己。因为连着几天都在赶实验报告，丽丽疲惫不堪，上了车，投了币后，就坐在座位上开始昏昏欲睡了。她靠在椅背上，双手下垂，摇头晃脑，一头长发都直直垂到了膝盖上。

当公交车开到一个站点停下的时候，前门上来一对小情侣。那女的一上车就倒抽一口冷气，尖叫了一声。接着，丽丽便听到那女生用又尖又细的声音悄悄对她男朋友说："你看这长头发女孩子，像不像《午夜凶铃》里那个叫贞子的女鬼啊？"她男朋友也在一旁帮腔。

丽丽很不满地微微睁开眼睛，用余光一瞟，居然是小峰和他的新女朋友，丽丽顿时火冒三丈，心生一计。她用最缓慢的速度机械地转过头，用一种极其古怪的语调缓缓对她说了句："难道……你能……看到……我啊？"

随着一声尖叫，小峰和他女朋友慌不择路地逃下了车，而车子里的其他乘客都笑得前俯后仰。其中一个还嘻皮笑脸地对丽丽说："哈哈哈，还好我刚才看到你投币了。"

丽丽正在气头上，一听这话又来了气，于是又缓缓地扭过头去，阴森森地问："你能……确定……这不是冥币……"

丽丽的话刚说完，只听到"哐当"一声，司机已经抢先打开了车门，溜下了车……

(**本栏题图、插图**：李 加 顾子易)

挑战名侦探

敌方间谍利用汽艇往海上逃逸，秘密情报员008驾驶快艇展开海上追踪。这张图是从直升机上拍下来的，其中2号快艇是008驾驶的，你能判断他和对手之间谁更快么？

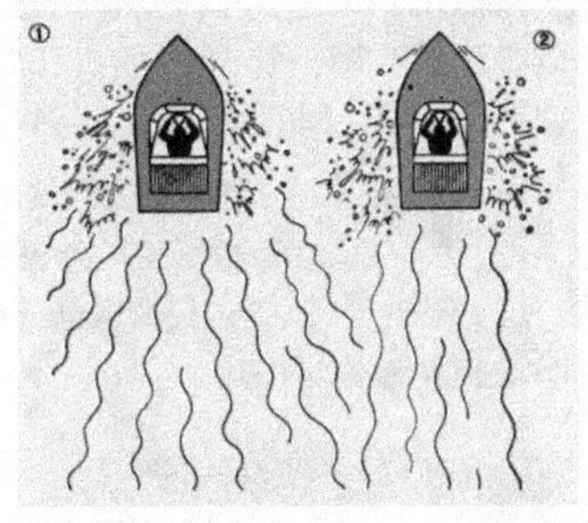

本期游戏难度指数：

★★★☆☆

世界500强面试题

一个房间有一扇门，门是关着的。房间里有3盏电灯，房间外面有3个开关，分别与这3盏灯相连。你可以随意操纵这些开关，可一旦你将门打开，就不能变换开关了。你能不能确定每个开关具体管哪盏灯？

身体的紫罗兰

你能在右图的叶子中间找到3个隐藏的侧面人像吗？

答案

世界500强面试题

先在门外打开一个开关，等一会儿，然后关掉它，再开另一个开关，再走到屋内，热而不亮的一个灯泡是第一个开关所控制，亮的便是第二个，不亮又不热的便是第三个开关所控制了。

挑战名侦探

008的速度更快。船在航行时，船后的波浪会向左右扩大，波浪的角度越小，船的速度越快，因为008的汽艇产生的波浪角度较小，所以速度较快。

最具人气短信推荐 10月(下)关键词：生活小窍门

● 厨房防蟑螂两大招 一、把青瓜切成薄片，晚上摆在厨房的地板上，第二天即可看到蟑螂的尸体。二、用一些洗衣粉拌水，用布沾水，拧干，擦在厨房的磁砖墙壁上。广西 李翔翔（2045）

● 米桶放蒜防虫蚁，常漱米水治口臭，番茄去皮热水浇，萝卜去涩涂点盐，羊肉太腥浸会儿酒，菜刀除锈姜片擦，胶鞋防臭撒点酒，美好生活靠双手。

海南 朱鸿健（2046）

● 保健鱼鳞胶 将原本打算丢弃的鱼鳞洗净，加适量水煮沸，再用文火熬三小时，取出未化鳞渣，再放黄酒等作料，片刻后熄火冷却，鲜美的鱼鳞胶就制成了。 江苏 许昆海（2047）

● 煎鸡蛋的时候，经常有油溅出来，常常会烫伤手臂。只要在煎的时候撒上一点面粉，油就不会溅出来了。味道不但不会改变，还会更鲜美。

1390***9144（2048）

● 染发剂弄到面部怎么办？将香烟灰沾点水揉搓几下就能去掉。经常有头皮屑怎么办？用百炎净药片磨成粉混在洗发水中洗头即可。1360***7427（2049）

● 若不小心把生鸡蛋掉在地板上，不急于清理，可以在蛋液玷污处撒上一些食盐，过15-20分钟后再打扫，就能轻而易举地扫除干净。1392***7968（2050）

上期刊登的短信字谜你还记得吗？

关羽忠肝一心归，曹操愁怅心又摧，琼浆玉液水流尽。群雄聚会云长去，日落西山明何存，桃园结义少一人，诸葛孔明口中才，张口能灭将一员。（1388***9883提供）

谜底是：中秋夜人月两团圆。你的中秋夜，人月两团圆了吗？

本期特别征集

再过两个多月，转眼又是新年，回首往昔几多感慨，展望来年几多憧憬。说说你的新年寄语，谈谈你对亲朋好友的元旦祝福，如果你的短信成功入选，并且成为当月下载量最大的一条，将赢得3000元奖金哦！（详情见P21）

将烦恼关在门外，把快乐的窗打开；
送一份诚挚的祝福，让我们都开心起来！

8月份短信王揭晓!

8月份短信王揭晓！经过读者下载投票，8月份位列前十名的短信编号分别为：1502、1517、1527、1519、1546、1634、1621、1608、1629、1639，它们的作者（推荐者）各获奖金100元，8月份的短信王中王将从以上10条短信中产生，奖金3000元。谜底下期公布！

忙忙之余想想身体，摆摆肩臂弯弯腰膝，打打倒立转转颈脊，起起仰卧减减肚皮，多多步旅松松心气。陕西 郭娟（2044）

www.ingramcontent.com/pod-product-compliance
Lightning Source LLC
Chambersburg PA
CBHW051931220626
47052CB00004B/649

* 9 7 8 7 8 0 6 8 5 6 8 7 1 *